古物奇谭·

诡镯

绿桥乔／作品

贵州出版集团
贵州人民出版社

图书在版编目（CIP）数据

古物奇谭：诡镯 / 绿桥乔著. -- 贵阳：贵州人民出版社, 2017.6（2020.3重印）
ISBN 978-7-221-13933-7

Ⅰ.①古… Ⅱ.①绿… Ⅲ.①长篇小说—中国—当代 Ⅳ.①I247.5

中国版本图书馆CIP数据核字(2017)第035296号

古物奇谭 ：诡镯

绿桥乔 著

出版人	苏 桦
出版统筹	陈继光
选题策划	大鱼文化
责任编辑	潘 嫒
特约编辑	猫 冬
封面设计	Insect
内页设计	蔡 璨
封面绘画	XINYUE
出版发行	贵州人民出版社（贵阳市观山湖区会展东路SOHO办公区A座 邮编：550081）
印 刷	三河市华东印刷有限公司
开 本	880×1230毫米 1/32
字 数	220千字
印 张	10
版 次	2017年8月第1版
印 次	2017年8月第1次印刷 2020年3月第2次印刷
书 号	ISBN 978-7-221-13933-7
定 价	48.00元

目录

引子		/001
第一章	翡翠	/003
第二章	玲珑剔透	/019
第三章	被诅咒的"宫墙之画"	/035
第四章	卞和镯	/054
第五章	唐代镶金虎头白玉镯	/067
第六章	古董迷情	/084
第七章	真相远离	/105
第八章	背后的影子	/119
第九章	庄氏鬼宅	/134
第十章	密室鬼影	/148

目录

第十一章	宫墙之画	/171
第十二章	消失了的黄泉路	/187
第十三章	祭祀的机关	/205
第十四章	水路迷雾	/221
第十五章	棺材村藏阴魂	/234
第十六章	巫风诡影	/249
第十七章	行尸走肉	/263
第十八章	归途	/274
第十九章	日月交辉·宝藏再现	/290
第二十章	最后的死神游戏	/303
尾声	不知何处是归途	/312

引子

GUI ZHUO

夜了,窗外淅淅沥沥地下着雨。雨不大,但天却红得像要滴血。

康宏集团的年轻总裁在灯下观摩着一幅完美的画卷,画卷破得还真厉害,明天得找人把它修补好。

他心里这样想着,手抚上了画中各式奇怪的古代人物。忽然,他的目光停在了一个眼神迷离的女子身上,看得着了迷。她的眼睛真美,好像有说不尽的故事,充满了神秘。

他想仔细看清女子的容貌,发髻乌黑高耸,眼睛那样迷人。在画卷的许多地方都有她,她的服饰千奇百怪,看起来像少数民族的服装。她究竟是谁?是仙女吗?男人忽然有了许多光怪陆离的幻想,无比旖旎。

明天一定得找人问问画的来历,这幅画一定是珍品!纵横古玩界多年,他绝不相信这是幅仿画。岂有仿得如此逼真的眼睛?那双眼……

光线明暗交错中,男人抬起了头。

"我怎么睡着了?"他揉了揉眼睛,连忙去看画上迷惑了自己的女子。女子还是那样充满神秘,充满诱惑。

动听的歌声从窗外飘来,夹着雨丝。他从未听过如此美妙的音乐,唱什么却听不懂,他像身处无边的汪洋之中,漂浮不定,若即若离。他站在窗边，楼下并无人影。忽然，窗子上映出了画上女子的身影！

她定定地站在他背后，冷冷地注视着他。那种感觉让他产生了奇异的恐惧，但危险的诱惑却吸引着他。

他连忙转过身，定定地看着她。

真美啊，难道我在做梦吗？他忽然对着女子笑了。

他想起了刚才梦中，那女子的容颜仿若凝固了繁花盛开的刹那芳华。这就是无法抗拒的危险气息。

女子缓步而行，光着的脚，移步生莲，美不胜收。光线暗淡，她从房门一步步地向他走来。

虽然画上的女子有些模糊，但站在他面前的女子却周身发出淡淡的光，和画上之人有了七八分相似。

"你真的来了？"男人激动得不能自已，不敢相信画上的女人真的来到了自己面前！

女子笑着点头，似是洞知了他的心事，轻抬玉手召唤他过去……

第二天，在本市的《京城都市报》上有这样一条新闻：

本市康宏集团总裁某某，在家中离奇死亡，只得上半身躺在浴缸中。刚收购的传世古画神秘失踪，不排除被人谋杀的可能。案件仍在进一步调查之中。

第一章
翡翠
GUI ZHUO

"来人啊！把这个贱妇的手砍了！"高高在上的女子是那样美丽，那样盛气凌人。大大的丹凤媚眼斜睨，说不尽的妩媚。

"啊——"一只左手活活被砍断，镯子更红了。那断肢女子事先已被喂了毒，毒药穿肠过，她七窍流血，气犹不断，"我做了鬼，也要来找你！"

天是血红色的。

"你这个毒妇！我做了鬼也不放过你！"宫装女子被踩在脚下，血溅起来，那洁白的手镯在染上血后变得血红。

她七窍流血，气犹不绝："我做了鬼，也要来找你！"

"也要来找你……"

翡翠惊醒，又是那个古怪的梦。

风刮开了宿舍的窗，轻纱随风而舞。翡翠擦了汗，叹了一口气，正想躺下，一个白色身影从窗前掠过。

"啊——"翡翠忍不住大叫，因为那张脸，白色身影的那张脸似乎正对着她笑。

"咚！"沉闷的撞地声。

同宿舍的师乐丝和洛烟云被翡翠的叫声惊醒，翡翠战战兢兢下了床，看向窗外。

那穿着白裙的女子正面而落……

风中飘着一股淡淡的香水味,是 Benetton(贝纳通)的牌子,显示着青春的味道,现在却伴随着浓重的死亡气息。

那学生的左手断了,是下落的过程中被宿舍伸出的铁钩活活钩断的,挂在窗台前。晾衣竿撑出去的铁钩上,血正从上面滴下来。

翡翠不敢抬眼,因为那只断手上戴着的镯子令她恐惧。那是一只唐代古玉,高达百万的白玉镯子,与她梦中的染血镯子太像了!

"啊——"师乐丝和洛烟云吓倒在窗台前,挂着的断手忽然飞落,钩到了翡翠的头发将其往窗台外拖,断手悬在了半空。

师乐丝和洛烟云哭着往后爬,哭声、喊声乱作一团。翡翠呆呆地站立许久,忽然回过神,拼命地要甩脱那只手,最后发丝断了一截,血手从九楼坠落。

整整一夜没睡。

死者是表演系的学生,海外的华侨,身家过亿,但终是无命消受。死因很简单,自杀。原因是失恋——相恋四年的同校男友见异思迁,她从小娇贵惯了,经不起打击,所以自杀。

师乐丝很反感,只是小小的感情问题、面子问题就要寻死,累不累!那只漂亮的镯子未能帮主人挡过一劫,正完好地躺在那儿,最后被警察带了回去做证物。

接受完警方的问话,翡翠借机向警官提出了想看看那只镯子的要求。当她拿起镯子来看时,室友都吓得躲到了门背后。

那是唐代的器物,玉质晶莹,白色带碧青影红皮。镯子由三节等长的白玉组成,断面呈扁圆形。每节玉两端镶金虎头,用两颗金钉铆在玉上,并用小金条做插栓相连，可自由活动，非常精致。翡翠仔细研究着，发现它们与1970年陕西西安窖藏出土的镯子很像。

"这不是翡翠，是中国和田玉，唐代，有沁色，定是经过陪葬无疑！但看得出也是传了几代人，代代相传下来的。玉吸收了人气，十分温润。在中国古代除了羊脂白，通常和田玉凡翠色都称翠玉（为了不和中国的翠玉撞名，外来的有鲜艳的绿色的硬玉就叫非翠，而后慢慢演变成今天的专用术语翡翠）。应该还有另一只，本是一对的！"翡翠对着镯子自言自语，若有所思。

"我说翡翠，现在不是你上文物研究课的时间，我们宿舍里就你一人是转去那个古怪历史系的，你别再吓我们了！"

翡翠穿过繁华的商业区，走过了气派的电视台大厦。

电视台一直是自己理想的工作地方呢，翡翠抬头羡慕地看向现代气息十足的电视台大厦，笑了一下匆匆而过。

再走过车水马龙的写字楼旁，一栋同样气派的双子楼出现在翡翠面前。如果是在夜里，这两座对称相连的大楼更好看，犹如两条变色的霓虹相互辉映闪动。

她迅速地走进了这座名为文氏集团的双角大厦。因为今天的机会很难得，这个新闻稿是她特约的，如果能通过采访顺利完成论文的话，那她就可以不用考试而直接取得学位了，最重要的是还可以提前毕业。

为了前途，拼了！翡翠自己给自己打气。进了大厅，里面阴凉得古怪，光线也是暗暗的，给人一种后背凉飕飕阴冷冷的感觉。

怕什么，你不是说考古摸古尸都不怕的吗？她笑自己胆小，走到了服务台。前台客服问明她的姓名就让她自己进去了。

这么大的集团怎么感觉没有什么人呢？四周空荡荡的，使人有种不真实之感，连客服也怪异得很，空洞的双眼对着人来人往的大街，身子、脸、头、手一直没动过。

不准乱想！翡翠强迫自己冷静。

翡翠回头，客服小姐睁着空洞洞的眼睛对着她笑，眼中闪着暗绿的光。一惊，再看，客服小姐根本就没朝她看。

自己吓自己了，翡翠心里嘀咕着继续往里走。

这个集团的负责人文子冈是出了名的商业巨头，肯见她这种普通市民中的普通学生真是她的荣幸了，她都不知道为什么自己会这样幸运。

但有时好运气是会用完的，翡翠不知道，她所谓的万里挑一的好运是要付出代价的。在她踏进这个大厦的那刻起，她的好运气就已经用完。

有电梯的靠边走道上，风猛烈地在过道里扯动。一道白色的裙影飘过了旁边的楼梯拐角。翡翠回过头看了看，三米远的楼梯旁并没有人，她忽然有了种不寒而栗的感觉。

自从进入了这栋大厦，就一直感觉到阴冷。翡翠安慰自己，肯定只是一块布条，自己没看清楚罢了。这么想着，翡翠来到电梯前等电梯，奇怪的是，电梯怎么一直停在四楼不动了？难道是电梯坏了？

她真以为电梯坏了时，三部电梯突然同时启动。不一会儿就下到了一楼，停在了她面前。奇怪，我不是没按键吗？

这时电梯如三张大口朝她张开，她犹豫了一下，但还是走进了其中的一部电梯里。进去以后，她刚想关门，忽然，那种被盯视的感觉又来了。她猛地回头，没人。正当电梯门关合时，她从门缝中看见，原来这部电梯的正对面还有一部孤单的电梯。那电梯敞开着门，没有人，地上却有一对白色的高跟鞋，每只鞋跟处还绑着个火红的蝴蝶结，静静地站在那儿，如同和她对视着。

她一惊，赶快按了顶楼，看着电梯徐徐上升，她也镇定许多。

翡翠心想，或许，只是哪个员工恶作剧故意吓人的吧，大白天的有什么好怕！忽然，灯一闪，电梯里灯光一暗，随即又亮了。这时，电梯停在了四楼。不会这么倒霉吧？她正想打电话，却发现没有信号。这时，电梯顶部空调处的四盏灯灭了三盏，只剩一盏灯亮着诡异的黄光。

这连续的意外让一向自诩胆大的翡翠也慌了神，她拼命地按动求救键。很不幸的是，这个键也坏了。

"有没有人啊？"翡翠不住地拍打着电梯门叫喊，顾不上淑女形象了。这里又闷又黑，各种恐怖的想象不断地从脑海里滋生出来。昨夜跳楼自杀的女孩不是也穿着一袭白裙和绑着红蝴蝶结的白色高跟鞋吗？

刚才见到的不就是……

翡翠更加歇斯底里地拍打着门。

"唉——"一声幽幽的叹息从背后传来，翡翠的心凉了半截，看着电梯门上映出的影像，她的背后是个白裙女人，背对着她站着。

别转过来，千万别转过身来！翡翠的心快要提到嗓子眼了，但心里有一丝偷窥的欲望升起，她长什么样？心里矛盾着，但还是希望她别转过身来。翡翠看着面对墙角微躬着身体的女人，她捂住了嘴，腿一软，站立不稳地摔了下去。她挣扎着起来，回过头，电梯里除了她根本没别人。

翡翠拍打着门，门猝不及防地打开了。她赶紧冲出去，迎面撞向门外站着的一个人。

"对不起，对不起。"翡翠连连道歉。

站着的是个女人，脸很平常，只是惨白，而嘴唇却涂了浓浓的大红的口红，样子很像恐怖片里化了妆的死人。翡翠惊吓之余连忙收回了扶住她身子的手，她身体冰冷，还带着一种说不出的香。

那女人不说话，半低着头一动不动地站着，没进去的意思也不打算走。头发斜斜地垂下挡住了苍白的脸，只剩一抹诡异的红，似乎在笑。

翡翠再也忍不住,挣扎着跑开了。电梯关门的声音很刺耳,翡翠回头看,那女人真的在电梯里朝她笑。女人脚上穿的正是那双有红蝴蝶结的白色高跟鞋,苍白中,那抹红像血一般。

真是晦气,冷翡翠你今天到底是怎么了?翡翠边责怪着自己边往前走,但是走道真的好黑,又很静,这么大的集团里竟然没有一个人出入,每扇门都关着。翡翠感到在门的背后总有一双眼睛,不,是有几双眼睛看着她!她转过去走楼梯打算慢慢爬上去。唉,顶层啊顶层。

楼梯对面是落地玻璃窗,外面街道十分热闹,而这里……想到这里,翡翠不自然地抱起双肩,快速地向楼上跑去。

接连地跑,又上了七八层。翡翠已经觉得快虚脱了,决定坐下歇会儿。为了不弄脏裤子,她特意从手提包里取出了一个黑色的笔记本,垫着坐下,看向窗外高楼下的车水马龙。太阳透过玻璃暖暖地照着她,忽然,她就觉得很感动。小女孩的天性使然,很快也就不觉得害怕了。

她站起身子打算继续走,心想还是得坐电梯,这样走什么时候才能爬到顶层。

"嘭!"

什么声音?翡翠抬起了头,一个女人在十二楼"飘"着!没错,飘着!样子、样子怎么那么像那晚自杀的学生?翡翠尖叫一声扶着墙向后退去,脚忽然崴了一下。

那个女人忽然抬起了手朝她挥手,"咯咯"地笑,每笑一下嘴角就溢出一些血来。尽管隔着窗子,但那种啃着骨头一样的"咯咯"声,像被低音炮无限扩大了一样。

"啊——"翡翠转身向大厦十二楼跑去。

无意间瞥见楼梯口写着"12楼"。这里也是一片漆黑,暗淡的光影下有些斑驳的亮点。匆忙拐进了高级职员电梯,她不想再碰到普通乘客电梯里恐怖的一幕。

电梯显示的是"13楼",翡翠顾不上心里的疑惑赶紧按了顶层,想或许是自己刚才看错了层数。

这次倒是顺顺利利,电梯缓缓上升。翡翠慌乱的心才镇静下来。当门打开时,她望着眼前的景象出神了好久。顶层很宽阔,全是些旧式家具,穿过圆拱门,就好像回到了旧时。墙上点着几盏青铜羊头承托着的香油灯,橘黄的光在清一色黑檀木家具的掩映下有种难以说出的压抑。

穿过玄关到了大堂,接着就是长长的走廊,这里好静,看不到工作人员的身影。翡翠暗暗地深呼吸,继续向前走。高跟鞋发出的"噔噔"声在走廊里空洞地回响。

四周是漆黑的墙壁,穿堂风呼呼地吹着,更显得安静。

终于看见了一点光亮,翡翠快步跑过去。近了,却是一身古装,云鬓半坠的女子提着一个白灯笼无声地走着。翡翠想离开,但被吊起的好奇心领着她跟着那女子走,让人有种受到了蛊惑一般的感觉,心底有一种怪苗慢慢滋长出来,紧紧抓着自己的心疯狂肆意地生长,绵长的恐惧蔓延开来。

正当她觉得女子的身影如此熟悉,想要猜测对方的身份时,忽然觉得后脑处传来一阵剧烈的疼痛,她眼前一黑,倒了下去。

这是哪里?翡翠摸着头想坐起来。咦?怎么这么黑?她发现自己几乎不能动弹。

我怎么在箱子里?翡翠用力地推开木盖,"嘭"的一声,木盖被推开了。周围是几口上等的棺木。我究竟是在哪里?一连串怪异的事情使翡翠无法再待下去。

那个女子又出现了,身上泛着白色的亮光,慢慢地向她走来。高挑的身材,鹅蛋脸,只是虚白,"她"正面迎向她,停在了不远处,伸出手,向她示意。

这一刻,翡翠如失了魂般跟着"她"走。"她"的脸和梦中见到的惨死的女子太像了。

自己的心怎么像空了一般,只看见"她"透明得几乎虚无的手向自己挥动着,有致命诱惑力。翡翠身体慢慢放松,只知道跟着"她"走。

女子身后是一面巨大的落地古镜,木刻的两条巨龙缠绕着托起泛黄的镜子。镜子里的世界那么幽深,好像在变换着一些不真实的场景。女子忽然不见了,隔着几米,镜子里出现了一团模糊的白影,渐渐清晰起来,一只断手从镜子里似乎要伸出来一般。翡翠猛地想起了那个诡异的梦,还有跳楼的女学生。她浑身一激灵,全身的血液开始上涌。仿佛从睡梦中醒来,身体开始有意识地反抗并后退,镜子还是那个镜子,根本没有什么断手,但她早已慌乱得失了魂。

翡翠茫然地拐一个弯,走进了一个房间,刺眼的蓝光让人有种不真实之感。房间四周挂着不同的画,但每幅画都有一个相同的女子,就是在她梦中出现的那个女子。

画的内容也很奇怪,像是祭天的仪式。"燎祭"中的五色神女在跳着怪异的舞蹈。懂燎祭的是楚巫,只有官方掌握这种祭天仪式,而且极少用到。他们更喜欢的是通过燃烧大量柴草使烟气上升,以表对天的敬意。《周礼·春官·大宗伯》曾记载:"以禋(烟)祀昊天上帝。"《礼记·祭法》载:"燔柴于泰坛,祭天也。"

每幅画的场景都有所不同,但都摆放着香案、瑶席、玉瑱、桂舟、蕙绸、荪桡、兰旌、桂木翟、兰栧、玦、佩、帷帐、龙车以及各种奇花异草装饰的房屋和其他各种装饰用具。祭品也异常讲究,不仅丰盛,而且芳洁。蕙肴蒸兮兰藉,奠桂酒兮椒浆。"蕙""兰""桂""椒"取其芳洁。肴是肉类的总称,蒸为"火气上行","肴蒸"的本义当为烤肉。按"肴蒸"

可分为全蒸（用全牲）、房蒸（用半牲）、体解（牲体一部分）三种。楚人祭祀是蕙草蒸肉，香兰为藉，这些和各幅图中的祭品都能一一对应。

　　楚国一直盛行着殷商时代一种迷信色彩浓厚的巫风文化。在郢都以南的沅、湘之间，老百姓有崇信鬼神的风俗，喜欢举行祭祀活动，祭祀时要奏乐、歌唱、跳舞以娱神。楚人的鬼神留恋人间、与人相亲，不像北土之神那样阴森可怖、怪诞不经。楚人的祭祀用蕙兰、桂酒、椒浆等芳物，主持祭祀的是彩衣华服的巫女。巫女总是貌美的少女，就像楚风中的河神是南浦的美人；山神是"既含睇兮又宜笑"的少女。

　　楚人祭礼的陈设和祭品很有特色，尽管图画的内容极其难懂，是考古界不对外公布的内容。这几幅图都是仿品，她数了数，共有五幅。

　　突然，一种寒冷之气在背后升起，翡翠看着梦中的女子，她在画里对着自己诡异地笑。翡翠连忙揉揉眼睛，再看，却只是呆板的一幅仿画罢了。走近一看，五幅画里的人物总共有好几十人，形象生动，但总有一个神秘的女人隐没在图画的缝隙中，不让大家注意。这个神秘女人的眼睛正一动不动地盯着翡翠看。奇怪的服饰，加上那张面无表情但又好像什么都知道的脸，看得她心里发毛！

　　为什么这个神秘女子和我梦中的女子如此相似？刚才见到的提着灯笼的女子难道是从这些画里走出来的？到底是谁收藏这样的画？翡翠为了解开谜团，忽然很有兴趣知道墙上这些画的来历。这是有名的"宫墙之画"，如果是真品的话，价值连城！

　　翡翠忽然又想到了刚才那些棺材，那些棺材都是大有来头的器物，散着一丝淡淡的香味。于是，她又跑回刚才那个房间。一看之下，倒抽一口冷气，哪有什么棺材。无奈之下唯有走回古画旁，她正想着画里的内容，一个充满磁性的声音打断了她的思路："你对这些古卷画似乎颇有研究！"

　　这突如其来的声音吓了她一跳，回过头，原来在这个房间连着的办公室里还有一张古朴的檀木桌，一个男人背对着她坐着。这里整整一层都是他一人的办公室。看来他就是她今天约了要采访的人了。

"文先生，您好，我今天是特意来拜访您的！我叫冷翡翠！"翡翠缓步上前，礼貌地自报了姓名和来意。

"我知道！"

走近一些，在明暗交替的光线中，她看清了坐着的人。

他不是文子冈。

"你要什么把戏？"翡翠铁青着脸。

"别紧张！我刚接管了他的股份成为新的董事长而已，今天集团还在整顿暂不营业，所以安静了些。翡翠，我们很久没见了！"

"你没看见一个古怪的女人？"翡翠感觉这栋大厦太诡异了。

"这个办公室里只有我！翡翠，是不是这里太静了你不习惯？我喜欢思考时熄了灯安静地坐着，你还记得的！"说完，他按了一下手中的遥控器，白色的日光灯全亮了起来。在她面前的那张脸英俊而熟悉。

等翡翠离开文氏集团后，诡异的办公室又像墨一样的浓黑。男人坐在黑暗中吸着烟，烟火时明时暗。他的背后显出昏黄的光，冷冷的立身铜镜里映出模糊的身影，那是一个女人。

宫装女人从他身后伸出了白得透明的手，尖尖的指甲涂着红色蔻丹。男人猛地转动转椅，瞪视着背后的那堵墙。宫装女人悄悄地隐没在黑暗中。

翡翠走在鼓楼东大街上，街道十分繁华。人流似水，也是旅游者集聚的地方。这片商业地段又邻近百商场和后海，看着流光溢彩的商铺、衣着时尚的模特，忽然觉得眼睛很累。

前方有一间木屋样式的咖啡馆，很雅致，像法国森林里的小木屋，鲜花点缀着突起的三角木屋顶。翡翠又想到了《北非谍影》里的卡萨布兰卡，泡在咖啡浓香里的怀旧气息。

翡翠终于决定进去，走近时，玻璃窗反射的光刺得她眼睛睁不开。原来是一辆新上市的迈巴赫62从身后驶过。翡翠一笑，被七百万的汽车玻璃刺到了眼睛也是种荣幸。

她自我嘲笑了一番，走进了咖啡馆。服务员优雅地为她开门，领着她往里走。木制的地板和墙板让人非常有感觉。热热的空气使她觉得有点闷，脱下了香奈尔的最新款冬装——咖啡灰的长风衣，露出里面的墨蓝色修身铅笔裙，只系了根金色腰带，黑纱透视装把锁骨完美地展现出来，将曼妙身姿勾勒得天衣无缝。把完美搭配的钟形帽放于桌面上，翡翠坐在最后一个位子，正好可以看见那辆完美的迈巴赫。

"又被刺到了！"翡翠自嘲。所有的视线都集中在她身上，销魂身材自不必说，单是那容貌就该打满分。什么叫媚眼如丝，斜睨暗销魂，那种性感只需静静坐在那儿就能让人察觉到她的风情。

"给我一本杂志，来瓶红酒！"在场所有的男士都看呆了，仿佛翡翠就是天生迷人的尤物，控制了所有人的眼球。

"请问要哪种酒？"身着名牌套装工作服的服务员递来了菜单。

"有没有AOC（AOC是法国葡萄酒的最高级别；AOC产量大约占法国葡萄酒总产量的35%）？"

那服务员尴尬一笑，指向她对面的一位男士说："最后一支那位先生开了。"

翡翠拨弄着几丝淡淡的酒红色鬈发，看着菜单却不说话。也不抬头看一眼那位先生，她一直沉默，服务员只能耐心地等待。

"Cappucino！"翡翠答得干脆利落。

"谢谢！还需要点什么吗？"

"皇家泡芙、德国黑森林！"

一问一答也干脆，翡翠伸手翻开服务员递过的杂志，却是《男人装》。翡翠一笑，这种杂志最无聊，扔了，看起《名车典范》，又是迈巴赫62！

翡翠的思绪又飘了出去。想起刚出校门时路过算命的摊子，一个古怪的老人抓住她，满嘴胡言："不能接受陌生人的东西，特别是与手有关的！"

"哦？陌生人会送我礼物？"翡翠反问。

"不要理会，不要理会！"老头说到最后，仍紧紧地抓住她的手不放，最后手被抓出一道痕。翡翠赶紧抽出手来，留下了一百块就走了。

又想到自己访问完商界名人，抽空去买了GUESS的永恒经典G系列的复古时尚黑白双侠，一买就是黑白一对。现在翡翠手上戴着的是黑色的，更显出神秘诱感，刚刚好挡住了被抓出印迹的地方。她拿出另一只细看，表带和机屏全是大小稍有不同的可爱"G"字母。她用叉子插起一只小小的泡芙，眯起了双眼，三分可爱，七分诱感。

"请问我可以坐下吗？"一位衣着优雅的男士问道。

"对不起，我等人！"翡翠冷冷地答。

"小姐并非在等人！"

"哦？"翡翠终于抬起了头。这是一个很年轻的男士，二十七八岁，一身意大利顶尖品牌服饰，藏青色随意剪裁的风格，让眼前的这位男士更显儒雅，男士的举止又使得他儒雅中有股高贵的气质。舒适的面料和大胆的剪裁出自意大利名家之手，而那张开的领口显出几分野性。

"你怎知我没等人？我在等男友！"翡翠直视他。

男人身上淡淡的烟草味很好闻。那同样迷人的丹凤眼又细又长，睨人时，比翡翠更加气势凌人。

那男人轻轻坐下，让服务员把他的红酒端过来。他笑了笑，说："美女,通常都是最孤独的!你如此悠闲地想着各种心事,说明此刻不是在等人,尤其不是在等男友!"他很自信,笑中透着几分得意。

"哦?"翡翠向他的脸轻轻靠近,在橘黄的灯下更加暧昧迷离,鞋尖有意无意地点上他的鞋面,"那你猜猜我在等谁?"脸与脸贴得近了,才发现那男人轮廓分明的脸部显得消瘦单薄。

"你在等那车的主人!"男人也是一笑,笑中暧昧的成分更加分明了。

翡翠一扭头:"还不如说,我在等着你!"那种诱惑中带着冰冷的眼神,是翡翠特有的眼神。

"Cappucino!"那男人举起了手中盛了红酒的杯子,手上的白侠和翡翠手上的黑侠刚好是一对,只不过他的是男装的大G。

看那人戴着如此可爱的手表,翡翠笑了起来。她知道,这定是他刚让秘书去买来的,是她方才把玩了良久,被他看见,所以故意逗她。

"你都是如此轻易向一个陌生女人表白的吗?"翡翠正要倒酒,那男人绅士地为她满上,还特意让服务生加了些冰和柠檬。

"Cappuccino(我爱你——卡布奇诺的语意)不是你点的吗?"他玩笑地看着翡翠。

"那又何必加冰和柠檬?"

"因为那样才适合小女孩!"他笑意更浓。

"我又不是小孩!"

"十八岁的少女,这个年龄应该在学校里上课!"他说话永远都带着傲慢,自认为都是正确的语气,翡翠刚和他对话时就发现了。

"恕我不奉陪了,迈巴赫!"翡翠放下现金就要走。

"岂有美女请客的道理!"他双手将钱拿起还给翡翠。

翡翠一笑,收下了,不说谢谢转身就要走。

"小姐可否留下电话号码?"

"没这个必要，迈巴赫！"翡翠夹着白色的袋子，男人绅士地从她椅子后取过衣服，为她披上。

"那请你收下我的名片，我等着你！"他将一张名片递上。

翡翠不想和他多作纠缠，接过名片，瞥了他一眼，嘴角那抹坏坏的笑把男人勾引得很是不舍。他伸出手来，仅捉到了一缕香发。

翡翠一回头，那头发从他指缝间溜走。

翡翠路过那辆迈巴赫，随手一扔，那名片如蝴蝶般落在了迈巴赫的车头上方。

回到宿舍，翡翠已累得一塌糊涂。看时间尚早，她匆匆卸了妆就倒在了床上，连衣服都懒得脱。

被子柔软得让人犯困。正迷糊间，插在口袋里的手指被硬物刮到，她马上清醒了过来。掏出一看，却是张名片。上面写着亚太区商务国际集团总裁，旗下企业涉猎保险、房产、银行、石油、电信、电子等领域。那是一个身家超过五十亿的商界巨子，难怪那样潇洒地给她名片。

翡翠想着，这样一个英俊有钱的男人，哪个女人不动心？恐怕不只是动心了，立即就应身体力行！她对着名片倒吸了一口冷气，翻过来，只见一行霸气十足的行楷："小姐定会将原来的丢弃，故再次冒昧附上。如小姐有需要帮忙的话，请务必拨打这个电话。私人号码，永远为你而开！"

翡翠往床上随意一扔，这人真是好不知羞！私人电话就很了不起吗？真真的不要脸，还偷偷地把名片放进她衣服。

翡翠决定不去想他，躺着就睡。

开关门的声音响起，翡翠一阵头疼。师乐丝一回来，她就别想睡觉了，乐丝是大嗓门，也是她最好的朋友。

果然——"翡翠，你是猪啊，一回来就睡！整日采访那些商界巨子很为难你吗？我们可是盼都盼不来呢！"

翡翠深感无奈，如此大好的睡觉时光却让她给糟蹋了，于是扁起了嘴，说道："问你一个问题！"

"说！"

"有一日，你遇见了旧情人会怎样？"

谈起女孩子家的事总是没完没了，但翡翠显然兴致不高。在师乐丝的追问下，翡翠说出了自己的初恋，一个害她父亲几乎破产的男人。

十五六岁的翡翠爱上了有着俊朗面容的简影。简影大她十岁，长相英俊但内心深沉的他是翡翠父亲生意上的伙伴，简影利用她对他的爱慕，唆使她偷取了她父亲公司的机密档案。最后她父亲一败涂地，可能是出于良心不安，简影签了一张支票给她，还提供了股票信息。

翡翠当着他的面把支票撕碎，从此他俩再没见过面。翡翠的父亲很坚强，靠自己重新白手起家，如今也算是富甲一方。

今日提及此事，翡翠心中那股痛，仍是难以磨灭。以为自己对他只有恨，原来那是因为还有爱！时间过去得不算长，但为何和他相爱的记忆竟然会模糊起来了？因为对他的憎恨吗？为何有些特别重要的事，她怎么也记不起来呢？

乐丝突然"呀"了一声，翡翠的思路被打断，睨视了乐丝一眼，却见乐丝拿着迈巴赫的名片。她连忙起身，一把抢过收入口袋中。

"我说翡翠，他的身家吓人啊，那些零数都数不清！"

翡翠一笑："如果是个五十岁的丑老头，你有兴趣？"

乐丝也不客气："有那么多零，我可不怕他老。就是我太没魅力，只有把他吓跑的份啊！"

两人相视，哈哈大笑。

第二天是周末，但翡翠早早就起来了，她可是忙得要命。

翡翠天资聪慧，很小就能识字。十五岁提前考上了这里的大学，本是读新闻系的，但与生俱来的天赋，使她对历史的器物过目不忘，能准确地辨别出古物的来历，所以被历史系的教授挖了过去。现已经提前本科毕业，十八岁就考上历史学文博专业研究生了。这边的新闻系也不放人，结果就两边一起读了。

昨天应付的是新闻系的课程，而今天要去琉璃厂考察，还有一大堆的考察稿等着她写。她头一痛，真不愿去了。

翡翠穿的是运动服饰，简简单单的粉红风衣加白色运动裤和运动鞋，把头发全往脑后一扎，清新的脸孔不化一点妆，真是精神极了。其实，翡翠脂粉不施时更显清新干净，那皓齿明眸使任何人都要妒忌这张年轻却显成熟的脸。

"翡翠，你太美了！"乐丝在床上窝着，发出感慨。

"少来了！"翡翠跑过去掀开她的被子，冷得她受不了。

"你的鬈发怎么直了？"乐丝疑惑地揪住翡翠的马尾。

翡翠哭笑不得："我昨天弄的是一次性卷！"

翡翠一切准备就绪，背了个小包出去。那张名片昨夜为了不让乐丝找了来当话题，就随手丢进了背包里，也没在意。

她小跑着，轻轻松松地出门了。

"如果天再红，又该大水了！"翡翠看着天，自言自语。没有人了解她，包括简影——那个曾经让她爱，又让她恨的男人。

"你为什么要骗我？"她扯着他的衣衫，全是泪水。

"是你骗我！你总是见到那些东西，你总是那样灵异，你让我害怕！"他一把推开了她，她撞到了桌子上，额角涔涔地流出了血……

甩掉回忆，翡翠摸了摸头，那道疤痕极淡，被浓密的头发挡住了，但伤口却依然在隐隐作痛……

第二章
玲珑剔透
GUI ZHUO

翡翠背着包包在街上走着。

正想着各种各样的心事,一辆车飞快地从旁边驶过,停在了不远处。地上未清的雪已化成水,溅了她一身。

"真晦气!"翡翠弯下腰,拍了拍白裤子上的水迹,仔细看了看,定是擦不干净了。

车门开了,只见一双修长的腿先伸了出来,弧线完美。一个女子从车里走出来,她的美很有气质。著名的 Versace 绲边皮草外套贵气十足,而七分泡泡袖细致张扬又可爱,高帮的皮靴更显得苗条,突显出女性气质,活脱脱一位富家千金小姐。

翡翠本不想多事,正要过马路,那女子从车里提了一袋新衣服就要过来。她一看那车,顿感不妙,低着头急急要走。

"小妹妹,别走!"女子甜甜地叫道。

翡翠假装听不见转身正要走,却被一个男人拦住了。

"你还要跑吗?"那声音如此熟悉。

翡翠抬头,果然是"迈巴赫"!

"你好美!""迈巴赫"看见她素颜清容,却是一愣,冒出了这样一句话。那女子挽上他的手,用充满敌意的目光打量着翡翠,却不说话。

"赶时间,拜拜!"翡翠拍了拍脏了的裤子,跑过了马路。

"迈巴赫"看着她远去,嘴角浮现出一抹笑意。

翡翠坐在地铁上,闲着无聊,又看到白裤子上星星点点的污渍,于是迅速掏出了几支随身携带着的荧光笔,在上面画着什么。不一会儿,一朵朵颜色粉红鲜亮的小花就出现了。十分巧妙别致,衬着粉红的上衣刚刚好。

看着可爱的小花,翡翠噘起晶莹的嘴唇,又马上掏出了剪子,在裤脚边上裁出宽宽的荷叶边,再拿笔上色。一条被污水玷污的裤子马上变得生动活泼起来。

一阵折腾过后,地铁也到了站。翡翠抖了抖背包,大踏步往出站口走去,边走边听着手机上的歌曲。

"和平门!"翡翠出了车站口,冷风迎面吹来。她是从南方来的女孩,很不习惯这里的空气。她紧了紧衣领,一看时间,十点钟,还早,没几家店开门,她看着手上的GUESS的G系列白侠就觉得很得意。

从东面宣武区的延寿寺街进去,一路上商铺开门的不多,但游人倒不少,有许多老外向她打着招呼,她也是礼貌一笑,带着妩媚优雅而天真的诱惑。

"哎!美女,来我这儿看看吧!"一个笑眯眯的小老头在招呼着。

翡翠看看周围,很多店还没开门,于是也就笑笑,走了进去。

小店不大,但装修得雅致。木制的围栏,十分好看。柜台里的摆设也讲究,把扇子巧妙地垫在古玉下,精致地衬托出古玉的朴质润泽。她一栏栏细看,那小老头察言观色,一张嘴就开始侃侃而谈了:"美女定是喜欢古玉吧!"

这时旁边来了一对旅游的夫妇,翡翠笑了笑道:"我慢慢看,你先做生意！"于是她在店里浏览观看，一会儿看看一旁的字画，一会儿又看看这边的古玉。

翡翠指着柜台里的一块西汉玉舞人对这对夫妇说："这是西汉玉舞人，形如天女飞升一般腾空飞舞。宽阔的袖子飘逸洒脱。而当时汉朝所流行的翘袖折腰之舞与这枚玉舞人造型十分贴切，应是从宫里流出来的宝物！这块收藏的话会更值钱些，目前的卖价在四十万左右。虽然贵点，但将来价值很难估计，起码也是上几十万的价（古玩界术语，即五十万以上）。"

接着，翡翠还向他们介绍了各朝代玉的特点，有汉代的汉八刀玉蝉，以及有"宋大粗"之称的宋代玉。最后那对夫妇买了那块西汉玉舞人。

等钱从银行划了账，这对夫妇就要走了。那男人忽然回头问她："可否留下电话？以后若要挑选玉器，可找你帮忙！"

翡翠想了一下，就把电话号码给了他。

"小姐贵姓？"

"冷！"翡翠回应，"冷翡翠！"

"嘟——"电话终于通了。

"代号天鹰组，目标'玉人'可能找到。"刚才在翡翠介绍下买下古玉的男人小声地说道。

"好，收网！调查的事我会跟进！'玉人'已失踪好几年，要小心，别走漏了风声！"

"是！"

"樱花集团已派出樱花，所以我们要尽快确定她是不是'玉人'！"

"是！"

"我会让玉鹰去和她接头，如是'玉人'要好好保护！"

一番交谈后,自己的路子就被她一一点破,小老头看出这个女孩年纪轻轻却是个识货的。

方才小老头拿出的器物都是些明清时仿前代所造的,翡翠四周看了看,说:"老板还不是想坑我,只拿些赝品给我看!"

那小老头一下犯了难,知道骗她不过,于是干脆说:"那边店铺的小伙子最老实,你还是去他那儿看看吧。"于是,他带着翡翠拐了一个弯,往那名为"玲珑望秋月"的店铺走去。

"玉阶生白露,夜久侵罗袜。却下水晶帘,玲珑望秋月。"那店铺很大,玉器品种也很齐全,窗明几净,还别出心裁地在窗上装了木框,精雕细刻的《梅鹿如意图》在窗格子上显得古朴风雅。店内玉器的摆设以及各式自配诗词也怡人。

"一枝红艳露凝香"是李白的三曲《清平调》之一,而汉玉人翩翩起舞,宽袍广袖,神态飘逸,真是汉宫飞燕见了也得倚新装。

那鲜红的玉皮如弄起的飞云流霞,巧夺天工;玉人洁白,如琼脂如凝露留香;衣舞逐惊鸿,带起白色清影之姿,真对得上这"一枝红艳露凝香"!

"一枝红艳露凝香,云雨巫山枉断肠,借问汉宫谁得似?可怜飞燕倚新妆。"翡翠念完叹道,"妙!"

"多谢小姐欣赏!"一个穿着月白唐装的男子走了出来,相貌十分清俊,那洁白的衣装更衬出他独特的气质,一种令人很舒服的气质,平易近人的优雅。国字脸,带点文秀拘谨,却谈不上英俊,清秀修长的身子高却显得文弱。

"他就是这里的老板。他人最老实,生意却老是亏。所以啊,他绝不骗你!"那小老头和这老板看起来很熟。

"刘老,您早啊!"他温和地一笑,那笑容仿如清溪细流,特别和缓舒服,没有俗世纷争。那清澈的眼神也简单明了,安静、清淡。

"我叫顾玲珑,不知有什么可以帮得上小姐的?"

"玲珑?"翡翠脱口而出,顿觉不妥,但话已出口,脸一红,心中暗想,翡翠玲珑,真是太过巧合了。难怪店名为玲珑望秋月,果然别有一番情趣!

"小姐可是想找些高古玉?"顾玲珑礼貌地问。

"你怎么就认为我想找高古玉?"翡翠觉得这小老板年轻老实,就想要耍他,趁机多套点东西。

"你一进来,眼睛就只注视着柜台上的高古玉。"他温和地一笑。

这是一个洞察力极强的男人,月白的唐装领子前挂了一块商代的玉鹰。

翡翠向前一步,头忽地一沉,就要往下摔。

"你没事吧?"顾玲珑赶忙扶住了她。

"没事。"翡翠笑笑。

顾玲珑转过了身,从店小阁里倒出一杯热水来:"小心烫!"他细心地在水里加了一点糖,"小姐定是没吃早餐,低血糖了。"

翡翠接过水杯,疑惑地看着他,却不喝。

顾玲珑一顿,说:"别担心,我绝不会在里面放什么东西。这真是糖。"

翡翠已缓过了神,看着他如此尴尬的神情,一笑,把杯中的水一饮而尽,温温的水不是很烫,一杯下去,她舒服了很多。

"我相信你!"翡翠把杯子递还给他,"叫我翡翠好了,顾玲珑!"

那小老板顾玲珑也是吃了一惊,他俩的名字倒是凑到一块儿去了。

"翡翠,你想要些什么古玩?"他又恢复了常态,变回了一个温文尔雅的生意人。

顾玲珑和她聊起一些玉的知识。

翡翠发现他见识非常广,稍一犹豫,但还是把一些关于"宫墙之画"的内容说了出来,问他知不知道画中人在祭祀什么东西以及画中巫女的来历,毕竟她所知道的非常有限。

顾玲珑听后脸色大变，只简单地说了些内容，让翡翠不要去追查，因为这是个邪祭，对人是没有好处的，还是留给考古学家研究。

末了，他还问了一句："你是在哪儿看到的？"

"只是几幅仿品。"

"还好，这些东西很邪，小姑娘家别去碰，没有好处的！"顾玲珑语重心长地说。

听了这些话，翡翠觉得心里更加压抑。仿佛那双恶毒的眼，忽然又出现在她面前。

看得出顾玲珑是知道"宫墙之画"的内幕的。她觉得这个老板会是个不错的向导，只要和他混熟了，慢慢地打听，一定可以从他口中探听到"宫墙之画"的秘密。她想这些秘密和她的梦一定有着某种联系，她感到害怕，难道是女鬼来向她诉冤？

忽然，她想到了一个可以和顾玲珑混熟的办法。

"我想看看高古玉！"翡翠滑头得很，绕着圈子去套话。

"不如，就拿那玉舞人吧！"顾玲珑转身，翡翠不说好也不说不好。

等他搬了凳子正要开锁，翡翠又调皮地说道："我忽然又想看那二区式夔蒲纹青碧玉铜边镜了！"

顾玲珑也不说话，下了高凳又忙着去开地柜的锁。他个子高更难开地柜的锁，好不容易开了锁，把锦盒小心翼翼地拿了出来，早已热出了一身大汗。

翡翠忽又过意不去，忙拿出纸巾递给他。

"谢谢！"顾玲珑接过，礼貌一笑。

单是这锦盒就很美，金丝绣的龙凤配云纹，缎青作底色，很古朴。盒子打开，散发出清淡的沉香味道，稍稍有点呛鼻，但闻久了，却很好闻。

这是一对龙凤二区金铜镜，比方才翡翠要看的玉舞人更精美。这是战国时期的东西，现在很难找了。铜镜有两面。一面一区是龙纹，夔龙游弋造型简洁，古朴中见真章；二区是云钉纹，纹饰非常大气。外圆内中纹构成天圆地方，四方八位，呈现一种庄严、规整、古朴的风气。

另一面和它配对的图案同样精美：一区凤鸱纹，鸱鸟銮凤的高雅形象，高昂的头彰显着辉煌；二区是蒲纹，很流畅地围绕着凤凰，如仙云缭绕。

"这只是岫岩玉而已，并非和田玉！"看着光润的油脂和春秋战国时期特有的玻璃光泽抛光工艺，翡翠就知道顾玲珑没有骗人。

顾玲珑也不掩饰："如是和田玉料，那就要五百万以上了。如此精美的纹饰现今已很难找了。"他把壁灯开了，橘红的灯光打在玉石上，流光溢彩，非常好看，背面泛黄的铜镜古朴豪迈。

"如此难找，那你怎么得来的？难不成你是盗墓的？"翡翠换了一个法子去套他的话。

顾玲珑挠了挠头，那样子愚笨可笑："是我以前从藏家手里接来的货，这里的每件商品都是清清白白的！"

翡翠把镜子拿在手里看，铜镜上总是黑沉沉地映出变形的脸。再仔细看镜中的影像，身后的街道上，那个女鬼在阴暗处冷冷地看着她！

"啊——"翡翠一慌，镜子"啪"的一声摔在地上，裂成两半，破碎的镜子硬生生地把她的脸撕裂成两半，镜子里仍然能看见那个女鬼在放肆地笑。外面的天很阴，看来马上要下雨了……

顾玲珑安慰着她，但也深感为难，镜子破了，就算可以修补，这件文物的价值也大打折扣。更何况古代的铜镜，是补不回来的。

最后，顾玲珑开口道："我懂修补，所以你别介怀。你脸色很不好，还是多休息为好！"

"不行，我怎能让你蒙受损失呢，你等一下。"

翡翠拿出手机，凭着记忆按了一个号码。

那边接了,是很有磁性的声音:"喂——"

翡翠忽然想不起他叫什么,真奇怪,她不是一向过目不忘的吗?她想了良久,那边也一直没挂。

"迈巴赫,快来帮帮我!"

对方一听,差点没笑出声来:"你在哪儿啊?"

"我在琉璃厂一个叫'玲珑望秋月'的店里。"说完就挂了。剩下的那两人早已看得呆住。

翡翠一看他俩,也觉得自己很失礼,连连说一定赔,一定赔。

"不如这样吧,我明日要去收购一些文物,我看你也是个行家,你就当我的投资顾问吧,还有个义务修复文物活动,你当我助手。这就别赔了!"顾玲珑温和一笑。

"你脑子有病啊你!"小老头刘老已气得不行。

正说着,外面驶来一辆车,停在了店门口。看着那车,刘老呆了,顾玲珑从容自若。

翡翠侧坐着,瞟了走进来的"迈巴赫"一眼。"迈巴赫"见她,脸上浮现出古怪的笑容:"没想到我们这么快就见面了,翡翠!"

"我和你不是那么熟,可不可以叫我冷小姐?"

"哦?不是那么熟,那我是不是可以潇洒地离开?毕竟,你坐在这儿,也是自由来去,还有帅哥好茶招待,并没有人要为难你啊!"说着,他醋意十足地打量了一下玲珑,得意地认为自己比他更优秀时才展开笑容。

"那也行,你不帮忙可以走,我不勉强!"翡翠说变就变,脸色严肃不似开玩笑。

"你——"从未有女人敢拒绝他,"迈巴赫"显然恼怒了,但终是一忍,笑了,"好,我投降!要我如何帮你?"

"先借我二百一十万!"

"迈巴赫"想都不想，从口袋里掏出支票，马上填写了数字。

"谢谢！"翡翠走过去礼貌地对他笑了笑。

"翡翠，我叫子剔透，下次别叫我迈巴赫了！"他在翡翠耳边说，笑容暧昧，完全不顾忌旁人。

"翡翠玲珑剔透！你们还真会凑一起啊，都是帅哥美女，你们可别搞三角恋才好！"刘老见钱有了着落，就开始侃大山了。

"哦？他叫玲珑？"子剔透也很意外。

"正是。"

翡翠要了一张顾玲珑的名片就准备离开："顾老板，怎么说我也欠你一个人情，明天我一定来帮忙。"

顾玲珑一笑："看来你这个朋友啊，我倒是交定了！"

翡翠也是一笑："这句话应该我说才对！"

翡翠脚尚未迈出大门，那子剔透就走近说道："翡翠，能否赏脸陪我喝杯东西？"他很绅士地做了个请的手势，优雅地把门打开。

出了店门，凛冽的风一下就刮到了脸上，翡翠紧了紧上衣，看也不看他，说道："对不起，我很忙！"

"好歹你也欠我一个人情，难道你不打算还吗？"子剔透那不达目的不罢休的微笑让翡翠讨厌。

"我可没说非要你帮我不可，子先生！"翡翠似笑非笑地看着他。

"有趣，你真是个有趣的女孩！"

"谢谢称赞！"翡翠大方地一笑，毫无扭捏之色。

正当二人站于店前，讨论着走还是不走的时候，一辆法拉利从远处开来。翡翠心里盘算着怎样还子剔透那二百一十万，她可不想问家里要这些钱来买镜子，尽管她也很喜欢这面玉铜镜。

她正思考着，那辆敞篷黑色法拉利一个转弯，漂亮地停在他们面前。

由于天气冷,所以敞篷没有打开,看不见里面的人。

翡翠不愿和子剔透继续纠缠,急着要走,而子剔透却在一旁暗自比较地打量着这车。价格在四百万左右,远远低于自己的迈巴赫,他却不动声色,看见低着头要走的翡翠,于是打趣着:"你不是又欠了谁钱这么急着走吧?"

翡翠却不理他的笑话,只管自己走。

"翡翠!"一个十分英俊的男人从车上下来,挡住了翡翠的路。

子剔透在一旁看着没有出声。

翡翠一抬头,却是一愣。她没想到会那么快又见到他,昨日若非为了新闻稿她也绝对不会见他。

"翡翠,你最近过得怎样?"

还是昨日的问题,翡翠也不打算回答,只管自己走。但那男人却拉住了她:"你怎么会问别人借钱?"他顺势看了眼子剔透。

"这与你无关吧,简先生!还有,请你别跟踪我,否则,我告你!"翡翠仍是低着头,被风一吹,脸上越发苍白冰冷。

子剔透上前,将翡翠拉到自己这边:"简世兄,请你庄重点。她并不想见你!"看着翡翠咬出血丝的唇,让他怜爱。他说这话时,脸上全是认真,没了以往纨绔子弟的那种满不在乎,让翡翠和简影都很错愕。

简影很有风度地放开了手,而子剔透也放开了翡翠的手。三人就这样愣在那儿,谁也没有说话。风呼呼地刮着,刮得脸生疼。

"翡翠,我想请你做电视台的主持人!"简影突然说道。

"没兴趣!"翡翠说完就转身要上子剔透的车。

子剔透连忙为她开车门。简影大步走上前,想拉住车门,却被开门的力度打到了手,那表情是很痛无疑。翡翠神色一变,想开口,却又忍住了,站在那儿,没进车里也没说话。

三人再次陷入了沉默。

"请你让开!"翡翠终究还是说话了。

"翡翠,我知道你从小就很喜欢当主持人,喜欢中国的文化。所以,我特意给你留着这个位置。翡翠,为了自己的理想,你别放弃这个机会。这与我无关,如果你是讨厌我的话,我绝不会出现在你面前的!"

"够了!"翡翠打断了他的话,就要进车里。忽然,她又停住了,转身把铜镜向子剔透晃了晃,"为你找到好买家了!"

子剔透何等聪明,马上从翡翠手上接过包装好的玉铜镜,笑了笑说:"我可没说过要出售。"

"这可是我的!那二百一十万只不过是我向你借的!"翡翠拉着他衣衫,说话不容拒绝。她真的是一个任性而又自尊心很强的人。子剔透在心中想着,于是站在旁边不再干涉她的事。

"你那么想我进去?那你先买了这铜镜,一千万!"翡翠带着复杂的心情对简影说出了这句话,她这样做很明显就是要羞辱他。这镜子顶多值三四百万,他买了就会浪费巨额金钱,得不偿失;不买就会没有面子,怎样做对于他这样的人来说都是一种羞辱和嘲讽。子剔透蒙了,简影与她之间究竟有怎样的恩怨纠葛,会让她如此恨他?

"好!"令人意想不到的是,简影竟然答应了这无理的要求。这可是亏本的生意!

翡翠没想到他答应得那么爽快,而一旁的子剔透只是一笑,早猜到了面前这位有钱有地位的男人会有这个举动。忽然间,他似乎看出了翡翠心底的伤痛和她的纯洁简单。她外表看似风情万种,实则根本不懂男人的心思,一切都只不过是她为了掩饰自己的脆弱。就那一瞬间,他爱上了这个有着朝阳一般面容却内心无比脆弱的女子。如果在之前是出于好奇和对美色的猎艳心理,那这一刻却是发自内心的怜惜和喜欢。

翡翠深深地看了一眼已拿在子剔透手上的玉铜镜，叹了口气。

一辆出租车刚好路过，被翡翠叫住。她一回头，说道："那一千万就当是我还你的钱，子先生！"然后绝尘而去。

她是那样果断，仿佛那一千万就是为了摆脱和子剔透的纠缠，也用那一千万报复简影，却不答应他的请求。

这个女子，果然特别，聪明得很！子剔透暗暗下了决心，他不甘心她就这样用一千万打发了他，但看得出，她是对这个电视台的邀请动了心。

再见到顾玲珑是在一次私人会展上，这个文物展是顾玲珑的一个朋友办的，就在他朋友的私人别墅里展出。

大厅里，白底蓝花的长及脚踝的贴身棉袄式旗袍把翡翠玲珑有致的身材完美地勾勒出来。肩上还披了条粉藕色绒毛大围巾，高贵典雅。开襟的珍珠纽扣，那圆润的光泽更衬出怀旧的气息。

顾玲珑仍是一身的唐装打扮，藏青色的团龙唐装显得分外儒雅，站在人群中是那样特别。看见她到了，顾玲珑从人群里走了出来迎接她："我还以为你不来呢。"

"义务劳动服务大众也是件好事啊！"

他俩相视一笑。

这次展出的文物有几件是顾玲珑的朋友捐赠的，但有一件坏了，所以需要修补。顾玲珑懂得修复文物，这让翡翠很佩服。

顾玲珑和他的朋友到一旁叙旧，别墅很大，有许多贵宾，人来人往非常热闹。

忽然，翡翠开始坐立不安，一种被监视的感觉油然而生，背后的某个角落里一双眼睛正盯着她，她转过身去找，但看到的都是陌生的人。

由于不安，她站了起来，慢慢在人群中寻找，不知不觉就走上了二楼。

二楼正进行着有关古玩的讲座。那不是有名的节目主持人李深雪？！于是翡翠走上前去，听她的讲座。

李深雪举手投足间很有味道，咖啡红的大卷长发使她显得成熟干练。等她说完了，翡翠走上前去，微笑着把她方才说错的一个地方纠正了过来。

李深雪大感意外，看了看稿子，笑着说："真不好意思，倒是我误导大家了。确实是把贲巴壶的壶型说错了。没办法，我是半途出家的。"说完马上向大家纠正自己的错误，丝毫不顾忌面子。

翡翠悄悄地离开了这个小型的会议室想去找顾玲珑，走着走着那种被盯着的感觉又来了。她回过头，看到穿白色裙子的身影转向了三楼的楼梯。她飞快地跑过去，楼梯处空空的，她犹豫了一下，还是匆匆地向楼上跑去。

这是一个全是镜子的三维空间，连地板都铺着镜子。这里很静，没有人。那种被盯视的感觉无处不在，翡翠走了上去，走在玻璃上的感觉除了新奇更多的是一种未知的恐惧。

她，又出现了！在镜子中穿梭，每张脸都是平淡的苍白。

翡翠在镜子中拐着弯，猜测着她想做什么。她忽然停了下来，缓缓地脱下了上衣，左边乳房上一个红色的像钩一样的胎记刺激着翡翠的眼睛。

"你究竟是谁？"翡翠一慌，左边的胸口紧了紧，心脏跳得极快。

话音刚落，那个女子不见了！翡翠疯狂地朝着女子不见的地方跑去。

"翡翠！"一声猛喝，翡翠心猛地一紧，却已经从三楼的阳台上掉了下去。忽然，手被抓得生痛，一个熟悉的男人拉住了她。他一只手抓着栏杆，半边身子悬在空中，另一只手死死地拉住她。

翡翠终于清醒过来，从镜子的反射中，她看见了那个女鬼正在向她冷冷地笑。

"子剔透，你疯了？快放了我，不然都要死！"

"抓住了你，我就绝对不放！"

幸好顾玲珑及时赶了过来，他当机立断抽起旁边的电线扔给翡翠，并用力地拉住子剔透，和接着赶来的人一起把他俩拉了上来。

等他们安全着地，翡翠分明听见人群中有一声叹息……

由于出了意外，大家都纷纷离开了别墅。

"你不要命了？！"翡翠责怪一旁的子剔透。

"傻瓜！难道看见你有危险，我能见死不救？"子剔透温柔一笑。

子剔透轻拍着她，等她稳定了情绪，把一杯温水递给她。

"能和你聊两句吗？"这时一个穿着西装的男人走过来礼貌地问。

子剔透礼貌地走开了。来人自报了姓名，他叫古月，是电视台的台长。刚才他听到了翡翠和李深雪的对话，所以很冒昧地想请她担任他新策划的一档古董节目的主持人。说着递上了名片，也说了这个古玩节目还没有最后定，所以翡翠有一定的时间考虑。

躺在床上，翡翠久久睡不着。她又坐了起来，缓缓地褪去了厚厚的睡衣，左胸口上一道钩形的红色胎记尤为醒目，和那女鬼胸口上的胎记真像！为什么自己身上的胎记和那女鬼的一样？

带着疑问复又躺下，今天真是太惊险了。迷迷糊糊中，她好像听见谁在说话。可今晚系里有狂欢晚会，现在宿舍里只有她一人。

谁在说话？仿佛一盆冰水倒向了她，她"噌"地坐了起来。

窗不知何时开了，黑暗中，白色的窗纱在狂舞。那个女鬼站在窗前，云鬟散落下来，在夜风中飞舞，挡住了脸。

翡翠连滚带爬地"啪"地开了灯。亮得刺眼的宿舍里，哪有什么女鬼。

"主人，快接电话……"

电话？我的铃声什么时候变了？翡翠按下接听键："喂？"

长时间的沉默，她正要挂断，那边"嘻"的一声。

那种笑声在黑夜中令人毛骨悚然。电话断了，再拨回去，是空号。

一阵寒意冷遍全身。"丁零"一声，手机又响了，在夜里无比刺耳。这次是短信。

"宫墙之画！"

没有号码。但翡翠抓着一线机会马上回复："你是谁？"

翡翠在公墓间慢慢地走着，一座座耸起的坟如鬼影憧憧。

"呀——"一只乌鸦从树枝上飞走。翡翠机械盲目地走着，突然，在一个坟头前站住，一幅画卷置在坟前。她捡起，转身，往回走。

一个踉跄，她被绊倒，扶起她的人是子剔透。她忽然醒过来，我怎么在这儿？她穿着睡衣，只披了件棉袄，在冬夜里冷得直打战。

"翡翠，我不放心你，所以开车过来，刚好看见你搭上了出租车，我就一直追来了。"他一把拉过她冻僵的手，想把外衣披在她身上。他的手忽然停住了，借着微弱的月光，他看到翡翠的大衣上满是血迹。

正在此时，有警车开过来。

翡翠不知所措地往后退，就在捡起画卷的那个坟后，躺着一个男人，他脸上的枯叶被风吹开，一双眼被挖走，血淋淋的，只剩两个眼窝。

"啊——"

经过多方面取证，翡翠被放了出来。因为作案时间不对，男人是在家中被杀，眼睛也是死后被人挖出，而翡翠一直在宿舍，这个管理员可以做证。

重回到宿舍，已是第二天晚上。奇怪的是，警察竟然没把这幅画没收，她能这么快出来，子剔透没少花工夫，她又欠他一个人情。

在宿舍等她的还有顾玲珑。

看见她，顾玲珑赶紧扶着她进来，将一杯加了糖的温水放在她手上。

在短短一天之中经受了这么多的恐吓，翡翠终于在回到宿舍后忍不住哭了出来。顾玲珑只静静地拥着她，让她尽情地哭。

"那是其中的一幅宫墙之画，但很遗憾，这幅画也是假的。由死者胡先生收藏。"等翡翠情绪稍稳定之后，顾玲珑给她说明了这幅画的来历。

他有节奏地敲着桌面，这有力的声音让翡翠觉得心安。

"这图共有五组，但据我了解，这些图画很危险！"

翡翠低着头听着，觉得一切是那样不可思议。这五组图每隔一段时间就会出现，由不同的收藏者拥有，但收藏它们的人总会离奇死亡，而且，这些画都只是仿品而已。

在去年已经有一起命案发生，死者为康宏集团的年轻总裁，遗体只有上半身，躺在了浴缸里，下半身不知所终。死者家中唯一不见的就是编号为"一"的"宫墙之画"！

翡翠条件反射般地打开画来看，这幅画的左下角，隐隐约约地标了一个"一"字。

这个宿舍，翡翠为什么觉得如此寒冷……

不对！简影的办公室里也有这一系列的画，难道他……

第三章
被诅咒的"宫墙之画"
GUI ZHUO

所有的一切显得那样扑朔迷离，不等天明，顾玲珑就带着翡翠往文氏集团而去。

因"宫墙之画"而死的已经有两个人了，翡翠感到害怕。那天在简影办公室出现的女鬼，难道简影他也……翡翠不敢再想象。

简影对翡翠的拜访感到很惊奇。但翡翠在打了他的电话后终于放下心来，至少证明他还是安全的。简影就住在办公室里，不一会儿翡翠和顾玲珑就到了。

大厦还是那么安静，在这里发生的一连串事情，她还历历在目。但这次却很安全，电梯没再出故障，只是大厦还是那么黑。

走在顶层的套间，还是一片黑暗。翡翠不由自主地拉着顾玲珑的唐装衣边，顾玲珑轻轻地搂着她前行。又看见那面镜子了，幽幽地放着黄光，如鬼魅的女人在黑暗中，一步一步地向他们走来。顾玲珑胆子大，正要上前，却眼一黑倒在了地上。

"嘻——"女鬼公然地向翡翠挑衅。

翡翠不由得后退，想往外跑，跑到走道时才发现房门关上了……

她没有了退路，没有了选择。她回过头来，却发现顾玲珑不见了，女鬼也不见了。

灯一下子全亮起来。

"翡翠，你终于肯见我了！"

翡翠再也顾不上以前的恩怨，扑上前拉住简影："这里有鬼，你看到她了吗？"

"你冷静些，你一定是自己吓自己了。我刚从里面出来，根本没有鬼。"简影拉着翡翠进去，翡翠却一个劲地说那画后面有鬼。

简影把画全都摘了下来，却什么也没有。

看着那些画，翡翠感到所有的事都没有一点头绪。

"咚——咚——"

"什么声音？"翡翠连忙向后退去。

简影正在泡茶，茶水被她撞了一地。

"别紧张，我没有听到什么声音。"他把一杯六堡茶放到她手上，"还记得我们在家乡的日子吗？我带你去采茶叶，那是我人生最快乐的时光。"

"咚！"

一声更为剧烈的响声从原本挂着画的地方传来。

杯子打翻在地，简影阴沉着脸站了起来，走近墙壁。

"这大厦是我刚从老文那儿接管的，那些画也是他的！"

"什么？"翡翠大惊。

"顾玲珑？！"翡翠急得要发疯。就在这时，灯灭了。

房子里传出了一个女声，唱着翡翠听不懂的歌谣，让人感到如同置身茫茫的大海，没有出口，在海中孤独地漂着。翡翠在黑暗中摸索着前进，脚一绊，摔进了一个箱子里。不，那是棺材！翡翠想挣扎，但那种声音无疑有着魔力，她觉得昏昏沉沉的，只想睡觉。

她又一次被外力扯住，倒在了简影的怀里。那种淡淡的古龙香水让她

清醒。灯亮了,这个房间里仍然只有他俩,这次简影的脸色也变得很难看了。

"咚!"

墙面又响了起来,简影让翡翠站在他后面,然后上前一步,在墙壁上仔细地摸索着,忽然用力一推,墙转动了,顾玲珑跌了出来。

翡翠看见顾玲珑,大喜。顾玲珑却让她别过去,一把挡住了她:"你要有心理准备!"

她抬头望去,墙壁里还有一副棺材!

警察来了,棺材被打开。老文躺在里面,面部表情十分惊恐。法医初步鉴定,死于心肌梗死。为什么他死后会在墙里?无人得知!

顾玲珑看着这五幅图。祭祀的祭品"肴蒸"可分为,房蒸(用半牲)、体解(牲体一部分)和全蒸(用全牲)三种。第一个死者只有上身;第二个死者没有了眼睛,而眼睛是人体的一部分;最后的死者却是全尸。为什么会和祭品的形式如此相符?

他想到了一个人,或许能够为他作出解释。

车子缓缓地驶过了繁华的商业区。顾玲珑开车很冷静,不爱说话。

"待会儿给你介绍一个特别的人!"手握方向盘的顾玲珑头稍稍地侧了侧,语气平淡地说。

"哦?"翡翠知道,像他这样的人,说话越镇定,那他所要说的就越非琐碎小事。翡翠忽然发现,自己为何如此肯定,仿佛和他认识了很久。或许是共同经历了生死吧!她觉得自从踏进了那栋大厦开始,她的生活就全乱了。慢慢地,她也就习惯了那种害怕。

"他跟你一样,是个六堡茶爱好者。"

翡翠一笑,却问起了他来:"为什么遇到那种事,你还是那么镇定?"

而顾玲珑仍是认真开他的车。过了许久,他忽然冒出了一句:"平生不做亏心事,半夜敲门也不惊!"

半夜敲门也不惊?!听了这句话,翡翠忽然觉得释怀了。她也是坚信这句话的,她没有做过坏事,所以应更坚强地去面对!

"你怎么知道我喜欢六堡茶?"

"刚才听到你们的对话。"

翡翠抬头看他,他的洞察力如此敏锐,能把很细微的事记住,那种感觉很熟悉,好像自己也曾经有过。

翡翠无奈地摇摇头,注意力高度集中的一个古玩店小老板,何必想得那么复杂。

终于到了,首都博物馆很大方堂皇,简洁的外形现代感十足,也保留了古典的气息。翡翠一愣,拽了拽他的衣袖:"不买票就能进去?"

顾玲珑轻敲她的脑袋:"你不是这样不开窍吧?"

翡翠尴尬地吐了吐舌头,向他做了个藐视的鬼脸。

门口的老大爷见了他,寒暄了几句。老大爷很和蔼,笑言顾玲珑的这个小跟班不错,稳重大方。翡翠不好意思地对着老大爷一笑,说了几句好话。一阵冷风刮过,翡翠还让他多注意保暖,一席话说得老大爷暖到心里去,不愿停下话匣子。

还是顾玲珑及时打住,不然他们真的能聊到天黑。看到翡翠终于恢复了精神,他也觉得轻松很多。走在首都博物馆里,顾玲珑放慢了步子,一件件地欣赏着馆中的珍品。翡翠自然也不会放过这个机会,大家都专注地看着,不说话。忽然,顾玲珑却说道:"你还真能侃,门外那老大爷可是很少像今天那样夸人的。"

当走到拐弯处时,顾玲珑加快了脚步。翡翠紧跟在后,走在空荡的地板上,响起"噔噔"声。

一个全身西装的男人出现在翡翠和顾玲珑面前，他大概三十出头的样子，倒也算得上沉稳潇洒，一脸刚毅，轮廓分明。

一般第一次见面总要礼貌地握握手，但他却一句话也不说，双眼看着翡翠，仿似出了神。那种目光并不放肆轻浮，但让人不舒服，仿佛不看穿了你不罢休的样子。而且，他的眼中还似乎带了三分忧虑之意，让翡翠百思不得其解。

"这位小姐，恕我直言，你气色很不好！你最近是否遇上了什么事？"那个男人直接问道，这让翡翠十分反感，于是只说没遇到什么。

那男人也不强求，和站于一边的顾玲珑聊了起来。

不知道为何，只要一听见谁说起她身边发生的灵异的事她就很反感。她又想起了简影，那个负心的男人就是以此为借口而离开她的。

开了小差，翡翠也没听清他俩说了些什么。那男人从顾玲珑手里接过了用红布包裹好的玻璃箱，领着他们往办公室走。

顾玲珑拉了拉后面的翡翠，见她一脸阴郁，便安慰她说："我的朋友对玄学那方面有些研究。他是个好人，只是脾气稍怪了点。"

办公室很雅致，进入二进式的拱形镂空雕花檀木门更显古典。全是实木家具，摆设也很讲究，按风水五行布置，在进门时设了玄关，然后是三副镀金镶铜连接画屏。一旁的方形文博木架子（专门摆放文物古董的架子，也叫博古架）上摆放了许多陈设品，有清代的青瓷花瓶、古玉花件等等，还有一面很独特的镜子。

顾玲珑告诉翡翠这些都是那男人的个人藏品，这还只是一部分，能进入他办公室的没几人。

那男人拉开了窗帘，木雕的花格子窗棂很漂亮，是冰拐子纹，在冬日下虽说冷了点，但很清逸。

这个办公室布置得很雅致，看得出这是个有品位的男人。

"我叫唐宋元！"那男人伸出手，翡翠礼貌地握了握这双沉稳有力的手。从唐宋元很有礼貌的举动中可看出他是一个深受儒家文化影响的人。

唐宋元让翡翠随处看看，自己和顾玲珑商谈些事情。这时翡翠才发现，顾玲珑还带了个玻璃箱来，这应该就装着顾玲珑先前说的请他帮忙修复的文物。唐宋元摘下红布，看了许久，赞叹顾玲珑手艺精湛，让他可以少干很多活。顾玲珑一摆手，笑着指了指翡翠。

唐宋元扭头看向翡翠，沉思着顾玲珑说的话，神情是永远不变的肃穆。

翡翠倒没注意他们在聊什么，只是被这面唐代的海棠花式样的铜镜吸引住了。富丽堂皇的造型很符合唐代的风格，这是面难得的古镜。唐代的铜镜打破了以往以圆形作镜的传统，更加新颖独特，有菱花的、八菱的和海棠花等式样。

翡翠正欣赏着，忽然，古镜内流淌了水一样的波纹。她一惊，靠近观察，水波仍在荡漾，然后慢慢地归于平静，她好像看见了什么，但又看不清。于是，她凝神注视，镜中终于慢慢地、慢慢地显现出三节连扣的玉镯子。真的是玉镯，没有看错，翡翠精神一松开，马上所有的一切又变模糊了。等她想再看，任凭怎样凝神静思仍是毫无收获。

"你看见了什么？"

翡翠回头，迎向了唐宋元那双沉静的眼睛，那样深，根本使人看不透。

翡翠不回答，只是静默着。唐宋元走过来拿起了镜子，其实镜子不算太大，但能很清晰地把人都照进去。

唐宋元擦拭着本无灰尘的铜镜，说起了它的历史。这是他祖传的瑰宝，叫"先知"。通过它，有缘人方能得到启示。这面镜子是有选择性的，被它选上，不见得就是好事。最后一句话，深深地敲击着每个人的心。

顾玲珑笑着打破沉闷的气氛，让唐宋元别吓着小女生了。

唐宋元仍是那副无比沉静的神情。他把镜子递给了翡翠，大家都是一愣,他不紧不慢地说:"你是有缘人,它会帮助你的!如果有需要,可来这儿找我!"说完便谢过了顾玲珑,然后下逐客令,完全不顾及谁的面子。

顾玲珑说得对,这真是一个奇怪的人!

车子上,一向沉默的顾玲珑开口了:"我们所看见的五幅'宫墙之画'中,有一幅是完全错误的!正确的应该是记述了卞和发现了神石并让它成为完美璞玉——和氏璧的事。那些楚风巫术也和和氏璧有着密切的联系,但唐宋元还要再查些资料才能答复我们。那些真正的'宫墙之画'到底在哪儿?"

走在偌大的校园里,翡翠心情颇为沉重。她对于唐宋元的怪异行为感到纳闷,如此贵重的镜子借给她,还要帮他保管,这是哪门子道理啊!尽管是有宝器在手,但她怎么也高兴不起来。

翡翠踢着路边的石子,她又看见了那个疯疯癫癫让她不要收下与手有关的礼物的老人。那老人看见翡翠如见了瘟神一般匆匆躲开,神色惶惶。

翡翠很是纳闷,他的态度何以转变得这样快?

"啊哟——"翡翠一个趔趄,被人重重撞了一下。

"不好意思!"一个高挑的清秀女孩侧身道歉。

"没关系!"翡翠正想离开,低头时无意间看见了女孩手腕上那精致的唐代镶金虎头白玉镯。与跳楼死去的女孩戴的是同一对!

那高挑女孩看出翡翠盯着她手腕的玉镯出神,心虚地遮住了手,急着要走。

"哎,等等!"翡翠拦住了女孩的去路。那女孩有些不耐烦,怒斥她想如何。

翡翠觉得女孩面熟,仔细回想,她是表演系的学生,文颜。

"你是文颜?"

"与你何干？"文颜越发不耐烦，右手一直搓着左手上的玉镯，眼睛游移不定，带了惊慌。

翡翠问起镯子的来历，说这镯子绝不是她的。

文颜脸色大变，一把推开了她说："你没资格管我的事。"

文颜不再理她而大步往前走。

"遇上这镯子并非好事情！如果你后悔了，可来怡心小园Ａ区找我。"翡翠向着她的背影提高了声音说道。

文颜听了顿了顿，但还是匆匆离开了。

回到宿舍就数师乐丝最兴奋了，缠着翡翠问她这两天去哪儿了。

翡翠就是不答，乐丝坏坏地笑着："老实交代，跟哪个帅哥跑了？"

翡翠一笑，推开了她凑过来的脸："我前夜在宿舍的时候你还在外面狂欢呢！"说着从背包里小心地掏出了那面唐代海棠花式古镜。

乐丝简直不敢相信自己的眼睛，摩挲着镜面入了神。翡翠突然灵机一动想到了把镜子挂在正照着窗台的墙壁上。

为什么会有这种灵感？翡翠一愣，只怕也不见得是什么好事。不多会儿，她已经把镜子稳妥地固定在了墙上，还有一把精致的镂空九连环的钢丝扣链，刚好扣在了她的铁架子床上。这个扣只有唐宋元给翡翠的钥匙能解开，而其他人哪怕砸破了镜子也弄不开锁。但她多少还是不放心，总觉得抱了个随时会被人偷的定时炸弹回来。

天暗下来了，翡翠偶然地抬起了头，这一抬，让她不敢相信自己的眼睛。

一个白衣的女子从窗外飘过。是的，飘过，因为外面是九楼高空。翡翠所有的毛孔一下子张开，这一刻她希望自己是看走了眼。

她低下了头，假装看书。汗水滑落，她用眼角余光看着镜子，她看见那是那晚从地面前摔落而死的女生，那唐代镶金虎头白玉镯的主人。

女生的长发覆盖了面庞，慢慢地，如放慢镜头一样，一步一步悄悄地爬上了窗口，仿佛她的脚下是实地一般从外爬进。

一只苍白的手抓住了窗棂，她的头发垂在地上。翡翠的心跳几乎停了一拍，不久前的那一幕又重现眼前，她跳楼时被衣杆钩断的手扯住了自己的发丝。一个激灵，翡翠感觉到一只手搭上了她的肩膀！

翡翠身子一抖，回头却发现镜中的自己肩上并没有手。

而镜中，她腰身已越过了窗台，一只流血的断臂赫然出现在翡翠眼中。翡翠死盯着镜子不敢回头，她手上拿着的书，已经看得出在颤抖……

风中飘着一股淡淡的香水味，是 Benetton 牌子特有的味道，带着死亡的味道，她又回来了，如同那天晚上，飘过淡淡的香……

校园外，一个阴暗的角落里跪着一个老头。他抬起头，眼睛在黑夜里闪着贪婪的光。钱纷纷地落在他的头上，他疯狂地跪拜，捡着地上的钱。

"只要你好好地为我办事，我会给你更多的钱！"一个男人看向女生宿舍楼的 904 房出了神，他撒了多少钱，连他自己也不清楚……

"翡翠，走吧，你好久没陪我逛逛了。"

是乐丝？危险！翡翠回头刚想喊她，发现她并无异样。

难道，只有我看得见？翡翠惊恐地重新看向镜子，镜子里却什么也没有。再转身回头，后面只有被风吹得上下翻卷的衣裤，犹如一个个吊死鬼，瞪着眼看着她……

难道是我自己吓自己？翡翠回应得很勉强，那笑容像哭出来的一样。

翡翠和乐丝走在校园外面的街道上，虽不是市中心，但也非常热闹。翡翠的脑子里一片混乱，我到底是怎么了？为何会碰上这么多奇怪的东西？

突然，翡翠手上生痛，如被钳子钳住了一般。

"你逃不了的！"

她回头一看，是那个疯疯癫癫的老头。

"你放开我！"翡翠挣扎着要甩开他的手。

那老头突然哭了起来："不要，你不要过来！"他惊恐地看着翡翠身后。

乐丝早已吓得花容失色，而翡翠也是惊恐莫名，神经质地回头看，身后只有自己纤细修长的影子。

老头吓得跑远了，一边跑一边发出哀号。

翡翠与乐丝哪还有逛街的心情，都胆战心惊地回了宿舍。进了怡心小园，却一片黑暗。

"翡翠，怎么这么黑……我怕！"乐丝紧拉着翡翠的手。

翡翠心里也是怕，但还是鼓起勇气去安慰她："应该是停电了，大楼经常跳闸，通常很快就会恢复。"虽然这样说，但还是紧张得直冒冷汗。

两人手牵着手，慢慢地向九楼走去。楼梯上是那样安静，安静得可怕。

"噔噔噔……"

一阵刺耳的声音从楼下响起。乐丝吓得就要大叫，翡翠捂住了她的嘴。

"噔噔噔……"声音没了方才的刺耳与尖锐，好像飘远了。

翡翠与乐丝这才放下心来，低着头赶紧往上走。那种恐怖的高跟鞋发出的声音越飘越远，缥缈的余音仍在刺激着脑神经。三番五次地受到惊吓，乐丝的心脏负荷已经达到了极限。

一方白纱从翡翠身旁飘过，冰冷的触觉麻痹了全身。一声尖叫，乐丝昏死过去。白衫裙子飘过，暗淡的月光下，她有影子！

翡翠看着她从自己身边走过，脚上穿着一对血红的高跟鞋，长发遮住了脸，仍在往下走，但却没有声音！

"文颜？！"唐代镶金虎头白玉镯在她手上发着寒光。她仍是低着头往下走，似乎没有听到翡翠的叫声。

翡翠头皮发麻，但她看文颜像是梦游，知道梦游者是不能在梦游时被叫醒的。她唯有跟着文颜走。

文颜一步一步地往下走，走得那样自然。到了二楼，拐弯，继续走。忽然，她停在了201号门前。

翡翠大步走上前，一看，地上有双白色的高跟鞋，每只鞋跟处还绑着个血红的蝴蝶结。她如被闪电击中一般，这双鞋她印象太深刻了，那是跳楼死亡的女学生的鞋子！

翡翠此刻只想逃。四周那样幽黑，过道走廊上，风呼呼地吹。风吹起了文颜的白纱裙，正值寒冬时节，她只穿着一条单薄的白色连衣裙。

文颜优雅地换上了鞋子，那双鞋子穿在她脚上那样合适，像是为她定制的一般。方才的那种声音又来了，"噔噔噔"，从文颜的脚下发出。那白色的衣裙、唐代镶金虎头白玉镯，以及绑着血色蝴蝶结的白色高跟鞋，披散的头发。那死去的女生仿佛站于翡翠面前！

翡翠在寒风中打了一个寒战。

她静静地跟着文颜往上走，到了九楼，向904走去。文颜一边走，一边发出"咯咯咯"的怪笑，笑声回荡在悠长的走廊上，令人毛骨悚然。

这时，文颜举起了手，苍白的手搭在门上，了无生气。"咔嚓"一声，门开了。不知何时，她的手上多出了一把钥匙！

翡翠看着洞开的大门，黑暗带着危险的气息扑面而来，吹起了她的长发。只见文颜慢慢地向窗台走近，翡翠浑身一颤，难道……

念头闪过的一瞬间，翡翠飞奔而起，说时迟那时快，终于早一步拉住了文颜的手。唐代镶金虎头白玉镯在翡翠的拉力下，颓然坠地。

"嘭"的一声，玉碎成了三截，文颜一下子倒在地上，最终没有从九楼跳下去。翡翠悬着的心刚想放下，忽然看见窗台楼下的园林装饰绿化带里闪过了一个白色身影。像极了那死去的女生的白衣裳，那一闪而过的……

真的是"人"影吗？

　　看着碎裂的唐代镶金虎头白玉镯，翡翠几乎要陷入歇斯底里的状态，但仍然担心昏迷的文颜再遭不测，于是将她背回屋里，放在了自己的床上。

　　翡翠拿过热毛巾敷在她头上，帮她按摩两边的太阳穴。文颜终于醒了过来，发现自己在陌生的环境里，慌忙起身，连忙说要走。

　　翡翠按住了她，把那断开的玉镯拿给她看。她更是吓得脸青唇白，干脆什么也不要了，让翡翠爱怎样处理都行。翡翠问她到底发生了什么事，她却不肯说，最后硬是推开了翡翠，跑了出去。

　　看着已经断为三截的镯子，翡翠再次意识到，这镯子背后一定隐藏了什么。

　　翡翠拿起了玉镯子正想细看，手机铃声响起。断开的玉镯子顺着翡翠拿着的倾斜姿势，其中一截掉出了一粒珠子，"嗒"一声滚到了床下。

　　"喂，你好。"她接起电话。

　　"你好，我是古月！"

　　翡翠沉默了数秒，才回过神。

　　"你好！我是翡翠！"

　　古月把大意说了，其实就是让翡翠明日去电视台商量一下她的节目安排。翡翠想到明天是文博的瓷器鉴赏课，对她而言，顾玲珑就是最好的老师，学校的课看来是不得不逃了，于是答应了下来。

　　挂了电话，翡翠心想修复文物并不是自己的强项，这个断裂的玉镯唯有等顾玲珑来修复了。

　　忽然，铃声又响了，翡翠疲惫地接起电话："你好。"

　　"我是子剔透，明天我想见你！"

　　尚未等翡翠回答，手机的那一头却挂断了。

　　翡翠放下手机，耳朵被手机压得有点痛。

走在电视台的大厅里，高跟鞋踩在冰冷的云石地板上噔噔作响。古月亲自在大厅迎接，翡翠矜持地一笑，算是打过了招呼。古月也很绅士地做了一个请的动作，推开了门，先让翡翠进去。

这是一个小小的制作室，古月一一介绍了工作人员，告诉翡翠不必拘束。翡翠笑着向大家问好，也谢过了古月的细心关照，古月只是淡淡地一笑。

"不知我们要商量的是怎样的节目？"翡翠看向众人。

一个年纪稍大的男人，目光锐利地看向翡翠："听说，你是个在读研究生？！"

"是的。"翡翠淡淡地回答，并不觉得在读研究生有哪里不对。

"高先生，冷小姐对于古玩文物方面的造诣很深！"古月向前走了两步，站在翡翠身后为她辩护。

翡翠仍是淡淡地回答："只是一点爱好罢了！"

话一出口，高先生投来了更犀利的目光。他从口袋里掏出了一个像扳子，更像一截斜着削开的竹段形状的小小物件，将它递给翡翠。

翡翠起身恭敬大方地双手接过，在手上把玩了一阵，娓娓道来："开弓钩弦之具。《说文》曰：'韘，射也'，说明此器为骑射之具。穿孔可用来系绳，缚于腕部，用时套于拇指上，张弓时，将弓弦嵌入背面的深槽，以防勒伤拇指。初见于商代，流行于战国至西汉，但到后期，原先的功用逐渐弱化，于是演变为一种装饰品。"

翡翠顿了顿，把玉很规范地戴到手上，以显示它的用途，接着说道："这件玉是青绿色玉，有褐斑。商后期，它是古人射箭时套在拇指上的扣弦器，上端呈斜面形，全形似半截壶嘴，中空，可套入成年人拇指。正面以双钩阴线结合减地浮雕，饰兽纹。兽鼻两侧各有一圆孔，背面刻一中凹槽，弓弦恰可纳入背面凹槽，两个圆穿可系绳缚于手腕。1976年河南安阳殷墟（商）妇好墓出土了迄今所知的最早的一件玉。而我手上的这件玉是很高水平的仿品，几乎难辨真假。虽是仿品也是高价钱的东西！"

"很好！"高先生的脸上终于绽开了笑容，他由衷地赞赏，鼓起掌来，而一旁的人也纷纷鼓起了掌。

"班门弄斧，让大家见笑了。"翡翠双手恭敬地把玉交还给高先生。

"我叫高自清。我平生佩服的人没几个，这小娃子算是一个了，这件玉即使是行家也没有几人能分辨出真假。"高自清接过玉，话里也尽是傲气。翡翠的应答仍是那样从容，让他大为赞赏。

于是大家开始进入主题，商谈的气氛也十分融洽。翡翠建议做一期关于收藏和保护文物的节目，都说"盛世收藏"，今后这种节目会越来越受人关注，电视台要快人一步推出这节目。

"那主题是什么？"在一旁沉默许久的古月终于开口。

"先是古玉！"翡翠脱口而出。话一说完，自己却出了神。玉是中国文化的精髓，古人开辟了先于丝绸之路的玉石之路，更显示出玉是一种人文文化，承载了中国儒家思想的厚德。

"玉有五德，承载着儒家思想深厚的人文精神。博大精深、源远流长的玉文化是中华文明的基石，中国人自古以来便崇玉、尚玉，正是因它具有温润之性、美好之德。

"汉《说文解字》曰：'玉之美，有五德。玉石颜色，温润光泽，仁德也；据纹理自外可以知中，此乃表里如一，心怀坦荡之义也；玉石之音，舒展清扬，此乃富有智慧，兼远谋之智德也；玉石坚硬，宁折不弯，勇德也；廉洁正直，洁德也。'"

在翡翠的解释与大家的讨论中，最终确定了这一方案。具体的细节就是采用拍纪录片的手法来达到节目的效果，做成说教与娱乐相结合的新型节目。每期都为观众鉴定藏品的真假，这方面就要麻烦高自清请出他的鉴赏团了。

翡翠还提议拍一些有故事情节的短剧，介绍文物的历史，还有安排和观众互动的一些环节，也适时开展深入民间帮助群众鉴定和寻找珍贵文物的行动。

翡翠的提议得到了所有人的赞同，古月看着这个年纪轻轻却如此大气的女孩，欣喜地笑了。高自清站了起来，和她握手，表示了他的认可："合作愉快！原本子剔透向我推荐时，我真的是一百个不愿意的。因他和电视台高层也熟络，这个人情倒是要给的，但我还担心这样一个节目，一个小女孩如何能胜任。但今天看来是我多虑了！"

"谢谢您！"翡翠真诚地回答，也为子剔透在背后为自己所做的一切而感动，"不如这节目就叫'古董迷情'吧！"

大家都沉默了，在脑海里反复琢磨着这个名字。

"翡翠，用'迷情'好像电视剧的名字！"古月委婉地提出了异议。

"迷情。"高自清重复着这两个字，"文物古董的背后必然会有许多不为人知的故事和各种奇怪的神秘现象，用'迷情'更能突出我们节目的特点，渲染了它的特色。像电视剧一样，一集集地展开不同古物的故事。就用这个名吧！"

大家都沉浸在了"迷情"二字里，确实这两个字给人一种很特别的感觉，犹如古物带给大家的神秘感。

沉默的时间里，一首歌曲响起："屏画江风难讼，荻花碧烟中，水为乡。如梦，蓬作舍，尤月落花烟重。如梦，消睡残，一曲酒盈杯满。心事消残，梦江残月影却，如梦，如梦，盼留一夕，侬家日月；莫消停，花残月葬。"

古曲如流水，令人动容。翡翠脸一红，手机忘了换静音了。她在袋子里找到了手机，看了一眼，正想挂掉，古月却说无妨，让她接了，不要错过什么重要的事。

"喂？"翡翠稍稍不耐烦。

"我去接你，带你去一个地方，很重要！"对方的语气不容商量。

翡翠也干脆："没空！""啪"的一声，手机合上，直接关机。

"我们继续吧！"翡翠向大家抱歉地一笑。

"翡翠，方才的歌叫什么？很好听。"古月也不急，只是聊起了闲事。

"这是我自己写着玩然后录唱的！"翡翠尴尬一笑，脸微微地红了。

同事们你一言，我一语，都赞叹着翡翠的多才多艺。翡翠这个天不怕地不怕的人，却露出了小女生的娇羞神态。古月看着她，欣喜非常。

"翡翠跟我走！"

一声大呼，人早已到了跟前。是子剔透！

翡翠一愣，她的表情与古月的表情都变幻莫测，只是翡翠的不悦溢满脸上。

是的，她不愿意接近子剔透，尽管她很感谢他为自己所做的一切。但她不想再受伤害，更何况昨晚他打电话给她时，身旁还有另一个女人。这样的花花公子又怎会付出真心？对她也只不过是一时新鲜。

坐在车上，翡翠一脸的愤怒，但她只是安静地端坐着，并不发作。

那两百多万的铜镜，子剔透依然留着，因为他不愿就这样放开翡翠，即使简影愿意出一千万购买。钱，他多的是，他只要翡翠。

在制作室里翡翠拒绝他时，他摆出了这人情未还加救命的大恩的事实，翡翠无奈，只有随了他去。

"冷吗？"子剔透把手伸到空调那儿，看看暖气够不够，然后把空调开到最大。翡翠赌气不说话，子剔透笑笑，潇洒地耸了耸肩。

翡翠坐累了，身子左侧斜靠在窗边，头微微地抬着，那神态很妩媚。她看向开车的子剔透，他换了一个更为时尚的发型，鬈发自然地向后拢去，额发则向后微微卷起;从侧面看那高挺鼻子的优美弧线,像极了港剧里英俊的公子哥,高贵不羁。

他瞥了一眼翡翠,眼角淡淡的笑纹使得他的容貌更显俊朗:"怎么不问我带你去哪儿?"

翡翠轻轻地转过身子,看着窗外的路景,仍不作答。

黄昏时分最堵车,尤其是这样的大城市。

不一会儿,子剔透从后海那边绕过,到了鼓楼东大街上。车在堵塞的人群与车群中慢慢前行,远远地,翡翠看清了那家他俩初次见面的咖啡馆。原来,咖啡馆叫Blue memory。风中传来了《卡萨布兰卡》那带着忧郁深情的怀旧歌曲,仿佛空气里也飘着咖啡的清香。蓝调回忆,好美的名字!

"要不要进去喝杯咖啡?"

翡翠抿着嘴不说话,但那清香的咖啡味让她浮躁的心慢慢平静下来。子剔透见她不语,正想把车开走,这时翡翠轻启朱唇:"我想进去坐坐。"

子剔透看向她。放松了的她,眼睛那样深邃,幽幽地望着远方,让人捉摸不透。

车门开了,子剔透伸出手。这只是一种社交礼仪,翡翠也就顺从地挽着他,走进了Blue memory。《卡萨布兰卡》那泛黄却越加浓重的旧时旋律,仍在彼此之间回旋。

翡翠放松了疲惫身心,听着歌曲,喝了一口咖啡靠在皮沙发上合上了眼睛,整个人都陷进了沙发里,如同一个脆弱的孩子。

一件衣服盖在她身上,她也不动。子剔透拿过杂志,静静地看着。

翡翠偶尔还会听见书页翻动的声音。旧唱盘的旋律渐渐地模糊起来,暖暖的空气,屋子里安静舒适。

"嘘——"子剔透及时拦下了正要说话的服务生,把翡翠不久前点的黑咖啡轻轻放下,轻声说,"去拿些牛奶。"

"不用了，我喜欢喝苦咖啡。"翡翠睁开了眼睛，"不好意思，我太累了。"

子剔透笑了笑，下巴的轮廓和他高挺的鼻子，使他在氤氲的环境中像油画上的人。他为翡翠加了牛奶，也不管翡翠愿不愿意。

"你看起来睡眠不足，怎能再喝那么浓的咖啡，伤胃。"

翡翠微微地一愣，他真是一个既体贴又霸道的男人。

出了咖啡馆，车驶上了高架桥，翡翠仍是对着窗外的街道出神。

"饿了吧？"子剔透打开车内抽屉，取出了一个小盒，里面装着精致的栗子蛋糕，"还有一程路，饿了就吃些点心。"

看着盒子标签上的法文，就知道价格不菲。

打开了盒子，奶香味溢出，满车子的温馨。

"好香！"翡翠捧起来，用小巧的鼻子嗅着。那小女生的样子才是她固有的青春本色。

看见她喜欢，子剔透心中一暖，连自己也觉得开心。好久没这种感觉了，有多久，连他自己都不知道。在翡翠面前，他不必伪装，他可以轻松地做他自己，不必去防备、去算计，哪怕与她安静地坐着也很舒服。

"翡翠，其实你是一个很脆弱单纯的女孩……"

"张嘴！"

"什么……呀！"子剔透被翡翠用蛋糕一把堵住了嘴。

看他的窘样，翡翠不禁笑了。

蛋糕很甜，入口就化了，但他脸上沾满了奶油，翡翠笑着让他别动，自己拿出纸巾为他擦去脸上的奶油。

他一个急刹车，车停住了，翡翠失去平衡向他摔去，被他一把抱住了，车上回荡着暧昧的旋律，是《人鬼情未了》中那首动听的萨克斯

Unchained Melody。

翡翠注视着子剀透深邃的凤眼,暖暖的气息迎面而来。

"啪"的一声,翡翠把手上的蛋糕都拍到了他脸上,而她自己则咯咯地笑起来。

"你——"子剀透气坏了,开了门。他用矿泉水从头冲了下来,风吹过,十分冷。

我是不是玩得过分了?翡翠心想,但又不愿意道歉。

子剀透昂起头,任水顺着发根和脸滑落下来,将头发都拨到了脑后,在路灯的红光下显得年轻而英俊。

他站了一会儿,终于回到了车上,脸被风吹得微微泛红。

他一脸深沉,关上了门,凶凶地瞪了一眼翡翠,再也不说话,也不开车,只交叉着双手在胸前任凭车子停在路边。

"对不起!"翡翠想了许久,还是憋出了这句话,小声得连自己都听不清。

"碰上你,我真倒霉!"他开口了。

翡翠刚松了一口气,却看见他邪邪地笑着。那张脸,让翡翠觉得挺好看。毫无防备之下,让子剀透抓到了机会,他手拂过,翡翠的鼻子上也涂了一层奶油。

"你!"翡翠气得直瞪眼。

"哈哈!"子剀透大笑,看着她说,"这叫以彼之道,还施彼身!"

捉弄归捉弄,他还是温柔地为她拭去鼻子上的奶油。

"放心吧,这手绢是干净的。"

看着镜子里自己被揉得红红的鼻子,翡翠恨恨地瞪了子剀透一眼,而子剀透一边开车,一边还忍不住地笑。

第四章
卞和镯
GUI ZHUO

车子停在了一栋别墅外,子剔透打了车灯,高大森严的铁门就开了,两条训练有素的纯种牧羊犬昂着头迎接他们的到来。

"这是你家?"翡翠有点忍不住地问。

"错了!"

听他这么说,翡翠放下心来,但又不禁想,那这里究竟是哪儿?

"这是我父母的家!"子剔透回过头来,那抹若有似无的笑意里更多的是深情。

翡翠脸一红,低下了头,良久才开始抱怨:"你带我来这里干什么?我可没答应你的求婚,不需要见家长!"

子剔透知道,只有当她感到无助时,才会如此伪装自己。他轻轻地握住了翡翠的手:"只是要你还那两百万的人情,别瞎担心。"说着爱怜地用手刮了刮她的鼻子。他的动作那样自然,没有丝毫虚伪和造作。

冷翡翠,你千万别让这情场老手骗了!翡翠一个激灵,清醒过来。

"那你到底想如何?"她忽然不耐烦起来。

"好,你别慌。是我母亲逼婚,我不想去相亲,所以想让你假扮我女朋友!"

"哈！"翡翠忍不住笑了起来。

子剔透也不发作，只是无所谓地笑笑，完全不理会翡翠的嘲讽。

"你别得意，我妈可挑剔了，不见得你能讨她喜欢。"

等车停在了车库，下了车，他才叹了一口气，白色的雾气贴着他的脸。

这样有钱的英俊男人也会有这种烦恼吗？翡翠心想，歪着脑袋看他："你带过很多女人去见你妈妈吗？都被拒绝了？"

他靠在车门上抽起了烟，烟雾缭绕。

站在一旁等候的翡翠冷得直搓手，心里暗暗叫苦。

"一个出身名门，多金又年轻的英俊单身男人，别人想到的尽是风花雪月、纸醉金迷的暧昧风光。"他顿了一顿，烟灰蓄了长长的一截，他手一抖，无声地跌落，"在我身旁停留的女人，再美也只是因为金钱，一种交易，谁会在乎真心？相亲的，总是达官贵人或者富翁巨贾的女儿，却没有感情，只有家族利益的纠缠。"说完，他深深地看向翡翠。

翡翠移开了视线，淡淡地说："每个人都会有烦恼，你丰衣足食已经是很幸运的了。"

子剔透又恢复了他浪荡的天性，邪邪地一笑，潇洒地把烟头扔进一旁的铁桶里，那弧度很完美。

他伸出手，翡翠轻轻挽起他，走过冬季落满白雪的松林和结了冰的花园小池，一直走到如欧洲古城堡一般的别墅大堂正门。

那对牧羊犬紧跟其后，步子迈得十分优雅。翡翠的表现倒也得体大方，挽扶他的手也不发抖，反而更像是这里的主人。

门开了，一排穿着西服的男子在门口迎接。大厅里站着许多人，全是名流才俊。翡翠微微皱了皱眉头，她不喜欢过分热闹。

她靠近子剔透，轻声说："你怎么弄了这么大的排场，不是应付你母亲的吗？怎么变成了俱乐部？"

"我也想知道呢！"子剔透也很是懊恼。

翡翠抬头，正对上他那无辜的眼神，只得无奈地跟着他往前走，心想这场宴会后，全校的人都会以为她傍上了大款。电视台的人也会笑她，还有顾玲珑，不知道他会怎么想。翡翠只觉得越想越头疼。

子剔透见她皱起了眉，脸色发白，急忙扶她坐下。

"怎么了？"子剔透接过旁人递过来的一瓶药油，当众为她按着两旁太阳穴。翡翠低声说了句谢谢，接过药瓶，自己涂抹起来。

子剔透和翡翠这时才发现递药瓶的是简影，顿时一愣。也对，这种社交场上又怎少得了他。他说："翡翠，你头痛又犯了吗？定是吹了凉风！"

"多谢简先生关心！"翡翠礼貌地点了点头，机械式的笑容里没有半分诚意。

"简世兄好久不见，多谢关心了。这是我未婚妻！"

翡翠与简影听了皆是一愣，翡翠捏了捏子剔透的手臂，子剔透俯下身在她耳边说："先骗着我妈。我妈说今天不把女友带来订婚，她就要我下星期和她指定的对象结婚！"

"迈巴赫！"翡翠气得用力掐他，可她现在已是身不由己了。翡翠感到一阵阵悲哀，觉得自己被骗了。

一旁的简影如被针扎了一般，看着翡翠与子剔透此时眼中只有对方的亲密耳语，于是悄悄退下。他走到了露台上，孤独地喝着闷酒："翡翠，最爱你的人始终是我，但你却不再给我机会了吗？"

红色的葡萄酒倒映着他英俊的脸，眼里的所有情感随着一饮而尽的酒一起消失。他把杯子举在半空中，看着空中的它命运只能由自己掌控，刹那的快感让他兴奋。杯子划出了优美的线条从二楼摔下，破碎的声音被大堂里欢乐的声响所掩盖……

音乐一下子停了，所有的目光都集中在二楼。一个雍容华贵的美丽妇人挽着身旁同样美丽的年轻女子缓缓下楼。那贵妇人身穿一套得体的白苏旗袍，只是七分袖口边上各有两株水红的花朵。花朵很特别，衬着白色显得清新淡雅。

"妈！"子剔透拉着翡翠迎了上去。

翡翠心中一紧，觉得有种奇怪的熟悉之感，但这个时候可不能失了礼数，于是大方上前行礼，温婉地说道："夫人好，匆忙而来，也忘了备礼，让夫人见笑了！"她抬起头一看，仿佛时间停了，血液也凝住了。

"我是不是在做梦？"翡翠话一开口就觉得不妥，连忙补充，"竟然有这么年轻漂亮的妈妈！"

子夫人听了果然很高兴，开怀地笑着说："人来了我就很高兴了，哪还要什么礼。不要那么见外，就跟着剔透叫我妈妈吧。我看你很是喜欢，今晚就先把婚订了吧，没想到这小子倒是好眼光！"子夫人爱怜地看着儿子，子剔透也十分乖巧地站在一旁陪着。

翡翠听到他母亲这样说，急得在背后猛掐子剔透。

子剔透笑言："今晚我订了婚，妈妈以后就该放心了吧，翡翠确是个好女孩！"说完一脸坏笑地搂过翡翠的细腰。

到了这一步，也唯有先演着戏了，翡翠苦笑道："剔透最惦记妈妈，特意为妈妈准备了礼物，不像我这般粗心！"

子剔透对翡翠演的戏很是满意，立即从西服内袋里取出了一个精致的盒子递给了子夫人。

那是一枚精致的胸针，子夫人看了很高兴，于是拉着大家入席。

年轻人自是坐一桌的，而且这些名门望族多数都有生意上的来往，让他们自行就座，方便他们自由地洽谈业务。可以说，这也是一个小型的商业宴会。

翡翠并非小家子气的女孩，谈吐举止优雅大方，和子夫人很投缘。子家的商业伙伴——庄家的人坐在子剔透身边,翡翠与子剔透分坐在子夫人两旁。

庄家来的是一男一女,都穿得很素白,尤其是庄小姐一身素缟,头上只夹着很朴素的白色夹子,应是有亲人过世不久。庄先生和子剔透闲聊间谈一笔古董生意。

翡翠体贴地为子夫人夹菜,她看得出子夫人的喜好,专挑子夫人爱吃的,哄得子夫人很开心。

翡翠注意到方才扶着子夫人下楼的美丽女子就是上次挽着子剔透的那位,她正打量着自己。翡翠对她友好地点头微笑。

那女子见翡翠大方得体,毫不介怀,于是站起来要给她敬酒。

翡翠也款款站立,举杯相敬。

"剔透果然好眼光!"那女子温柔一笑,先饮为敬。

"谢谢!"翡翠也一饮而尽,倾了倾杯口,没留下一滴,以示自己的诚意。

那女子笑着坐下来,看样子她并不是要为难翡翠。

"翡翠,我哥从没这样爱过一个女人。"

翡翠心里一紧,筷子掉到了桌上。一旁正在谈生意的子剔透马上走到她身旁道:"怎么这么不小心?"还体贴地让下人换过一双筷子,亲自递给她,在她耳旁低声说,"是不是子灵透欺负你了?"边说还边向妹妹瞪眼睛。而子灵透却一脸委屈,刮着脸蛋,意思说他不害臊。

"没有,你快过去吧!"翡翠轻轻地推他。子剔透一笑重新走回座位。

坐在角落里的简影看着这一切,手中端着红酒,翡翠温柔的神色让他的心一阵痛,不小心将红酒洒在了衣服上。

"翡翠啊,多吃点菜!"子夫人亲自为她夹了菜。

"妈妈,你也多吃点!"翡翠含笑吃着碗里的菜。等汤端上来,翡翠大方地起身为子夫人盛了一碗汤。子夫人在一旁看着，早已眉开眼笑。

看着子夫人对自己那么和蔼，翡翠忽然有了一种奇怪的想法，靠近她，或许就能解开困扰自己的那些谜团。

闲聊间，翡翠提起了自己的家乡，子夫人听了很感兴趣，还说有机会一定要去拜访翡翠的父母。翡翠只好尴尬地答应着。

关于父母的一些事，因着子夫人婉转地问起，她也就委婉地表明祖家是书香门第，如今父亲涉足政界，也有自己的家族生意，母亲也是名门之后，自己的家庭虽不及子家富有，但也不失身份。

这时，子剔透起身把椅子搬到了翡翠与子夫人中间，按着子夫人的手，带着几分醉意地笑道："妈妈怎么当起警察来了啊？"

子夫人从旗袍的开襟处抽出手帕掩口而笑："越来越没有规矩了。"

"妈妈，你头发乱了。"灵透提醒。

翡翠把手轻搭在子夫人的手上说："妈妈，我帮你梳理吧。"

子夫人笑着说好，于是在翡翠的搀扶下上了楼。

一旁的子灵透对哥哥眨着眼睛笑，走过来和子剔透干杯："哥，这个冷翡翠真是不错，以前那些跟她没法比！"

子剔透笑了笑，没答她话。翡翠确是个讨人欢喜的女子，不爱慕虚荣，才貌双全，这样的女子现在很难找了。子剔透想起了几日前，她在学校新年晚会上的表演，当时她唱昆剧，甩水袖时的一颦一笑，眼神灵巧委婉，声声莺啼，那一刻，她的那种独特的气质让他着迷。

"哥哥。"子灵透见他拿着酒杯出了神，于是推了推他。

子剔透这才回过神来。

翡翠帮子夫人绾着发髻。她的手很巧，先把子夫人的头发梳顺，再丝丝绾起，眼神专注，话也不多。终于，发髻盘好了，翡翠选了一根很简单的檀木珍珠发簪把发髻固定。

子夫人对着镜子照看了一遍，很满意，笑着握住翡翠的手说："翡翠，你真是个乖巧的女孩！"

"妈妈过奖了！"她仔细地为子夫人把额间碎发整理好，配上子夫人的妆容，更显精神。

"翡翠，我看得出剔透很爱你！"子夫人拉着翡翠坐下。

翡翠低着头，陷入沉默，不知该怎样向子夫人解释。

"伯母，我——"翡翠还是改了口，却不知如何把话说下去。

"我知道。"子夫人轻轻地拍了拍她的肩膀，叹了口气，"翡翠，剔透从来不带女孩回家的，更别说见父母了。他爸去得早，是我把他宠坏了。可我看得出，他对你是很认真的！"说着，她把手指向桌面上的一对精致的铜镜，正是那对从顾玲珑那儿买来的古铜镜。

"那傻孩子得到了这对镜子高兴得着了魔，每天捧着、看着，以前他很少回这里，但这段日子总是安静地留在家中陪我！"

"伯母……"翡翠微微皱起了眉头。

"乖孩子，叫我妈妈。翡翠啊，于是我就用激将法，他终于忍不住把你带来了。他定是让你假扮他女友吧？"

翡翠点了点头，并不隐瞒子夫人。毕竟，没有人比父母更了解自己的子女，子夫人又怎么看不出子剔透想的是什么呢。她轻轻叹了口气。

"那傻孩子，他不想做的事是没人强迫得了他的。我还知道，简家后来愿出一千五百万购买这对镜，他却怎么也不肯卖。我问他原因，他也不答。问急了，他才说那是他心上女孩的物件，别人出再多的钱，他也不会卖。"子夫人转身站起来，从保险柜里取出了一个非常精美的木制锦盒，那淡淡的味道，竟是上等的沉香木的香味。翡翠心想，这定是个无价之宝。

"你可听过和氏璧的故事？"

也不等翡翠答话，子夫人就自个儿往下说起来。传说和氏璧是"岁星之精坠于荆山，化而为玉"，至东周春秋，楚人卞和在荆山见一只美丽的凤凰栖于青石上，悟到"凤凰不落无宝地"，断定这青石必是宝物，所以三次献宝，终使和氏璧得见天日。

前两次献与楚王，因宫廷鉴玉高手断言这只是凡石，而被砍断了双足，卞和市集抱玉而哭，言此是瑰宝，直至流出血泪，终于感动了楚文王。命玉匠剖开，果然是惊世美玉。卞家工匠知道，这块宝玉一旦面世，世间就会有大的变动。

果不其然，此后两千多年的历史中，此玉扮演着极其重要的角色，无数决定天下格局的大事都围绕此玉展开。宝玉代代相传，由赵国到秦国，再由秦国回到赵国，最后到了秦始皇的手上。

始皇巡游之际，洞庭湖江风大作，后沉和氏璧以震水里江龙神祇，后来和氏璧给始皇托梦，让他派人把自己寻回宫中。

再后来，和氏璧传给汉文帝、景帝、武帝……又至东汉光武帝、明帝等。而后，孙坚从光芒四射的水井中拉起一溺死的宫女，那宫女抱着的盒里装的正是和氏璧。

到孙坚战死，和氏璧辗转落到曹操手上，后来传西晋、东晋、宋、齐、梁、陈，直到隋灭南陈，遍搜陈宫，却找不到陈主所藏的和氏璧。

其后，唐太宗得到和氏璧，传唐高宗、玄宗、肃宗、武宗等唐朝各代皇帝。五代十国时，天下大乱，后唐李从珂携玺登上玄武楼自焚，从此历史记载了一千六百多年的和氏璧就不知下落了……

而后，在宋、元、明有零星关于和氏璧的记载。明太祖遣徐达入漠北，追击遁逃的蒙古皇族，以期得到传国玉玺和氏璧，最后还是空手而回，这是历史上最后的有关传国玉玺的记载。

其实从宋开始，国运就衰败而下，到了明朝，封建制已经走向没落。可以说和氏璧是通灵宝玉，它有自己的灵性和独立生命。它包含了宇宙万物的所有正阳之气，是阳刚之玉，威力极大。相传得和氏璧者得天下，那是因它本身秉承的浩然正气，能扶正祛邪。有道之人得到它，它就会助其统一天下，结束战乱，惠及万民（如唐太宗李世民）；奸邪之人得到它，就会受到惩罚；乱世之人得到它，那它就会自己选择主人（如孙坚得到它却不得善终，终究还是流向了将回归晋的曹魏）。

听完了子夫人的讲述，翡翠陷入了沉思。突然，手腕上传来一阵疼痛，如冰针雪剑刺着自己的手腕，又如炽烈火烧，疼痛难忍。

翡翠大骇，低头一看，手上竟套了一个通体盈白的镯子。这玉料是何物，连她也不敢随便下定论。玉镯在灯光照射下发出如血的红光，随着手的动向，光线的流动而折射出五彩的光。正面看仍是如羊脂的白，上面有用几条阴线勾勒出的模糊龙形，十分灵动，栩栩如生。这温润软玉，竟有和氏璧的影子——底色微带了点蓝，如蔚蓝的海摇曳生辉，但又不像蓝田玉。时而隐现出青葱透明，又非岫岩玉，那羊脂白一样的温润质感像极了和田白玉，但又不是。红山玉、良渚玉，所有的都想到了，仍无法确定。翡翠脸色变得苍白，几近虚脱。

"这是两千六百年前的卞和镯！"子夫人慢慢说出了"卞和镯"这三字。而翡翠已是全身一震，一股腥甜涌向喉头。

卞和镯、和氏璧、宫墙之画，还有似曾相识的子夫人，翡翠意识到自己可能陷入了危险之中……

玉镯仿如生了根一般，翡翠怎么脱都脱不下。翡翠抬眼看向子夫人，眼光里有许多疑惑。子夫人慢慢从实木椅上站起身，那和善的笑容早已不见，只有一脸深沉。她站到翡翠身后，拿起梳子为翡翠轻梳着头发。

翡翠的长发很美，乌黑而有光泽。子夫人为她绾的是一个很特别的发式，简洁中又显高贵。同样也只插了一根朴素的黑檀水泼纹木簪。翡翠惊恐地发现，镜子里面站在自己身后的竟是那个追魂的女鬼！

翡翠几乎无法呼吸，身后有一双手在她的脖子上一点点收缩。她来夺命了吗？但为什么选自己？自己究竟做错了什么事？

"翡翠，"子夫人摇晃着翡翠，"醒醒，你怎么了？"

翡翠睁开眼。自己刚才做了噩梦？但为什么脖子上有勒出的淡淡红印？再看向子夫人，她还是那么和蔼、那么从容，仍孜孜不倦地讲着她的故事："翡翠，这是当初剖开和氏璧时所留下的碎料，只因它有一点瑕疵，所以卞和放弃了它。你看。"说着轻柔地抬起了翡翠的手，手上的玉镯有一点很细小的绯红。整只镯子是羊脂白，它五颜六色的光泽是要在不同的角度和光线下才能看见，但只有这一点是真实的红色。

在今天，这点绯红叫皮色，与秋梨皮、虎红皮、橘黄皮、橘红皮，还有黑色、绿色等等的色皮都是上品，但在那个时代，却被当作瑕疵来处理。这样的国宝是不可能用金钱去衡量的了，翡翠开始怀疑起子家的真实身份。

"翡翠，我们是楚宫廷玉匠子氏的后人，所以我们才会有这对惊世镯子。当年和氏璧的信息都留在了这弃玉料里，这点红是镯子纹饰上龙的眼睛。它因这瑕疵而被卞和丢弃，但玉匠留下来并制成了这对玉镯，取名为卞和镯。"

子夫人又拿出了另一只卞和镯，灯下细看，这只玉镯真的是白玉无瑕，全无纹饰。只要是玉，哪怕是顶级的玉都会有瑕疵，只有这一对存世的卞和镯一点瑕疵也没有，可想而知那和氏璧是如何的精美绝伦！

"翡翠，我看得出，你对我家剔透并非无心，所以我自作主张帮你戴上。我不逼你，只因你与这镯子有缘分，所以哪怕最后你离开剔透，这镯子仍是送你的。我相信剔透他是不会反对的。"子夫人忽然握住了翡翠的手，流下眼泪，"翡翠，原谅我，我只是太爱剔透了，我不想他受到伤害，所以不问你意见就为你戴上，但我绝不勉强你与剔透的交往，你依然可以忠于自己的感情。"

"妈妈放心，我会和剔透说的，我绝不伤害他！"

"真的？"

"是的，妈妈。"翡翠知道自己对子剔透并非无意，但总觉得与他相处时间不长，此时她心烦意乱，但也不好拂了子夫人的意。且这手镯一天未除下，还是不要决裂的好，自己总不能砍了手取出镯子还他子家吧。

由于待会儿还要举行舞会，所以子夫人让翡翠换上了舞裙。

镶有镜子的穿衣柜样式古朴，打开衣柜，里面有许多漂亮的衣服。子夫人和子灵透的衣服放在一起，都是顶级的晚装。翡翠独独看中了一套宝蓝色无袖高领后背镂空式的旗袍，剪裁上用了中西合璧的手法，下摆收起呈鱼尾形，心窝正中开了一道及肚脐的菱形边，碎钻镶嵌其上，灿烂得犹如夜空中闪亮的繁星。

子夫人微笑着拿出来："这是设计师做给灵透的，但与她气质不称，她从没穿过。"

子夫人让翡翠穿上，赞她这样高挑白皙，穿起来一定很美丽。

翡翠笑了笑，接过裙子走进换衣间。

当翡翠再次走出来，全场的人都看呆了！

翡翠美艳得如世上最耀眼的钻石，她微微笑着，走下楼梯。手上的镯子将她映衬得更显高贵。

子剔透走上前，做了一个请的姿势。

翡翠伸出了手，子剔透接过并轻吻她的手背，带着她旋入舞池。

衣香鬓影莫过于此了，子夫人坐在一旁看着热闹的人群满意地笑了。

"剔透，你去陪伯母跳舞吧！"翡翠尽量让自己温柔些。

子剔透看见她手上的镯子就知道她定是应承了母亲的心意，很是高兴。

翡翠走向露台，光洁的手臂和颈背在夜空下感到寒冷。她摸着这镯子又陷入了沉思。这时，一件衣服披在了她身上，顿感温暖。

"迈巴赫？"翡翠总爱这样叫子剔透。她一抬头，看见的却是简影。

她脸色大变。每次见到他，心总是无法平静下来，有一股怨恨。

简影递了一枚小巧的发夹给她，那是她看中的玉蝶。

是清朝乾隆年间采用珐琅掐丝镶和田黄玉的包带状玉蝶发夹。那是当年简家与冷家合作古董买卖时，在香港佳士得拍卖会上拍到的。翡翠一直想要，但简影说要等她长大了再给她。

原来，他还保留着这枚发夹。

简影的手在半空停了很久，但翡翠仍是没有反应。

"这本是我打算等你长大了，我们结婚时亲手为你戴上的。"简影终于开了口。

"现在说这样的话有什么用？"翡翠转身走开，却被简影轻轻拉住手。

"你在哭，对吗？你只有哭了，才会不管不顾地转身离开。"简影走到翡翠的面前，用手拭去她脸上的眼泪。在简影面前，翡翠永远是弱小无助的，一如当年。

"翡翠……"简影手抚上翡翠的脸，再也忍不住，流下了眼泪。

翡翠闭紧了眼睛，她多么害怕看着简影。

"你放开她！"子剔透上前一把拉过翡翠，对着简影就是一拳。

"不！不要！"翡翠上前拦住子剔透。

"你就那么放不下他吗？"子剔透怒吼。

简影擦了擦嘴角边上的血，走了出去。

翡翠看着暴怒的子剔透，哭得更厉害了。

子剔透看着她，觉得无比心酸，只得一把将她搂紧。

翡翠靠在子剔透怀中，这一刻，她心里有了抉择，于是双手紧紧地抱住了子剔透。子剔透心中一喜,在她光洁的额上轻轻一吻。

当翡翠和子剔透回到舞池中时,子夫人已经命人把订婚蛋糕推出来了。

翡翠眼神一滞,望着什么失了神。简影走到了离她不远的地方,就那样深深地看着她。

"影哥哥,长大了翡翠只嫁给你!"
"好,等你大了,影哥哥一定娶翡翠妹妹。"
"你为什么要咬着不放?为什么要看着我们倒闭?"
"问你的好父亲吧,要不是他联合股东发起罢免,我爸也不会气得心脏病发死在了医院!我等了多久才有今天。还有你,整天做那样的梦,你让我害怕!你们家都让我害怕!"

"翡翠!"子剔透摇了摇翡翠,翡翠方从回忆里走出来,她看向他,勉强地一笑。子剔透顺着方才翡翠的视线看去,是简影站在那儿。简影也正看着翡翠,满脸阴郁……

子剔透转身把订婚戒指戴在了翡翠的中指上,翡翠也帮子剔透戴上了戒指。当子剔透低下头想吻她时,她一惊,下意识地往后缩了一下。子剔透只在她脸上轻轻一吻,她看着他,眼里满是歉意,他只是温和地笑了笑。

当着大家的面,子夫人宣布把子家的传家之宝赠与翡翠,并将另外一个装有卞和镯的盒子交给了翡翠,并解释说这只镯子是传给孙子的,所以刚才并没有为翡翠戴上。

礼花在院中绽放,看着满天的烟火,灿烂却又短暂……

那晚,她感动了,相信子剔透或许真的是爱她的,但她还是要求子剔透给她一些时间。

第五章
唐代镶金虎头白玉镯

"你这个毒妇,我做了鬼也不放过你!"一个宫装女子被踩在脚下,血溅起来,那翠白的手镯在染上血后变得通红。

"来人啊,把这个贱妇的手砍了!"高高在上的女子是那样美丽,那样盛气凌人。大大的丹凤眼斜睨,有说不尽的妩媚。

"啊——"一只左手活活被砍断,镯子更红了,那断肢女子七窍流血,气犹未断,"我做了鬼,也要来找你!"

"啊!"翡翠吓醒,怎么又做那个梦了?

回到了学校,翡翠觉得心烦。今天的课她又逃了,幸得老师通情达理,而且她功课一向很好,如今又和电视台签了约,所以老师都是睁一只眼,闭一只眼。

那个梦,到底暗示了什么?翡翠越想越不对。尽管在她十五六岁时就经常做这个梦,但她现在已经有三年没做过这个梦了。为什么偏偏是现在?而且那死去的女子和子夫人竟有几分相像。那些怪异的梦是她认识简影以后才开始做的,而她和简影分开后,就很久没梦见过。

翡翠抬起手上镯子一看。咦，这镯子上那点小小的红色扩大了！

翡翠无比恐慌，她急忙来到唐宋元借她的镜子前。

"啊！"尖叫声中，翡翠看见镜子里的自己竟穿着远古的服装，满头珠钗。镜子里的自己忽然对着她笑，那样诡异。

"翡翠……翡翠……"

"谁在叫我？"翡翠惊恐地回头。哪里有什么人，她心想，一定是听了卞和镯的故事，自己吓自己罢了。

翡翠再看镜子，哪还有什么古代的自己。就是自己在照镜子罢了，只是看起来脸色不太好。

一定是自己吓自己了。翡翠一头倒在了被子里，打算睡回笼觉。

迷迷糊糊中，手机响了。翡翠按下接听键，也没听就睡着了。

电话是子剔透打来的，他知道她睡着了，只是静静地诉说着，说他会一直等，慢慢等，等她给他一个答案，等她接受他。

"翡翠，我爱你，永远爱你！"那边传来了子剔透沉重的叹息，他始终没有挂掉电话，那样他就可以感觉到翡翠的心跳和呼吸。

一个美丽清秀的女子被拉了上来，被侍卫压着跪下。

"贱婢，你可知罪？"

"我有什么罪？"那女子还是那样顽固。

"给我掌嘴，狠狠地打！"

"不要！"翡翠伸手去拦，却是徒劳。

"你敢跟皇后娘娘顶嘴？"一旁的侍卫不断地打着她的脸。

不知道为何，翡翠的心很痛。我到底是在哪里？她越来越惊恐。

到最后，翡翠已经听不见他们说了什么，当她一步步走近，她的心跳也越快。

那个跪着的女子，长着与子夫人相似的样貌，只不过她更显年轻罢了。

"不要，不要砍她的手！"翡翠大叫着醒来。

"翡翠！翡翠！"

是谁在叫我？翡翠吓得心神不定，终于看到了枕边的手机。

"你怎么了？做噩梦了吗？"电话那头的子剔透问。

"我没事，喝点水就好了。"

"不行，我不放心你。你还是搬来我这儿住吧，多个照应。"

翡翠摸了摸脸上的汗水，沉默了许久，终于开口："迈巴赫，我很好，你不是答应给我时间的吗？"

子剔透也不说话了，但叹气声却随着电波传到了翡翠耳中。他什么也没说，挂了电话。

翡翠一看时间，电话接通了一个小时。这一个小时里，他都陪在我身旁吗？忽地，她心里感到了一丝丝甜蜜。但一想起子夫人的脸，她又不禁惊恐地想，子家与我到底有什么恩怨纠葛？

翡翠终于鼓起了勇气重新站在了镜子前，对着镜子叹了一口气："你真的是'先知'吗？那你可不可以告诉我答案？"

翡翠聚精会神地看着镜子。

镜子里，翡翠很憔悴，头发凌乱地披在肩上。这时，一个眉目清秀的女子慢慢浮现，很模糊，却好像在哪儿见过。翡翠努力地想去看清，心却一凉，那个模糊的影子没有了，只照出了那个噩梦般的鬼影。

是她来了！

风吹开了窗帘，天黑黑的，看样子将会有一场雨。翡翠越来越恐惧了，她为什么来找我？因为我还留着她的镯子吗？翡翠终于想起了那碎成三截的唐代镶金虎头白玉镯，那个原本属于文颜的镯子。

突然一个问号出现在翡翠脑海中。她真的是自杀吗？翡翠被自己的假设吓了一跳。抬眼看去,镜中那个女鬼慢慢地越过了窗台,向自己走来。

翡翠像被定住了一般,不知如何是好。

忽然,手机响了起来。

翡翠回过神再看镜子,镜子中除了她自己,并没有什么异样。

翡翠实在不敢一个人待在宿舍,碰巧乐丝打电话来让她也去听课,听说是位有名的教授来讲课。她赶忙换好了衣服,洗了脸,急急忙忙地出去了。往文博楼走要穿过一条街,因为天快要下雨了,所以她带上了伞。

走出了怡心小园的学生公寓,翡翠忽然想起了那个奇怪的老头。他或许能给她一点提示。这样想着,她拐向了左边商业区。

商业区各个店铺里今天的生意都不是很好,冷冷清清的。一家面店老板站在店面外唱起了卖面的小曲儿,以期吸引过路的行人。

翡翠从面店后拐过去,这一带更是冷清。因为这一带不是商业区,零星有一些手艺人,有帮修车子的、卖纸扎的,还有些小商贩。

翡翠从淌着沟渠废水的路面走过,地上发出阵阵恶臭,一路走去墙面也是黑黑的,但还好只是一段路。

翡翠继续往前走,路面干净了许多,一条不深的巷子出现在眼前。

巷子口那个摆摊的人正是那老头。他坐在店铺外的门边上,手上正扎着一个脸白唇红的纸人。一声巨响,打雷了。闪电划开了天空,如同那纸人的血盆大口。

翡翠忍住了心头的恐惧,向那老头走去。

"您好,我有些事情想请您帮忙!"

那老头看也不看翡翠,只忙着扎他的纸人,翡翠只好在一旁观看。

忽然觉得身后有种异样的感觉,翡翠刚扭过头,一个人影闪过。

"啊!"翡翠失声尖叫,一个纸人向她走来,白白的脸、血红的唇。

翡翠吓得无法迈动双脚，仿佛身后一排排的纸人都在移动，只要她移动了，纸人的眼睛也随着她转动。

她定定地站着，阴暗的店铺外，流血的天空下起了倾盆大雨。她眼睁睁地看着纸人向她走来，全然忘记了躲避。

"喵！"黑猫朝着她扑来，她方才回过了神，急急跑开。回头一看，纸人晃晃悠悠地走远了。

"逃不掉的，逃不掉的。"那沉默的老头终于开口。

那小黑猫的前腿受了伤，用一双幽绿的眼睛看着翡翠，翡翠走过去把它抱在怀中。她正想走，那老头伸手拦住了她。

"把这个带走。"他将一个不大的纸人递给了翡翠。正是刚才他做的那一个，心窝处贴着纸，写着"翡翠"二字。

"这？"翡翠看见并无恼怒。

那老头抬起了眼："拿着吧。"

翡翠疑惑地接过纸人，心想，这不是说我是死人吗？死人？难道他想暗示我什么？那老头不再理她。

翡翠把纸人折叠好放进了袋子里，打了伞，带着小猫走了。

"小猫，你痛不痛？"翡翠在一家小药店买了药水和胶布。

小猫很乖，翡翠帮它上药它也不挣扎。等包扎好了，翡翠抱着它和它说话："小猫，你跟我回家好不好啊？"

"喵。"

"好，那以后你就跟着我啦。"

翡翠不想现在回去，就抱着小猫走向学校的文博楼。

到了那儿，翡翠在文博楼后面的草地上放下了小猫："小猫，你乖乖在这儿等我，这里暖和，我很快就出来了，好吗？"

"喵。"

翡翠拿出了套在手上可以灵活伸缩的小圈子，上面缠着一圈黄蓝相间的布制小花，还有两个很小的铃铛，套在小猫脖子上十分可爱。她蹲下来在那小圈子的一块白色纸片上用水笔写上了自己的联系电话。

翡翠一边走一边回头看小猫，它窝着的那个地方有暖气吹过，舒服又隐蔽。

走进大堂，翡翠一眼看到了唐宋元，而一旁坐着的还有顾玲珑，这让翡翠更是惊喜。顾玲珑看见了她，温和地朝她笑笑。翡翠在中间的一排座位上坐下，若非乐丝帮她占座位，这堂课她就只有站着听的份儿了。

唐宋元讲课很有水平，翡翠听得入迷。

这时，唐宋元站了起来，走到讲台前面放着的一张桌子旁，而顾玲珑帮着把桌上的东西整理好，不多久一件精美的玉器展现在大家的面前。

全场惊呼，这是和氏璧的仿品！国家级文博专员经过几十年的研究，终于成功地做出了这块和氏璧，虽不是真品，但已是二级国宝了。

唐宋元讲述了一些关于和氏璧的传说，还提到了子夫人所说的故事。全场的学生都听得那么入迷，跟着他低沉的声音走进了一个光怪陆离的文博古董世界。翡翠已经完全被唐宋元的讲述给吸引住了，忘了身在何方。她的眼前也出现了那一幅幅生动的画面。

"和氏璧是一块完美的璞玉，没有一点瑕疵，但就是这样一块美玉却埋下了祸患。那遗下的玉被楚宫廷玉匠子氏家族做成了一对通灵珍宝，子家的任务就是世代捍卫这对珍宝。传说得和氏璧者得天下，而这对通灵珍宝埋藏了有关和氏璧的秘密，所以楚王费尽心思地想要破解里面的秘密，于是娶了子家的女儿子氏为妾。楚王后是善妒之人，她一直想方设法地要知道其中的秘密从而以此来向楚王邀宠，而子氏温柔贤惠，非常美丽，这更刺激了王后对她起了杀心，于是王后逼迫她把手上的玉镯脱下，以为镯子在她手中，找到答案是迟早的事。最后，子氏的手被活活砍下。从此以后，那玉镯便受到了诅咒，只要得到那只玉镯的外姓人都不得善终。当然这都是传说，至于远古的真相早已无人知晓，而和氏璧和这对玉镯的秘密，直到如今也没有人知道。"

全场人都震住了，尤其是翡翠。她看了看手上的玉镯，原来，这里面还隐藏了这样一个秘密。

那些学生还在追问一些有关这个故事的各种传说，而唐宋元只简单说了一下，就让大家提出关于学术上的问题。

唐宋元教了大家一些辨别文物真伪的方法，还对几件私人藏品进行现场解说。他带来的藏品都非常具有研究价值，让学生们大开了眼界。

他还提问了几个学生，让他们上台来判断藏品真伪。他面前是一块辽代萧太后用过的玉扳子，但却是高仿品。只有少数人说得出它是赝品，大部分的人都认为是真品。

"冷翡翠同学，请你上来说说你的看法。"唐宋元冷不防地推了推眼镜，朗声说道。

翡翠大方地走上台去，仔细地看了看那件玉器，说出了自己的看法："辽是少数民族，喜欢雄鹰、海冬青这类威猛的飞兽，玉器上雕的是一只威猛的海冬青来袭，三匹马吓得无处可藏。海冬青那威猛的样子和马的惊慌形成了鲜明的对比，可惜细腻有余却失了豪迈。如是真品的话，则用刀更显苍劲有力。之所以断定它为赝品，是因为这件玉器在镂刻高浮雕技艺方面手法有点僵硬，虽是雕刻细腻，却少了栩栩如生的大家手笔，而且有作旧的嫌疑。但它采取了把玉植入马腿的方法，让马血的流动带出了所谓橘红皮色，这样做比起烧皮更自然，色泽也更艳丽，因此，我认为，这是宋代的民间仿品。"

翡翠说完，只见顾玲珑投来了赞许的目光。唐宋元也非常满意，对翡翠的发言作了一些总结之后便结束了这次的讲课。

散会的时候,翡翠接到了顾玲珑的短信,邀请她一起吃晚饭,她应下来。她急急地跑出了多媒体演示大厅,一路小跑,来到了楼下的草丛中。

"小猫,快出来!"

"喵!"那小猫小心地从砖块后面钻出,样子楚楚可怜。

"小猫乖,我来接你咯。"翡翠快步走上去,把它抱在怀中。

顾玲珑走过来,把手轻轻按在翡翠肩上打起趣来:"跑得那么快,原来是捡到了只小猫。"说着伸手去逗它。

小猫"喵"的一声,自个儿爬到了顾玲珑的手上,那样子似乎跟他熟络着呢。它懒懒地在顾玲珑怀里打了个呵欠,用爪子挠了挠耳朵。

翡翠笑说那小猫和顾玲珑真是有缘,一点也不认生。顾玲珑笑了笑,用手指挠着小猫的脑勺,说唐宋元先走一步在茶馆等他们。于是,他帮翡翠开了车门,然后向茶馆驶去。

"翡翠,你最近怎样?看起来有点累。"

翡翠还在想着自己的心事,过了一会儿才反应过来。

顾玲珑笑道:"凡事别把自己逼得太紧。"他随手一按,一首动听的英文歌曲便响了起来。是70年代十分流行和经典的电影爱情故事主题曲。

"顾玲珑。"

"嗯?"

"你看过这部影片吗?"翡翠靠着车窗,如那慵懒的小猫一样蜷缩着,"这世上真的有这样的爱情吗?"

顾玲珑把车靠在路边,扭头认真地看着翡翠:"小丫头,你是不是遇上什么问题了?"

"没有。"翡翠装着若无其事的样子,低着头看怀里的小黑猫。顾玲珑开了车门走了下去。他去哪儿？翡翠很奇怪。

不一会儿，他就回来了，把一块黑森林蛋糕递给她："心情不好的时候要吃点甜食。"

翡翠谢着接过，那小猫看见有吃的就来了精神。顾玲珑拆开另一个袋子，取出温水把猫粮泡软，放在小盒子里让小猫吃。

"看不出你还挺细心的嘛。"翡翠笑他。

那只小猫得了吃食，此刻已把顾玲珑当主人了，赖着不走。翡翠把它抱过来，放在膝上，再拿猫粮喂它，顾玲珑才又开起了车。

不一会儿，就到了京明轩，这是一家很有名的茶馆。小猫被翡翠装在袋子里悄悄地带了进去。茶馆古色古香，亭台楼阁，鱼池小轩，完全是江南景色。

"这家老板是苏州人。"顾玲珑谢过服务员，自个儿带着翡翠在馆子里转来转去，看来是老主顾了。

这里很静，有大片的竹林，被一条条的回廊隔开，还有假山，幽静雅致。红红的灯笼有大有小，挂在树上和回廊里，小河在回廊下静静淌着。看来这儿的老板真是深谙苏州园林的风骨之妙，从菱形窗格往外看，能看清对岸的竹林小径。有时，如意窗格前还摆放着盆景以隔开路人的视线，顿添神秘之感。

翡翠被带到了"听雨轩"，顾玲珑一推开门，翡翠就闻到了清新的茶香味，是明前龙井。

大家寒暄了一番后，就各自品起茶来。

"喵！"小猫在袋子拉链的空隙处拼命地钻出了可怜兮兮的小脑袋。

"乖，别乱动呀！"翡翠疼爱地摸了摸它的头，打开了袋子放它出来，只是那纸人也随之掉出来了。顾玲珑捡起，关切地看向翡翠："翡翠，你最近是不是遇到什么事了？"

翡翠看着那纸人很尴尬,但又不愿开口说出真相。左右为难之际,顾玲珑伸出手来握住了她的手,真诚地说:"翡翠,我一直把你当亲妹妹看,你若真遇到什么,我一定帮你!"顾玲珑的沉稳让人很有安全感,在顾玲珑的鼓励下,翡翠终于把一切和盘托出。顾玲珑眉头紧皱,低头沉思。

唐宋元则由始至终都在沉默。

最后,还是顾玲珑开口询问:"唐大哥,你认为如何?"

唐宋元似笑非笑:"顾玲珑,你什么时候变得那样爱管事了?"

一席话说得顾玲珑红了脸。翡翠疑惑地看着顾玲珑,他只好回答道:"朋友之间应该互相帮忙的。"

"哦,是吗?"

翡翠也感到尴尬,连连打圆场:"顾大哥是热心人,您的许多文物不都是他帮着修复了吗?"

"哈哈,我有说什么吗?怎么像捡到了热芋头,被你们连番攻击啊!"

一席话把顾玲珑与翡翠说得更是尴尬。

但唐宋元还是答应帮忙了,毕竟这些事也与他借给翡翠的镜子有关。他严肃地问了翡翠几个问题,翡翠都如实地回答了。

见唐宋元也陷入了沉思,顾玲珑打破沉默提议:"先吃饭吧,大家都饿了。"于是叫来服务员点了菜。

饭菜清淡,很适合翡翠的口味。龙井炒鲜虾是这里的招牌菜,顾玲珑点的全是她爱吃的菜。连菜干排骨粥都被他点上了,她很爱喝这种家乡风味的粥。

唐宋元一直不说话,喝了一口粥,大大地皱起了眉头,嫌粥淡了:"我说顾玲珑,这粥我怎么看着菜谱上没有啊?"

顾玲珑一听,被热粥呛了个正着。翡翠赶快帮他拍了拍背,让他小心别烫着了。

等大家吃饱了，唐宋元让人换过茶水，从袋子里掏出了一小包茶叶并示意他自己来，让服务员退下。

看着唐宋元熟练的沏茶动作，就知道他是爱茶之人。等茶过三巡，翡翠拿起了杯子细品："金奖0802！"

"好眼光！"唐宋元点头称赞道。

顾玲珑喝了一小口，突然间像想起了什么似的，忙拿出放在一旁的礼品盒。打开一看，原来是六堡茶，包装很精美。顾玲珑递给了唐宋元，知道他爱六堡茶，这是特意为他买的。

"好小子，平常不见你这样好心！"

顾玲珑听了，只是笑而不答。

翡翠与唐宋元看过盒子都笑了起来，顾玲珑看着他俩很是奇怪。问唐宋元，他也只笑不说。最后，还是翡翠告诉顾玲珑被骗了，这六堡茶还是梧州产的好，原产地农家六堡的也不错，特别是用竹子装的话茶味道更佳。说着，翡翠当场拆开来泡茶，手法相当娴热，让他大开眼界。

一壶茶沏好，大家一起品尝。

"小丫头，能有这手艺，不错，不错！"

"冷小姐"一下变成了"小丫头"，看来唐宋元已经把翡翠当成知音了，这下顾玲珑也就放心了，在一旁赔着笑。

"顾玲珑，看来黑茶不是你的强项啊。"

终于进入了正题，但唐宋元还是玩笑着开场，他很佩服翡翠的不拘小节，刚才的茶说拆就拆了，不需要问过事主。翡翠脸一红，忙说以后不会这样没礼貌了。

"无妨，我就是喜欢你这种大气。"接着，他说出了如何知道和氏璧故事的原委，其实是听一个姓庄的先生说的。

"庄叶希？"翡翠脱口而出。

"是的，你认识吗？"唐宋元也很好奇。翡翠摇了摇头，但唐宋元答应带她去趟庄家。

听到唐宋元答应帮她，顾玲珑皱着的眉头终于舒展开来，然后又问起了关于镜子的事。

"那只是一个传说，我并不能证明它所反映出的就是事实。"唐宋元为难了。

"你不是说它是'先知'吗？"翡翠很是着急。

"听祖父说，它的确具有这样的功能。"他认真地看向翡翠，方才戴着的眼镜早已除下，"翡翠，我觉得目前你最好是先看看心理医生。"

翡翠端起茶杯喝了一口茶，并不说话。

"我对玄学是有点研究,但我更相信科学。"唐宋元把一张卡片递给她。

翡翠没有马上接过来，顾玲珑于是代她接了，并安慰了她几句。

唐宋元谈及初见翡翠时说她气色不好，是看她的印堂带黑，确实是时运不佳，借她镜子只是想验证一下祖父的话，没想到竟引出了这些奇怪的事，他自己一时也无法解答。但这一系列怪事看来并非偶然，或许能从文颜身上找到线索。

被唐宋元一席话一点醒，翡翠方才觉得有许多事是自己疏忽了，于是真诚地向他道了谢。

唐宋元为她联系好庄家就离开了。

顾玲珑担心翡翠回到学校后再遭遇那些怪事，于是问她是否愿意回到他的店里暂住。翡翠求之不得，一口应承了下来。

刚坐上车，倒视镜里闪过一个人影，小黑猫警觉地叫了一声，翡翠探出头，却没看到任何异常。顾玲珑把车开出了停车场，朝他的店铺开去。一路上两个人各自想着心事，都没有说话。

车子停住了，翡翠正要下车。

"等等！"顾玲珑一把将翡翠拥入怀中。

翡翠还没明白过来，只见顾玲珑俯下了身子，在她耳旁轻声说了句"我爱你"，随后神不知鬼不觉地取下了她的耳环。

"你……"翡翠脸色微微泛红，看着闪亮的珍珠耳钉不知所措。

顾玲珑利落地把珍珠剥开，里面竟是一个超小型的窃听器。

"看来，你是被人跟踪了！"

翡翠这才明白过来，方才的暧昧是他故意这样做的。

"抱歉。"顾玲珑别过了脸，只看着窗外。他们的关系在那一刻变得微妙起来，沉默使得气氛变得有些尴尬。

"没关系，谢谢你。"翡翠说着下了车，顾玲珑也跟着她往外走。这里离店铺还要走上五分钟的路，顾玲珑让她扣紧衣服别着凉，自己提着大包小包，怀里还抱着只小猫。淘气的小猫一下子跳到了顾玲珑的头上，尾巴挡住了他的视线。翡翠回头看见了忍不住笑出声来。顾玲珑只言这小猫如此淘气，就叫它"淘气"吧。

翡翠却不肯，说小猫和他有缘，应该叫它"玲珑"。顾玲珑只是笑了笑，没有反对。门开了，小猫玲珑一头扎了进去，灯没开，它那绿幽幽的眼睛在黑暗中显得十分诡异。

"玲珑，你别跑那么快，等等我。"翡翠也一溜烟地跑了进去。

等一切都安排好，顾玲珑想了想，对还在逗小猫玩的翡翠说道："我到商店买点东西，你在这儿等我。"

"哎！"翡翠和小猫玲珑玩得正起劲，也没听清楚就答应了。

顾玲珑转身出了门，翡翠打开袋子想泡点猫粮。

手机忽然响了。翡翠拿过来一看，是陌生的号码，犹豫了下还是接了。

"冷翡翠！救我！救我！"

"喂，是文颜吗？喂，你在哪儿？"

"我知道了一个秘密,快来救我……"

还没等翡翠再开口,电话却被挂断了。

翡翠在慌乱中看到了放在桌上的车钥匙,拿起来就往外跑,急忙开车赶往怡心小园学生公寓。路上,手机响了,翡翠接起耳麦,是顾玲珑。

大致说了情况,翡翠就挂了电话。

来到学生公寓楼下,她却不知道文颜住哪儿。想到文颜上次换鞋子的地方,她走去二楼也并无文颜的踪影。

翡翠急中生智,对,问管理员。于是,她又跑下一楼,终于得知文颜在A区404房,于是急匆匆地赶去。

一口气跑上四楼,四周很黑,走廊的灯都没开,翡翠一步一步地往404房走。门开着,凛冽的风向翡翠迎面吹来,走进去,死一般静。

"文颜。"翡翠的声音都在颤抖。她的手摸到了日光灯按钮,往下按,灯没亮,四周依旧是黑的,屋内没有一个人。

一个黑影从身后闪过,翡翠紧张地回头,跟着飞奔出去。哪有什么人,难道是眼花了?翡翠再打文颜的电话,还是忙音。

翡翠忽然想到了自己的宿舍,便匆匆下了楼,往H楼跑去。

一口气跑上九楼,翡翠觉得心快要蹦出来了,来到宿舍一看,门锁得好好的,她终于放下了心。

翡翠掏出钥匙,迟疑了一下,转动钥匙,"咔嚓"一声,门开了。

翡翠开了灯,看向令自己噩梦丛生的阳台。那儿除了风卷起的衣裤孤零零地摇摆,再无别的。她走进房间,那古老的铜镜泛起了黄色的光晕,书桌上随意地放着简影送的玉蝶发夹。

翡翠走近书桌捏起那枚发夹,玉石的光泽温润,珐琅彩掐丝的色边折射出七色的光。她对着镜子把它别在头发上,镜里的自己在笑。她大惊,用手去摸脸和嘴——自己刚才并没有笑!

一阵耀眼的光亮起,镜子着火了。翡翠失声大叫,镜子里是那老头给她的纸人在燃烧,纸人的左手腕流出了鲜血,火顺着血液在燃烧。

"啊……啊……"翡翠眼里全是火光,"救命!着火了,救命!"

顾玲珑这时正从楼梯拐弯处走上来,听到翡翠的叫声,急忙飞奔而来。

"救命!救命!"翡翠此时已经失去了理智,直直地冲向窗台。

顾玲珑眼疾手快地一把将她抱住,她仍在挣扎。

"醒醒!翡翠,醒醒!"顾玲珑用尽全力去摇晃她,她终于冷静下来,一脸的汗水。

"我怎么了?"翡翠如梦初醒,看着顾玲珑关切的眼神,她想起刚才的噩梦,"顾玲珑,我看见了——"

"嘘!"顾玲珑示意她安静,然后慢慢地走向她的床。

翡翠不知他要做什么,跟在他身后张望。她的手拉着他深蓝色唐装的下摆,眼睛死死地盯住了他的手。

被子被掀开,是文颜躺在那儿,左手上的动脉早已割破,血已经冷得结起了痂子。文颜脸色青白,紧闭着眼一动不动。

"啊!"翡翠再也忍不住了,失声大哭。

顾玲珑抱住她,用身子挡住那血腥的一幕。翡翠如同抓住了救命稻草一般,死死地抓住顾玲珑,顾玲珑把她搂得紧紧的,安慰着她退出了房间。

不多久,警察就来了,翡翠与顾玲珑也都被带去了警局。

因文颜出事前一直和翡翠有电话联系,所以翡翠很难摆脱嫌疑。

坐在冰冷的凳子上,顾玲珑从袋子里掏出一块巧克力,翡翠感激地接过来:"顾玲珑,不如让唐宋元来保释你吧!"

"我怎能丢你一个人在这儿呢。"顾玲珑笑着拍了拍她的脑袋。

这时一个警察走了进来:"你们可以走了,有人保释你们出去。"

会是谁呢?翡翠皱了皱眉头。

警局外的街上，简影的车停在那儿。他看见翡翠出来了，赶快走上前。

翡翠拉着顾玲珑转身正想走，却被简影用粤语叫住了。顾玲珑拍了拍翡翠的肩膀，然后自己走到了一边。

"翡翠，你回到我身边吧！"简影直视着她的眼睛。

"别以为你担保我出来我就感谢你，你欠冷家的一辈子也还不清！"翡翠说完转身就走。

"你敢发誓说你忘了我吗？"

翡翠停住脚步回头道："我从未留恋于你！"

简影一把将翡翠揽入怀里，翡翠手一挥狠狠地打了他一巴掌。

看着简影被打红的脸，翡翠眼里流露出不忍，简影淡淡一笑："你还是忘不了，不然你不会心痛，不会看见子剔透打我时上前阻拦，而现在你还戴着我送你的发夹。"

翡翠已泪流满面，顾玲珑在一旁看见急忙走过来，手扶上了翡翠的肩头安慰了几句，然后礼貌地和简影告别。

"这么晚了，我送你们回去吧！"简影对顾玲珑友好地说。

"谢谢你担保我们出来，我的车就在附近，就不麻烦你了。"

简影微笑着伸出了手，和顾玲珑轻握，离开前对着翡翠说了句粤语，翡翠一听脸色更苍白了。顾玲珑扶着翡翠在寒风中走着，把大衣脱下裹着她，自己只穿了一件唐装棉袍。

翡翠的手始终被顾玲珑紧紧握着，一路上他们的话不多。终于上了车，翡翠慢慢地放松了绷紧的神经，进入了迷迷糊糊的状态中。

"文颜，是你吗？"翡翠慢慢走近。

对面的人不说话，背对着翡翠，一身的白衣裙，唯独那双高跟鞋，后跟上绑着一对红色蝴蝶结。地上有暗红色的液体慢慢扩散，仔细看去，全是血！翡翠吓得连连后退。

"啊——"尖叫声直刺耳膜。翡翠扭头看去，却没了踪影。她脚下绊到了什么，一滑摔倒在地，浓浓的血腥味扑鼻而来。她抬眼一看，自己身下的正是那跳楼身亡的断臂女生。

"啊！"翡翠挣扎着退后。

女生"咯咯"地笑着，那唐代镶金虎头白玉镯裂成了三截，她的脸也裂开了，却仍在"咯咯咯"地笑，血液从裂缝中溢出来，样子非常吓人。

"不要过来，不要！"翡翠挣扎着却怎么也站不起来。

"你不是要救我吗？来啊，来救我啊！"

是文颜的声音！翡翠紧张地回头，却看到了一只血淋淋的断手。

"你说要帮我，但我却成了你的替死鬼！那可恶的纸人，把你变成了我，为什么死的是我？为什么？"

纸人？翡翠双手拼命地挣扎。

"我成了你的替死鬼！不公平，不公平！"

一只断手卡住了翡翠的脖子，拼命地收紧。翡翠伸脚去踢，前方空空如也，手用力地想要扳开，却怎么也使不上劲……

"翡翠！"顾玲珑见翡翠在说胡话，摇醒了她。

"顾玲珑！"翡翠猛地睁开眼，再也忍不住抱着他大哭起来。

"好了，别怕，我一直在你身边。"顾玲珑轻轻地拍着她的背，"你有点低烧。刚才做噩梦了？别怕，先躺下。"

翡翠发现自己正躺在顾玲珑家的床上，她侧过脸，看见了顾玲珑忘记收起的纸人掉在地上。

地上的纸人被小猫玲珑拖到了沙发底下，伸出的半截竹制手骨上沾着血，那样子像极了死去的文颜。难道，她真的是替我挡了一劫？

小猫玲珑蜷缩在角落，舔着被竹条刮破的伤口。

第六章
古董迷情
GUI ZHUO

翡翠很早就醒来了，顾玲珑陪伴了她一个晚上。看着床头旁边的脸盆和毛巾，就知道是顾玲珑为她敷额头用的，毛巾还微微地散发着热气。顾玲珑在一旁的椅子上睡着了，小猫玲珑懒懒地蜷缩着身子趴在顾玲珑身上。

翡翠看见这情景，轻轻走过去为顾玲珑披上了衣服，然后走进更衣室更换了职业套装，这是顾玲珑后来去她宿舍帮她带过来的几件换洗衣服。

翡翠洗了把热水脸，开始对着镜子化妆。淡淡的妆容很美，翡翠长得就是一张可圈可点的明星脸。

小猫玲珑伸了个懒腰，换了个方向还想睡，但又睁开了惺忪睡眼——是顾玲珑要起来了。它"喵"地一叫以示抗议，就跳到了地上。

顾玲珑揉了揉眼睛："身子好点了吗？"

"好点了，你辛苦了，休息一下吧。我还要去电视台，今天要录制节目了。"翡翠冲他一笑，把一杯热开水递给他。

顾玲珑接过来慢慢地喝下："你等我一会儿，我开车送你去吧。这么早，要走到琉璃厂路边才有车的。"

"可是你累了一个晚上……"翡翠不好意思再麻烦他。

顾玲珑笑言无事，说以前训练和执行任务时可以一个星期不睡觉。

训练？翡翠疑惑地皱了皱眉。

顾玲珑注意到她神色有变，解释说以前自己帮唐宋元做文物修复工作很艰苦，有时为了想出铭文的正确排布，可是一个星期不睡觉地做研究的。

翡翠笑了笑，也说唐宋元那人太不厚道。

顾玲珑洗好了脸换过了衣服，开车送翡翠去了电视台。

古月刚好走出来站在院外吸烟，看见翡翠来了，点了点头打招呼。他看见翡翠身旁的顾玲珑也是友好地笑笑，顾玲珑上前一步与他握手。

古月转头对翡翠笑言："这么巧你们认识啊，他是这一期里的鉴赏人！"

翡翠则笑说顾玲珑狡猾，原来他们还算是半个合作伙伴呢。

古月也笑了，说熟人沟通起来更方便，而且顾玲珑的古典气质和他们的节目也很相称。

由于翡翠是新人，所以第一期由一个著名主持人和她一起主持。这个主持人，她一早就见过面了，正是上次讲错稿子的主持人李深雪。

走进演播大厅，阵容真是够强大的，连心理顾问都请来了。为了更好地抓住观众，还特别邀请了在收藏界颇有名望的收藏者，他的职业是心理医生，叫严明。

顾玲珑看着严明，忽然想起那张卡片。从袋子里掏出来一看，正是唐宋元介绍给翡翠的心理医生严明。

顾玲珑把他们的请求对严明说了，严明表示很乐意帮忙。黑框眼镜后，他的眼睛炯炯有神，看向翡翠露出了一丝难以察觉的笑容。其实他此次答应来做节目，正是受人之托，为翡翠而来。

节目开始了，先是放一段江南水乡的风光片，里面的女孩子都穿戴着各式玉挂件，晶莹温润，把一件件古玉完美地展现出来。

小桥流水，温婉女子手戴碧玉镯在小溪边捶打着衣衫，头上戴着的玉蝶花簪掉了,伴随着清清潺潺的流水声,铺开了《古董迷情》华丽的篇章……

翡翠迎着镁光灯信步登场,纤细的脚踝踏着玉铃,玉铃叮叮,腰肢纤细,比那江南三月的春花还要艳丽多情。她优雅妩媚地竖起了一管玉箫,十指纤纤,演奏起那远古的歌谣,全场的人都沉浸在美妙的音乐中。李深雪在一旁朗诵着古诗,真真是"二十四桥明月夜,玉人何处教吹箫",那一刻,《古董迷情》这个节目活了。

翡翠手中的玉箫是唐宋元的收藏品,是他借给电视台做节目用的。那是唐朝开元年间,李隆基用过的紫玉箫,音色清越,是蓝田玉。

翡翠举起手中玉箫,娓娓道来:"沧海月明珠有泪,蓝田日暖玉生烟。此情可待成追忆,只是当时已惘然。"一首古诗把所有人的神思都引进了那遥远的时代。

"'一骑红尘妃子笑,无人知是荔枝来'的千古诗篇为我们揭开了杨贵妃与唐明皇的爱情篇章,正是有了这一管紫玉箫,精通音律的李隆基为爱妃日夜吹奏华丽的音乐,从此便有了他们互为知音者的琴瑟和鸣。"

"紫玉又称蓝田玉,是我国蓝田地区出产的软玉。此玉箫如沧海遗珠,传世不朽,杨贵妃疑冢,相传埋有此玉箫,为唐明皇纪念杨贵妃的陪葬之物,并从此不再触碰音律。"

"此玉温润盈泽,玉管紫中带了红影,颜色也非常好看。风格简洁,玉管上刻的是龙首'囚牛'(因其爱好音乐,所以常在乐器上出现)和装饰纹。出土后经抢救性修复,已把破碎的管体完美拼合,修复后仍能吹奏出调子简单的清越古音。现在有请文物修复专家顾玲珑先生对玉器拼合技术和当时抢救文物的一些花絮作一个简单介绍。有请顾先生!"

镜头对准了顾玲珑,他简单介绍了一些出土文物的情况、铭文的研究动态,以及修复性技术的知识。

他讲得很投入,让观众了解了许多宝贵知识,他还针对市场上的一些古玉作假的手段教给观众如何进行分析辨别的方法。

随后翡翠和李深雪各拿着一件玉器上场。李深雪对手上玉器进行了简单介绍并和翡翠的进行对比，同是唐风格，两块玉雕挂件上的图案皆为海冬青袭向骏马，但其中一件却是仿品。

翡翠也仔细讲解了辨别的方法，如古玉作假色后皮沁会很干，毫无光泽，放进化学液体浸泡的假皮用指甲用力刮的话会脱掉一层皮。另外，还要看它的纹饰风格，符不符合当时朝代的特征。

接下来，是对藏友所带来的藏品进行点评。

翡翠将玉件展示出来，简单地介绍这件玉器的一些特征，而李深雪的低沉音色则很好地表达了古玉的质感。

美人如玉，温润晶莹。李深雪把鉴定家的鉴定词一一陈述，她的一言一语，将玉文化的精髓及其深厚的人文底蕴在节目的最后表达得淋漓尽致。她把茶碗盖轻轻合上，那到位的眼神和肢体语言如同把玉文化的历史厚重感都合在了茶汤之中，袅袅热气氤氲，越发醇香……

翡翠的开场已是惊艳，而李深雪的压轴则更显大气。节目一结束，古月就上前由衷地赞叹。李深雪低眉浅笑，也称赞翡翠的主持风格很好，而自己还缺了些火候，如果能够把声音放稳些，再淡定些就很完美了。

翡翠是带病上台的，脸色很苍白，顾玲珑走过来递给她一杯热牛奶，把大衣披在她身上。

翡翠对顾玲珑投来感激的目光，顾玲珑嘱咐翡翠趁着节目空闲多休息会儿，就转身回到鉴定场帮忙作鉴定了。

翡翠转到了一个僻静的角落坐下，看着手中的镯子。那只卞和镯让她很担心，总觉得留着这玉镯并非好事。

热牛奶香甜可口，翡翠喝着它身上又有了热量。头靠在沙发上，手也顺势搭在沙发扶手上，卞和镯上那点耀眼的红刺着翡翠的眼。

翡翠伸手去揉眼睛，玉镯冰凉地贴着脸，一股刺鼻腥味，她睁眼一看，手臂全红了。她吓得大叫，但并无人理会她。

演播室里的人呢？翡翠惊悚万分，不断地擦着手上的鲜血。终于，血一点点被擦去，手上戴着的竟是那只唐代镶金虎头白玉镯。

文颜？翡翠已经忘记了害怕。

"不是你的玉镯不要戴啊！"文颜从血雾中走来。

"你究竟想怎样？"话一出口，翡翠自己也是一惊。

血雾越来越浓，翡翠看不清文颜在哪儿。她向迷雾深处走去，前面影影绰绰的，是一个模糊的影子。

翡翠快步跑上去，一把抓住文颜的手臂，厉声怒斥："我不怕你，你到底想怎样？"

"我说过了，这不是你的玉镯，不要戴！"她突然转过头来，那是张和子夫人很相像的脸，"我说过多少次，不要戴我的玉镯，那是我的！"

断肢飞来，死死地缠住了翡翠的左手，传来剧烈的痛。是卞和镯，那子氏妃嫔的卞和镯。

"啊！"翡翠拼命地挣扎，那只断臂如同要和翡翠的左手融合一般，要夺回卞和镯。

手上传来强烈的疼痛感，翡翠在极度恐慌中睁开了眼，却看见严明站在她左边，正扶着她左手上的卞和镯。

翡翠一惊，收回了手。严明脸上并无尴尬的表情，他慢条斯理地开始陈述。是的，陈述。他说的话如同能使人入眠一般，他的职业就是心理医生。他抬手看了看表，说道："冷小姐，你刚才定是做了噩梦吧，我并无恶意，只是摇醒了你，别见怪。"

翡翠知道严明无恶意，只是他无意中碰到了卞和镯，让她本能地起了抗拒。

"是我不好意思才对，严先生别那么见外，叫我翡翠就行。"说完，她礼貌地笑笑。

严明坐下，说了是导演让他过来催促，该拍下一集了。

翡翠马上就要起来，却被严明按住。

"翡翠，我看你是压力太大了，精神状况不太好，还是要多歇息！"

翡翠点了点头。

严明把一个藏青色绣着兰草的小巧药包递给翡翠，她疑惑地接过。药包很精致，还有淡淡的中药香。

严明示意她打开。她拉开古朴的如意结，袋子口就松开了，里面装的是一颗颗形状各异的药丸，有圆形、椭圆形、三角形、菱形、梅花形等等，五颜六色很可爱。她看见这些药丸心情也跟着明快起来。

"这是？"翡翠笑着抬头，迎向的仍是严明那张没有表情的脸。严明，他正如这个名字一样，死板而沉闷。

"这是些维生素，对睡眠会有帮助。"

觉得是药，翡翠多少有点抵触。而严明也不多说，走到不远处的饮水机旁倒了杯热开水，又走回来重新坐下，不声不响地从袋子里拿出两颗纸包着的药丸，自己用热水送服了下来。

"严先生不舒服吗？"翡翠礼貌地问。

严明大方地说其实每个人都有压力，所以他自己也会定期吃些维生素。而后很自然地，翡翠就被他的话题吸引了，问起一些他工作上的事。由于要对病人的隐私保密，所以严明也只是简要地说说，甚少提及具体案例。

"心理疾病可大可小，小的会引起睡眠不足，噩梦丛生，大则导致人格分裂，或者患上抑郁症，有时还会自导自演形成幻觉的恶变。"

翡翠想起自己最近所遭遇的怪事，正要开口问，却听到了另一个声音在耳边响起。

"你们在聊什么，那样投缘？"古月亲自前来，翡翠才想起自己偷懒了这么久，脸一下子红了。

见翡翠脸红了，古月大度地一笑，说她既然不舒服，今天就不往下录节目了，让她回去好好休息。

翡翠谢过古月，把药包放进袋子，与严明告别之后便独自一人离开了。

电视台门外，天空中飘着雪，今年的冬天分外冷。

翡翠刚走到门口，却被古月叫住了，他主动提出要送她回去。

翡翠谢过古月便随他上了车，笑说他是一个大方又关心下属的老板。

古月很豪爽，他边开着玩笑边为翡翠关上门，随后朝着翡翠说的地址开去。不知过了多久，翡翠睁开眼睛，才发觉自己刚才竟然睡着了，身上盖着古月的衣服。她脸一红，连忙说失礼了，打扰了他这么长的时间。

古月见她醒来，把音乐打开，舒缓的音乐使人精神愉悦。

"没关系，我今天并不忙。到家了，小丫头，回去了多喝点水，天气干着呢，南方人大多不惯这里的寒冷。"

翡翠下了车，把衣服还给古月就往顾玲珑的店里走去。

顾玲珑的店由刘老帮着照看，而刘老自己的店则由他的手下帮着看。翡翠进入店里，刘老和她打了声招呼就忙活着店里的事了。

翡翠刚想坐下，电话就响了。

"喂，你好。"

"冷小姐，请你现在来警局一趟，我们有些事需要你证实一下。"手机里传来了不容商量的冰冷语气。

"好，我马上到！"翡翠叹了口气，挂了电话就急匆匆地出了门。

一辆出租车从拐弯处开来，翡翠小跑着招手，司机没看见就过去了。

翡翠紧了紧大衣，走出巷子口去找车。刚走了没几步，一辆黑色车子开过来，打开了车门："翡翠，上车吧！"

是古月。翡翠很高兴，上了车连声说谢谢，古月也笑着说没事。当他听翡翠说是去警局时，他脸色都没变，也没多问就朝目的地开去。

那是一场令翡翠意想不到的谈话。

"你是昨晚上九点四十接到的电话？"一个警察问。

"是的。"翡翠平静地说，并不觉得有什么不对。

"但在现场和文颜的宿舍，我们都没有找到她的手机。"那警察咄咄逼人。

"难道你怀疑人是我杀的吗？我是真的接到了她的电话！"翡翠激动地站了起来，双手握得死死的。

古月轻轻拍了拍她的手，示意她冷静。

那警察面无表情地审视着她："昨天凌晨，也就是19号凌晨两点至四点你在哪儿？"

"我——"翡翠欲言又止，脸色也微微泛红，"这与案情无关，我可以不回答。"她和警察较起了劲。

一个警察很不耐烦地来回走着，手中的一次性杯子被他用力一拧，完全变了样："请配合我们的工作！"

看得出他在极力忍耐，但翡翠也不甘示弱，只冷着脸道："那是我的私事。如果与本案无关的话，我拒绝回答！"

"文颜凌晨两点就死了，又怎能在当晚打电话给你求救，而她的手机又那么巧不见了？"那个警察大吼一声，翡翠吓得脸色更加苍白，她的头又开始痛了，耳边尽是蜂鸣。

古月见她脸色如此苍白，伸手探了探她的额头，竟发现她发起了高烧。

他正要打电话找律师，一只手伸过来按住了他。

古月回头一看，是子剔透，随他而来的还有一位律师。

子剔透一把扶起了翡翠，并不正眼看在场的任何人："那晚她是和我在一起的，她是我未婚妻！"

翡翠无比幽怨地看向子剔透，正迎上他那关切的目光。他俯下了身子，关爱地握住她的手，忽然又转向了警察，冷冷地说："那晚我们举行订婚仪式，很多商界名流都可以作证，而且一直到早晨她都在我家中。好了，现在我要带我的未婚妻走，她不舒服，也没杀人。其余的你们和我的律师谈吧。"他为她撒了一个谎。

子剔透不管不顾地拉起翡翠就走，翡翠甩开他的手，可脚下无力，头一沉就往地上摔去。子剔透抱起她就朝车子走去。

"你放开我！"翡翠想挣脱，但已没了力气。

"你还害羞吗？"子剔透看着她，并不因她的拒绝而不高兴，仍是一副不羁的模样。

上了车，他把暖气开得很大。阵阵暖风吹来，翡翠终于感到了些许温暖。她努力地睁开眼睛，看见他只穿了白色衬衣外加一件草绿色的毛衣，衬衣领口开到了第三颗扣，而外面的低V字领毛衣则显得张扬而时尚。

零下几度的天气，他竟急得出门时连大衣也忘了穿。

想到这里，翡翠感到抱歉，女人在生病的时候总是特别脆弱，她也不例外。她闭上眼靠在窗边，任凭他把自己载到任何一个地方也无所谓。在暖气的作用下，子剔透的脸上也密密地出了汗，脸色红润起来。

翡翠在心里想着方才警察说的一席话，尽管现在她是洗脱了嫌疑，但随之而来的疑问却让她头痛欲裂。

翡翠醒来，看见了子剔透那双关切的眼睛。她的手在打着点滴，子剔透站起身,从厨房里端来了一碗热粥,然后扶翡翠坐起来。

翡翠打量了一下四周,这里是子剔透在雅斋阁的别墅。幸好不是他妈妈家,她可不想再看见子夫人。

粥很烫,子剔透皱着眉小心地吹着。他有些黑眼圈,头发也乱乱的,想必是一晚没睡了。他抬起手,把勺子往翡翠面前送,翡翠并不开口。

"翡翠,多少吃点,不然身子没力气,更不会好了。"

翡翠用一种很奇怪的眼神看着子剔透,子剔透被看得浑身不自在。

"你不吃,身子不好起来,可是走不出我家的大门的。"他又开始了他的调笑。

翡翠嘴角微微上扬,轻轻地张开了嘴。

"唔——"子剔透趁机吻上她的唇,这样的好机会他又怎会错过。

"哈哈,今天终于喝到蜜糖了!"子剔透在翡翠面前总是那样放松。

翡翠也不与他计较,接过了碗自己吃起来,他满意地坐在一旁看着她。

等点滴打完了,一名医护人员上前来为她拔针,稍稍有点痛。

看见翡翠皱起眉头,子剔透拿出热水袋要为她暖手。她说不必了,然后下了床就要穿鞋子。医护人员很快就走了,留下他们二人。

"翡翠。"子剔透伸手拉住翡翠,"你要去哪儿?"

"我还要工作呢,不像你那样有钱,不工作也有饭吃。"翡翠嘲讽他。

他嬉皮笑脸地抱住翡翠:"那你嫁给我不就一辈子也不用工作了。"

翡翠扭转身子,认真地看着他。

子剔透见她神色这样严肃,也收敛了笑容道:"翡翠,你一定觉得我在开玩笑,我自己也问过自己,是否能从一而终地对家庭负责,是否能肩负起养家糊口的责任,是否能收心养性地只爱一个人,但你给了我这些我从一开始就缺乏的信心。你就有那样的魔力,所以我是真心想和你结婚。我是认真的,不是谎话,更不是一时的头脑发热!"他的眼神是那样真诚。

人们常说，眼睛是骗不了人的，翡翠是相信这句话的。她轻轻地推开子剔透，和他保持了一定的距离。

"剔透，我们认识还不到三个月，你不觉得这一切太仓促了吗？"翡翠只想离开，现在不适合再陷进情感的旋涡。

子剔透一言不发地看着她，脸色苍白，好像血液在一瞬间全被抽光了一般。他咬紧了唇，手突然捶向玻璃茶几。玻璃碎了一地，他手上有血流出。

"剔透，我陪你去医院！"翡翠看见他流血不止，一时间竟忘了子剔透是有私家医生的人。

"翡翠，难道是因为顾玲珑？"

"什么？"翡翠疑惑地看向他，血已经滴到了地上。

翡翠看着地上的鲜血，心里越来越着急。

"就是因为那个小小的商人，倒腾古董的贩子，你就不愿和我一起？"

"子剔透，请你尊重一下别人！这是我俩之间的问题，你不应该那样说别人！"翡翠也生气了，他怎能那样傲慢，那样看不起人。

"不是因为他，你会拒绝我吗？你住他那儿，想过我的感受吗？"

"我住他那儿是清清白白的事，不要用你那种思想去看待我和他。"

"你和他？你看，你俩都说到一块去了。"

"够了，你不要再在这儿冷嘲热讽了。既然你对我一点信任也没有，我留下来也没意思。"翡翠说完转身就走。

"那是因为我爱你！我每天在雪中看着你，车子停在你出现的每一个地方，只是因为我担心你！雪夜里，寒风中，我也只是默默地注视你。只因为你说过要我给你时间，所以我不强迫你，但我看见的是什么？是你和顾玲珑卿卿我我地朝夕相处，你根本就记不起我这个人了。"

原来，一直跟踪她的就是子剔透。翡翠终于松了一口气，之前她所担心的，不过是害怕有人心怀鬼胎罢了。但这个事实也让她感到悲哀，他竟这样不相信她。

"你不必再跟着我，过属于你自己的生活吧。"翡翠头也不回地走出了子家，但还是出于担心，打电话替他叫了救护车。

当她回到顾玲珑的店子时已是下午五点多，天也已经暗下来了。

顾玲珑一直站在门边上看着来往的人，翡翠看见他的眉毛上都沾了一层晶莹的雪花。

"回来啦！"他淡淡的笑容总是让人觉得温暖。

"不好意思，让你担心了。"

顾玲珑的大手抚上翡翠的额头，笑言她没事就好，然后两人一起进了店里上二楼休息。

顾玲珑拿出一顶帽子戴在翡翠头上："这样的天气可要好好保暖！"

"呀，真漂亮，谢谢你。"她笑着站起身走到镜子前照照，活脱脱一个小姑娘模样。

顾玲珑笑她长不大，自己坐到了椅子上问起今天在警局里的事情。

听完翡翠的话，他的茶也泡好了："试试！"

翡翠举起杯品了一口："你沏黑茶的技术可是越来越好了。"

"看你这样沏茶几次，我也学到了不少。"他笑了笑，手在几面上轻敲着，翡翠知道他是在思考问题。他又把玩了一会儿茶几上的和田白玉和合二仙，是清代的古件，雕工精细，皮色亮红，玉质温润，包浆很好。

他拿起绒布擦着玉问道："翡翠，你觉得还是鬼神作祟吗？"

翡翠抿紧了嘴，低着头沉思："其实一直跟踪我的人是子剔透，我也并没有得罪什么人，会不会真的是……"

"我不相信鬼神这种说法。"他抬眼看向翡翠，顿了顿，"我是做古董买卖的，遇上些难以解释的事情并不稀奇，但是我觉得人为的因素我们不应该忽略。"

屋里又陷入了沉默，顾玲珑看了看翡翠的镯子，开口问道："这就是传说中的卞和镯吧。"

"是的。"翡翠的脸一红，自然而然地想到了子剔透。

"整件事似乎毫无破绽，但其实暗含玄机。翡翠！"

"啊？"翡翠一愣，回过神来。

"小丫头，想什么想得那么出神？"顾玲珑从抽屉里取出了一串佛珠，递给翡翠。

"这……"翡翠疑惑地接过，戴在手上，有点松。

顾玲珑帮她打了一个很牢的如意结，翡翠重新戴上，正合适。

翡翠低头一看，知道是件贵重东西。上等的紫檀木，淡淡的檀香闻着让人神清气爽，珠子上一面刻了个"佛"字，一面刻有一座栩栩如生的活佛像。佛像庄严慈祥，是藏式神佛的样子，符合少数民族的活佛形象，每颗珠子一般大小，都是如此雕刻，"佛"字都漆了金粉，金光闪闪，是一件很贵重的法器。

"你经常睡不好，戴着它每晚睡前念一下珠子，心也就静了。"顾玲珑的话总是淡淡的，小猫玲珑在他身旁的软垫子上打着盹。

翡翠拿着佛珠转了一圈，看见在菩提子盖处有金文，这是金朝的东西，金文难懂是自然的了。上面写道：法远方丈赠玲珑缘客，通中朝之兴旺，扬佛法之无边。蝇头小字竟记录了这样重要的文献，还雕刻了一只展翅高飞的大鹏，鹏是释迦牟尼座下神物，更兼金朝崇尚雄鹰、大鹏、海冬青等凶猛飞禽。这确是件珍宝。

"顾玲珑，这样珍贵的东西我不能要。"说着，她就要除下。

顾玲珑按住了她的手，她抬头，两人很是尴尬。

顾玲珑稍稍偏了偏身子，和翡翠保持了一定的距离："这是我在拍卖会上拍得的藏品，当时也只是相中了它'赠玲珑缘客'的文字，感觉到了一种缘分。它随我多年，每当我遇到了烦忧之事，默念佛珠，总能清心静思，许多问题也就迎刃而解。如今，我已不需要此物静心，你与我有缘，所以，你也算是它的有缘人了，而且……"

"而且什么？"翡翠奇怪地看向他。

"而且佛心相连，戴着它，真到了危难之际，它一定会让你找到我。"顾玲珑顽皮地一笑。

这样的调侃让翡翠错愕，她也是一笑："真有这般神奇？那我与你不是都与佛有缘，可以去当尼姑和尚了？"

见顾玲珑坚持，翡翠也就不再推辞，笑着谢过收下了。

顾玲珑也随她取笑，继而又严肃地说："翡翠，目前我们首要的是找出送文颜镯子的神秘男友。此事还牵扯到上一件唐代镶金虎头白玉镯的坠楼断臂命案，而且也一定与你手上的卞和镯有着千丝万缕的关系。"

真是一语惊醒梦中人！为什么自己就没想到这样重要的线索呢？翡翠茅塞顿开，笑着拍了拍顾玲珑的肩膀："果然姜还是老的辣！"

顾玲珑大笑起来："帮了你忙，这顿饭你可是跑不了啦！"

"没问题，咱下馆子去！"翡翠拍着手，学着京腔，逗得顾玲珑笑了。

顾玲珑选的仍是上次那家茶馆，那里清静些，最是舒服。

点了许多精致的点心，翡翠又想起了上次那美味的粥品，毕竟她的病刚好，胃口也没有开，想吃点清淡的。

翡翠翻遍了菜谱，也没看见菜干排骨粥。

"小丫头，在找什么呢？"顾玲珑看见服务员已站了许久，提醒她。

翡翠方才想起唐宋元说过的话，这道粥是菜谱上没有的。翡翠脸上微微漾起了红，只言没什么要点的了。

翡翠坐在一旁沏着茶，大红袍的味道很好，清香远逸，顾玲珑连连称赞她沏茶的水平一流。那服务员也笑着说："冷小姐的茶艺已是一流了，连我们这里的高级茶艺师傅都这样说！"

翡翠只微微一笑并不搭话。顾玲珑谢过了服务员，服务员就退了出去。

顾玲珑对人总是很有礼貌，细心体贴，温文尔雅，不会像子剔透那样霸道。怎么又想到他了？翡翠正有些懊恼，忽然听到电话响了，拿出手机一看，是子剔透。翡翠按掉，再响再按掉，如此反复，她索性把电话关掉了。

"翡翠，是不是有什么心事？"顾玲珑在一旁问道。

"没什么。"翡翠红了脸。

"小两口又吵架了吧。"顾玲珑笑笑，为翡翠倒了一杯茶。

"我和他真的没什么。"

"是吗？"顾玲珑弯起的眉眼，细细的笑纹淡淡地流露出恬静，"何必在乎别人的看法呢，看得出翡翠很喜欢子先生。"

"没有，真没有。"这会儿翡翠脸都红到脖子耳根了。

顾玲珑示意她别急，缓缓地说着话，他的话语总能让人心安，沉稳、恬淡而又充满了睿智。

"让你那样神思恍惚，那样食不知味，除了爱上一个人，我想不出还有什么理由能让人'衣带渐宽终不悔，为伊消得人憔悴'了！"

翡翠被他说得低下了头，摆弄着袖口的花边。

顾玲珑笑了起来，说她现在这副模样完全就是沉浸在恋爱中的不可理喻的小女人姿态。

"我哪有！"翡翠回眸横睨。

顾玲珑竟然脸也跟着红了，于是低着头沏茶来掩饰。他让翡翠把握好自己的幸福，既然喜欢就别太犹豫。

"有时我们以为错过的只是一段感情，其实那就是一生。"顾玲珑的言语带了伤感。

翡翠很感激他，在她最脆弱的时候，他总能对自己伸出援手。

突然，顾玲珑的手机响了，他拿出手机听着，对方的声音很大，像是在发火。他沉默了许久，才说道："您先别怒，我与她并没有什么，我只当她是妹妹一样看待。"

可能是对方挂了手机，顾玲珑对着手机出了神。

翡翠看出了一些端倪，只见顾玲珑朝她笑了笑说去打个电话，翡翠点头。他站起身，一边拨电话一边往外走，突然，门外响起了她熟悉的声音：

"屏画江风难讼，荻花碧烟中，水为乡。如梦，蓬作舍，尤月落花烟重。如梦，消睡残，一曲酒盈杯满。心事消残，梦江残月影却，如梦，如梦，盼留一夕，侬家日月；莫消停，花残月葬。"

是她的歌声，只有子剔透会拿她的歌声作铃声，他竟然跟到这儿来了。翡翠刚想出去，服务员却进来了，端着热腾腾的粥。是她爱喝的菜干排骨粥，顾玲珑这样在意她的喜好。

"你好，请问这道粥为何菜谱上没有？"翡翠礼貌地问起服务员。

谁知那女服务员却是一笑，好不羡慕地说："顾先生是我们的老主顾了，所以他有什么要求，我们都会尽量办好。这道粥是粤菜风格，我们店里没有，也不会做，是顾先生特意教我们做的，说是女士爱喝。"说完，服务员放下粥就走了。

翡翠想起顾玲珑的细心体贴，终于明白他的心意，却更加心烦意乱了。

正想着，顾玲珑就回来了："小丫头，粥都凉了，快喝吧。"

"嗯。"翡翠抬头。

顾玲珑眼神闪烁地躲开。他的脸怎么肿了？定是子剔透那小子。翡翠恨恨地在心里骂他。

"顾玲珑，你没事吧？他也太过分了！"翡翠扶起他的脸检查伤势。

顾玲珑推说不用，眼神里包含了无数的怜爱。

看着顾玲珑，翡翠也慌了神，别过了身子。

"方才是我不小心碰到了，你别瞎猜，误会了别人。"顾玲珑叹了口气，缓缓地说。

"你就别替他说好话了，我还不了解他吗？"

"小丫头，终于承认了吧！"顾玲珑掩饰得很好，一副拿她当小孩子看待的神情。翡翠也只是勉强地笑了笑，不说话。

"他本性不坏，值得托付的。翡翠……"

"嗯？"翡翠抬起了头，茶早就凉了。

顾玲珑看向她，很认真地说："你会烦恼只是因为你喜欢他，所以别压抑自己的情感，别等错过了才去后悔。明天我们去找出文颜的男友，找出真相，那样你就可以过正常的生活，不必再担惊受怕了。"

翡翠点了点头，如今也唯有顾玲珑可以帮上她的忙。

晚上还要录制节目，草草吃过晚饭就七点多了。顾玲珑白天已经完成了录制任务，他是担心翡翠，所以也跟着去了。

到了片场，李深雪已经在背稿子了。唐代的节目已经录制得差不多了，今晚节目介绍的是远古的玉器，红山文化。

远古，多多少少带了神秘的色彩，扑朔迷离。按翡翠的意思，后面的布景已经换成了深蓝的冷色调，以配合冷兵器时代的那抹幽深玄思。

配乐为男性雄浑的呐喊之音，合成独特迷离的音律。由一群男士穿着敞开的武士服或兽衣突显出阳刚之气。远古的神秘，在那一声声有节奏的呐喊中展现出来。翡翠仍是一身旗袍，金丝绒黑旗袍把翡翠的气质完美地展现出来。连李深雪都叹翡翠确实是一位难得的古典美女，最重要的是她不是花瓶，而是真正的才女。

在镜头前，翡翠总是那样沉静内敛，仿佛不是在表演，而是在继续着她的生活。

翡翠出色的表现连顾玲珑都叫绝。古月示意李深雪不必上场了，李深雪也并无抱怨，坐于一旁认真地观看，还不时地做着笔记，她是个很敬业的主持人。

"古先生，不让李小姐出场是否合适？"顾玲珑走到古月身旁轻声问。

"无碍，这节目原定的主持人就是翡翠，深雪只是在一开始带一下，但翡翠天资过人，从容淡定，她的表现很好，没有喧宾夺主。"

古月沏着功夫茶，顾玲珑慢慢品茗，皱了皱眉，笑言："古先生可是有心事？"

古月一笑："定是这茶出卖了我。人言茶品如人品，品茗一定要心静。看来我的这壶乌龙茶，水混茶不散，让顾先生见笑了。"

"古先生过谦了。古先生目前正当如意时，水色潋滟雨方晴，绿逸金黄非茶色，茶汤更似人心情，但不知古先生因何烦恼？"

"和顾玲珑谈话果然有意思，叫我古月好了！顾玲珑你真像一杯汤色红浓的黑茶，心至臻境，有宇宙之大，香醇甘厚，通达人生，不像我这般受世俗烦扰。我刚才还想着，可以让翡翠独挑大梁，但看来是不行！"

"她已很出色，你担心的是什么呢？"顾玲珑不明就里。

"你听，她正在讲一个故事，但犯了职业性的错误，这点让深雪和她解释，我们不好明说。"

顾玲珑见古月如此说，他也就留心听。原来翡翠讲述的是一个历史的故事——关于玉猪龙的图腾崇拜。

"由于天灾的肆虐，人口的减少，人口很难延续。巫师用礼祀玉器开始祝祷，一切源于部落首领婴孩的夭折，他的离奇死亡为部落蒙上了阴影，恐怖的死状使族人震撼。巫师命人打造了一对玉猪龙来祭祀上天。其中一对的龙凤呈背对的双C字形，手中托着婴儿，象征繁育；而另一对是双龙呈背对 C 字形，托起巨硕的阳具以示生殖不息。这对礼祀龙玦一直传延，经发掘出土已是国宝文物。浅绿色岫岩玉是玉猪龙的质料，通体全沁，并入玉内，满浆弥合，为红山文化古玉典型兽形玦。"

翡翠的脸已经红了一大片，说话也不如方才稳定从容。主持人主持节目时不应过多地掺杂个人情绪，所以她的表现显得不够老到。

"古月，她能有这样的水平已经不错了，但我也认为由李小姐帮带再长些时间会更好。"

古月点了点头，喝了一口茶："看来顾玲珑你也有心事。你沏的茶却是太清了，水至清则无鱼，顾玲珑你可要好好参透啊！毕竟，现实不需要过分的免俗。"

原来，古月也看出了顾玲珑对翡翠的心意。顾玲珑低着头，掩饰内心的尴尬。

"其实我在考虑应不应该给翡翠这个任务。"古月又陷入了沉思。

在工作上，古月永远都是那样的一丝不苟，在沏茶谈论的时间也能把翡翠的缺点数得一清二楚，考虑问题很全面，不会被轻易左右。

"我想让她去参加南海一号的采访活动，而且南越王也颇具传奇色彩。南海一号只是一次小试，南越王的金镂玉衣会为《古董迷情》这个节目增色不少。我想做一个特辑。"

"其实你已经有决定了，只是担心翡翠资历不够，你无非是想看看我的评价如何。我想就算我认同翡翠，你也会有自己的看法。你也认为她能胜任不是吗？"

古月一笑："你真是我的知己！"

两人相视而笑。

"看来我们心都不够清啊，这茶还是得没什么心事时才品得出味道。但和顾玲珑你相谈，真是如茶甘醇。翡翠也是茶一样的女子，需要慢慢地发掘，清茶淡雅清新最适合她！"

"有一天，她也会成为浓厚香醇的黑茶。其实她很有味道。"顾玲珑看向翡翠。

等录完了节目已是深夜了，翡翠在换衣间换上了运动装，正准备出更衣室。突然，灯一闪就灭了，四周一片漆黑，翡翠感到无比害怕，想开门，门却被锁死了，打电话却是无信号！

翡翠的心提到了喉头，一个宫装女子在她身后一现又不见了！

翡翠握着左手腕上的卞和镯,手为何那样的滑腻？低头一看,全是血！文颜蹲在地上抬头对着她笑……

"啊！"声音卡在了喉咙里，她的脖子被生生地掐住。

"还我——镯——子！"那声音夹杂着拉风箱般的嘶嘶声。

"嘻嘻……咯咯咯……"

翡翠不敢回头，因为她知道那是宫装女子的笑声，那种毛骨悚然的笑声她不会忘记。

宫装女子的手越收越紧，翡翠拼命想要挣脱，但那宫装女子慢慢移到了她的面前，她惊恐得几乎忘了挣扎。

"翡翠！"大门洞开，一切的恶鬼都消失了。

翡翠扑倒在地上，她眼睛发黑，出现了轻度的休克症状。顾玲珑顾不上许多，连忙为她做人工呼吸。当贴上她的唇时，顾玲珑感觉到连自己也要窒息了。

身后一道黑影闪过，顾玲珑完全没有注意。黑影似带走了什么东西，但已是无人知晓了。

"翡翠，你怎么样了？"

"顾玲珑，我……我害怕。"翡翠终于呼吸顺畅了，手上却是血迹斑斑。她低头一看，忽然发现自己的右手上不知什么时候戴上了另一只无瑕的卞和镯。这只玉镯，她一早就已经还给了子剔透。

"别想那么多，我在这儿，不离开你！"顾玲珑安慰着她。

由于要做节目，顾玲珑送的佛珠她并没有戴，顾玲珑轻轻地为她擦去手上血迹再戴上佛珠，她才安心。顾玲珑正要扶她起来，见到墙角处有块红色的衣服破布，估计是被门把上的锁钩破的。他暗暗捡起，收好。

顾玲珑扶起翡翠和她离开片场。

翡翠的精神还是很恍惚，顾玲珑想到了严明给的药丸，所以急着带翡翠回去让她吃药。其实，让顾玲珑更加担心的是，她手上的血的确不是幻觉，但那背后的人隐藏得太深了。翡翠的精神很差，他没有将话说出口。

外面，简影的车早就等在了那里。

"麻烦你照顾一下翡翠，我去买杯热牛奶给她。"顾玲珑说着走到了马路边，那里正好有家便利店。

"翡翠，你放弃《古董迷情》吧，你看你都瘦了。"简影向她伸出手。

"不！绝不！你是个魔鬼！"

"翡翠，别那么倔！子剔透不像你想的那样简单，他隐藏了许多秘密，他不会是个好人！你再沉迷于《古董迷情》，你在这个迷宫里就很难出来了。远离古董吧！"简影伸手去拉翡翠，翡翠仍是坚决地甩开他的手。

简影不管不顾抓起她的手，抓得她生痛："这两只镯子会害死你的！"

"够了！"翡翠满脸愤怒，"他不像你，他永远也不会害我！"

简影见她如此，不再强求："记住上次我在警局外和你说的话，如果你后悔了，可以来找我。子家没那么简单！"

"我永远也不会找你，更希望永远也不要见到你！"翡翠很决绝地走开。顾玲珑迎向她，并不多问，扶她上了车，把牛奶递给她就开动了车子。

看着倒视镜里的简影，翡翠一阵阵地难受。简影站在雪地上，一支接一支地抽着烟……

第七章
真相远离
GUI ZHUO

翡翠和顾玲珑回到店里，就收到了一个神秘的包裹。包裹包装得很精致，古色古香的锦盒上镶嵌着仿古的和田白玉龙佩，那游弋的蛟龙姿态万千，用手工绣出的锦缎上是一幅辽阔的大海图。盒子的另一面上也是一片无边的海，海中有岛，与世隔绝，但海中之景与现实颇有不同。

"真像传说中的蓬莱、方丈和瀛洲！"翡翠感叹，想到了这海上仙山。翡翠和顾玲珑都对这份礼物很感兴趣，那用金丝银线勾勒出来的海空缥缈之景，想必就是传说中蓬莱常出现的海市蜃楼。翡翠心想，这必然不会是一份普通的礼物。

小心地打开盒子，沉香木质的精致挡屏镂空雕花里，透出一层朦胧柔和的温润之光。翻开屏风，它竟是活页拉掀式的，利用仿古的连接方式，把几张木页连起来。

"你看！"顾玲珑指了指木页，像一本小书，镂空的只是各式的梅花、冰凌等花式，但连起来看却是一座山，山上的奇景尽在眼前。顾玲珑和翡翠二人面面相觑，不知是何来头。终于把五屏折栏木页取出，下面分为两个格。一格里放着一件玉璧，这玉璧翡翠太熟悉了，是让她噩梦连连的和氏璧！她的手开始微微颤抖，控制不住地抖。

看到翡翠脸色苍白，顾玲珑合上了盒子，示意她坐下以平心静气。

翡翠笑说没事，但那笑容很牵强。

顾玲珑让翡翠歇着，他来看。他解释着这只是一件仿得极其像的仿品，然后从第二格里把一个拳头大小的玉球拿出来，给翡翠看，谁也猜不透这是何用意。那拳头大小的玉球很圆，和田玉料的温润玉质，捧在手上如贴合皮肤一样的舒服。

"这个倒是可以拿来做手玩件，玉常摸着还能治病驱邪。"顾玲珑捧在手上玩着，翡翠被他逗笑了。

一个谜团未解，又出现了另一个谜团。翡翠和顾玲珑都知道，他们离真相还很远。顾玲珑让翡翠把严明开的药服了，就嘱咐她早点休息。

翡翠在房内数着手上念珠，很快就进入了睡眠。可能是有了这串护身佛珠，也可能是药力的作用，她睡得很踏实，连梦也没有。

顾玲珑穿好了棉大衣，把锦盒里的东西包好，开车直往唐宋元家去。在电话里，他已经说明了来意，所以唐宋元早已等着他的到来。

换了平时，他总要在唐宋元家的文博柜前待上很久，但现在他却是一副急匆匆的样子。

"老弟，别急！来品下这茶如何？这么急乱折腾不像你风格。"

顾玲珑只喝了一小杯，就把杯子放下，取出锦盒递给了唐宋元，他说留下翡翠单独一人在家他实在不放心。顾玲珑并没有把话全说出来，他觉得跟踪翡翠的远不止子剔透一人。

"这是山海经里传说的'三山'！"唐宋元的眉头也紧紧皱起，"开这个玩笑的人也未免开得太大了吧。上下五千年过去，那么多的人去寻找，'三山'根本就不存在！哪怕被认为是瀛洲的日本也不符合山海经里对瀛洲的描述。"

唐宋元再看那两块玉，心里就有了底。他把玩着和氏璧，沉声说道：

"想必老弟是为了此璧而来！"

"正是！"

"制作此璧的专家早已去世多年。他生前就是个隐士高人，行踪神出鬼没几乎无人能找到他。没想到他去世后这件藏品还能问世，能拿出这件堪称国宝级的仿品，看来对方来头不小，或许在翡翠身上能找到一些线索。"

"她？"顾玲珑很不解，但又似乎明白了什么。

唐宋元站起身走到窗前看着夜景，感叹地说："庄叶希他很忙，需要一个月后才肯接见。庄家会是把很好的钥匙！"

次日清晨，顾玲珑叫醒了翡翠。看得出翡翠心情很好，脸色也红润了许多。

"顾玲珑，谢谢你的念珠！"

"小丫头，动作快点，我陪你去学校查探文颜的神秘男友。严明开的保健药确实管用，你有空也得去他那儿检查看看。"顾玲珑的口吻总是像个老大爷，翡翠就像和长辈说话一样点头哈腰。

车子开得比平时稍快，顾玲珑好像有许多的心事。

翡翠和顾玲珑来到学生公寓楼前，向管理员问起文颜的情况，她们都说不认识，更别提她有没有男友了。

但在翡翠心里，她很肯定文颜是有男朋友的，因为那一对镯子是属于跳楼身亡的女生的，那女生和男友分手所以自杀，但另一只送给男友的镯子却没有要回。假设那男的搭上了文颜，那就有可能把镯子也给了文颜，随后文颜也离奇死亡。这一切都太古怪了，而且经过法证科的鉴定，文颜并非是他杀，而是属于自杀。她死时很安详，是自己割断了自己的手腕动脉。

文颜是凌晨死的，但翡翠当天曾回过学校，还在床上休息过。那时她的床上没有别人，她是晚上才接到文颜的求救电话。那文颜凌晨死亡后的这段时间里发生了什么？这个疑点她谁也没说，包括顾玲珑。在事情没有明朗之前，她不会向任何人透露。现在，她连到底是否是鬼怪作祟都不能确定，这种情况下她不可能向警察说什么。

顾玲珑和翡翠找到了文颜的室友，问起有关文颜的事，大家都说不知道，但能提供的共同线索就是，她在死前突然变得很有钱。

顾玲珑和翡翠有点摸不着头脑。顾玲珑留在文颜宿舍寻找些有用的东西，而翡翠在一旁按着文颜室友给的同班同学的电话，去问有关文颜的事。

顾玲珑找了许久依然一无所获，其实也猜到了，她的遗物不是家属认领了就是警察拿走了，哪轮到他们。

顾玲珑在顶架上翻看着书籍，一本有关古董的书吸引了顾玲珑的注意。文颜是新闻系的，而且对文博历史毫无兴趣。顾玲珑取出书，慢慢地翻看。

里面夹着一张照片，顾玲珑拿起来看，是一张合照。

翡翠这时走了过来，也上前来看。

照片出现在翡翠眼前时，她的表情和顾玲珑一样疑惑不解。

顾玲珑又找出了一些和文颜本专业无关的书，得到了十几张相片，而且全是合影。只可惜，另一半都被撕掉了。那被撕掉的是何人？难道就是文颜的男友？撕掉这些照片的是文颜自己，还是另有其人？

顾玲珑把文颜那些夹着相片的书籍稿纸都拣到一个箱子里，和翡翠往904室走去，既然翡翠不住那儿，就把唐宋元的镜子拿走吧，一件古董放在宿舍，听起来多少有点玄。

走到903室时，翡翠却停住了。顾玲珑抬头一看，门牌号是903，于是继续往前走，刚走没几步，顾玲珑意识到什么，他回头再看903，那个门牌号好像有被换过的痕迹。他默不作声，抬手摸上门号，发现果然被移动过！

"吱呀"一声门开了，顾玲珑走进了903室，这里的布置都没变过。

但墙面上有很细的划痕，有一处像挂过东西。

他扫视了一下四周，赫然看见床角边上靠墙的角落里有一样东西。真是智者千虑，必有一失啊！

顾玲珑把那物件放进了袋子里，轻轻地退出了903室。

而翡翠此时正看着唐宋元的镜子出神，忽然看到顾玲珑也出现在镜子里，翡翠吓了一跳，回头看他。镜子里，依然只是他俩的身影。

"怎么了？翡翠。"顾玲珑靠近镜子细看，他并不相信这面镜子会显现出什么古怪的画像来。

"没什么。"翡翠笑笑。

突然，顾玲珑想起了什么："翡翠，你记得那第一个死亡的学生叫什么名字吗？"

翡翠陷入了沉思，她忽然发现最近自己的记忆力下降了。想了许久，她真的忘记了。她感到很慌乱，明明曾经记得死者叫什么的啊，为什么只过了短短一个月，就忘记了死者的名字？

顾玲珑见她脸色发白，于是安慰她不必担心。他让翡翠在这里稍作休息，他去档案室找找，又帮翡翠把镜子取了下来，交到翡翠手上："翡翠，一会儿我打电话给你，你就下来。"

顾玲珑从公寓出来，几经周折，终于找到了图书馆。

档案室一般情况下肯定是不让进的，但顾玲珑拿出了一张证件，管理员就放他进去了。他一样样地翻查，但这样的找法太慢，于是他按照检字目录去找，终于找到了相关的内容。但柜子上有密码锁，他迅速地键入一连串数字，"吧嗒"一声，密码锁开了。

他迅速地打开了柜子，把放有他所要的文件的抽屉拉开。

里面堆放着许多档案纪录，顾玲珑抽出来，不一会儿就找到了那宗跳楼身亡命案的案件备份。原因是死者与男友的感情危机导致自杀，并无可疑，一只文物手镯已交给警方后还给家属，但家属方面却没有说明；死者名叫庄叶蝶，是华侨，但地址那一栏全是含混不清。

顾玲珑把复印件拷贝下来，放回原位就出来了。

走在回公寓的路上，顾玲珑想打电话给翡翠，忽然，他想起了翡翠曾经提起的那个古怪老头，于是决定先去找那老头看看能否得到一些线索。

穿过烂泥地，他终于看见了那条黑灰的巷子。那家扎纸店开着，他走了进去，里面没有人。

"有人在吗？"

顾玲珑正奇怪为何店里没人，一阵幽香传来，他顺着香气往里走。

店不大，很快就走到了底。一排排的纸人像是对着他笑。他看见店尾的茶几上架着一面镜子，他举起镜子细看，并无奇特之处，于是将它放回木架子上。他刚想转头，镜子反射出暗淡的红光。他凝神看去，镜子里却什么也没有了。

顾玲珑心里起了疑。一阵风吹过，店里的纸人发出了奇怪的声音。他想往回走，但门不见了！他闭上了眼睛，告诉自己要镇静。

一阵哭声传来，顾玲珑睁开了眼，叶蝶在面前一闪而过。

不会的，这世界上是没有鬼神的。顾玲珑擦去额上的汗水，往前走去，但路像没有尽头一般延伸。

不对！按着刚才进来的路走，早就能出去了。他觉得心烦意乱，冷汗冒出来。忽然，他肩头一冷，疼痛蔓延。他回头一看，是叶蝶的手。她断裂的手已然缝合，那缝合尸体的线仍能看得清。她手上有着点点尸斑，那只唐代镶金虎头白玉镯绽放出诡异的红光，像极了方才在镜子里看到的光。

顾玲珑想躲开，身子却像麻痹了一般无法动弹，如同被人施了定身术。叶蝶冷冷地看着他伸出了手，那一针一线仍清晰可见。

她慢慢地从黑暗处走来，雪白的衣裳和高跟鞋，身后拖着一地的血。

她刚才不是在他身后的吗？

她仍是步步逼近，血不断地流到他的脚上。纸人此时像是有了生命，也一步步地向他逼近。

顾玲珑一步步地后退，撞倒了一地的纸元宝。

"嘭！"他摔倒在地。他低头一看，原来是长椅下伸出了一截手拉住了他裤子。他大惊，站起来就跑，那手仍是不放，猛力之下带出了一个人。他不敢低头，他的心理承受能力已经到了极限，他用余光已经看到了是叶蝶躺在地上，冷冷地看着他。

"啊！"他大叫，脚上的疼痛也开始蔓延。他转身想伸脚去踢，地上空空如也！忽然觉得脖子痒痒的，他伸手去摸，是几缕头发。他不敢抬头，头发越来越多地缠绕上他，他想跑，跑不动，呼吸也越来越困难，黑发紧紧地缠死了他的脖子，越勒越紧。四周变得无比黑暗，他什么也看不见。一只断手在黑暗里向他飞来，没有形体，只有一圈圈脱落的线，手掐住了他的脖子，他只看见闪着红光的唐代镶金虎头白玉镯……

"顾玲珑？！"一片光亮射进眼睛，他看见镜子的反光，一闪，红影收入了镜内。他终于看清了镜子里的人像，是叶蝶在笑。

翡翠看见倒在地上的顾玲珑，快步向前，扶起他。只见他脸色发紫，嘴唇发黑，舌头伸出，眼睛死死地盯着前方，头上青筋暴现。这模样把翡翠吓哭了，她用手抚着他的胸口，终于使他慢慢地缓过气来。

地板上不知何时写上了几个字"谁也逃不掉的"。字是刚写上去的。

翡翠吓得心怦怦地跳，突然一阵心痛就要倒地，这时有一股力量扶稳了她，本以为是顾玲珑，但马上发觉不对，力度来自空着的一边，她转头一看，是一张惨白的脸！

"别怕！"顾玲珑用力一推。

一排的纸人都倒在了地上，脸上仍保持着诡异的笑容注视着他们。一只竹手仍留在翡翠腰上，翡翠一急连忙起身，"刺"的一声，白风衣撕裂开来。她什么也顾不得了，赶紧扶顾玲珑起来，走出店门。

"别哭，小丫头，我还没死呢！"顾玲珑笑了笑，在太阳的照射下微微地闭上了眼。翡翠扶他在一家咖啡屋坐下，要了杯热牛奶。

这时翡翠才发现顾玲珑的肩头被划伤了，脚上也有伤。

"那堆书……"顾玲珑想起了文颜的书。

翡翠让他别急，她已经托管理员保管好了。

顾玲珑问起翡翠怎会来此，她说："当时正看着那面镜子，忽然镜子里出现了一抹红，仔细再看，但已经什么也没有了。忽然，镜子中又出现了燃烧的纸人，还有一个极淡的人影，我只看见了月牙白的衣角，突然心里很慌，想到了是你，就赶了过来。"

顾玲珑心里琢磨着，又问："你还遇到了什么奇怪的事吗？"

"没有啊。"翡翠茫然地摇头。

"再好好想想！"顾玲珑提醒她。

她眼神涣散，想了好一会儿："我好像接了个电话，然后对方说了什么我记不得了。怎么会这样？我记不得听到什么了！"

"傻丫头，这样太危险！以后遇到这种情况不要来了！"顾玲珑忽然握住了翡翠的手，生怕她会再受到伤害。

"如果不是因为我，你又怎会遇险，我怎么可能不来救你！"翡翠激动地看着顾玲珑，"顾玲珑，换了是你，你会不救我吗？"

"不会！"顾玲珑斩钉截铁地说。

翡翠听后一笑："我也是！"

两人相望，是对彼此的信任和爱护。

"冷小姐，外面有位先生请你出去下。"一位服务员走上前微笑着说。

翡翠望向窗外，外面停着一辆迈巴赫。顾玲珑让她安心去，自己回去拿文颜留下的东西。

翡翠上了车，子剔透一言不发，只狠狠地抽着烟，水晶做的烟灰缸已经蓄了一大堆烟头。

"剔透，你找我不会是为了让我看着你吸烟吧。"

"翡翠，我们明天就去结婚！"他扭过头看着翡翠，那种眼神让翡翠抗拒不已。

"剔透，你疯了吗？"

"我没疯！我们结婚，你就不用去工作了！你每天都和那顾玲珑在一起，我才真要疯了！"

翡翠看着子剔透，一脸的憔悴，竟然感到一阵心痛。原来自己是真的爱上他了！她叹了口气："剔透，现在我不能听你的，有些事我一定要弄清楚，你别逼我！"

"什么事比结婚更重要？和他在公众场合卿卿我我，让记者在报纸上写子氏家族未婚妻出外偷欢吗？"

"够了，请你尊重我！"翡翠觉得心中闷得难受，她方才九死一生，现在又遭他冤枉，自己有苦却不能诉，而恐慌还来自他那神秘的子氏家族。

"我们分开这么久，你一个电话也没打过给我，你只要你的情人陪！"

"啪！"翡翠忍无可忍给了他一个耳光。

他愤怒地看向翡翠，开了车门就让她滚。

翡翠忍住了泪水下车，他的车迅速消失在她眼前。

当翡翠来到节目录制现场时，人已经相当憔悴。李深雪走过来和她谈论第二期的重点，她也是恍恍惚惚，不知所以。

"翡翠，在想什么呢？"李深雪放下稿子，端起咖啡斜靠在椅子上，酒红色的鬈发使她看起来很有女人味。

翡翠才回过了神："啊，雪姐不好意思。你说到哪儿了？"

李深雪温柔地笑笑，让翡翠不必紧张，她又不是收买人命的老板。于是，翡翠也笑了。说曹操，曹操就到，被古月逮了个正着："我这个收买人命的老板，口碑真这么差啊？"

"哪敢！"李深雪笑道，为他冲了一杯咖啡。

古月说他更爱喝茶，所以只是象征性地喝了一口。

"说到茶，还是翡翠在行。翡翠，这任务可就交给你了。"说着，他把茶具拿出来，放在桌子上。翡翠也笑着说乐意代劳。

古月喜欢清茶，而翡翠则喜欢黑茶，谈论起喝茶之道，他们二人倒是有聊不完的话。李深雪不爱喝茶，但也在一旁陪着。聊到下一期的重点时，翡翠提议搞民间寻宝活动，作为五一特辑。现在已经二月了，也该筹备特辑了。此话一出，大家都表示赞同，李深雪赞成由翡翠独挑大梁，她认为第一期在电视里开播后反响很好，所以她的任务也算是圆满完成了。

古月不说话，喝了一口茶。

翡翠把壶放下，看向靠椅子坐着的李深雪。她的头发很长，大波浪卷衬着她小巧的脸，挑起腿，尖尖的鞋跟和她披着的纯白雪纺披肩使她看起来知性而又干练。

"雪姐，我认为自己还是有许多不足的地方，还需要你指点呢！"

李深雪身子离开椅背，拍了拍翡翠的肩膀笑说不碍事，让她自己上阵，大胆一些，提到敏感字眼时不要再脸红就是了。

一提起那事，翡翠的脸红透了，窘迫地说再也不会犯这种低级错误了，她又笑说雪姐就爱开这不荤不素的玩笑。李深雪也笑了，说自己确是该打。

早前李深雪因了古月嘱咐，就上期红山文化的图腾崇拜信仰私下已和翡翠谈过，说主持人不应该被个人情感左右。这样的文娱性节目还好说，如果是新闻播报的话那就犯大错了，让她一定得改。翡翠当时就做了检讨。

李深雪的脾气翡翠也算是很清楚了，她是个在工作上说一不二的人，但私下却很温柔、随和。翡翠很喜欢她的为人，办事雷厉风行但不霸道。

古月坐了许久，也思考了许久，终于开口："深雪，你再带两期吧！"

"好！"她也很干脆，微微一笑一口应承。

大家聊得起劲，忽报外面有一个老人拿了件古物想请剧组的专家帮鉴定鉴定，由于没经过正规手续，所以门卫不让进。老人还带着个孙子，大冬天的在门外嚷嚷着要见负责人。

老人已近百岁，但看上去还很精神，见到古月一行人前来，费劲地要从轮椅上站起来。古月忙快步跑过去让老人家坐下，推着他进了办公室。

那老人看见了在电视上出现的主持人翡翠，更加激动，指明了要翡翠和专家帮看。

听老人说带来的是青铜镜，翡翠犯了难，说这期节目做的是古玉，所以不做其他器物鉴定。

"不懂鉴定就别装懂！"那老人的孙子很看不起年纪轻轻的翡翠。

老爷子瞪了他孙子一眼，问能不能破个例。

翡翠想了想，看向古月，古月让她自己拿主意。顾玲珑则说看在老人家的分上就破例一次吧。那老爷子也笑着称赞翡翠人好，特瓷实。

翡翠听了也只是淡淡一笑，递了杯热开水给老人。

老人将宝物从贴身之处掏出，手颤巍巍地递给翡翠。翡翠小心地接过，走过去和顾玲珑相互看了一眼。

顾玲珑小心地拆开了数层包裹的团纸，忽然一道光射进眼睑，翡翠和顾玲珑同时看见了一张脸！

是一张苍白的脸——叶蝶的脸。顾玲珑手一抖，翡翠连忙抓住他的手，青铜镜才得以稳住，没掉下来。

翡翠和顾玲珑再看向镜子，哪还有什么脸。他俩心中皆是一松，看来是自己太紧张了。顾玲珑对自己最近的状态越来越不满，他抹去头上的冷汗，把镜子交给翡翠，用眼神示意她来判断，而后就往门边上背对着她靠着。他的背影挡住了从室外照进来的太阳光，使得这个封闭的办公室显得更加阴暗。

翡翠刚看到镜子时，心里就模糊地有了判断，如今再上手，就知道是面假铜镜，是仿战国的青铜镜仿品。翡翠正要说话，突然镜子一反光，她看见了天花板上有白纱裙子在荡漾。

再往上，是叶蝶冷冷地注视着她。翡翠觉得脖子痒痒的，伸手一摸，大把的头发掉落下来。她的脖子开始痛，狠狠地痛，她想大喊，却发不出声音。而老爷子和他的孙子被古月带进了里屋休息，都没注意到这边。

门边上飘过了一抹白，没有人留意，像极了叶蝶那白色的纱衣。

"咣！"

大家都回过了头。顾玲珑看见了脸色发白的翡翠，急忙跑了过来。

翡翠一把抱住顾玲珑，整个身子都在发抖："我看见了！镜子里，镜子里有叶蝶，她……她看着我！"

翡翠开始说胡话，顾玲珑拍着她背，让她安静下来。那爷孙俩从休息室里急急过来，老爷子太过激动，眼看就要摔下来，古月从后面抱住了他。

顾玲珑知道事情闹大了，把翡翠抱到椅子上，急急向老爷子解释，这是仿战国时候的铜镜，并非纯青铜的仿品。

那小孙子跑上来就是一拳，顾玲珑生生受了。翡翠见到，刚要站起，却眼一黑摔倒在地上。这时李深雪也闻声赶来了，她把翡翠扶到椅子上，握着翡翠的手安慰着。

任凭顾玲珑如何解释，那爷孙俩就是不信，定说这镜子是真的，说他们之间互相包庇，不愿承担责任。吵嚷之声一句不漏地传进翡翠耳中。

翡翠窝在椅子上，实木家具配着软垫坐起来很舒服。她如受伤的小鸟，蜷在软垫子里，双手捧着杯子像在沉思。她已恢复了平静，李深雪在一旁静静地陪她坐着。

翡翠放下了杯子，热气使得红木桌上渗出了一股潮气。她终于下定了决心，她走进里屋朗声说："那是现代仿品！不是纯青铜，敲击的声音单薄而杂，失了浑厚和清亮；色杂，泥胚作旧，是将新仿铜镜埋在地下，利用土壤中的微量水分和土质（酸性或碱性）作用，自然退去新仿器表面的光泽，这是借用青铜器作旧的一种方法。而且战国时期，规格、形质、纹饰、主纹的装点都已走向成熟，不似商周时的简易，这面镜子的规格也不符合那时的模具风格；并且那个时候铜镜的型制、合金得到了规范化，铁、锡含量低于汉唐镜，而这面镜子明显含量高了，偏白的铜色杂而变质。战国皆为平板、浅纹饰的铜镜，且战国铜镜的几何形状不耐冲击，所以出土文物多少有点变形，这些特点在这面镜子上都没有体现，所以，老爷爷我们并没判断错，这真的只是仿品！"

翡翠看见老爷子脸色青白，而他孙子怒目逼视，她缓了缓，接过李深雪递上的热茶并双手递给了老爷子："但我失手打破镜子是我不对，我刚想向你们解释，但是出了点小意外，还请您老原谅！"

那老人不说话，手已经开始颤抖，但还是接过了茶杯。小孙子抢过来，把杯子往地上一摔，说翡翠是在为自己开脱。翡翠不说话，拿起纸巾为老人擦去衣服上被泼到的热水。

"你别在那儿给我装好心！"小孙子就要上前揪翡翠，被顾玲珑拦住了，他冷冷地说："你不信尽管拿去给专家鉴定，开出是真的证明，我赔给你！"

那老人谢过了翡翠，伸手去拉他孙子："鹏儿，我相信这位冷小姐的话。我们走吧！"他孙子还想纠缠，一个西装革履的男人走上前，手拿那面摔破了的铜镜面带笑意地说:"仿得还挺有水平,单是这作旧就要在泥里埋上好几年。如今的人还真不厚道啊!"

大家都望过去,原来是唐宋元来了。唐宋元在行里是名人了,所以他一出口就再没人有异议了。

等送老人到了门口,老人握了握翡翠的手表示感谢,但他孙儿却别过脸去,看也不看她。

翡翠送走了他们,独自走向院中能晒到太阳的地方,默默地待着。

顾玲珑想走过去,唐宋元叫住了他。翡翠在太阳下不断地搓着手,呵着气。

"这么冷怎不进去?"唐宋元说话总是不温不火。

"在这里晒太阳暖和,里面寒冷得瘆人!"翡翠看着他,继续搓着手,冻得鼻子尖都红了。唐宋元的笑容里有笑话她的意味:"翡翠,顾玲珑跟你说了吧?庄家要一个月后才接见你!"

"嗯,他说了!"翡翠有点不喜欢唐宋元,他给人的感觉总是古里古怪的。他也无所谓,手扶着树,一摇,几片枯叶随风飘落。

"可以给你一点私人提示,连顾玲珑也不知道的。"他神秘一笑,看着落地的几片黄叶。

翡翠哭笑不得,心想他还真会卖弄:"是什么提示?"

"庄生晓梦迷糊蝶!"说完他就走了,翡翠听罢愣在了当场。

太阳的光刺着她的眼,投下了一片白,翡翠明白其中的含义。庄生晓梦迷蝴蝶,最后已分不出是谁在谁的梦里,是庄生梦蝶,还是蝶梦庄生。我终究是做了一场噩梦!庄叶蝶,果然还是和庄家有关系。庄家新孝,想必是为庄叶蝶之事了。兜兜转转,结果又回到了起点。原来他是笑我活在了别人的梦里,不由自主。

翡翠看着走远的唐宋元,觉得这人还真是像谜一般,深不可测。

第八章
背后的影子
GUI ZHUO

翡翠受到了古月的批评。也难怪，他这样做是为了维护团队的名声，自己最近真的是太失魂落魄了。

等节目组的人都散场了，古月把翡翠留下。

翡翠低着头，一副做错事的样子。

古月见了也只是轻叹一口气，为翡翠满上了一杯茶。

"试试这茶怎样。"他语气平淡，并不像要拿她开涮的样子。

翡翠端起茶杯喝了一口，味道很好，把茶香都发挥出来了。她赞叹古月的茶清香甘醇。古月放下手中的书，说是他心静罢了。

翡翠听出了他的言外之音，低着头说对不起。

"小丫头年纪轻轻，但我怎么总觉得你藏了许多心事？你太成熟了，这是我起初决定用你的原因，但你现在的这份深沉多少使我有点后悔，你……怎么说呢，你就像个有故事的人！"他总是书不离手，尤其喝茶时总爱拿一本书，细细品，无论是这书，还是这茶。

翡翠刚看清，原来是本佛经。难怪古月的气质与一般人有所不同——通透宽容。

"是我的疏忽给大家带来了许多麻烦，我保证，我一定好好改过！"

翡翠许下了承诺，也承认了自己的错误。其实古月心里明白，翡翠是有病在身，但最难能可贵的是她愿意面对错误和承担责任，而不是只懂推诿。

他轻松一笑，接受了她的道歉，并把他的计划对她说了。翡翠起初很惊讶，但古月说相信他自己的眼光，于是翡翠也就答应了南海之行。

翡翠正准备离开片场，古月叫住她让她顺便回家一趟，也快过年了。

"谢谢你！"翡翠一高兴，脸上的红润使她看起来也精神许多。

翡翠走在五光十色的大街上，演播室里的人仍在努力工作。古月从现在开始给她放假，让她安心准备南行一事。她太需要休息，所以古月让她多出去走走，散散心。但自己该往哪儿走呢？

穿过一家时装店，如镜子一般的玻璃将她完美的身材映现出来，那样青春靓丽。Chanel的套装使她看起来高贵典雅，高腰连身裙的土耳其蓝勾勒出一种沉敛的神秘感，法兰绒的材质舒服妥帖。在细节设计中加入褶皱饰边，带有黑纱蕾丝，刺绣、珠片与蝴蝶结使裙子飘逸多彩。

翡翠紧了紧白袍外衣，准备过马路。路人纷纷回头，淡淡诱惑的香水使行人都心动不已。这一切，翡翠没有注意，踩着地上的雪"噔噔噔"地走过。忽然，翡翠停住脚步，又看见了她了！就在马路对面，是庄叶蝶，正站在那儿与她对视。

翡翠不知不觉地迈出步子，直直往马路对面走去。是绿灯，但为何停不下脚步？她觉得脑子麻木了，止不住地往前走。

一股巨大的力量将翡翠的半边身子拉了回去，翡翠跌撞着摔倒在地，眼前一辆车子飞驰而过。再看身边，是李深雪，她血红的大衣让翡翠无所适从。她什么时候换了衣服，换了那白色雪纺的披肩。

"怎么这样过马路？"李深雪关切地询问。见翡翠不说话，还以为她吓呆了，摸摸她的额头，见无事才放下心来，拉着她站起来。

"对不起啊，雪姐。你怎么会在这儿？"翡翠觉得奇怪，这个时候她应该是在演播室里才对。

"我见你走时样子失魂落魄，怕你有事，所以跟古月说了一声就追出来了。果然见你闯了红灯，你最近怎么恍恍惚惚的？"李深雪责怪她鲁莽。

翡翠的心咯噔一下。

李深雪拉着她进了一家酒吧，为她点了杯果汁。

翡翠笑："来酒吧却点果汁，真是有点格格不入啊！"

"这地方进也就进来了，你这样不在状态，我哪敢让你再碰酒。"李深雪拨过额前的碎发，轻柔地将头发别到耳后，那姿态十分迷人。她的面前出现了一杯酒，红红的旋涡像极了她那红色的长发。酒香流溢着一种暧昧，服务生告诉她是坐在不远处的那位阔少爷请她的。她举起酒杯礼貌地对他笑笑。

酒吧里的气氛很好，爵士乐在幽黄的光晕下有一种奇特的迷人味道。

"翡翠，是否是为了感情的事烦恼？"

"哪能呢？！"翡翠脸一红，喝了一大口果汁。柠檬黄的颜色被翡翠用果绿色的吸管不停地搅动着。

李深雪笑得有点放肆，不像以前的微笑那样温柔，或许是这暧昧的环境使她也醉了。她把手放在翡翠肩上，不咸不淡地说，能使人如此憔悴也就只有感情上的事了，情字累人。最后那句话，包含了多少的心酸，或许她也是个有故事的女人。

翡翠忽然觉得，在这里流连的人都是有故事的人吧。一缕青丝掉进了美丽的杯子里，绚丽的液体浸湿了发丝。翡翠觉得一丝恐惧蔓延开来。

李深雪让她不必如此，感情的事顺其自然最好，如此精神恍惚，对身体没好处。

"顾先生可是很关心你。"

"顾玲珑？"翡翠疑惑地迎向她暧昧迷离的眼神。她笑了笑，举起了杯子。当杯子放下，红酒见了底，她的笑意也就越加迷离了。

一个纸团落在了翡翠脚边，她却没有看见。沾在纸上的点点粉末弥漫在空气中，当翡翠从趴着的台桌上抬起头时，李深雪已经不见了。

身体近在咫尺灵魂却相隔甚远

朦胧的笑容寓意难猜

我愿奉献给你我的现在还有我的所有

我愿其皆由你来掌握

只要你把心扉向我敞开啊

可否尝试你我越过这堵心墙

我想要的只是一次在光亮处好好地端详你

但你却总是藏在夜色的背后

我无法忘却美好的从前

一切我皆归咎于你

我已迷失于爱拯救我吧

因我唯愿曾于阳光之下将你看个明白

而你却躲藏起来让夜色把身影掩盖

永远直到生命再次重演

我都将立于阳光之下把你等待

而你却躲藏起来让夜色把身影掩盖

请走出来吧无须让夜色把身影掩盖

音乐声缓缓地响起，是 *The Color Of Night*。那低迷的华丽，由一种充满磁性的声音唱着。

翡翠觉得头有点微微疼痛，她望向唱台，暗淡的灯光使她看不清。暗紫的灯光打在他身上，那是一种暧昧的颜色，如夜色包围着。她想起了子剔透，子剔透说过，她就如那夜色。

头一沉，终于昏迷过去，身体像被谁抱起。轻轻地颠簸，皮鞋的声音交织着纠缠在她混乱的意识里。

身子里的柔软涣散开来，一阵阵眩晕。翡翠听见了一个声音，刚才就是那个声音在充满磁性地唱着 The Color Of Night。那种靡靡之音令人沉溺与放纵，纠缠了酒红液体的一种放纵。

那个声音在说什么？她的脑子里一片迷糊。

"谢谢你的大礼！"手机透明的盖子合上，映出一张英俊的脸。

"剔透，是你吗？"翡翠喃喃地说着，声音软弱无力。

他的吻覆盖上来，是那种骄纵的优雅，腻腻地纠缠，手开始在她身上游走。翡翠滚烫的脸上出现了如酒醉的酡红。

自从子剔透离开，她是那样落寞，她生怕自己莫名地死去了，再也见不到他。那种放肆的温柔将二人吞噬，交融在浓重的夜色中，如那酒红的杯子轻轻地震荡出星星点点的酒味，越来越浓。

"剔透！"翡翠在他耳边呢喃。他的吻越过了颈脖往下滑去，那是一种战栗的快感，隐含了危险的令人迷醉的酒色旋律。

手轻轻地环上他的肩，卞和镯的猩红不和谐地刺着她的眼。呈现在他面前的是比和氏璧更为完美的玉人，白璧无瑕。

"是我！"他轻轻地回答。

心口一冷，翡翠挣扎着起来，已经没有了推开他的力气。她眼中闪过一丝惊恐，只说出了一句"是你"，头便痛得要裂开。

他眼里寒光一闪，手离开了她的身体。

翡翠想抓过被子覆盖自己，但已没了那力气，只是恐惧地瞪着他，但眼皮却往下沉……

再次醒来，一个男人在床边上抽着烟，吐出一团白色的烟雾，但那种疏淡的烟味却不是子剔透身上淡淡的烟草味。

翡翠惊恐地用被单裹住胸口,裸露的手臂感到一阵阵寒冷。

他转过头来看向翡翠,喷出了一圈烟雾:"放心吧,我没对你做过什么。"随后又转回了头,玩弄着手上的打火机。那套土耳其蓝的连身裙斜斜地躺在地上,他光着脚,如欣赏一幅名画一样欣赏着脚下的裙子。

"你这个魔鬼!"翡翠恨恨地盯着他,心里有着万般的委屈但却没了宣泄的出口。

"魔鬼?"他冷冷地笑,那种笑还带着暧昧。*The Color Of Night* 仍在不断地重复,"没想到你真的爱上他了。"

他起身,俯视着翡翠,他从来没用过如此深沉冰冷的目光去看她。看得她直觉寒冷,如坠入冰窟,那种深沉包含了某种野兽的凶残。

电话响了,那头传来了一阵咆哮,翡翠清楚地听见是子剔透的声音。他嘴唇得意地上扬:"你想知道结果吗?这个时候可能多少有点晚吧,子世兄!"他看着翡翠说出了这番话,干脆利落地关上手机。

"翡翠,这样的情况你还能回到他身边吗?他还会依然相信你是白璧无瑕吗?"他走近翡翠,翡翠惊恐地躲避开来。他温柔地抱过翡翠,翡翠却没了反抗的力气。他含着她的耳垂,笑了,"其实我什么也没做,真的。我说过,我一定会娶你做我的新娘,翡翠妹妹!"

恍惚中,翡翠看到一段模糊的影像……

翡翠抢着那珐琅掐丝彩玉蝶夹子,简影却跑了起来,她追不上,只在路边停住:"影哥哥,你就给我嘛!"

"你很喜欢?"简影温柔地笑。

"嗯!"翡翠重重地点了点头。

简影拉着她坐在了公园的小湖边,看着她的眼睛出了神。他轻轻地把脸靠近，翡翠脸一红，头更低了。他轻轻地抬起她的脸，她羞得闭上了眼睛。他脸一红，但旋即目光暗淡下去，只轻声道："我一定会娶你做我的新娘，翡翠妹妹。那时，我将亲手为你戴上你最心爱之物！"

"影哥哥……"翡翠脱口而出。

简影的眼睛因这软软的一句话而出现了明亮的神采，但最后那抹明亮还是如以前那样消失了。翡翠看着他，眼中有了泪光，但他暗淡的眼神使她也恢复了对他的厌恶。

"你到底想怎样？"她一把推开他，抢过了床单死死地抱住。

"你离开子剔透吧，他不是好人！我在警局外就已经跟你说过。"他把音乐关了，房内是死一般的安静。

"你认为我会相信你吗？"翡翠冷冷地看着他。

简影沉静如水的脸上找不出一丝玩笑的意味："子氏的财政早已出现了危机，所以他必须那样做。他的家族早有预言，和氏璧的出世需要祭品，而你就是符合要求的活祭！"

"不是的！不是的！"翡翠的头又开始痛了，头发落在了她脚边，又脱发了。

"我没骗你。子家就是一座活坟墓，隐藏了无数的秘密。他家数十亿的资产全是来路不明的黑钱，他最近就会有一笔大买卖！"简影不动声色地说着，"你现在不相信，我不勉强你，我会等，等你回到我身边。我希望你在下个月的第一天给我一个答复，我们就在那天结婚。"说完，他就拿起了皮包准备离去，翡翠觉得不知该相信谁。

"咚！"门被撞开了，子剔透冲进来，那红肿的眼布满了血丝，上前就与简影扭打起来。

"别再打了！别打了！"翡翠裹着被子苦于无法劝架。皮包被踢到了床底下，有一半露了出来。翡翠拽着被子下床，子剔透看见翡翠苍白的脸和裸露的手臂，他更加疯狂了。简影也不示弱，两人打得越发狠厉，终因酒店主管的出现，子剔透想到了翡翠的名声，才放开了简影。

"我等着你，翡翠。"简影抹去鼻血，捡起皮包匆匆离去。

子剔透的眼睛红得要喷出火来。翡翠沉默了，子剔透哭着问"为什么"，任他摇晃，她始终不说话，咬紧了嘴，只是默默地淌着眼泪。

子剔透把翡翠紧紧搂住，他的泪水打湿了翡翠的脸。他的身子不停地抽搐，他吻着翡翠的发丝，她的发丝冰冷。

"无论你怎样，我都不介意，我永远爱你！"

"剔透！"翡翠迎上他的目光，他那双眼清澈见底，有翡翠向往的光明，"你真不介意外面的闲言闲语？"

"我爱的是你，在乎的也只有你！"他的眸子清澈让翡翠动容，翡翠下定了决心，"其实他没碰我，真的！"她靠在子剔透的胸膛上。

"我相信你。你就是那无瑕的玉，温润纯净。"他握着她的手，那是一种力量。翡翠的心一暖，她还是选择相信子剔透，他的眼睛始终没有离开过她，由始至终关心的只是她的感受。

子剔透等她穿好了衣服，扶着她就要离去。翡翠突然看见地上床角边露出了一个东西的一角，她的心一颤，让子剔透先到车上等她，这样一起出去太张扬。子剔透想了一下，还是答应了，让她自己小心。他轻轻地在她额上一吻，带上门先行离去。

翡翠小心翼翼地捡起，是个本子，翻开。她的脸失了血色，苍白得瘆人。里面夹着的是李深雪与子剔透的亲密照片。她的心一点一点地往下沉，还有一些照片，但那些照片上的地方看起来那样眼熟，终于，她想起自己是在哪儿见过，脑子里轰然炸开了，手因为惊惧而不停地颤抖。那些照片上熟悉的背景，在文颜那只有一半的照片里出现过……

步步惊心，翡翠已经想象不出还有什么是她不知道的了。那种恐惧吞噬着她，原来，简影说的都是真的。

本子是一个账单，每一笔交易，都清楚地记录下子家的财政情况，许多是无法解释清楚的金钱来源。里面还有许多海外的古董交易，似乎是在变买国宝，有些是各地博物馆里失窃的文物……

在后面的日期里，简影还特意用红笔圈起了一个日期，那个重要的日子，是2008年的农历正月初五。

翡翠脱下衣服，看见那道和女鬼身上相同的红钩胎记，在左心房上显得那样刺眼。她把本子放进包里，走出了房间。

翡翠走出酒店大门，太阳刺眼，有种疼痛在眼底蔓延。

子剔透让翡翠陪着自己，口气不容商量，她只能照办，子剔透永远是那样霸道。

车在路上行驶，子剔透抽着烟，一支接着一支。

"咳咳！"他用力地咳嗽起来。翡翠看着他，心里难受，是因为他的背叛。

"剔透，我想回演播室。"她的眼中流露出不可抗拒的信息。他想说什么，但还是把车拐了个弯朝电视台驶去。

下了车，翡翠跟他道了别，然后径自朝演播室走去。

走进办公室里，唐宋元正把玩着一个元代瓷器。他背对着翡翠说："你来了！"他好像是专门等着她一样，翡翠心里奇怪，他怎么知道她是来找他的。

见翡翠坐下，唐宋元问："是否想明白了什么？"他坐在那儿，用绒布擦拭着双耳瓶，永远是一副对任何事都漠不关心的样子。

"我想你能帮我。"翡翠开门见山地说。

唐宋元终于停下了手上的事，正眼看向她。他看见翡翠的样子很疲惫，眉宇间全是忧郁，有着超乎她年龄的成熟表情。

"你想我怎样帮你？"他松了口，但其实只是为了顾玲珑。说真的，他不喜欢翡翠，每次看见她都觉得胸口很压抑，尤其是她那双会说话的眼。

"第一，你帮我查李深雪的底细；第二，我想尽快见到庄家的人；第三，我想了解子剔透的财政状况和他的家族。"翡翠提出了三个请求。

唐宋元听着觉得新鲜，他也要求翡翠先回答他的三个问题："第一，为什么要查李深雪？第二，我也想知道庄家隐藏的秘密；第三，你自己不是更了解子家吗？"

翡翠没有选择，只好对唐宋元说出了自己的想法。她觉得唐宋元交际广阔，肯定知道不少事情，至少，他知道叶蝶就是庄家的人。而且，由他来查李深雪和子家的底细，途径也多，消息也更准确。因为她怀疑李深雪和子家跟一连串的死亡事件有着莫大的关联。

唐宋元沉默了一下，看向翡翠，最后，他答应了翡翠的要求。他意味深长地告诉她，若非顾玲珑他不会帮她。

顾玲珑？！翡翠轻叹。唐宋元的话她如何不了解，顾玲珑的心意她也只是假装不知罢了。

唐宋元答应第二天就会带她去见庄叶希，她谢过唐宋元就离开了。她想到自己已经答应了子剔透今天就搬到子家，但简影呢？翡翠感到阵阵心寒。在这个世界上，只有顾玲珑让她没有压力，然而她却总是忘不了留给她伤痕的男人。

她走出办公室时，却碰见了李深雪。

在工作时间见到李深雪，她总是那样干练，让人怀疑上一刻在酒吧饮着暧昧的酒的人根本就不是她。

李深雪和翡翠打招呼，还说上午在酒吧里去了趟洗手间回来就不见了她,打电话却无人接听,还以为她有事先走了。

翡翠一笑:"是有点事。对了,还要谢谢你救了我。"

两人淡淡一笑,擦肩而过。

翡翠在顾玲珑的店里等他回来,那些照片她已经鉴定过了,并非电脑合成,都是真的。翡翠把玩着那神秘的玉球,尽管不知道是何人寄来的,但她仍然留下了。

小猫玲珑去哪儿了?翡翠放下玉球上二楼里寻找,平常她一回来,玲珑总会黏上来的。

走出房间才发现楼道里有杂乱的血迹。

怎么会有血?翡翠心中一惊,顺着血迹找了过去。忽然眼前一黑,从楼道上跌落下去。左手传来一阵剧烈的疼痛,那感觉又来了!翡翠惊慌失措,咽了咽干渴的喉咙。左手镯子上的血色已经蔓延开来。原来只有如眼睛般大小的一点红,如今已染上了三分之一。

而右手的那只镯子是神不知鬼不觉地戴上去的,每每想起,仍心有余悸。忽然,背颈觉得冷,像被大开的空调吹着,但那种寒意中带了死气。翡翠猛一转身,背后什么都没有。她叹了口气,但马上又发现这黑暗里似乎没有出路。她四处张望,奔跑,但仍是无法跑出那有限的空间。

翡翠觉得寒冷,一丝一丝的冷气从脚底渗出。她急急地转身,身子却撞到了什么。她伸出了手去摸,如触了电般缩回了手,那是一个人!她一步步地往后退。

"唐代镶金虎头白玉镯!"一个冰冷的声音在她身后响起。

翡翠不敢回头,停住了脚步。她低头看去,离脚后跟不远处有一双鞋——那双庄叶蝶和文颜都穿过的白色高跟鞋。

翡翠再也无法忍受,抱着头大叫起来。

"找出唐代镶金虎头白玉镯的秘密!"那声音再次响起。

"喵！"一声猫叫使翡翠清醒，她摔倒在地上，在她身旁是受了伤的小猫玲珑，它身上全是血。

"玲珑！"翡翠心疼地叫起来。它的腿受伤了，尾巴也断了，它到底怎么了？翡翠伸手想要抱起它，它却绕过了翡翠朝一个方向跑去。

翡翠想了想，跟着小猫玲珑跑了出去。终于前方出现了一丝光亮，翡翠看见小猫玲珑已奄奄一息地倒在了楼梯旁。她顾不得想其他的事，抱起小猫玲珑便急急地去了宠物医院。

兽医为它处理了伤口，缝了针。它命大，终究是没有生命之危。

坐在兽医店里，翡翠忽然想起了一件很重要的事，就是那断成三截的唐代镶金虎头白玉镯。原本她是想让顾玲珑帮忙修复的，却一直忘记了。她的记忆越来越差，许多事都无法记起。

"那镯子一定留下了许多信息！为什么我之前一直没想到？"

最后是顾玲珑来接了翡翠和小猫离去，小猫玲珑已经没有大碍了。

回到顾玲珑的店里，翡翠说起了唐代镶金虎头白玉镯的事，顾玲珑接过了翡翠拿出的断开的镯子仔细地看着，眉心皱起了小疙瘩。

"这是一个有暗格的玉镯，它最主要的用途是用来装载重要秘密的！"

"什么？"翡翠无比惊讶。

顾玲珑摇了摇头："可惜它装着的如珠子一样的东西掉了，那才是整个镯子的重点所在。"

"珠子？！"翡翠似乎想起了什么，但又想不起来了，头开始痛，要裂开的痛。为什么想不起来？她痛苦地捂住了头。

顾玲珑察觉到她的不对劲，连忙走过来。她的瞳孔开始扩散，开始变得有点神志不清。他大急，想起了严明。

严明没有推拒，很快来到了"玲珑望秋月"古董店里。他见到翡翠时，翡翠已处于癫狂状态，顾玲珑抱着她不敢松手。

严明为翡翠打了镇静剂，在他的慢慢引导下翡翠安静了下来。

严明对顾玲珑说出了自己的想法，按翡翠的性格不会接受心理医生的建议，但她已经出现了精神分裂，他要对她进行催眠才能找到病因。

顾玲珑同意了，并在一旁守候着。

大家的手机都关掉了，在密闭的房间里静得只能听见彼此的呼吸声。

严明先对翡翠进行轻度催眠，他拿出怀表，长长的金链子左右晃动，早已安静下来的翡翠很快就进入了浅睡状态。

严明一步步地引导着翡翠回忆，翡翠的面容开始出现惊恐，手攥得紧紧的，眼皮子几次跳动，但还是没有睁开眼。

顾玲珑神色越发凝重，看着翡翠阴云不散的脸，除了着急，别无他法。

楼下传来了一阵声响，严明眼一跳，汗水从发间渗出。顾玲珑知道催眠的关键是不能被打扰，于是急急下了楼。严明回头，身后是空空的阁子。他收回了怀表，从衣袋里掏出了一面泛着昏暗旧光的古镜。很小的一面，斜斜地照在翡翠的眼上。她眼皮跳动的频率更加大了，严明的手压在了她左手的卞和镯上，一点一点收紧。

已经受中度催眠的翡翠越来越亢奋，汗水大量渗出，脸色变得苍白。严明用手电筒在她面前画着玉镯的形状，嘴里说了些什么，翡翠突然睁开了眼睛，定定地注视着天花板："不要企图窥视它的秘密！"

严明胸口一滞，对上了她冷得彻骨的眼神，像一个真正的亡灵的眼，死死地一动不动地注视着他。他手一滑，手电筒掉落在地上，"砰"的一声响，翡翠闭上了眼睛，脸上的肌肉舒展开来，已经进入了真正的睡眠。

顾玲珑走了进来，跟在他身后的是唐宋元。

"她已经睡着了。我给她开些药，你们啊就说是些有助于睡眠的药就好。"严明脸色苍白，没有了刚来时的红润，像生了一场大病一样。

唐宋元上前问他是怎么了，他只是说没事，还说翡翠的精神状况已经很差了，只怕她下一步会出现梦游，这些都是精神分裂造成的，她应该是受到了恐吓。

严明让顾玲珑把她会梦游这件事告诉她，给她一点思想准备。

"这是抗抑郁的药。"他把药递给了顾玲珑，便匆匆离开了。

等翡翠醒来，顾玲珑让她先服下了药。

"翡翠，有什么事你可以和我们说。我们一定会帮你的，别太压抑了，这样对身体不好。"

翡翠坐着不吭声，脸色很差，人也很不对劲。

唐宋元忽然发笑，顾玲珑不明所以，但唐宋元却只是告诉翡翠她会有梦游的行为，让她自己有心理准备。翡翠眉头一皱，还是没有说话。

"明早八点，瀚海（拍卖场）见。庄叶希在那儿。"唐宋元也告辞离开，他知道翡翠定是有要紧的事和顾玲珑说。

顾玲珑见翡翠醒来之后有了很大的变化，但哪里不对却说不上来，只觉得她更深沉了。

翡翠双手交握撑着下巴，像在思考些什么，眼神冷漠。

顾玲珑不知该如何开口，但翡翠还是先开了口："我想起那颗珠子掉在哪里了。"她并不看他，只幽幽地说着，让人听着心寒。

翡翠说起在梦中文颜、叶蝶和长得像子氏的宫装女子都一一地出现，当她终于想起那颗珠子在哪儿时，宫装女子那恐怖的脸贴了上来，威胁她不要说出来。在那时，她的思维就像完全被人控制了一般。

翡翠说出了催眠时一个遗忘了的被留在了梦中的秘密，就是那颗珠子掉在了她的床底下。她只对顾玲珑一人说，因为他是她唯一值得信任的人。她的姿势没有换，一直躲在阴暗处诉说着一个个恐怖的梦魇。

"我要离开这儿了。"翡翠站起来在阁子中踱步，姿势如杨柳扶风，轻摆慢舒，每一步都韵味十足。她的手抚过窗棂，唇边的微笑十分轻柔，眼神也是那样的专注，那神态真像换了一个人。

"翡翠……"顾玲珑唤她的语气带了犹豫，她何以给人的感觉那样陌生。翡翠听见他的呼唤，回眸浅笑，十分优雅。那笑容使得本就文静的她显得越发深沉，难以捉摸。

"我要去子家。"翡翠斜靠在文博柜旁看着顾玲珑，忧郁的眼神让人无法猜透她的心事。

"我会帮你找到玉镯中的珠子和其中的秘密。但子家太过神秘，里面的秘密太多，你要小心。"顾玲珑觉得心里一阵酸楚，眼里起了雾。

翡翠淡淡一笑："只是短暂的离别，我又不是去赴死。"

顾玲珑心里咯噔一下，觉得眼皮子跳得慌，嘴上却应允了，还答应有什么消息马上通知翡翠。顾玲珑最后还是忍住没有告诉翡翠，文颜死的那天她回学校，其实进的应该是903室。因为那间房被挂上了904的号码，所以翡翠当时没有看见文颜的尸体，从目前状况来看文颜确实是自杀。

"其实……"翡翠刚想说什么，却接到了子剔透的电话。

车子到了，翡翠提起行李走出了顾玲珑的视线。她回头，那欲说还休的眼神中仅有的一点跳跃光芒，让顾玲珑想去挽留。

星夜下，总是有不肯安睡的人。

"你是怎样做事的？这样重要的秘密都查不出来？！"

"对不起，我也不知道是怎么回事，关键时刻秘密差点就知道了，但连我自己也被反催眠。我从不会失手的，但这次我真的好像撞到了鬼魅，那双眼，那双冷冷看穿一切的眼，看得我恐慌。"一个男人，满脸死灰，眼镜里渗出了雾气，看不见眼镜后的眼睛。

"这世上不可能有鬼！"唯有跟着他们继续追查了……

第九章
庄氏鬼宅
GUI ZHUO

拍卖行上的庄叶希是意气风发的，没了在子家时的内敛隐晦，行事果断，雷厉风行，真不愧是一个成功的商人。

翡翠与他握手，他笑着说在子家的订婚宴会上已经见过面了。翡翠轻描淡写地让他保密，不要让子剔透知道她是特意来找他的。他先是疑惑，但还是很有风度地表示一定遵守诺言。

"你的领带。"翡翠浅颦轻笑，用眼睛示意。

庄叶希低头一看，尴尬一笑，是领带歪了。他用手去整理，越理越歪。

翡翠轻轻走近，麻利地帮他打了一个结，然后依然和他保持一定的距离，但她身上那股淡淡的香若隐若现地在他的思绪里游荡徘徊。

"NO.5（香奈儿5号）很美！"他的手扶上翡翠的柳腰。

翡翠笑着说了声"谢谢"，便和他一同走进了拍卖场。翡翠做他的投资参考，使得他以最优惠的估价取得了清乾隆青花红彩龙纹双耳背壶。

庄叶希对几件拍品都非常满意，很欣赏翡翠的能力。三亿的成交价使他声名大噪，翡翠在一旁静静地观察着。

庄叶希对那只青红花彩龙纹双耳背壶十分喜欢，如捧着婴儿一般小心，手细细地在霁红釉色上来回摩挲，那是一条鲜艳的红龙。青花和霁红相映生辉是这双耳背壶最大的亮点。

翡翠看着壶，确实很精美。壶高 29 厘米，口径 51 厘米，足径 102 厘米 ×74 厘米。壶唇口微敞，短颈，扁圆腹，椭圆形圈足。足内有青花"大清乾隆年制"六字篆书落款。颈、肩相交处饰一对螭龙耳，通体以青花红彩为饰，颈绘云蝠纹六个，腹两面各绘一正面龙，并衬以朵云、江芽海水纹，足外墙绘云蝠纹一周，造型端庄秀丽，龙神态凶猛。画面以红彩为主，颜色对比强烈，格外醒目，具有很强的艺术感染力。

但翡翠看着那点红却觉得刺眼，低头看向左手上的卞和镯，那蔓延开的红闪着诡异的光。

"在想什么？"庄叶希一笑，露出了一口光亮的银牙。

翡翠道出来意，当听见"庄叶蝶"三字时，他的脸开始青一阵白一阵，沉默了一会儿才道出了真相。原来庄叶蝶是他同父异母的妹妹，庄叶蝶的身世一向不公开，只当作是堂兄妹，连她海外华侨的家世也是庄家安排的，毕竟私生女的事对庄家名声不好。

"其实我的确是有些事情想让你帮忙，你知不知道叶蝶的男友？"翡翠软软地恳求。

他皱起眉头，为难地说当他从警局那儿了解到情况说叶蝶是为情自杀时他也不知真假，因为叶蝶的事他很少过问，所以真不知她是否有男友。

看见翡翠失望的眼神，他说不如去趟他家，见见他从小一起长大的妹妹。叶云和叶蝶聊得来，而且叶蝶的一些遗物也在家里，可能会有些被人忽略了的线索。

翡翠一听，欣喜万分地连连谢过庄叶希。

只见庄叶希一脸严肃地对翡翠说："叶蝶和我家的事没有多少人知道，她是庄家血统的身份不能公开自然有我们的原因，所以无论翡翠小姐如何得知她的一切，或者是唐世兄透露了多少，我希望——"

"我明白！"翡翠点了点头。

于是，庄叶希不再多说，上了车和翡翠离开了拍卖行，往庄家开去。

让人意想不到的是，庄家虽洋派得很，但骨子里却是地道的传统。住的是古旧的四合院式高门朱户，小小胡同里的乾坤却让人惊叹。

翡翠很喜欢旧式的建筑，那是一种说不出的情愫，但此时走进庄家，她却打了个寒战。门前的石狮子霸气十足，栩栩如生，显赫一时的庄家祖辈人曾是马上英雄。

但穿弄里却阴暗潮湿，走过了二进门，突兀的垂花牙子似两颗尖尖虎牙，要将人咬裂撕碎一般。凶狠的门神，幽蓝的色调，沉灰的木门带点霉气的木香充斥着翡翠的大脑感官。

穿过了二进门，回字形四方天井的廊宇高低有序，错落有致，那是辈分和地位的象征。四周黑灰的木质构造使翡翠越发压抑，还传来一阵阵阴冷。在四方天井下每个方向的房间玄关处皆设了镜子，让人有一种被人盯视的感觉，浑身不自在。

翡翠紧了紧衣服，侧面的镜子上闪过一道人影，也是沉沉的死灰色布衣，包着白头巾。她慌忙扭头，却发现根本没有任何人。

翡翠慌了神，急忙跟上庄叶希。心中慌乱，雪地又滑，她一个趔趄撞向了庄叶希。庄叶希回头，看见翡翠脸色苍白，问她怎么了。

空荡的回声在幽幽的四方天井中回旋，庄叶希空洞的眼神使翡翠全身发冷。她连忙低头说没事。那话刚刚出口，她却又吓得尖叫起来。一个断了头的女孩嘴角流着血躺在地上，诡异地笑着。

"别怕！"庄叶希扶住惊魂未定的翡翠，用脚轻轻地踢开，原来只是一个仿真的娃娃。

走进大堂，里面死一般的黑和静，静得没有一点声音。烟雾缭绕下，只看见大堂里挂着一幅巨大的黑白照片。照片里的人老得不成样，花白的胡须垂至腰间，深深的皱纹如万道沟壑，两只阴鸷的眼一动不动地盯着翡翠看，无论她走到哪儿，那道目光都紧紧追随。

庄叶希把室内的灯一盏一盏点亮，如果在从前，翡翠一定会觉得这很有趣。这古旧的灯盏燃着昏黄的光，有一种怀旧气息。但如今，这昏暗的灯油灯光使翡翠心中郁结得越来越深。

庄叶希自从进入这里就像换了一个人似的，连表情都僵硬得没了生气。他行走间举着烛灯，像一个守灵的使者，而庄家老宅就是这亡灵的墓园！

等灯都点齐了，朦胧中现出了隐于黑暗之中的人影，翡翠只顾着看那巨幅的画像，并没有留意。

庄叶希走出去吩咐下人准备些茶饮点心。翡翠忽然看见身旁走出一位老人，竟然就是画上的老者。翡翠心想，这定是庄叶希的曾爷爷了。

出于礼貌，翡翠忍住害怕慢慢走上前去，按着那辈人的礼仪恭敬地弯腰行礼，慢声地说道："曾爷爷好！"

老人眼珠一动，皱纹起伏，嘴看不出在动，却很清晰地说出了一句："难得小姑娘有孝心，小心怀璧吧！"

"怀璧？"翡翠一愣，想再问，那老人已合上了眼睛静静地坐下。

缭绕的烟雾是从两边分立的灯盏上冒出来的，那是点燃的两具如角器一般的东西，隔得远了，看不清是何物，还散发出淡淡的酒香。

翡翠正想走近看，庄叶希急忙赶过来，一把拉住她："那是长明灯！"

长明灯？翡翠一个寒战从头顶壳穴之中淋漓全身，从头到脚像被浇了盆冷水。

"方才我见你一个人在里屋堂里弯腰行礼，还自言自语，是怎么了？"

"一个人？"翡翠眼里流露出惊恐。

庄叶希点了点头，关心地注视着翡翠。翡翠想到此时自己的脸色肯定很难看，便说里面烟雾大，说着她弯腰咳嗽了一下。

庄叶希疑惑地看向翡翠,但也没再问什么。

不多会儿,茶和点心就上来了。庄叶希让翡翠先喝茶,他去看看叶云是否起来了,叶云最近身子差,都是窝在房间里,他嘱咐翡翠不要到处乱走。

太静了,静得让人窒息,翡翠一刻也不愿再待下去,但为了查清真相唯有忍耐。在这个陌生的大宅院,在被重重围住的巴掌大的天空下,这黑暗阴森的旧宅好像怎么跑都出不去。那种被窥视的感觉又来了!

一阵风,吹得她打了个寒战。翡翠往堂外看去,衣纸贴面而来。

翡翠惊吓得往后退,身子却撞上了什么,回头一看,一个身穿灰土布衣,头包着白布巾的老太太正低着头站在她身后。

"你看见了什么?你看见了什么?"老太太阴沉的脸隐在阴影里,看不见那扭曲的样子,但声音如断裂开的喉管的出气声,着实让人觉得恐怖!

"你别过来!"翡翠着急地挥着手,脚却被绊住,跌坐在冰冷的明代家具酸枝如意喜鹊报喜木椅上。

"他和你说什么了?"老太太仍是嘶哑地说出话语。

"谁?"翡翠惊恐地瞪大了眼睛。

那老太太突然"咳咳咳"地笑了起来,扭过头用手指着那幅画像。

翡翠惊恐万分,看向堂外四面围挂的镜子,对着堂内的镜子中却没有老太太的影子。

"翡翠!"庄叶希突然按住了翡翠的肩头。

翡翠的心咯噔一下!他什么时候在她身后了?她迟疑着不敢回头。他转到了她跟前,笑了笑说:"让你久等了,叶云醒了,今天精神也很好。"

翡翠随他上二楼的主房,走在沉实的木楼梯上,"吱呀"一声,木屑纷纷脱落。

"庄先生,那对长明灯是什么材质的,我怎么觉得像角器?"

庄叶希停住了脚步,复又一级一级地往上走:"犀角!"

翡翠脸上的汗轻轻滑落,犀角可入药,可做成骨雕,其艺术价值是不菲的,现今已是禁止捕杀犀牛。而犀角能解百毒,所以是珍贵药材,用尖角处按摩人身上穴道或作为盛器,能强身健体。而且自古民间皆有传说,点燃犀角就能看见鬼魂,难道我是看见……

"翡翠不会也相信那样的谣言吧?"庄叶希仿佛能知晓翡翠的心事,回头看了她一眼。

"自然是不信的,民间传说罢了。"翡翠随口敷衍。

见到庄叶云,发现她的脸色有点苍白。翡翠心想,在这样的宅子里生活,难怪人不健康,她比起在子家初次见面时憔悴许多。

叶云已起床,笑着请翡翠坐下。翡翠客套话说了一遍也就进入了主题。

庄叶希先一步退了出去,屋子里只有她们两人。叶云对于妹妹的死,多少有点不可置信,她说叶蝶尽管要强,但生性乐观,热爱生活,不似是有自杀倾向的人。翡翠又问有没有叶蝶遗留下的一些东西,叶云把一个小纸箱摆到她面前。

翡翠征得同意,打开来看。里面除了有本日记,还有一个相册和一个破旧的娃娃,就没有其他物品了。

翡翠拿起娃娃,昏暗的灯光打在娃娃的脸上,忽然那娃娃眼睛一动,流出一行血泪。她"啊"的一声手一松,娃娃掉落到地上,断开的头像在对着翡翠邪恶地笑,和刚才看到的那个娃娃一模一样。它什么时候又回到了这里?她感到很抱歉,想说些话,但抬头碰上的却是叶云古怪诡异的笑容:"娃娃的头是松的。"

"庄小姐,不是还有一只唐代的镶金虎头白玉镯吗?"翡翠还是说出了自己的疑问。话一出口,叶云的眼睛里闪现出了恶毒的光,那种眼神翡翠突然觉得很熟悉。翡翠手一紧,抓皱了木椅子上的软垫。这只唐代镶金虎头白玉镯总是和卞和镯脱不了关系,好像冥冥中有什么牵连,但那根看不见的细小的线索翡翠却怎么也抓不着。

叶云缓缓地抬起了手,手上戴着的正是那只玉镯。

叶云脸上诡异的笑容使翡翠把话都咽回了肚子里,她本想说那是一只不祥的镯子,但叶云如鬼魅般的眼神让她住了口。

翡翠带走叶蝶的东西就告辞了,叶云也不挽留。

出了门,凛冽的风吹得人心慌。在一楼堂上的庄叶希看见她出来了,忙上楼迎接她。

翡翠说不必那么客气,问起了他怎么知道卞和镯的传说和关于它的诅咒。庄叶希温文的表情一变,脸上青一阵白一阵的,停下了脚步定定地看着翡翠。翡翠在心中埋怨自己,在如此古怪的一个地方怎能再问要避讳的事,心里也是七上八下,转念一想就搬出了唐宋元这个救兵,毕竟唐宋元知道她来他家。

一道黑影从楼下穿过,翡翠忍住了恐慌,死命地盯着楼下。阴冷的气息包围了她,身后黑暗的角落里忽然有一股阴寒的力量将她用力一推,她跌向楼下,往空地摔去,却在回头的那一瞬间清楚地看见身后并没有人。

庄叶希抱住了翡翠,重心不稳,被她拉着齐齐摔到了楼下空地上。

翡翠吃痛,抬起头,正对的镜子里那灰布衣白头巾的老太太在阴森森地笑,却没看到身后的人。翡翠听见庄叶希痛苦的呻吟,连忙扶起他,才发现原来他的手脱臼了。

庄叶希没有埋怨翡翠,由翡翠扶着坐在堂上。

翡翠麻利地为他的手臂扶正,庄叶希笑她够多才多艺的。

翡翠一愣,自己什么时候学会接骨了?

庄叶希说起了如何知道那传说的事,那是老一辈人留下的传说。他们庄家与子家既是生意伙伴,也是世交,而且他们的祖祖辈辈牵连甚广,所以会知道这些事情。

"那怀璧你认识吗？"翡翠提出了疑问。

"怀璧？"他摇了摇头说不认识，但翡翠见他神色淡定，没有丝毫的犹疑，心想他或许有所隐瞒，所以听到这个名词时没有出现应有的迷惘表情。他的闪烁其词，使事情变得更加扑朔迷离。

"其实许多事都是和子夫人聊天时知道的，翡翠若有兴趣还不如直接去问子夫人。"

翡翠尴尬地笑笑，突然脱口而出："子夫人名讳是？"

一直镇定的庄叶希眼皮一跳，但马上恢复了过来，淡淡一笑："辟月。"

翡翠突然想起，叶蝶死时在她的遗物里有一台手提电脑。为什么叶云忽略了这一点不说？

翡翠为庄叶希上好了药，又问起叶蝶回国之后除了学校还住在哪儿。

"那里。"庄叶希指了指回廊的尽头，那是一间黑黑窄窄的屋子。

庄叶希带着翡翠走进回廊，白白的灯笼挂在门檐上。忽明忽灭，带着风声，显得萧索万分。翡翠鼓起勇气走了进去，庄叶希说是做生意的对这些有所避讳，并没有进叶蝶的房间。

房子里白花花的，全是挽联衣纸。

"吱呀——吱呀——"翡翠大惊，看向发出声音的地方，原来是一把摇椅，慢慢地摆动着，非常有节奏。摇椅好像有生命一般地摇动着，应该说像是有人坐在椅子上摇晃着。门关着，椅子怎会无故地摇起来？

翡翠有种说不出的害怕，迅速走近书桌翻查她的柜子。不出所料，那里什么也没有，她看着桌面上的灰迹，果然是像放过类似电脑的东西，但现在桌面上却空空如也。

"吱呀——吱呀——"摇椅还在摇，那声音在空荡荡的屋子里响着，折磨着翡翠的每一根神经。翡翠回头，仍看着那摇椅，还在摇！她忍住了恐惧，一步步地走向摇椅。手用力一按，椅子停住了，最后的"吱呀"声仍在屋子里回响,像哭声。她一震松开了手,椅子如受了力般疯狂地摇摆起来,声音越来越大,椅子越摇越快,一切都好像不受控制地发作了。她捂着头,头又开始痛了,这时一只手搭上了她的肩膀。

庄叶希?翡翠抬起头,瞳孔忽然放大,是叶蝶!她阴沉着脸一步步地逼近。没有眼睛,她没有眼睛!

翡翠疯了一样想跑出房门,脚却被摇椅脚挡住,绊倒在摇椅上。手被绑住了,是断臂,子氏也出现了。

翡翠双手用力地挣扎着,手碰到了墙壁,是空心的声音!

手机响起,一切鬼魂和幻影都消失无踪,就好像从来没有出现过。翡翠摇了摇头,难道真的只是幻觉?摇椅已经停下来了,安静地停在那儿。

翡翠接起了电话。

"翡翠,你在哪儿?这边出了事,你有危险!"

"喂——"翡翠正想说话,那边却已是忙音。

翡翠的心一紧,怎么和文颜出事前那么像?也是忙音!

她拿起有关叶蝶的一箱子遗物就冲出房门。

一个人影飘过,是那个灰布衣白头巾的老太太!她顾不上害怕,急急地冲到大门前,大门被锁上了。她摇着门却开不了。

庄叶希呢?翡翠跑回了内堂,里面没有人。再跑上叶云的阁楼房间,还是没人。整个庄家,偌大的一个宅院,四周空空的、静静的,压抑窒息的感觉再次传来。那种感觉,被窥视的感觉又回来了!

"是谁?到底是谁?"翡翠在小小的四方天井中挣扎,四面都有镜子,照出自己的影子,她已经分不清哪个影是自己,哪个又是身后带着血色的子氏、叶蝶或文颜,连带着出现的一群鬼魂布满了四面的镜子。

"啊!"翡翠冲进叶蝶的屋子里,只有这儿,只有这里镜子照不到,也看不见任何的影子。

"吱呀——"门自己关上了。

翡翠拿起电话,还是没有信号。顾玲珑,你到底怎样了?

在狭窄的空间里,翡翠感到一阵阵心慌。幽闭和恐惧使她的头越来越痛,她觉得呼吸不了,跌撞着竟躺到了摇椅上。摇椅一阵一阵地轻晃着,慢慢地,她觉得头没那么痛了。

一双温柔的手抚上她的脖颈,柔柔地帮她捻着、揉着,像极了子剔透的手——他总是宠着、呵护着她,在她疲倦时喜欢帮她揉着脖子。

"剔透。"翡翠伸手去握上他的手。那手柔软细滑,哪像男人的手。

咦,这是?镯子!翡翠急忙回头,看到了子夫人阴沉的脸!

"啊!"翡翠跌倒在地上。她抬起头,哪还有什么子夫人!

难道我今天就要命丧于此吗?不!翡翠求生本能被激起,她想起了方才听到的中空的声音。难道这古老宅子里隐藏了什么秘密?

翡翠摒除一切杂念,走到墙根,挪开椅子,轻轻敲击地板和墙壁。这里是里巷当风,阳光照不进来,又处巷底,阴暗不见阳光,根本不适宜住人。

翡翠按着地龙接头,找到了空穴,拿起床边的一根尖尖的铁衣架把地砖橇起,墙壁出现了裂缝。她一喜,真相不远了!

细细的灰尘充斥着房间,里面有种熟悉的味道,是什么味道翡翠记不起来,但已被呛得流出了泪水。铁架在墙上轻轻一滑,现出了一个人形!

翡翠伸手去按墙,那是人的皮肤!她忙缩回了手,但已经太迟,一张人皮出现在翡翠面前,眼睛血淋淋地流着液体。毛细血管还在跳动,那张熟悉的脸上还有笑容,直直地看着她。

"啊……"

"顾玲珑,你在哪里?顾玲珑!"翡翠睁开了眼睛。真的是他守在她身边,而他的旁边是子剔透。

"你醒了?"顾玲珑与子剔透同时开口。

翡翠觉得心里闷得难受。

顾玲珑看着一旁的子剔透,悄悄地退出了病房。子剔透唠唠叨叨地说着她只是惊吓过度昏迷了,让她不必害怕,他会一直陪着她。

翡翠无力地靠在子剔透身旁。子剔透紧握着翡翠的手,轻吻着她的发丝,红红的眼肿了一圈,让她心痛,但一想起他和李深雪的照片,她就变得冷漠,甚至对他感到厌恶。

翡翠醒了以后他就一直在忙进忙出,一刻都不愿停下。她头上出了汗,他就忙着为她用热毛巾擦去,那笨拙的动作,可以看出他从来都没干过这活。看着他弄得满头是汗,她心中感动,但李深雪像一根刺,扎在了她心中。自己真的这样在意他吗?

轻轻的敲门声传来,子剔透去开了门。是古月和李深雪来了。

翡翠勉强地对着古月笑笑,他示意翡翠不用起来,坐在旁边和她聊天,让她多保重身体。

翡翠只注意着子剔透的神色表情,当看见李深雪时他的眼神一滞,后又恢复了正常,他低着头,不与李深雪有任何的眼神交流。而李深雪则数次微笑地看向他,是那种包含了许多秘密的微笑。

李深雪借着把花插到花瓶里的工夫,往子剔透身边走。优雅地在他身旁站好,把花瓶里的水换过,再把花插好,而子剔透一直在闪躲。

将这一切看在眼里的翡翠,心一点点地冰冷。李深雪把花插好,放在翡翠床边,笑说:"有了花的点缀,翡翠就不会觉得那么单调无聊了!"

"翡翠,你们慢慢聊,我出去吸支烟。"子剔透只看着翡翠,眼里流露出的是真心,但翡翠不敢去相信,只无力地点了点头。

子剔透出去了许久,翡翠一直想着他俩的事。古月说的话她一句也没听进去,一旁的李深雪好像也不大耐烦,有点坐不住了,笑着说:"翡翠也饿了吧,我去给你买份粥。"

翡翠笑着说谢谢,看着她出门,她不是去医院餐厅,而是向着吸烟区走去,翡翠的心觉得很痛。

病房里只两个人,有点空荡荡的感觉,这是子剔透安排的豪华病房,只有翡翠一个人住。这里面的装修舒适温馨,有单独的卫生间和电视机,简直像在自己家里一样。

"翡翠你身子不适,南越王的报道不如先暂停吧,你们学校也该放寒假了,不如回家多休息。"古月为她盖好被子,把空调的温度稍作调整,室内的空气马上畅通多了。暖气与小档的冷气一起开,使空气流通就没那么闷。他比起子剔透来,确实是成熟许多。翡翠心想,子剔透的关心总是朝着自以为是的方向去做。

深呼吸,翡翠的精神好了很多:"不碍事,这点小惊吓我还是能承受的。对了,你能不能帮我找顾玲珑过来?"

"顾玲珑?"古月疑惑地问,但马上点头。

原来,古月也看穿了顾玲珑的心意。

他一定就在医院附近守护着她,翡翠心里很肯定这一点。她要南下的事,翡翠还让古月帮她对子剔透保密,古月感到很为难,但还是答应了。

顾玲珑提着一个保温饭盒进来,他温和地笑笑:"小丫头,来,趁热喝了这粥。"他麻利地打开盖,里面香香的菜干味全溢出来了,整个房间都有一股鸡肉的甜香和菜干的清香味。

"顾玲珑人真好,还给我加了料啊!"翡翠故作潇洒地和顾玲珑说笑。但顾玲珑看出了她眼神中的忧郁,心头痛得紧,到嘴边的话终究还是咽了回去。他不想乘人之危,而且他也知道翡翠与子剔透之间的感情。

他把粥弄好,把一个小碗递给翡翠:"你惊吓过度,吃点鸡肉能固本培元,提高身体的免疫力,单是菜干排骨营养单调了些。"

"知道了,你真像我唠叨的老爸。"翡翠和他开玩笑,但他听到后脸色一变,尴尬地笑笑。

明知道他对自己的心意,怎能那样说。看着他来回跑动累得满头大汗,翡翠感到内疚。她放下碗,举起手为他擦去额角上的汗。

"翡翠!"他轻柔地抓住了翡翠的手,他俩就这样相望。

"咳咳!"一个人站在病房门边上。顾玲珑与翡翠慌忙收回了手,顾玲珑的脸一直红到了耳根后。翡翠看见了,终是低着头微微地叹息。

是唐宋元来了,他提着一袋水果放到桌面上:"原来已经有这么多人来过了啊,礼品都堆成山了。"

"那是否唐大哥也想做一遭被人守护着的太上皇?真那样,我探望时定也少不了一个大大的水果篮。"翡翠和唐宋元拌着嘴。

顾玲珑只无奈地让过身,说什么风把唐宋元这个大人物给吹来了。顾玲珑真想不通,这俩人怎么好像前世互换了骨头,老是针锋相对。

"你要我查李深雪我查到了,她确实是子剔透的情人。"

翡翠听后咬紧牙,顾玲珑轻唤她:"翡翠坚强点,或许只是什么误会。"

翡翠再也忍不住了,哭倒在顾玲珑怀中。

顾玲珑痛心地摇了摇头,轻拍着她的肩膀:"翡翠,你还是别去子家了,那样很危险!"

"没错,子家,尤其是他的妈妈隐藏了许多不为人知的秘密!"唐宋元也同意顾玲珑的看法。

等翡翠的情绪稍稍好转,顾玲珑还是把目前发生的一些事对她说了:"那个卖纸人、帮人算命的古怪老头死了!"

"什么?!"翡翠很不可思议地望着顾玲珑。

顾玲珑尽管不忍,但还是觉得有些事是不得不说的。

唐宋元上前一步,看着顾玲珑怀中的翡翠毫不留情地说:"你在庄家找到的人皮就是那老头的，人是新死的，皮也是新鲜着呢。"

顾玲珑抬眼看向唐宋元，满是责怪的眼神。唐宋元也不理睬，只顾着说他知道的事："庄家最近和简家走得很近，而且……"

唐宋元停了一下卖起关子，翡翠让他明言。他交叉着双手在胸前，皮笑肉不笑地说道："好像他们掌握了一些子家的秘密，也和银行互打了交道，近期内会有商业范围内的变动！"

"那子剔透知道吗？"翡翠一紧张急得说话都打着战，连身子都在抖。

"你就那样在意他吗？"唐宋元大为不满，很气恼地看向顾玲珑。

顾玲珑安慰着翡翠，让她别担心，事情总会有解决的方法。

"你小心李深雪，她的背景没那么简单。她和子夫人的关系很密切，私底下子夫人是认她做义女看待的。"唐宋元不冷不热地说。

"真没想到，李小姐看起来挺敬业，人却那么复杂。"顾玲珑叹了口气，低头看翡翠。

翡翠没作声，但手握得死死的，顾玲珑发现后扳开了她的手。

翡翠忍得太辛苦，她狠狠地掐，把顾玲珑的手都掐出血了。

那古怪老头死得很离奇，任何有嫌疑的人都被盘查过了，都有不在场的充分证明。他一个混饭吃的老头，也没得罪什么人，他的死因太奇怪了。是顾玲珑再去他店里找他时发现的，当时他被扒了皮，地上留有他自己写的血字：谁也逃不了！

原来，那日顾玲珑担心翡翠，打她电话却无信号，后来还是通过唐宋元知道她去了庄家。由唐宋元出面，联系上了庄叶希，庄叶希却说翡翠也没和他打招呼就先走了，他也就和叶云去了趟医院复诊。

最后，还是唐宋元出面带着顾玲珑找到了翡翠。而那人皮，没有人说得清楚是怎样在庄家出现的。最离奇的是，那名叫半神子的古怪老头在没有任何痛苦的情况下，自己将自己活活地扒了皮，那张皮，脸上还在笑！

第十章
密室鬼影
GUI ZHUO

　　翡翠随着子剔透住进了子家,他的妈妈子夫人仍和先前一样对翡翠很好。翡翠对子剔透很冷淡,每每只是应付着和他说话。

　　子剔透很懊恼,不知翡翠为何如此。问起她为何会去庄家,翡翠干脆沉默。翡翠的性子是不想说的事怎样也不会开口,子剔透也没强问。

　　有一天晚上,子剔透在书房算着账,灯忽然闪了闪。他停笔,抬起头,翡翠站在门外。

　　"这么晚了,怎么还不睡?"子剔透笑笑,站起来走到翡翠身边,拉起了她的手,"你的手好冷。"他放在脸上轻轻摩挲。

　　子剔透抱着翡翠在办公椅上算着账,时不时地轻吻翡翠的发丝。

　　"剔透,最近有什么大生意吗?"翡翠抬起了头,正好迎上他的吻,温温地吻在额上。

　　"没有啊!怎么这样问呢?"子剔透变了许多,对翡翠总是很温柔。

　　翡翠注视着他的眼睛:"我只是见你最近太忙罢了。"

　　"小家伙,年尾了,趁着还没过年把账给清一清。也没什么大不了的,不如我陪你去看电影吧。"子剔透说着笑了起来,笑得十分暧昧。

　　"不了,我有点困了,你还是忙你的吧。"翡翠站起了身子,不等他说话如鬼魅一般无声地离开了他的房间。

走廊上是翡翠空荡的高跟鞋走动的声音,她没有开灯,扶着扶手,慢慢地经过长廊,黑黑的长廊。

夜风吹起了她蕾丝的黑色裙摆,她就如夜的幽魂在这子家大宅里徘徊。她轻轻地脱了高跟鞋,放回了自己的房子。掩好了门,往三楼走去。

夜已深,四周寂静得能听见她自己的呼吸声,左手上的镯子更红了。想起了子夫人的话,说那只是因为镯子受了氧化才有的正常反应,让她不必担心。

这样的自己,还是正常的吗?最近发生的事还是正常的吗?!翡翠不由得冷笑……

长廊上没有暖气,光着的脚板结了冰一样的冷。冰冷如利剑一样一点一点地刺进翡翠的脚底,但还有比寒冷更刺进人心的。

"噔……噔……"

翡翠听到了高跟鞋在黑夜里空洞鬼魅的声音,她收敛了气息,悄悄地隐在黑暗里,只跟着声音走。

声音在翡翠不远处时隐时现,空荡的空间使回声更加扩大化。是子夫人吗?她到底要干什么?为什么不开灯?翡翠决定一探究竟,她小心地跟着,前方的黑影拐了一个弯儿不见了,声音也戛然而止。

翡翠在长廊上等候许久,仍不见任何声响动静。她犹豫该不该上前看清楚。一轮残月从拐弯长廊尽头的圆拱窗上映照到地板上,激起了她一丝丝的恐惧。

突然,一抹黑影蒙住了翡翠的头。

"唔!"翡翠双手去拉,原来是一只乌鸦。

"呀——"它飞出窗台,回首看着翡翠。

翡翠心颤莫名,决定放弃走近的打算。

躺在床上，翡翠无比懊恼，在这里已有三天了，仍然找不到一丝线索。子剔透曾说，他名下的公司看似他在打理，其实都是他母亲在操控。他说起他母亲就会满脸自豪，他父亲死后，是他母亲一手挑起这根大梁。那时他还在澳洲读书，他母亲把公司打理得有声有色。其实他在海外留学多年，像国际MBA这些证书他早得了一大摞，他完全可以自己亲手打理亚太国际集团的业务，但母亲仍是不放心。

直到现在，他仍是在处理一些普通业务，很多事都是他母亲在运作。每每提起这些，他都会有份失落，在他母亲眼里，他还是个没有长大的孩子；而在别人眼里他就是个非常有钱的不务正业的花花公子。其实他完全可以独当一面。

翡翠总会安慰他，让他体谅为人父母的苦心，子夫人只是想等他再成熟点，能自己面对外面的风浪。

翡翠在他面前，对子夫人是很避讳的，所以也就显得特别的温柔体贴。

"还叫子夫人吗？该叫妈妈了。"子剔透总是笑她改不了口，嘲笑却怜爱地刮着她小巧高挺的鼻子。

翡翠用手轻抚鼻尖，仿佛子剔透那淡淡的气息、温暖的手拂过的暖意仍残留在她周围。举起的手一晃，红色的光狠狠刺到她的眼睛。她怎么觉得这左手上的玉镯更红了？在黑夜里扭动着妖娆的血红身躯。

子剔透定是对生意来往不熟悉，他那样信任崇拜他母亲。但他母亲却用他的名义开始了不为人知的商业阴谋。子夫人，到底是个怎样的人？

"咚……咚……"

翡翠躺着觉得浑身不自在。什么声音？再侧耳倾听，声音却消失了。翡翠开始心神不宁，数着顾玲珑给她的佛珠，一颗一颗地数，重复地数："……一千，一千一十……一千三……"慢慢地，她意识模糊起来。

"呜……呜！咯咯！"谁？翡翠一把掀开了被子，分明看见床脚边上有黑影一闪而过。

谁？翡翠吓得瞪直了眼睛。她的房门是反锁的，没有人可以进来。

风吹过她的长发，她回头，窗户什么时候开了？她记得很清楚明明是关着的。她小心翼翼地下了床，在门缝下看，并没有人站在那儿。

她看了看锁，是反锁着的，精神放松了一下。

"咚咚咚！"敲门声响起。

"吱呀！"翡翠把门迅速打开了，没有任何人影……她房间外的长廊那样长，真的是藏不了人的……

一步步靠近窗口，什么也没有。翡翠舒了一口气，正想关上窗，平地正对的花园里躺着一个白色身影的人，黑夜里独自绽放的雪白，白得刺眼。依稀模糊看见是叶蝶的样貌，笑着向她招手。如文颜初次要跳楼的那晚，穿着一样的衣服……

不要！翡翠惊恐地捂住了双眼，她的身子剧烈地抖动。身后的黑影一步步向她靠近，一只手将她往窗外推……

翡翠如一只单薄的断了线的风筝掉到了草地上，这里没有雪覆盖，骨头是断裂的痛，她就躺在方才叶蝶躺着的地方，唯一不同的是，这里根本就没有叶蝶。那一刻，翡翠觉得定是看见了她的鬼魂……

"我死了吗？这里是哪里？天堂吗？"翡翠呆呆地注视着眼前的一切，自己仍躺在子剔透的宅子里，躺在昨晚掉下去的房间。

"翡翠，你别吓我，你怎么会死呢？你只是从这里摔下去了，幸好这里的二楼不高，你只是轻伤。"子剔透温柔地抚摸着翡翠光洁的额头。

看着他歉意的眼神，翡翠心头一暖，但身后射来逼人的目光，是子夫人站在子剔透身后。她坐在床边，关切地问翡翠昨晚到底发生了什么事。

翡翠觉得这里太古怪了，子夫人可以相信吗？不！她不可以相信！或许一切都和她有关,所以这个时候向她说谎话就等于向她证明了自己已洞悉了她的秘密。

于是,翡翠眼泪一流,无比委屈地说道:"妈妈,我……我……"

"好孩子,慢慢说,别怕啊!"子夫人握着她的手,另一只手探了探她的额头。

"妈妈,我昨晚做了一个很可怕的噩梦!"

"乖孩子,别说了。你都发高烧了,定是昨夜着了凉,所以才会做噩梦!我们还是让严明先为你诊治,而且听说你们认识,这样对你身体好些。"子夫人再说了些其他保重的话,就退出去了,只剩下子剔透与翡翠。

"你也认为我精神出了问题吗?"翡翠鼻子一酸,泪就要流下。她最讨厌别人说她精神有问题。

"是你的好朋友顾玲珑嘱咐我的,他说你有梦游症,需要心理医生。翡翠,原谅我。你有这样多的不愉快我都没有察觉到,但我发誓我以后一定会保护你!"

心在一刹那软化,翡翠紧紧地抱着子剔透。自己真的是精神有问题吗?但他仍这样爱着她,还求什么呢?

"剔透!"翡翠一阵感动,正想开口,却看到了子剔透衬衣领子上的口红(蓝金唇膏——DIOR标志性的唇膏,丰润柔软,色彩纯正,在舒适和持久之间达到不可思议的平衡)。

你果然还是和李深雪有联系,只有她用这种和她气质相符的口红与香水。翡翠不再说话,闭上了眼睛,那刹那的明媚色彩在长长的睫毛覆盖下消失殆尽。

翡翠茫然地走在大街上,子剔透去了公司。她穿过花园广场,一座规模宏大的办公楼建筑群出现在她眼前。非常熟悉,连门前那两头要举空腾飞的带翅貔狖都那样神似。原来无意游走间竟然来到了子剔透的公司,文颜就是在这里和"那人"合照的!文颜的死难道和子剔透也有关系?到底谁是文颜的男友?

翡翠迅速地离开了广场,往一家航空咨询店走去,订了机票。她仰头,看见一架飞机飞过,心中自语:我就快可以见到我的父母了!离开了这里,永远不回来了该多好!这里灰蒙蒙的天,我已经厌倦了!子剔透,如果生命之中没有遇见你,该有多好!

翡翠走进了顾玲珑的店里,小猫玲珑耳朵可灵了,"喵"一声扑出店门,扑了翡翠个满怀。

顾玲珑跑着出了店,把翡翠迎进店里。顾玲珑看起来瘦多了,第一次见他的时候就已经觉得他很瘦,现在更瘦。翡翠抱着小猫玲珑,它不知是什么原因受的伤,虽然已经好了,但尾巴却没有了。

"翡翠,听说你梦游了?还从二楼摔下了?"顾玲珑为她整了整坐垫,让她靠得舒服点。

翡翠的脸色很苍白,瘦弱得也只剩下了一副骨架。

"我过几天就走了。可能会很久不回来,也可能永远不回来。"翡翠放下了茶杯,从包里掏出了一瓶红酒整瓶喝了起来。她顿了顿,以30度角仰望着店外的天空,忽然笑了。

顾玲珑也看向了店外,渐渐现出天幕的夜星。一天也就快过去了,冬天的夜总是来得特别快。

"翡翠,为何那样喝酒?"

"因为快乐啊。"她仍在大口大口地喝着。

"因为什么而快乐呢?翡翠。"

"因为有星星啊。"

30度角的仰望,能看见漫天星星,其实每当翡翠想哭的时候,她就会抬头看星星,这样眼泪就不会出来了。30度的仰望,翡翠想的是子剔透。

顾玲珑知道翡翠的心思,但他只默默地看着眼前这个憔悴的女孩,她承受的东西太多了。

"翡翠,你喜欢子剔透吗?"顾玲珑扶稳了满脸通红的翡翠,她已经醉了。整整一瓶的红酒被她一个人喝光,而他竟然没有阻拦。

"剔透?你为什么要那样对我?你说过喜欢我,只喜欢我一个!你为什么还要和李深雪在一起……影哥哥,为什么连你也离开我?为什么要害我家人,为什么?"翡翠哭喊着,失了仪态。

顾玲珑看着漫天繁星,那么多星星,而在她的梦话里,在她的天幕下,却没有他的名字。他只是一颗划过她生命的流星,照亮了她却熄灭了自己。

谁说30度角的仰望,不是为了抹去眼里的泪水呢?顾玲珑叹气,把热毛巾敷在她头上,喂她吃下了解酒药。而她,这个时候别人喂她什么都不知道了吧,又怎会知顾玲珑的心在碎呢!

"醒醒,翡翠。"顾玲珑轻轻地拍打着她的脸。

翡翠揉了揉眼睛,挣扎着起来。

"我这是在哪儿啊?"翡翠看了看壁钟,已经晚上九点了。头很痛,看来自己喝多了。她看着桌面上的空酒瓶对顾玲珑抱歉地笑了笑。

"翡翠,你住在子家不安全,不要为了查探而以身犯险。那颗珠子我已经在你宿舍找到了。"顾玲珑把掌心摊开。

翡翠一下子清醒过来,从躺着的长椅上坐好。

"秘密在珠子里面?"翡翠不可置信地问。

"是的!"

翡翠想把它弄开,但顾玲珑说未到时候。

"何时才是适当的时候?"翡翠又陷入了沉思。

"会等到那个时候的,翡翠。"

"其实我都知道了，文颜死的19号，其实那里没有人。"顾玲珑又说道。

翡翠疑惑地看向顾玲珑，顾玲珑把一枚发夹还给了翡翠。

那是一枚普通的发夹，但却是19号白天翡翠在宿舍留下的。而文颜在19号凌晨就死了，死在了904宿舍里。

"白天你回到宿舍，其实你走进的是被调换了的903宿舍。"

看着手上遗失很久的发夹，翡翠终于明白为什么她明明白天还在房间却没看到尸体的原因。

"对不起，顾玲珑。我没有和你说我白天回过宿舍，而没发现文颜尸体的事。"

"小丫头，我明白。你只是担心警察那边罢了！很明显，这是一连串很离奇的凶杀，说是人为，但我和你都见到了死去的叶蝶；说是鬼魂作祟，但又有人在装神弄鬼。现在，连那古怪老头也离奇死亡了，事情的复杂不是你我可以想象得了的。所以我虽不知道幕后黑手最终目的是什么，但和你身上的卞和镯，和你身后的庞大神秘的子家脱不了关系！那些照片，那些被剪掉的文颜和另一个人的合影，就是在子家和它的集团周围照的！翡翠，别再自己骗自己了！你现在很危险！收手吧，不要再在子家寻找线索了！"顾玲珑再也控制不了自己，激动地说出了一番话。他情绪很少波动得如此厉害。翡翠听得呆住了，简影也曾劝她离开子剔透。

"不！"

翡翠出了店门，正好碰上唐宋元。他看翡翠的眼神怪怪的，然后发了话，让她明日上趟庄家。

"去他那儿？"翡翠觉得有点奇怪。

"哟，去趟庄家有失你身份了？"唐宋元揶揄。

唐宋元让翡翠放心去："这次顾玲珑也跟着去。因为庄家找了批古董，需要做些生意，此次去你们就是帮着做鉴定和估价。这样的好事，做得好，以后你俩在文博界里就大有名声了。尤其是你翡翠，年纪轻是死穴。不然你俩也不会发生上次掉了个破仿品铜镜还被人打的傻事。"

翡翠和顾玲珑被他说得无反驳之力，顾玲珑一向就是老实不会说话的人。而翡翠显然也是心不在焉，只梦游般出神。对于翡翠的不反驳，唐宋元明显不习惯。顾玲珑说送她回去，但唐宋元拦了下来，带点调侃地说："还是我送吧，她喜欢的可不是你！"

顾玲珑红了脸，也就没坚持，和翡翠约好了明日时间。而翡翠仍在出神，对他俩说了什么都不知道，只点头。

唐宋元笑着对顾玲珑说："还是待会儿我告诉她时间好了。"于是就载着翡翠走了。

"你去子家查到什么没有？"唐宋元平常不爱说话，一开起车来倒很活跃。

"没有。"翡翠愣了好久才想起他说了什么。

"明天去庄家，可能会让你有新的发现。"他仍是那样神秘兮兮，说话永远只说一半。

"哦？"翡翠没有再问，因为了解唐宋元的性格如此。而且，他给的提示够多了，不然也不会建议她明日走一趟，还让顾玲珑陪着。

"怀璧是谁？"翡翠突然想起了从庄家听到的名字。

"怀璧？"他听见却是一愣。

他额头上的川字眉皱得老紧，在努力想着。看得出，对于这个名字，他是有耳闻的。最后他终于投降："我真的忘了！"

翡翠见他对自己的事那样紧张，无论出发点是为了顾玲珑还是怎样都无关紧要了。因为翡翠看得出，他是真心在帮自己，不带任何目的。在她困难的时候，他在帮着自己。突然，翡翠向他说了声谢谢。

车到子家了，唐宋元停下车，对翡翠说："起初我真的是想帮顾玲珑，我不愿他一人担心却又责怪自己帮不上你的忙。但接触下来，你也有你的可爱——简单、愚笨但又很聪明。"

他的笑容是真正兄长般的笑容，与顾玲珑不同，之间没有情愫。

翡翠安心地笑了，叫了声唐大哥。

"翡翠，你深入子家去找线索，我们都劝不了你，但我还是要提醒你多加小心！另外，我会帮你找出关于怀璧的线索。"唐宋元说着把一包东西塞到了翡翠手里。

"谢谢！"

走进空荡的大宅，高个头的名犬跟在翡翠身后。翡翠友好地摸摸它们的头，它们十分高兴。这两只狗狗倒挺可爱，没有架子，有些狗可是很狗眼看人低的。

走进别墅大堂，光线阴暗。风吹起了落地白纱窗帘，是谁在阴影里一动不动？翡翠吓了一跳，是子夫人独坐在那儿，几上泛着葡萄酒鲜红的光。

子夫人微笑着站起来，问翡翠："吃过饭了吗？剔透出去谈生意了，晚点回来。"正说着，可口的饭菜都端上来了，十分清淡。

"妈妈，我不饿。"翡翠走到子夫人身旁问安，子夫人拉着她坐下。

"吃一点吧，就当夜宵。"翡翠说不过子夫人唯有坐下，胡乱吃了些。

子夫人也跟着用了些，翡翠看着她吃下饭菜，嘴边露出了不为人知的笑容。没想到，唐宋元教的方法这么快就能用上。

"用了药，她会睡得踏实，方便你查探，但如果你说起的怪事还是发生，那你就要停止行动。因为子家的秘密、子夫人的秘密不是那样容易能找到的；不要因此而使自己置身于危险之中，那些怪异的事可能不止子夫人一人引发。"想起唐宋元的话，翡翠担心却又带了希望地看向吃了药的子夫人。

子夫人坐了一会儿，就说累了，翡翠扶着子夫人回房间。掩门时，那对子剔透珍爱非常的铜镜折射出诡异的光，让翡翠害怕。

　　翡翠回到自己房间，除去鞋，一步步地往三楼走去，那个转角，到底隐藏了什么秘密？！她的心一点一点紧张起来，而脚步放得更轻。走过拐弯处，如她所料这里并没有门。她在墙壁上来回摸索，轻轻敲打，都是实的，并没有暗格。当她毫无头绪之际，一阵恐怖的声音响起。

　　"噔……噔……噔……"是高跟鞋走动的声音，怎会这样？明明在饭菜里给子夫人下了安眠药，那在这儿走动的是谁？翡翠惊悚万分，心脏随着那"噔噔"声而跳动，两者的节奏都越来越快。想起了唐宋元的提醒，但她真不愿放弃找出真相的机会，而且，现在她也无处可躲……

　　翡翠难受地捂住胸口，糟了，那声音越来越快了！她唯有一拼，在横向的分岔道上蹲下，双手抱住脚。而心里却开始了各种可怕的幻想，一阵痉挛，她想到了一件很可怕的事情。就是昨晚，当她从门缝往外看的时候，高跟鞋和敲门声都是无人而自发的。

　　冷静，翡翠你一定要冷静！

　　黑影从翡翠纵向通向那扇小窗的长廊走过，噔噔噔地响着高跟鞋走动的声音，犹如催魂曲。翡翠小心地探头，黑影好像在墙壁上来回摸索。

　　翡翠心一紧，难道这里真有密室？她再看，那黑影的长发随风乱舞，看不清面孔。她忽然想，还是看不见的好，万一黑影真的没有脸……

　　翡翠不敢再想，黑影离开了墙壁继续走，走着走着，跃身一跳跳下了尽头的阳台。

　　翡翠脑里"轰"一下，全乱了。她急忙跑到阳台上，始终没有看见地上有人。难道是鬼？寒冷和害怕让她牙关打着战。

　　寒风吹醒了翡翠，是车的响声，子剔透回来了。她赶忙下到大堂里等他回来，以免让他看见自己在此游荡引起怀疑。

子剔透带着满身酒气,醉得差不多了,翡翠忙扶过他。他看起来有点累,但看见翡翠就笑开了脸。温柔地和翡翠唠叨着,而翡翠也很有耐心地听着他讲。

　　由于昨晚坠楼受伤的事情,子剔透说什么也不肯让翡翠一人住,让她在他房间休息,她拗不过唯有如此。

　　躺在子剔透宽大软软的床上,翡翠怎么也睡不着,满脑子都是关于对子夫人的猜测和想象。一旁沙发上的子剔透睡得沉,手垂在半空中,被子也坠到地上。翡翠起身,为他盖好被子。一阵指甲刮磨房门的声音在耳边"嗞嗞"地响起,她全身打了个寒战。

　　再侧耳听,没了声音,但一种被偷窥的强大压抑感传来,似在黑暗处有那么一双眼睛,在盯着她,恶狠狠、阴森森地看着她。

　　翡翠慢慢地回头,背后什么也没有,但为何觉得那样的阴森寒冷。

　　翡翠贴着子剔透室内的门,努力地听。"噔噔噔"高跟鞋走动的声音在她背后响起,而这个房间只有她和子剔透。冷汗滑落额和脸,穿衣镜里映出了方才在长廊上的黑影,跳下阳台的黑影,没有呼吸的声音。翡翠再也忍不住,眼前一黑,昏死过去。

　　"滴答滴答……"时钟停在了午夜一点,相传午夜一点到两点是阴气最重的时候。地上躺着的翡翠突然坐起,站起来。

　　"吱——呀——"房门开了,翡翠迎着寒风走进黑暗。她一步一步地往前走,身后不远,跟着一道高大的黑影。

　　翡翠光着脚,但已经感觉不到地板的冰冷。夜风吹起她凌乱的长发,黑色蕾丝长裙在黑暗中张扬,如方才的黑影。

　　熟悉的路,熟悉的长廊,熟悉的门号。翡翠开了门,门又关上。

　　房间内漆黑一片,翡翠走到黑檀木桌前,黑檀的淡淡幽香依然遮不住死沉的气息。几上竖着一面清代犀牛望月黑檀木镜,泛黄的铜镜面模糊不清地映出翡翠黑色的身影,翡翠望着铜镜诡异地笑着。

门轻轻地裂开了一条缝,一双眼睛盯着铜镜前的翡翠。

灰旧古沉的铜镜前,翡翠对着镜子梳妆,长长的头发,她用手机械地梳着,不停地从上到下梳着。门关上,传来一阵零星细碎的脚步声,慢慢地又远了。而翡翠置若罔闻,仍旧梳着头发。

翡翠一面梳一面笑,光着的脚、光着的臂丝毫不觉得冷。她对着镜子看,镜子里除了梳着头发的她,还有子夫人。翡翠背后是封闭的密室,子夫人不在这个房间。

翡翠离开镜台,开始在房间踱步。子剔透钟爱的对镜不见了,翡翠小心地翻动桌柜仍是无所获。一点反光刺到翡翠的眼睛,她仰起了头,是在犀牛望月镜子的反射角度对上的房顶射出的亮光。

翡翠微微一笑,走到黑檀木桌后面,反复寻找。终于找到了开关,把木匣子开了,里面却是一个绿豆大的空洞。她迟疑了一下,知道了一些隐晦的线索,如果她能打开这个密室,那她掌握了唐代镶金虎头白玉镯的秘密就会外泄,因为那颗珠子正是这个密室的钥匙。

翡翠推好木桌,得意地笑了。那个人在设置这个机关的时候忽略了一件很重要的事,那就是设置机关的人暴露了他也掌握了另一只唐镯的秘密,所以他才会设下这样的圈套,好让她去用唐镯里的秘珠开启这里。

线索一点点地浮现,子夫人和庄家有莫大的牵连。而庄叶云还戴着那只镯子。但这个机关会是子夫人设计的吗?玉镯不在她手上,她不可能自己设计了这个开关。而且这个机关像新近才建造,翡翠怀疑这里的入口应该是新入口,甚至是子夫人也不知道的新入口。

这个密室一定还有另一个入口。如果能从另一个入口进去,那她所掌握的秘密就不会外漏。

翡翠走到三楼尽头的拐角,一定是在这里。她小心地敲打,在砖缝中终于找到了一丝松动。

翡翠小心地掀起墙角地砖，有一个可以旋转的活扣。这个机关有些年头了，很久远。她马上肯定了这才是子夫人进出密室的入口，而刚才那个……看着眼前机关是一个成年男人手掌大的铜制荷花铜扣，荷花瓣上有三朵小荷花，她想了想，这是道家的转轮荷开生天锁，于是按了开关，向"Z"形的折射方向扭开了三个荷花扣。"滴答"两声，一条地下道开了！

翡翠倒吸一口冷气，终于离谜底不远了！她把地门关上，融入了黑暗。

翡翠的夜视能力很强，臂上还戴了唐宋元给她的荧光镯。唐宋元真是一个高深莫测的人，想得如此周到。借着荧光，翡翠看得很清楚。地势并不崎岖，就是一个夹层的房间而已。她仔细探查，终于找到了接连上层的一个针孔，怪不得子夫人会出现在镜子里，原来是利用了镜子的折射还有针孔偷窥仪器的配合，把摄像下来的影像投影到三楼子夫人的房间镜子里。到底是谁这样做？目的又是什么？

子夫人躺在了一架木制的贵妃榻上，翡翠走近，她真是睡熟了，看来安眠药起了作用。翡翠按着在镜子里看到的东西，走近了最里边的那堵墙，那两面铜镜果然在这里。移开其中的一面铜镜，里面也是一个锁，与方才那个锁很像。翡翠按着与刚才相反的方向扭，里门静静地开了。

翡翠抬起头，血液一下子凝固！她的眼如被钉在了墙上动不了了，那是一个诡异的人在笑……

眼前的子氏宫妃笑着向翡翠走近，翡翠瞳孔在扩散，心都似乎停止跳动了。猛地睁开眼，迎上那恐怖的鬼影！

无风，人皮跌落，盖在翡翠头上，翡翠忍住尖叫，死咬住唇，惊恐地拨开画皮。那如子夫人一般容貌的子氏宫妃在笑，那就是自己梦中经常出现的女子！那是一张真正的人皮，一整张完整无缺的人皮，原来，是一张人皮，而不是鬼魂。

翡翠忍出干呕的冲动，迅速地翻找里面的东西，找到了一堆竹简。她不再迟疑，拿起手机快速拍照，竹简只有一捆，很快拍完。柜子里面还有一本小本子，她也把记有文字的部分拍下来。再极不情愿地把那人皮前后都照好，一切还原。等所有事情都做完，她才把针孔重新打开。

回到地面上来，翡翠如梦游一般走回子剔透的房间。

子剔透怎么不见了？翡翠把图片发送给顾玲珑并删除了记录，等顾玲珑看了后再为她解释那些图片的秘密吧。她把手机放好。她静静地站着，背后传来了阵阵冰凉的呼吸。

一步一步地向她靠近……

翡翠屏住呼吸，头一仰，直直地摔到地上，眼睛睁着动也不动。

是子夫人，她怎么这么快就醒了？

子夫人僵硬地走近，蹲下，抚摸翡翠的脸。忽然，子夫人手上多了把刀，翡翠心一惊但依然忍住，只装作梦游的样子，睁着眼不动。

尖刀是特制的，专门拿来剥人皮的刀。翡翠依然在等待，刀在她眼球上方，依着她美丽的脸庞在比画。

刀子离翡翠的脸皮一点点地近了，刀尖已经碰到了脸，冰冷冰冷，带着锐利的冰冷……

"妈——"

千钧一发，翡翠赌赢了！子夫人的手停住，她也装起了梦游。只是她没有骗过翡翠，但翡翠却成功地骗过了她。全靠子剔透的及时赶到，与翡翠的忍耐毅力和勇气！

渐渐地，一扇一扇的门出现了。等着翡翠一扇扇去开启，去找寻藏在门后的秘密。她的精彩表演已经使子夫人相信她在梦游。

昨晚跟在翡翠身后的是子剔透，怕她梦游会出什么事，所以当他见到她进了妈妈的房间，对着空气梳头，他很害怕。所以转身想去拿电话，好询问严明出现这种情况该怎样处理。但他回来时又不见了翡翠，才发觉妈妈也不见了。等他回到自己房中刚好见到梦游的妈妈和翡翠，更在刀口下救了翡翠。

翡翠靠着车窗出神，眼睛只定定地注视着前方。

昨晚倒是吓到了子剔透，翡翠心里觉得难受。跟在她身后的原来是子剔透，她半夜突然在地上坐起，吓到了他。而他知道她会出现梦游的情况所以不放心一直跟着她到了子夫人房间，看见她不停地对镜梳妆他忍住了惊恐，离开去打电话询问严明。

而后就出现了子夫人那一幕，子夫人是真梦游还是做戏都无关了，只是难为了剔透，紧张得大半夜喊来医生帮他妈妈诊治，按情况来看梦游是假。因为是第一次出现的情况，否则子剔透也不会那样紧张。

"怎么？还在为子剔透担忧？还是多担心一下自己吧！"唐宋元开着车面无表情地说。唐宋元对子家很反感，翡翠觉得奇怪。这个唐宋元为何总是向她有意无意地透露着一些信息，引导她一步步向前艰难地走。

翡翠第一次感觉到危险，这个男人可以信任吗？

到庄家了，已经看见顾玲珑在一旁站着。唐宋元把一张卡递给翡翠，翡翠疑惑地接过："这是？"

"庄家不知道今天你和顾玲珑是替我来的，这样突如其来不是更好。"他笑了笑，停车，等翡翠下了车他就走了，也没和一旁的顾玲珑打声招呼。

看着手中的卡，翡翠知道这是入场凭证，今天庄家上下全是珍贵古物，不可能让人随意进出。这是入场券，唐宋元，你到底想让我来这儿看什么？

翡翠挽着顾玲珑的手由门童引着走进去。顾玲珑仍是一身唐装，清雅得很。他手上把玩着两块碧玉球，有节奏地转动。他年纪轻轻给人的感觉却很沉稳，脸上从不泄露一点情绪，真正的喜怒不形于色。

见到来客的庄叶希，眼里流露出诧异和不悦，但还是笑着迎上，和顾玲珑、翡翠寒暄了两句。走进内堂，堂里仍是如那天一样漆黑昏暗。还是那幅令人害怕的巨幅黑白照片，那老人仍用他混浊的眼睛看着这屋子里所发生的一切。

烟雾缭绕中，一个极淡的人影坐在里堂位置上。翡翠一紧张挽着顾玲珑的手紧了紧，顾玲珑稳健有力的回握让她安心，领着她往里走。烟雾淡了，散了，原来是简影坐在木椅上。

原来唐宋元想告诉她的正是简影和庄叶希的关系。庄家一向和子家有密切往来，子剔透和简影则不和。而如今庄家却暗地里和简影来往，看来庄家的动向往后必然会影响子家。

翡翠觉得目前的线索很有限，而庄叶云尚戴着那只唐镯。如能得到那只手镯，看看里面的秘珠有无开启，就可知子夫人的密室是谁掌控。当翡翠看向一旁的庄叶希，忽然心头蒙上了一层阴影。每当她想进一步调查那些人时，总有人神秘地死去。

翡翠心头的阴影也只是一闪而过，她离开顾玲珑想去庄叶云房间。但却被庄叶希叫住："真想不到翡翠会过来！"他温和的笑意挂在嘴边。

翡翠笑了笑，随他对每一件古董进行鉴别和估价。

和其他行家碰头，他们聊起天来都赞叹翡翠的节目做得好。《古董迷情》这个节目一播出，反响很大。许多人都爱看这样的文博节目，以此了解中国五千多年神秘而灿烂的文化。借由着这个节目和眼前的这些古物，翡翠很快就融进了这个圈子。经今天的小型鉴定会，翡翠的名声已越来越响。

翡翠在与众人周旋之时，顾玲珑已小心地避开了众人的注意，往庄叶蝶的房间走去。

当穿过那狭小的阴森回廊时，顾玲珑再一次皱眉。人怎能住在这种三煞位上！

"吱呀"一声，门开了。屋子里散发出陈腐霉气，门关上后，那摇椅又开始了摇晃。一股幽幽的气息传出，被顾玲珑敏感地捕捉到。他用手按停摇椅，门忽然有股力道撞击。

他猜得没错，这是一个机关。门与摇椅之间的机关，只要门关了，牵连摇椅的那个装置就会开始使摇椅摇晃，摇椅应该有暗格，迷香一类的暗格就会自动打开，使人致幻。难道是庄叶希想害翡翠而设置的机关？

顾玲珑熟练地在摇椅上来回检查，终于在椅脚找到暗格。把暗格小心分开，弹簧的伸缩使他看见了里面的药粉。他用戴着手套的手点了点药粉，细细地闻了下。果然是致幻药物。看来，翡翠在这里看见的鬼怪都是这些东西在作怪。

而古怪老头为什么死在了这儿？假设真的是庄叶希有心害翡翠，动机何在？而他把人皮挂在这儿，不是惹祸上身，把全部人的注意力都集中在自己身上了吗？好像这样做对他没有任何好处，看来假设还得重新设立，动机仍是不成熟，中间还缺了一些环节。

唐宋元与庄叶希关系一向不错，而庄叶希暗中日渐向简影靠拢。庄叶希明知唐宋元和我们的关系，这次仍请唐宋元来，又是为了什么？他应该可以估计到唐宋元很有可能是让我和翡翠来的。看来这个房子真的有许多不可告人的秘密！顾玲珑在心里暗自揣摩。

想起了上次在这里见到昏迷的翡翠时，这里除了一张贴在墙上的人皮一切都正常，并没有翡翠说的暗门，这一点更引起了顾玲珑的怀疑。看来庄家的人在极力掩藏些什么。他小心地在墙上搜索，并没有发现暗门，里面都是实心的，但翡翠说的暗门确实在这个地方。顾玲珑再四周看了看，桌面上的痕迹引起他注意。这里确实曾经摆放过一台手提电脑。他在桌面上摩挲，无意发现了桌面上一些古怪的引符文字，看似凌乱，只是随意而刻，其实暗含玄机。

这样神秘的字符,不知情的人会当成天然的木纹。这是有关祭祀的记载,是哪里的祭祀却没明说。但祭祀需要献出祭品,而祭品是……

奇怪的文字到了这儿就没了,顾玲珑打开抽屉,依然无收获。刚想合上抽屉,但拉动时金属的撞击清音使顾玲珑眼前一亮,找到机关了!

他把抽屉小心抽出,在木桌中空贴墙处有个黑色按钮,不仔细看根本看不出。他思考再三还是按下了那个按钮,一个四五寸的暗格开了,里面还有一个电子锁。由于桌子的框架挡住,而位置又狭小,难以发现。他进来也有些时间,再不出去,就会让人找来了。虽然和翡翠说好,让她稳住庄叶希,但时间确实有限。

顾玲珑额间渗出一丝汗,他聚了聚神,开始转动和同时按起数字,不一会儿锁终于开了。他松了一口气,门开启,但愿能顺利揭开那秘密。

忽然,脚下一空,顾玲珑跌落而下。

顾玲珑眼明手快,宽长的袖子一挥,一根铁索软棍卷住了桌脚缓了下坠速度。下面两米宽的地上竟然插满钢针,若非他行动迅速,怕是早死了。

顾玲珑正想着法子怎样下去,忽然地板上方有响动,他的铁索软棍一松,人就往下掉。千钧一发之际,两个碧玉球从他袖子里滑落,他顺势把脚往玉球的方向点,并把铁索向钢针挥去借力跳出钢针圈。当脚踏实地之时,他的后背已全湿透。

刚才到底是有人拨开他的铁索,还是碰巧铁索不稳松动?顾玲珑隐隐觉得跌进了一个陷阱,他现在情况不乐观,一定要快点出去。如果四十分钟内他不出现,翡翠会联系唐宋元另想办法。只要瞒过庄家和简影,他有的是办法出去。四周漆黑一片,他看了看手机没有信号,顺着光亮看,也照不到一米远。这里太黑,方才借着跌落时头顶的光才勉强看见钢针圈的范围,使他借力跳出。到底是谁这样歹毒,要置他于死地?

顾玲珑摸黑走着,最要命的是手机的电不是很充足,不能长时间照明。

幸得他谨慎，微微叹气，一前一后滚落的碧玉球的范围标示现实空间有四十平方米以上。他捡起装有闪光装置的碧玉球，继续向前走动。

忽然他站住，缓缓地掰开其中一个碧玉球，里面有个红色按扭，他轻轻按动按钮，再冷静地合上，向前走。他小心地走，再没有碰到什么危险机关，但说也奇怪。为何走了许久，也没碰上任何实物？按这种速度都已经走出老远了！

顾玲珑站定，敏锐的眼睛闪出坚韧的目光。那鹰一样的眼神是翡翠、唐宋元以及其他人都没见过的。

上头不知接到信息了没，顾玲珑很少和上头联系。这种隐秘谨慎的单线联系使顾玲珑的身份一直隐藏至今。为了这个任务，他苦练苦学大量的文博知识，伪装成一个老实的古玩生意人。他一隐藏就隐藏了三年，至今仍没有找到证据，也无从下手。幸得认识唐宋元，他才找到融入那个圈子的方法。而翡翠的出现更进一步加快了幕后黑暗的曝光，他要查的是子家。

而看似毫无破绽的子家，随着翡翠的插足，逐渐暴露出许多问题，也牵扯出了庄家和简家。什么鬼魂作祟，他根本不信！一条时断时续的线索牵连使他渐渐有了眉目，一开始装作对翡翠痴情好让翡翠信任到如今真心爱上她。他也曾迷惘，他这样做是很危险的。所以，他冷静地想要撇开所有的感情，继续着他的行动。

思绪又回到现实，顾玲珑已将实事录影同步发送给那个连他也没见过真面目且没听过真声音的上头。他不单学会了大量的考古文博知识，《周易》、五行风水等理论也使他成为一个风水能手。

建造这里的人也是个易学奇才。按太极图的方位把五方遁位尽皆隐去，所以他才会一直原地踏步，如困太极，总是走不出一个圆。其实就是什么都不放置迷惑人。而他现在所处的位置应该是五行相克的虚位，只相克不相生。换个说话无非就是死门而已，通俗的解释就是：一个太极阴阳交合点才是万物生长的最适宜时，所以方才落下的位，应是五行属土。土能助长万物的生长，而土生金，所以布局的人按《易经》上的方位在此扎钢针金属一类的暗器，确是符合了五行之术。

而现在钢针下的土，应是混合阴阳的生地。他向着原来跌落的方向走去，离开了太极边缘，向圆心走。他一根根地检查钢针，终于有一根是松动的，为机关。看来不懂《周易》的人未必能找出隐藏的机关。顾玲珑把那根钢针往地上一按，另一扇门开启了！

他快步进门，里面有一张古朴的石榻。榻上刻有阴文，一面古镜镶嵌其中。镜的两边笔直地插着两根形状怪异的尖钩利针。

顾玲珑被吸引着走上前，他并没有坐到床上。这是一个祭台，他小心仔细地观看。人若贸然躺上去，会有锁铐铐住手脚。眼前依稀出现了一些关于这种祭祀方法的影子，将人置于榻上，利用镜子旁的神器献钩进去放血吸取人的精神气元，而镜子就是拿来封住祭品的魂魄，从而上达天庭。

相传古时的一个关于人的精神说，越惊恐的人的魂魄力量也就越大，精神在死时会无限集中扩大，把他的全部全奉献给天。而这个仪式的巫师在肩上必定会有一个记号，表明是巫师的身份。

顾玲珑深感确实不虚此行，这是种邪术。难怪庄家与子家那样怪异。那又与卞和镯有什么关系？顾玲珑陷入思考，一阵非常细微的响动使他迅速回神，他跳下神台基石。说时迟那时快，方才他所站的石头突起，人若还站在那儿必定会被撞向祭台铐住手脚等死。

这里太诡异，若是被翡翠误闯这里，那就危险了！潜伏了三年，他终于离真相越来越近，他感觉到了前所未有的兴奋！

他按亮手机，注视着那面用来锁魂的镜子。镜子，他自从认识了翡翠好像总是和镜子结缘。经由镜子他和翡翠都看到了许许多多的所谓的鬼魂。原来，这个邪术总是借着镜子在作怪。想起方才桌面上看到的古老文字，提到镜子的另一个用途，锁魂的目的也是为了以防怨气过重的鬼魂报复！

顾玲珑再次上前，逆时针转动镜面，镜面一抬缓缓突出。到了这一步就很关键了，这些古老的机关不像电子密码锁。现代的高科技难不倒他，但透着诡异的暗锁他要小心谨慎，不然付出的代价有可能是生命。

顾玲珑按着逆时针的旋转方法再次转动一下，两下。他停下手，包着镜子的木刻边框上刻着一对卞和镯，那一点醒目的红正好是红檀木最亮红的地方。转动两下符合了这个暂时称之为邪祭代号的神圣数的2，再按那红点。镜子缓缓拉起，里面出现了一个不大的暗格，和镜子的面积差不多大。

顾玲珑取出里面的东西，是一份族谱和一本现代册子。

顾玲珑再也顾不上细看，迅速拍到手机里。

一切弄好，他把东西又放回原位，装好镜子。离开石床榻祭台的基石，看着镜中泛黄而微变形的自己，顾玲珑有了一刻迷糊，一阵香透出，顾玲珑心里大叫不好。他又中了机关，汗涔涔而下，瞳孔开始放大。

顾玲珑神志越来越不清醒，黑暗处隐隐现出了庄叶蝶的白色裙摆，光着的脚没了那双鞋，但仍在流血。

碧玉球再一次适时掉地，发出"叮"的一声清越之音。顾玲珑冷汗慢慢退却，人才恢复了正常。原来，方才书册上撒了幻药，会使人疯癫。他碰到的是很轻微的。如此一个地方不能久待，这种药粉会使人的神经慢性中毒，待在这里的时间长了，人的中枢神经会被全部毒死，瘫痪，变成不折不扣的精神病人。

慢着，如此说来，翡翠定是中了此种神经毒药，所以才会频频出现幻象。只是中毒的分量还没达到危险程度，她暂时还不会有事。

顾玲珑的思路一分分清晰起来，现在最重要的是先离开这里。

忍着微微的头痛，他摸索着这间密室的各个方位，终于摸到了一个空洞，但却无法打开。他回到床榻前，关键还是在这里。但如今看来冒险成分更多些，这两只插在镜子两旁的献钩把它取出，一是打开墙壁的空洞，现出里面开启另一扇门的机关；二是进行死的献血祭祀仪式。如果没有祭品而开启了仪式，会是什么后果无人知道。看来，生与死果然是同行同在！

头越来越痛，他没有时间思考了。古时以右为尊，奉为阳。他拉动了右边的献钩。空洞打开了，只是一个简单的按钮，别无其他。

顾玲珑按下了按钮，另一扇门开了，光亮微微地照了进来。忽然，他灵光一闪，把在《古董迷情》片场捡到的一片红色的布条故意钩破挂在突出的铁丝上。

第十一章

宫墙之画

顾玲珑小心翼翼地走出门口,原来走到了挂了老人黑白照的内堂后边。他看了看四周,竟然安静得出奇。这样虽是避免了被人发现,但如此安静太奇怪了。

走出内堂,四合院子里静静的,不大的一方天暗暗地洒下些阳光。他抬起头,看见二楼里的人影,于是急忙走上二楼。众人围在了一间房子里,人太多了,都挤在了走廊上。顾玲珑小心挤进去,看见在窗口边上的翡翠和庄叶希。翡翠神色非常焦急,正在说着话。

他再看,身穿白裙的庄叶云神情呆滞,长发遮住脸,呆呆地定在窗台前,手上并没有翡翠所说的唐镯。忽然,她猛一抬头,对着众人露出了诡异的笑容。那眼睛呆滞得仿佛被人抽去了灵魂,那是死人一样的眼神。大家都被骇住,她转头,从大开的窗口跳下。庄叶希大叫了声不要,飞出身去想扯住庄叶云,却双双跌了出去。

庄叶希那种绝望的眼神,使顾玲珑动容,明白这一刻他绝非在演戏。他以自己的身子挡住庄叶云与地面的撞击,用手护住了她头部。当大家都吓得惊叫连连之时,他们已双双坠地。幸得二楼与地面相距不是太高,应该没有生命危险。但庄叶希手肘撞地,定会有所损伤。大家都在松了一口气的同时急忙走到对出的胡同巷口,察看兄妹二人伤情。

庄叶希挣扎着起来,手耷拉着已然脱臼。他轻唤了声叶云,迟迟没有回音。或许是她晕过去了,众人赶到帮忙扶起他们兄妹俩。

忽然,一声凄厉的喊声响起,是一位博物馆的女研究员。声音尖锐而凄惨,原本由她搀扶的叶云跌倒在地。顾玲珑和翡翠交换一下眼色,纷纷上前来看。

庄叶云死了,仍保持着那奇怪的表情:上扬的唇似笑非笑,上翻的眼珠露出恐怖的白色部分。

顾玲珑沉默了,这样的高度,又有庄叶希保护是摔不死的,她到底看到了什么竟被活活吓死?

幻象?顾玲珑一下想到原因,看着庄叶希伤心欲绝的眼神,呆呆抱住妹妹一动不动的样子,直觉告诉他,叶云的死与她哥哥无关!

翡翠在一旁安慰庄叶希,但他僵硬了一般坐着。

救护车和警车同时到达,庄氏兄妹都被送到了医院。

一旁的简影抽着烟,站于零散的人群中显得十分出众。黄色长大衣优雅地彰显他的气质,烟被他弄熄。他一扔烟蒂便从人群里消失。

顾玲珑和翡翠眼神交汇,都明白了对方的意思。两人匆忙回到顾玲珑的店里,顾玲珑问翡翠,他不在的那段时间,庄叶云究竟发生了什么事。

翡翠惊恐之色浮于脸上,向他说起那恐怖的瞬间。

翡翠看见简影时,吓了一跳,但忍住了心头怒火想离开去找叶云,因为她总觉得每当离真相接近之时总会有人莫名地死去。可正好又被庄叶希拉着去认识周围的人,所以唯有先放下这件事。

在鉴别古物时,翡翠看到庄叶云由楼道下来,她扶着护栏的那只手戴着唐镯,见她神清气爽,也就放下心来,准备找个机会再去问问她关于唐镯的事。

当时翡翠正在鉴别一幅宫墙之画。

"什么？宫墙之画？"那是顾玲珑和翡翠一直寻找的真品，那些传说中会杀人的画终于出现了。顾玲珑打断了翡翠的述说。

"是的，你有什么发现？"翡翠也注意到了顾玲珑的变化，那种带了某种欣喜但又担忧的变化。翡翠知道，宫墙之画是极其珍贵的国级文物。文献记载，商周时就有壁画存在。商纣王时，"宫墙之画"是见于文献的最早壁画。由于年代久远，并多为王公贵族才能拥有，所以现世存量极少。战国绘画也称之为宫墙之画或称帛画，画的题材也大多神秘。目前所见最早的绘在丝织品上的作品是长沙出土的两幅战国楚墓帛画。

"楚墓？"子氏家族不就是春秋战国时期的楚国宫廷玉匠的后裔吗？！于是翡翠领会了顾玲珑的意思，细细地说起那幅画的特征。那也是一幅丝织帛画，画的内容遭风化侵蚀非常严重。只看见是一个宫廷的祭祀，祭品躺在石榻上，好像有镜子，又好像不是，是一个巨大的圆璧，像和氏璧！翡翠忽然惊讶地说出了她方才一直想不明白的祭祀礼器。

"那幅图还在庄叶希手里，我们一定要拿到！"顾玲珑眼里精光一闪，冰冷的语气脱口而出。翡翠听见一愣，看着他出神。

顾玲珑注意到了，温和地笑笑，让她继续往下说。

"顾玲珑？"翡翠觉得现在的他不像是一个商人。

"怎么了？翡翠，是不是今日被庄叶云吓到了？"他爱怜地抚着她的头。她一笑，表示没什么，继续说下去，她在看那幅画的时候，简影也过来了。经过众多专家鉴定，那幅画是真品。最后接过那幅画的是简影，他一直拿在手中观看。

而翡翠放下帛画之后，就随着庄叶云上了楼。确切地说，应该是她看见一直在招呼客人的庄叶云静静离开了大家，独自往二楼走去。于是她也就跟着走了上去，当时庄叶云的样子一切都很正常。

叶云看见翡翠，就邀她进屋坐坐。起初，两人在轻松地闲聊。忽然，叶云就面容一滞，再也不理她。

而这时翡翠发现，叶云手上的唐镯竟然不见了。什么时候不见的？这引起了翡翠的注意。翡翠问叶云怎么手上的玉镯不见了，她一听见提到唐镯，突然又哭又笑起来。这倒吓着了翡翠。听庄叶希说过他妹妹身子不好，难道她又犯病了？于是，翡翠安抚叶云，让她别激动。

叶云又安静地坐着，低着头。长长的头发垂下，挡在了面庞前。那一刻让翡翠莫名害怕——这一幕太熟悉，庄叶云身上穿着白色长裙像极了死去的庄叶蝶！

"咯咯——"她自个儿发笑，翡翠再也忍不住，连忙叫来庄叶希。

然后就出现了坠楼那一幕，自己竟然什么也没问到，翡翠心里很不甘。

顾玲珑和翡翠都沉默着，顾玲珑隐约猜出，叶云可能是吸入了过量致幻药物而神经休克致死。包括叶蝶、文颜可能都是如此遇害。对于那古怪老头，能自扒了皮又不觉得痛，可能是因为他们的神经中枢都已经被毒死。但为何古怪老头死得那样怪异？

"翡翠你认真想想，叶云疯癫之时有什么特别的事发生？"

翡翠努力想了很久，说好像是从窗外远处响起一段音乐。音乐的曲调怪诞，她不知是什么乐曲，而且也听不清。

对了，就是这点。假设庄叶云曾被催眠过，每次催眠时都是向她灌输非常恐怖的内容，使其心律不齐。在每次催眠时都放这段音乐，那么如果她忽然听见这段音乐就同样会促使脑部机制的记忆库打开，条件反射地出现催眠时的恐怖内容，最后心脏承受不住而猝死。而这些只有资深心理医生才能做到。大家都不约而同地想到了一个人，但都没说出来。

顾玲珑打开电脑，放了一段录音。

"冷翡翠，救我，救我！"

"我知道了一个秘密，快来救我……"忙音……

翡翠镇定地看着顾玲珑，顾玲珑知道翡翠也知晓这并非是什么鬼怪杀人，而是蓄意人为。

"你是怎么找到的？"翡翠佩服顾玲珑的手段，他简直好像无所不能。

"我跟着小猫玲珑找到的。"

"小猫？"

"它不可能无故受伤，我在宠物医院抱它回来时，闻到它身上淡淡的茶花香。而它的爪子上还带了大量红泥，这与你们学校的茶花园的泥土很像。于是我就连夜去到那儿，顺着不多的痕迹找到河渠旁，那里有人捕捉生物留下的痕迹。尽管事后处理了，但仍被我找了出来。在河道上的一点血迹尚未全干，是小猫故意留下了线索，把你戴在它脖子上的一条链子的珠子挂在了河床旁，我拉起那水草竟被我发现了一块细小的晶片。经过修复，里面就是文颜的声音。"

文颜死亡电话的事情终于被揭开，原来是那样复杂。

"那小猫玲珑是怎样得到这晶片的？上面有指纹吗？"

顾玲珑点了点头，又摇了摇头："怎样得到这块晶片，只有小猫才知道了。但上面的指纹倒是古怪老头的，然后他无端而死。死在了他自己店里，但人皮却在庄家。这线索告诉我们，古怪老头只是一个替代品而已！"

翡翠也点了点头，因为她知道，幕后黑手肯定不是古怪老头。

"小猫玲珑是在古怪老头那儿捡来的。当时它身上有血，而它也救了我，使我没被竹扎的纸人刺伤。我看着和它有缘，也就抱了它回来。"

正说着小猫玲珑就跑了过来，亲昵地蹭着顾玲珑。顾玲珑眉头一皱，连忙抱起小猫，在它身上细细翻找，良久叹着气说："这晶片曾植入它身体里，后又取出，看情况这晶片是有主本的，我们手里的只是副本，也就是从小猫玲珑身上取出来的那块。而主本就用在了装作未死的文颜打电话给你，扰乱大家视听，让我们以为是鬼怪作祟。那主体已遭销毁的可能性很大，而副本从玲珑身上取出，目的很有可能是古怪老头想以此作为勒索那人钱财的筹码，并把副本证据安进猫体保存，结果却引来了杀身之祸！但为什么会牵扯到庄家尚是未知之数，那人是谁也是未知！而小猫玲珑很有可能是因为感觉到老头对它造成的伤害，它本能地藏匿起来。它应该是古怪老头所养，它直觉你不会伤害它，所以把你当作了它的救命符！"

"那为何古怪老头又看着我抱走它也不阻拦？"听见顾玲珑在"那人"的字眼上咬了重音，翡翠微微不悦，因为她知道顾玲珑说的"那人"指的多半是子家。

"或许他认为，晶片暂时在你那儿会更安全呢。"顾玲珑说的话没错，翡翠头又觉得痛了。

顾玲珑再把一沓图片放在桌面上，翡翠最不愿看见的东西就是它。那是她冒死从子夫人密室里拍到的竹简的图片。里面是一连串祭祀图画，并无过多的文字记载。唯一的古体文字记载就是：要找出和氏璧需要的玉人作祭，玉人是每一朝一个轮回，若错过了那一朝，就要历经几世方能得此机缘。玉人心窝处会有封印，印文"献"。

看完记载，翡翠吐出了浓浓的一口血。

"你怎么了？"顾玲珑拍打着翡翠后背。

"没事，可能只是一时气急攻心。"

一切的事，翡翠终于明白。原来自己一直不知道生在胸口的小指长短的钩状般的鲜红胎记就是玉人的印文"献"。子夫人一直把她当作祭品。那剔透呢？他也是一直在利用她吗？翡翠不愿去面对，但她发现自己也说服不了自己，如果他不向子夫人说明，子夫人又怎知她胸口处的历世玉人印记？难怪他那么想快点和自己结婚，是想以此麻痹她好让她心甘情愿地当祭品吧。还有简影，终于明白在酒店那日简影想要得到的是什么！就是要确定她是不是玉人。

"玲珑，你真的相信有转世一说吗？"翡翠第一次唤他名。

顾玲珑一呆，明白她此刻的脆弱无助，握住她手，轻言："这些事太过虚无，很难定论。但如果是我，我是不信。此刻我们要做的就是扫除一切怪力乱神，拨开那层雾找出真相！"

"原来，子剔透竟是想我成为祭品！"翡翠心酸无比，缓缓地除下衣服。这一举动，着实吓坏了顾玲珑，正想伸手去拦翡翠，最后一件衣服应声而落。顾玲珑的手在半空中停住，眼里满是不敢置信。一道不大的胎记鲜红刺目，那小指大小的钩状正是在庄家密室里看见的献钩模样。这一切太过巧合，除了"轮回"一说真的很难解释古老竹简所留的祭祀记载。

"你说，我不是祭品是什么？你说啊！"翡翠雪白的身子剧烈颤抖，情绪越来越激动。顾玲珑看到这个印记也乱了分寸，陷在沉思里。

他正想为翡翠披上衣服，唐宋元闯了进来。他习惯了不打招呼自出自入，但这一刻，看见背对着的翡翠裸露的上身，脸一红，忙转出了房间门。他暧昧说道："这么香艳的事，原来老弟你也好此道啊！"

顾玲珑埋怨他不近人情，忙为翡翠披上大衣。为她拭去眼泪，说一定会保护她周全。翡翠茫然抬起头，对上他坚定的眼，终于点头。

顾玲珑请唐宋元进来，怪他多嘴，然后在纸上画了"献"出来，递给唐宋元。唐宋元眉一挑，来了兴致："这献钩可大有来头！历代出现在祭祀的玉人身上。"说着把一本很厚的书扔给顾玲珑。

"你果然知道很多。"顾玲珑拿起《楚地古巫起源》一书，翻到夹有书签那页。书上说的是楚国文化的一支旁支，有楚风巫术的记载。其中记载了一段楚国宫廷，沿用宫妃起巫以祭玉璧的事情。祭品是选定"献"的人皮，和上天通媒就能得到关于和氏璧秘密的指示。但起巫总是以失败告终，为何失败就不得而知了。唐宋元的总结就是远古的人太迷信，这胡乱祭祀就是找不到和氏璧秘密的人思想混乱所致。这是唐宋元的藏书,市面上不流通的珍贵典籍,普通人根本看不到,书里面的文字都是有依据的,可信度非常高。

上面依稀印有那人皮的模子,顾玲珑看得入神,但还是觉得一切太神奇。与翡翠所提梦中情景的子氏宫妃太像。他看了看翡翠,把书交到了她手上。翡翠察觉到了顾玲珑的异样,看起书来。一看,手一抖,书掉落。

"那人皮的相貌就是我梦中所见的断臂女子!"

唐宋元意味深长地看着翡翠,然后狡黠一笑:"能让顾玲珑看得出了神,身上定是有'献'吧。"顾玲珑怒目而视让唐宋元闭嘴,"好,我不说。让你们自个儿慢慢查,反正你定会护翡翠周全。"

"千万别这样说,唐大哥。我们还得依靠大哥你。"翡翠终于恢复了一些神采,艰难说着。

唐宋元也认真起来,和顾玲珑分析着目前所掌握的线索。他们列出了几点:

一、幕后黑手是谁?庄家,子家?简影在里面又是什么角色?

二、杀古怪老头的人是谁?古怪老头的人皮为何出现在庄家!文颜和庄家两姐妹都因唐代镶金虎头白玉镯而亡,唐镯里隐藏了什么秘密?文颜和庄叶蝶的男友是谁?庄叶云死时手镯哪儿去了?

三、庄叶希一向和子家交好,为什么最近和简影走得如此近?

四、和氏璧的传说之谜,到底隐藏了什么秘密?怎样找出这些秘密?唐镯和卞和镯又有什么联系?

五、祭祀的目的是什么?暂称为邪祭。

六、庄家为何有这样的密室陷阱?是为了迷惑翡翠而专门设计的吗?那又为了什么要迷惑翡翠?

七、李深雪在整场阴谋里到底是什么角色?子家和她是什么关系?

唐宋元整理着列出的疑点，而顾玲珑就把翡翠之前在庄家拿到的庄叶蝶的一些东西也整理好，摆放在大家面前。所有的线索都摆在那儿，等着人去一层层抽丝剥茧找出真相。

摆在大家面前的有几个小纸箱：第一条线索是，文颜死后从她宿舍整理出来的箱子，里面全是一些与她学业无关的书籍稿纸，继而找到了几十张夹在里面的合照，但都被撕了一半。拍照片的地点是子家集团物业；第二条线索是，翡翠从庄叶云手上拿到的关于庄叶蝶的遗物，一个日记本、一本相册和一个破旧的娃娃；第三条线索是，翡翠从子夫人密室找到的子氏人皮、竹简和小本子，为了不打草惊蛇全是手机拍照，并非实物；第四条线索是，顾玲珑从庄家密室里找到的族谱和一本现代册子的手机拍照。

顾玲珑拿出其中一个断头娃娃看得入神，翡翠把这些东西给他以后，他一直没时间整理。

娃娃的身体不像一般娃娃那样柔软，顾玲珑手一抓，一把锋利的剪刀把娃娃的身体剪开，但很遗憾里面什么都没有。

唐宋元笑起来："这么容易让你找出线索，这堆东西现在就不会在我们手上。"他的话不无道理，但顾玲珑始终认为能从里面找出线索。

顾玲珑翻开了庄叶蝶的日记，毕竟庄叶蝶是整件事的关键人物，一切的事情起因都缘于她。而翡翠在一旁看着第一个纸箱里的照片，咬紧了牙，唐宋元则百无聊赖地品着茶。

"庄叶蝶喜欢写小说吗？"顾玲珑眉头紧皱，坚毅的眉角轮廓使他不像一个卖古玩和气生财的小商人。翡翠和唐宋元同时凑过了头，想看看庄叶蝶究竟写了些什么。

这是一个日记型体裁的短篇小说，里面的女主角爱上了一个有钱男人。这个男人表面上温文尔雅，是个知性成熟的成功人士，有点世故，很善于讨女人欢心。有着俊朗不羁的外貌，得体的衣着，品位也很独到。女主角非常爱这个男人，愿意为他去生去死，去做一些即使她认为是坏事的事，但只要对他有利，她都会去完成，哪怕付出生命的代价也在所不惜。

看完一段女主角对男主角的表白，大家在为女主角感到惋惜痛心时，都不由得想到了一个人，英俊不羁、知性成熟有品位，善讨女人欢心，温文尔雅的成功男人，上述特点和子别透真的是太像。但大家都没说话，只往下看没把这层纸捅破。或许，也正是因为这个令人熟悉的男主角形象使人有看下去的欲望。难保他不是大家要找的人。

《柠檬黄的恋爱娃娃》：

我也觉得自己傻，爱上了这样的一个优秀完美的男人！叶子啊叶子，你怎么就那样不知好歹呢？！那样英俊的面容又怎可能只属于你一个人！

龙，你知道吗，收到你送我的这个娃娃我有多高兴！比起你送我金银珠宝都要来得高兴，因为你没有把我当做世俗的女人！毕竟你没把我当成普通女人，我对于你来说是特别的！知道你有这份心也就够了！

——永远爱你的叶子

日记还记述了一些两人恋爱的细节，写得真实感人。当叶子穿过橱柜，面对玻璃窗里那可爱的娃娃，她也只是深深地看了一眼，就随着他走过去。她没告诉他自己很喜欢那娃娃，因为他总是冷冷的，思想游离，不知在想些什么。也从不在意身边一切，也或许正是这种游离的眼神攥紧了她（叶子）的心，使她怜惜，想去抚平他的一切伤痛！后来，他一声不响地把娃娃递给她，那一刻，娃娃那大大柔软的头，戴着柠檬黄的大大帽子使她心里乐开了花。那帽子上嫩绿嫩绿的长长丝带带着叶子的心一起飞扬！

"谁说叶子的离开是因为树的不眷恋呢？那是因为风的追求！就如蝶恋花的情意，和风对叶子的追求都是一样的！或许都是因为爱吧！但叶子为什么不眷恋树的安定而喜欢风的无影无踪，来得激烈，去得冷淡的虚无缥缈呢？叶子，别多想了！龙是爱你的！"

看完这一篇日记，唐宋元笑了起来："顾玲珑你把别人的定情娃娃都剪成了这个样，开膛剖肚，小心叶蝶回来找你啊，哈哈！"

翡翠也抿了抿嘴笑，但顾玲珑却无动于衷。翡翠想到了那个做着文博修复工作时的顾玲珑，他工作时的神情就如现在这样。

翡翠暗暗叹气，你果然不是古董店的老板，那只是个幌子罢了。

我真的可以信任你吗？翡翠忽然觉得他们之间没了最基本的信任，回想以前相遇时的种种，他一直以来对自己的照顾都是一种错觉，他们的相遇不是太过巧合了吗？那他的目的呢？他这样帮自己目的又是什么？

翡翠忽然觉得很头痛，默默地坐在那儿。

"翡翠你怎么了，脸色那么苍白？"顾玲珑探了探她的额头，额头冰冷。他倒了杯温水给她，加了点白糖，一如初见面时的温柔，"来，喝点温水，你可能血糖低。这个时候再喝茶，头会眩晕。"

翡翠乖乖接过杯子，杯子暖暖的。

"你为什么这样看着我？"翡翠抬起了头，把空杯子放回桌面。

顾玲珑说了句"等等"，从他的卧室里取出了那块仿的和氏璧和那玉球。翡翠一看见那玉球就觉得浑身不自在。

"翡翠，最近你的头痛是否减缓了？噩梦也少了？"

翡翠很奇怪他为什么会那样问，但仔细想想，自从不在顾玲珑店里住之后，噩梦真的少了很多，头痛的次数也减少了。

看见翡翠的神情，顾玲珑再一次证实了自己的猜测。他拿起玉球细细查看，突然手起刀落，一把藏在袖子里带钩的小尖刀把玉球按着纹路剖开一条条的细缝，两手用力，玉球"嘭"一声巨响，裂开三瓣。里面是一个监视器，玉球壁闪着亮光。

"这就是翡翠为什么会头痛和产生幻觉的原因！"

唐宋元拿起玉球壁，上面镀了一层放射性物质，人长期对着就会致癌，会头痛脱发产生幻觉，严重时病变脑瘤而死，监视器里还有一个共振唱机，放出一些音乐，那种音乐的频率人是听不见的，会重创人的脑细胞，也是致幻导致精神分裂的装置。

"究竟是谁这么狠毒？"翡翠顿感心绪不宁，拳头重重地打在茶几上。

"应该说那人做这么多的事，就是想让你以为见到了鬼，目的是什么？要掩饰些什么？如果只是要你相信鬼怪作祟的话又何以放有毒辐射的玉球在你身边？"

翡翠指了指玉球里的监视器，没说话。顾玲珑笑了笑说无妨，他在剖开玉球时已把它的内在线路都震断了，而且做了些手脚，让那人以为他们都还没发现这个秘密，就如上次顾玲珑从翡翠的耳环里拆除监听器一样。

"哦？做了什么手脚？"唐宋元起了劲。

"这个只是安插了一个小片段录影显示玉球掉到水里。具体的就不多说，回到我们的讨论上来。"

"顾玲珑……"翡翠想出口的话又咽了回去。

"你想说什么？"顾玲珑用鼓励的眼神看着她。

"你到底是谁？我真的可以相信你吗？"翡翠还是说出了她的疑问。

顾玲珑眉头一皱，很想说些什么，但还是没有为自己辩解。

"翡翠，顾玲珑是怎样的人难道你还不清楚吗？在你最困难无助的时候是他陪在你身边，不是那个子剔透。他为了你的事付出了多少心血难道你没感觉吗？他不能说肯定有他的道理。"

"够了！"顾玲珑打断了唐宋元的话，"现在翡翠很危险，子夫人不会这么容易放过祭品。我觉得她已经是精神出了严重问题，鬼迷心窍了。而且我们还要在那人之前取得一系列的'宫墙之画'，那应该有解开为何祭祀的原因，我们一定要快！"

子氏人皮背面记载的文字是关于对"献"的处理。手段极其残忍，需要最痛苦的灵魂来祭奠，那样一个人的精神血气就能凝结出最大的能力献于天，达到通媒的状态。人皮讲求完整性，要新鲜，同时由两只献钩在双脚踝处放血锁魂，以防冤魂逃遁和报复。

"上古的人虽然迷信，但我看子夫人定是深信不疑。这个仪式到底是为了什么？真的只是为了上达天庭吗？看来那一批楚墓出土的'宫墙之画'内藏了玄机！"

"找玄机还不如找活人来得实在。"唐宋元把一张照片丢在桌面上，照片正中是一张叶公好龙的屏风，看装潢像在一家茶室里，茶几很矮，还铺着厚厚的地毯，像一家日式的茶馆。

"你的意思？"翡翠也赞同这种做法，她放心了。子剔透是不喜欢喝茶的，所以她也想去那儿得到证实，在那家茶馆出现的人不是子剔透。

"还有那个限量版的娃娃要找出在哪儿买的也不是太难。"唐宋元又拿起了娃娃。

"但是这两家店的人不一定就记得来的人。"翡翠当即就反驳。

"我去问过了，买娃娃的是个女人。尽管这是叶蝶写的小说，但我也相信绝不仅仅是小说那么简单。如果真是事实，买娃娃的那个女人不会是叶蝶自己，应该是那个名叫龙的人让别的人帮买的，而那个日式茶馆名字很特别，就叫'叶公好龙'！那天叶蝶喝的是一壶上好的茶，所以老板亲自招待，去的只有叶蝶一人而已。但在她的《叶公好龙》的小说里描写的却是两个人一起。所以我觉得是叶蝶故意留下的一些线索，只是很多人都看不出来！很明显，我们手上的娃娃也并非小说里写的柠檬黄那般明媚的恋爱娃娃，所有的事情不过是一个指代。"

《叶公好龙》：

这是一间雅致的茶寮，充满了复古韵味。与他默默对坐在草蒲团上，草蒲团软软的很舒服。《樱花》这首曲子很好听。他喝着茶，长长的睫毛随着他的深思而颤抖。那是他在想事情时的表现,他修长有力的手指攥紧了茶杯,静静地听歌。茶由他冲泡调沏,原来他懂茶道,他真是谜一般的男子!他沏茶时的那份专注让我着了魔地喜爱!我定是疯了!

忽然,两个美丽的艺伎出现,跳起了日本舞,露出那光洁的后背颈项,让人艳羡那份香艳。但龙不耐烦地让她们退下,我不安起来,难道他今日心情真的那么差吗?

"龙,你今日……"我还是不敢说下去,因为我知道他总是不会回答我。

"今日我只想静静地看着你。"他第一次这样温柔地和我说话,为了他的温柔我会用尽我的生命去爱他。

"你真的这样爱我吗?叶子?!不会像那叶公好龙一般,爱上的只是一个自己所认为的影子吧?"他深沉地看着我,看得那样迷离。原来他是怕我爱的不是他,所以特意选了这个茶馆,怕我像叶公一样爱的不是龙,而是自己臆想出来的影子。他真傻!

"龙,我永远只爱你一个!为了你我愿意放弃一切!"

"真的?"

"真的!"

"叶子,我爱你!"

原来,我爱你的声音是花开的声音,是那样动听的语言!我终于等到了他的表白,原来他真的爱我!我真的是一片幸福的叶子,因为风的追求,放弃了树的安稳眷恋!随着风一起飘舞……

顾玲珑合上日记,下面没必要看了,那是别人的私隐。叶子为了所爱,献出了一切,包括最宝贵的童贞。要想得到一个女人的心,想要控制她的思想莫过于完全地掌控她的身体。正因为这样,叶子傻傻地以为这就是天长地久再也不分开的爱情,把她的传家之宝赠给了那名为龙的男子。小说里虚构的是一块玉佩,时刻挂于心口,让他永远都想着她,念着她。其实应该就是现实里的那只唐镯,一切线索还是在这个看似唯美浪漫的小说里。

"庄叶蝶在这场杀戮的游戏里到底充当了什么角色?那人到底要利用她什么?"这点是顾玲珑至今尚未想清楚的。只是一句虚假的情话就让一个女孩死心塌地为他做事,这人太恶毒!

叶公好龙?风的追求?懂茶道?翡翠眼前慢慢地出现了一个模糊的身影,那个熟悉无比的身影!

"茶香氤氲里,是人生的百味!茶品即人品,茶有五德,丝毫不逊色于比德于玉的谦谦君子!我喜欢六堡的醇香,翡翠妹妹还如那过溪的清茶,清冽的泉水嫩芽,等你再大点就如那六堡般的甘醇有味!"那优雅成熟的男子向一个小女孩说着一番茶理,每一道茶水在他认真沏泡下溢出了浓郁的茶香,让那个傻傻的小女孩翡翠看呆了。

日记里重复的叶公好龙,风的追求,风向来飘忽不定,无影无踪,暗含的只是一个"影"字!难道真的是简影在作祟?

"大头娃娃的头软软的,好舒服……"但现实的娃娃头是硬塑胶做的。

翡翠如发现了什么一般,拿起剪刀疯狂地剪烂了娃娃的头。唐宋元想拦也拦不住,一个硬盘从娃娃脑袋里跌出来,大家都是一惊。

"看来,翡翠已经解开这几篇小说隐含的内容了。"唐宋元淡淡地说,此时大家都明白翡翠或许知道了幕后的人是谁。但顾玲珑并不插话,因为他知道单凭一本日记本是无法成为证据的,法律上要的是实质东西,更何况这本来就是一个虚构的故事,连日记都算不上的文字,警察不会相信。

顾玲珑打开电脑,不一会儿,当一切事实呈现在面前的时候,翡翠呆住了。本以为的真相原来是这样,那些只有一半的照片都在硬盘里。那个男人,原来是子剔透!翡翠跌坐在椅子上,良久说不出话。还有一些日期记录和密码。顾玲珑迅速敲打着键盘,不多会儿,密码解开。

但里面依然是每个日期纪录下的暗语。

2000年2月16日：合适骨髓已找到，请接收！

2000年10月15日：天狗食月，天象异变，无法出海，疑有风浪！

2000年12月28日：将近年关，计划太赶，取消！

2001年6月30日：天气晴朗，计划旅游，带上婴儿，让她见见灿烂阳光的日不落美景！

……

2004年8月19日：玫瑰园大丰收，惜花人莫错过了这一盛会！晚上8时，恭候嘉宾前来观赏。

2005年12月30日：野猫太灵敏，老鼠都不敢出头洞。花不多，不过贵精，花王大家都说好，价钱自然也高。好，成交！

……

2007年12月1日：找到了海外奇葩，种植出来，果然不错，抵得上2004年的玫瑰园大丰收。再次成交！

尽管里面没有写什么，但大家都明白，是一种交易。而子家旗下集团很多，只是不知道他做的是什么交易。但有一点可以肯定绝非好事！

顾玲珑继续把其他文件夹解密，结果有许多照片出现。都是出人意料的照片，那些照片有庄叶蝶、文颜和叶云，都是和子剔透的合照。

难道杀害她们的真的是子剔透？

茶凉了，翡翠重新沏了一壶茶。

"翡翠，这些照片初步鉴定是真的。你要有一定的心理准备，我明天再去找人做专业的鉴定分析。"顾玲珑想安慰翡翠，但也就只能直说。

"我没事，你们不用担心我。"翡翠勉强笑了笑，抿了一口茶。

大家都沉默，只端起茶满怀心事地喝了下去。原来，茶是苦的。

当一个人没了心情的时候，就算喝蜜糖也是苦的，更何况是一杯茶呢。暖气大开着，大家的眼皮开始打架，接着再也忍不住，渐渐合上了眼……

第十二章
消失了的黄泉路
GUI ZHUO

当顾玲珑醒来,翡翠失踪了,一切有关线索的物件也一起失踪。怎么会这样?顾玲珑马上拨翡翠手机,但手机号已是空号。

顾玲珑大急,找了古月,也去找了翡翠的宿舍,仍是一无所获。子家那边则是由唐宋元暗中出面,仍是没有踪影。整个京城都找遍了,却没有她的一点音信。她真的是失踪了!

失踪的还有那只猫!

她会不会出事?顾玲珑如疯狂的苍蝇,到处乱钻,始终没有一点消息。

"醒醒吧!我们目前最重要的是要找出子家的秘密,或许只有这样,翡翠才会平安地出现。你再这样失了分寸,翡翠可能离危险就更近了!她到底是自己走了还是被人抓了,这才是我们目前要找出的答案!"

唐宋元的话让顾玲珑冷静下来,所有的线索都和翡翠一起失踪。这到底是为什么?难道是对方发现监视器被他破坏了而引起对方怀疑,从而立即采取了行动?应该不会!他是无意间从自己的碧玉球中的装置得到的启发,而怀疑对方送这个玉球的目的和作用。翡翠的噩梦连连、头痛眩昏、产生幻影、脱发焦虑这些症状像极了长期受放射性物质辐射的影响。所以他想到了这个神秘的玉球,先是人体催眠使其心志开始涣散,再一步步地加深加紧。这个幕后之人到底是谁？目的又是什么？

严明？这个人的身影再次深深地跃入顾玲珑脑海里，他是心理医生。这一切都貌似太巧合，翡翠进了《古董迷情》这个栏目组，而他就随后出现。他是唐宋元联系的，而唐宋元也很热心帮翡翠。唐宋元应该没问题，就算不信任他，也应该信任自己。顾玲珑暗想幕后的人太狡猾了，他在一步步地分化我们，所以选择了从唐宋元身上下手。

严明，看来要进一步地和你接触。顾玲珑从书架上取出了一本有关心理学的书，翻阅起来，里面的内容极其复杂，却又深深吸引了顾玲珑。

"接受催眠时，人说的都是真话。受自己大脑控制而编谎话的几率是零。因为催眠的那一刻，人的大脑是受催眠师控制，如果催眠师从中施行有害的指令，大脑就会因接收这些信息而导致人死亡。"

顾玲珑放下书笑了笑，或许翡翠的失踪会是引出毒蛇的好方法。

看着书城外川流不息的人群，顾玲珑觉得先找齐那些"宫墙之画"或许会有帮助。但为何自己也会见到鬼魂？如果只是翡翠一个人看见那还能解释为催眠作用，而两个人同时看见鬼魂，这样的效应真的存在？

顾玲珑忽然想到了一个共通点，一个他和翡翠每次同时见到鬼魂时的载体——镜子！或许那个人就是利用镜子进行了高明的催眠。对了！在古怪老头的店里，在那铜镜映出红影时有几个阿拉伯数字。当时翡翠说她接到了电话，但又想不起内容。其实就是有人在通过电话和镜子对他和翡翠进行同步催眠。那人在对他们进行同时催眠，所以翡翠是没有留下记忆的。而自己长期在脑海中回放翡翠遇到过的诡异梦境，当遇到一定的指示件（例如镜子）影响时就会出现和翡翠大致一样的幻境。

终于想明白了长久以来的一些问题，疑点一个个地浮现。黑暗中的点，由零星的一点一点组织成了一条明亮的线，再连成网，一片光明地呈现在顾玲珑黑暗模糊的脑海里。

连体式催眠："催眠的中高级形式可通过旁物的影响而使一个人接受催眠信息，再有目的地向另一目标进行偶然意识性的必然无意识催眠。心理暗示的作用，道具的帮助使受催眠群体同步进行催眠。"

深度催眠："深度催眠具有十分严重的危险性，对人体会造成很难估计的危害。一般不建议医生对病人实施深度催眠。当人进入了深度催眠，意识就会不受自己控制。外部因素的刺激全由实施催眠者控制，如实施催眠者用心不良就会造成很严重的后果。如一个人被深度催眠，进行催眠者，可以是医生或者其他人，对受催眠者下了指令：说你在梦中被刀刺到了心脏，而此时用针刺他，那人就会以为自己遇刺身亡。也比如说被火烧，用烟那样的低热去碰受催眠者都会造成如被火烧伤的大面积肌肉死亡，传来焦味，在深度催眠时说被烧死，那就真的会死亡。死时和烧死的状态一样。"

如不想被别人在催眠时探听有利的情况，自身只能靠外界的干扰强迫性停止催眠！如调好闹钟，在特定时间响起，打断别人的引导避开话题。否则，催眠时脑海里记起来的事情将会毫无保留地告诉别人。

催眠太危险，最好能及时找到翡翠，否则若翡翠被实施深度催眠，后果不堪设想！顾玲珑回到店里，坐在二楼阁子里，准备对自己进行催眠。他把一些问题进行录音，看着面前的钟摆开始停止思考，进入休眠状态。

钟摆不停晃动，眼皮越来越沉。顾玲珑脑海里一片空白，进入混沌状态。录音适时地响起："翡翠失踪那天可有听到奇怪声音？当时现场状况如何？"

顾玲珑脑海里慢慢地浮现了模糊的人影。他很想看清那人是谁，努力集中精神。

"翡翠失踪那天可有听到奇怪声音？当时的现场状况如何？"提问再次响起。

长期的超强意志集中性训练使顾玲珑终于能在自我催眠中达到了普通

人不可能达到的效果：他的意识慢慢地清醒，终于看到了翡翠。喝过翡翠泡过的茶，他和唐宋元都睡了过去。在睡去前的模糊时刻，他终于听到了那时听不清楚以至于醒后忘却的话。

"玲珑，我们离开这里，我们走了再也不回来！我们要去安全的地方。没人能找到我们的地方！"他清楚地听到翡翠最后说的话，跟着是翡翠关门的声音。

"翡翠失踪那天可有听到奇怪声音？当时的现场状况如何？"提问再一次复读出来，顾玲珑紧闭的眼皮轻跳，脑海里进入了当时情况的回忆搜索：场景很安静，翡翠只是抱着小猫玲珑带上门走了。茶杯还留有余温，冒着袅袅热气。无外人进屋强行带走翡翠，是翡翠自行离去。

顾玲珑脑海里的情景猛然一变，记起了早些日子翡翠在这里喝醉的情形，她那时就说过她早买好了机票要离开这里。

脑海里遗忘的记忆都回来了，顾玲珑调整好思绪，以待苏醒。忽然，一阵微风拂过，Benetton 淡淡的香水味飘来。他脑子一个激灵，想起翡翠说过叶蝶死时弥漫的香水味正是那个牌子。他思维一停滞，叶蝶阴冷的笑从颈背传来，丝丝透着阴寒。

顾玲珑想挣扎，但却没有办法走出这黑暗的迷宫世界。手搭在他肩膀上，刺骨地痛。他痛得觉得自己的手都断了，他大惊，强压制住精神。冥冥中感觉到了一股强大的外来压力引导着他往一个点走去。潜意识里他感觉到了危险，绝不能被那人所引导！

顾玲珑超强的意志精神力量在一点点流失。

他猛一吸气，对着身旁的叶蝶问："'宫墙之画'在哪里？究竟隐藏了什么秘密？究竟隐藏了什么秘密……"

他浑厚的声音回荡在黑暗四周，叶蝶恐怖的脸开始变得恐慌惊惧起来，慢慢开始变形。这一问很显然进行了反催眠，有了突破口。

"企图窥探和氏璧秘密的人只有死！"叶蝶变调的凄厉声音从破裂的喉管中漏出来，惨白的眼一翻，无神的黑眼球贴在他脸前。呼吸一窒，断手早已掐紧了顾玲珑的喉咙。断手一点点勒紧，他拼命加大呼吸，而空气早已凝结。

寒光一闪，正面出现了一面镜子，镜子里是脸色紫青的他。眼睛暴凸，眼里的血丝凝结泛黑。舌头长长地搭着下巴，俨然吊死鬼一般。镜子里只看得见闪着妖艳光芒的红色卞和镯和镯里的那只断手。

顾玲珑心跳以无法承受的力度疯狂地跳动，心腔之内的一股血拼命地涌出，心血管快要爆裂。

"舍利子，色不异空，空不异色，色即是空，空即是色，受想行识，亦复如是……"

手机传来佛经音乐，顾玲珑大叫一声终于苏醒过来。面前是依旧简洁明亮的卧室，如非这一叫，定会心血管不规律扩张，爆裂。究竟是谁？

顾玲珑随着大开的二楼窗户看去，一个灰影急促地消失在胡同里。

之前窗户是紧闭的，原来真的有人进来对自己实施了催眠！顾玲珑想得通透，从窗台上小心探出身子，沿着水管慢慢爬下去，那人应该是个左撇子。水管的左边部分有一个很深的手指印，那人的左手力量非常大。看手印纹路，那是戴了手套的印纹，果然狡猾！由于地面和二楼不高，顾玲珑很快就下到了地面，在连接管子的地方镶有螺丝钉。太阳下，一丝不易察觉的光反射到了他眼里。他伸手轻轻一撩，紧绷的脸终于松开。

顾玲珑站住脚，环顾一下四周，窗户对出的地方比较偏僻，不属于店铺对开的街道，所以那人才会如此大胆。那人应该是在这片地方蹲点许久了，他没跟着自己，否则定会被发现。

顾玲珑往前面的街道走去，但脑海里来回地传着声响。

"叮——"在刚才催眠由中度往浅度至苏醒时的声音。很清脆的声音，清脆的金属掉地的声音。顾玲珑的脑海里"嗡"一响,他连忙跑回去,在地面上仔细地搜索。终于,在铺着毯子的地上找到了一个不大的变声器。摁下开关——"企图窥探和氏璧秘密的人只有死!"

那是变了调的女声,没必要再去找声源,因为那肯定不会是那人的声音。但,毒蛇终于忍不住露出头来了。看来,翡翠是安全离开这里的。否则那人也不会这样着急地来试探自己,他倒是狗急跳墙了。但一定要快他一步找到翡翠!为了掩人耳目,不打草惊蛇,顾玲珑把变声器放回到原地。取下了手套,利索地拍了两下手,快速地隐没在胡同里。

我终于知道你是何人了!顾玲珑紧握拳头,坚毅的眼透出智慧的光芒。

一个高瘦的男人戴着一顶黑色帽子和超大的黑色眼镜出现在市中心医院里,黑色的高领风衣几乎把他整个人都包起来。他走进了心脏科,很久才出来。等他再次出来,脸上漾着不易觉察的笑意,而眼底依然是平静如昔。

他缓缓地摘下了黑色墨镜,轻咳了几声,声音不大。他慢悠悠走着路。

"顾老板?"一个衣衫华贵的中年男人停住脚步,试探地叫了一声。

高瘦的男人回头,愣了一愣,笑着打招呼:"陈总最近少联系了!"

两人都是一笑,一起走着,聊了起来。

"顾老板怎么了?又不舒服了?要多注意身体才是啊!"

"老毛病又犯了,所以还是得定期来看看,最近太忙没来,这病又发作了。"顾玲珑苦笑了一下,刻意和名叫陈总的人保持了距离,以免感冒传染,"最近工作忙,身体抵抗力弱些。受了寒气,又引起病根了!"说着直摇头。

两人约好时间,等顾玲珑身体好些了再出来聚聚。陈总说了些保重的话就赶去探望病人了,身后不远的地方,是一双充满敌意的眼在窥探。顾玲珑看着手上随意拿着的黑色眼镜,镜片里映出那在远处窥探的人,顾玲珑得意地笑了。尽管这是个不认识的人，但毒蛇的行动越来越密集，这样只会让他离真相越来越近。那愚蠢的毒蛇！

翡翠离开的这段日子，顾玲珑发现自己变了，又变回了组织里那个冷酷、沉着、冷静的男人，所有艰辛的磨炼使他再次想起他的身份和任务。自从进入地狱训练一般的组织他就不是为自己而活。一切都是为了上头，自己还是孤儿的时候就由头儿带着进入了那个家。那时的头儿好年轻，依稀怎么觉得像唐宋元的样子。

顾玲珑摇了摇头，那不可能！头，他只见过一次，不可能记得起模样。往后的任务联系，都是和另一端里用了变声器的头直接联系。这一次，他已经找到毒蛇是谁，那根挂在水管螺丝钉上的头发经过化验鉴定证实就是严明。

严明一定还蒙在鼓里，不知道他的身份已经暴露。看来，有了头儿的帮助配合，自己有心脏病史的病例严明很快就会知道。家族遗传病，医院的证明。一切都不会让人怀疑，顾玲珑只要等着毒蛇后面的幕后黑手现身就可将这群人一网打尽！

原来，翡翠一直都默默承受了这么多。顾玲珑心中一软，脸上又恢复了顾老板特有的圆滑温柔。自己做古玉买卖这三年，和田玉的温和圆润原来都已渗入心中。顾玲珑坐在医院的小餐厅里看着电视。

电视正在播放翡翠主持的《古董迷情》，播完这两期，翡翠还不出现那自己又该怎么办？顾玲珑手里不停转动碧玉球。

"这小姑娘年纪轻轻，文博知识真丰富！我说老爷子啊，赶明儿，咱俩也拿家里的那仨宝贝去给丫头鉴定鉴定。"

"好啊！我也喜欢这丫头朴实的风格，尤其是那眼神那声音，简直就活了！老爷子我就爱看这节目！"一旁的老夫妇陪着孙子在吃饭，孙子的脸色铁青，手上的血管突出，手有点肿，是打点滴的次数多了手也肿了。

翡翠，你快回来吧！很多人都喜欢看你主持的节目啊。翡翠，你让我上哪儿去找你？你在别的地方真的安全吗？翡翠！

顾玲珑转了转，又装模作样地走回心脏科，有了这层掩护，严明不会想到其实自己早已知道他对自己和翡翠实施了催眠。严明，你和唐宋元真的只是朋友的关系？唐宋元，严明为什么是你引荐的人？为什么翡翠在庄家遇到的危险，都是因着你指引她去的？这些真的与你无关？尽管在危急关头你总能救出翡翠，但……

古月不是让翡翠去做下一期《古董迷情》的研究吗？难道她真的去采风了？南越王？那她的行程应该是广东一带，或者是回了她的老家梧城鸳江市！

看来自己要去调查一下她订的飞机是到哪儿的，顾玲珑想着。

"尽快找出冷翡翠！"一直沉默的主治医生开了口。顾玲珑接过所谓的病例报告，冷眼看着他，不接受命令也不驳嘴。

"头的命令！你必须接受！"医生摘下黑框眼镜，原本温和的眼里寒光一闪。

"为什么这次的任务非要找我？我要见头儿！"顾玲珑冷冷地扔出一句话。

"你不可以见他，只要完成这次任务，成功揪出这团伙，那你就可以永远脱离我们，过正常人的生活，这不是你想要的吗？"

"为什么非要难为那女孩？"顾玲珑愤怒地挥出双拳，但最后一秒，手却停在了医生面前。他需要冷静，否则一切都会失败。

"看来你爱上了棋子！这样的你，很不理智。头儿用尽一切办法才找到'玉人'，她是唯一引出这一系列事件导致国宝失踪的人。代号'国宝'的任务黑白两道都在加快寻找，如果被警方先破获，对我们组织极为不利！这点你一定要清楚，如果你背叛，你知道后果将会很严重！"

走在街道上，顾玲珑茫然不知所措。他自己做的这一切真的是对的吗？一阵雨洒落，他心中一阵冰凉。病例报告无力地落在大街上，他也没有注意。如果真的是演戏给隐藏的敌人看，那他铁定可以得最佳表演奖了！因为他现在完全是三分的戏，七分的情。雨水湿透了"病情加重，要有准备。云云"的报告，真的是真作假时，假亦真！

顾玲珑真的害怕，他做的这一切会害了翡翠，把她推到风口浪尖上引出幕后之人，但自己真的可以让她全身而退吗？

雨滴凛冽，刺骨的感觉让失神的顾玲珑灵光一闪，是唐宋元！他赞成和推波助澜一般地大肆鼓励翡翠去追查，去子家住，去庄家找答案，走进《古董迷情》这个节目组。认识严明，进而翡翠出现幻觉，连最重要的道具所谓的古镜"先知"也一一出现在翡翠四周，铺好了所有的路，让翡翠在不断的惊吓调查中暴露出幕后的人。一举两得，还能知道和氏璧的秘密！他多年来一直在研究这个课题，难道他真的相信这世上真的有所谓的无穷宝藏，和"得和氏璧者得天下"这种如此荒谬的远古传说？

若非顾玲珑对自己实施了催眠还真的想不起头的模样。如今头的点点滴滴在他脑海里清晰起来，那就是唐宋元。顾玲珑忽然间觉得所有人都是如此邪恶，也终于明白严明当时为什么离去以后，翡翠就能想起从卞和镯里掉出的珠子掉在她的宿舍床底下。因为那是严明催眠引导她说的，但因为各种原因，可能翡翠自身对和氏璧的一切事情绝对的敏感，脑部机制出现了不能说出秘密的强大心理暗示，从而无意中也进行了反催眠。

尤其是那时，唐宋元忽然闯进，带着顾玲珑上了楼。从而打断了严明的催眠，保住了秘密！应该是唐宋元事先就接到了严明是那人帮手的消息，装作无意地急急赶来。也不戳破他身份，好引出黑手。而利用了翡翠对他的信任，把一切秘密都暴露在他面前。唐宋元所不知道的，一切的关于"宫墙之画""献钩"和"仪式楚邪祭"的事从旁推敲，引导翡翠和自己走进子家和庄家打开这些隐藏的秘密。

而翡翠则成了三方的牺牲品。唐宋元利用她引出幕后之人。而子夫人作为维护和氏璧的传人已经到了走火入魔的状态，一心用"玉人"作祭，和失传了的和氏璧达到通灵。而幕后的人利用翡翠引出宝藏和氏璧。这也是唐宋元的最终目的吧！我的好唐大哥！顾玲珑想着皱起了眉头。

太多的巧合造就了唐宋元，他的心机城府如此深，人如此自私。顾玲珑感到悲哀，自己也不过是唐宋元的一颗棋子罢了！如果翡翠知道了真相，知道自己如此利用她、伤害她，她会恨自己一辈子！

不！绝对不能让她有危险！哪怕她恨自己，也一定要保护她！做出了决定，坚毅的神情取代了方才的迷惘。顾玲珑神秘地一笑，朝着一片亮光走去。唐宋元他会掩饰掩藏，难道自己就不会吗？这些全是唐宋元教给自己的。

碧玉球随着他的倒地而滚到了路边，不偏不倚掉到了沟渠里。车子一声巨响，那刺眼的一片车前灯照亮了黑夜，车子刹车已然来不及……

顾玲珑死了……

这个消息不多久就传遍了京城，很多人都觉得不可思议，但他的的确确死了！

"看来，你这一步走错了！"美丽的女子举起酒杯，慢慢地饮下那一杯红酒，"你想把严明推出去让他暴露，让他当你的替死鬼，只可惜顾玲珑现在死了，你却白白把严明暴露了！"

"我做事不用你教，你私自进出庄家你别以为我不知道！你只要好好地为我办事就行了，别搞那么多花样！若非你和子辟月这老女人相熟，我也不会让你轻易插手这件事。子辟月无非怕翡翠发现密室，知道自己就是祭品'玉人'，所以千方百计地想吓跑翡翠。包括让你在子宅搞一连串的装神弄鬼的事情去吓她，而不让子剔透怀疑。翡翠第一次去文氏集团这座'鬼楼'时，从画里走出来的女鬼是你！你让她接受了古镜、诡镯、楚风邪祭的催眠内容。翡翠手上另外戴上去的卞和镯是你趁她意识不清醒时帮她戴的，在片场里遇的鬼怪是受了催眠，而你往她手上淋血，这些都是你的杰作。也成功地让她相信有鬼神，自己就是子夫人的祭品，让她去查子家从而发现子家走私古董的非法勾当。如今你只要暗中监视子夫人就行了！小心别让她发现了那些监视器！她也不是省油的灯！"优雅的男人不屑地看着她，眼底是冷漠。

他的警告已经相当明显，不允许她插手探查和氏璧的事。女人对他越发小心翼翼，这个男人太恐怖。背叛他，下场会很惨！尽管她是想进入庄家探查和氏璧可能埋藏在哪儿的线索，但里面机关重重。那次若非她从中作梗关上合起的机关让顾玲珑跌下去，她也不知道会遇到这么多危险的机关，她贸然闯下去，以她的能力未必能活着出来。但眼前的男人为什么会知道她私下去过庄家，难道是庄叶希说了出去？不会，对于庄叶希，自己可是把他制得服服帖帖。

她看了男人一眼，那深邃的眼深不见底。他在想着什么？他肯定是想让严明当他的替死鬼，万一出了事，他一定会想到办法全身而退。这个人太恐怖！

男人现在的命令是让她去医院探查顾玲珑是不是真的死了。他永远不会相信不是亲眼看到和亲耳听到的事情。顾玲珑的生死与她没有必然的利益冲突，所以才会放心让她去做。也好，利用这个机会她还可以顺便去看看庄叶希而不让男人怀疑。

她在医院看见庄叶希，他已经憔悴得不成样。

"你来啦！"庄叶希勉强坐起。

"快躺下，你看你，这么不懂照顾自己。人死不能复生，你也别太难过了。"女人温柔地靠在他身上，一副小鸟依人的楚楚之态。柔软的手灵巧地为他摁起头上穴道，让他慢慢平静下来。

"没了你真不知道该怎样活下去！"庄叶希温和地笑了笑，在她脸上轻吻了一下。

她一嗔，假装发怒："庄先生在拍卖场上跟冷小姐不是挺合拍的嘛！"俏脸含怒软软睨他一眼。

他心神荡漾，但也就尴尬地一笑，掩饰了过去，生怕她吃醋。

"等我交易成功，就可以得一大笔钱。那时我们就可以离开这里，到外国去，过快活而逍遥的日子。"他紧紧地搂着眼前小巧姣美的女子。

她终于放下了一颗心，他还是以为她只是一个普通的美丽女人，没有怀疑她的身份。他的表情，告诉了她：不会是他告诉了那男人。

她要更为小心才是，她多年的部署绝不能毁于一旦。庄叶希所知道的她是子剔透的情人，所以他要把子家的商业犯罪证据交给子家的商业对头简影，完成这一笔交易，他就可以得到很多的钱，顺便把多年来和子夫人一起得到不明来源的巨额款项等一切罪名一起推给子家，带她远走高飞！

想到这里，她得意地笑了。为了能成功地离开这里，庄叶希和她的关系从来没人知道。但如今那男人会怀疑她进入了庄家，此后她的行动要更为小心谨慎。为了她的信仰，她远在重洋的恩人，她一定要达到目的！

等庄叶希睡下，她就离开了医院。

两个妹妹的离去，使庄叶希大受刺激，看来暂时他都不能离开医院。

想着，她已经来到了档案室。四周死一般寂静，这个时候是没有人巡逻的，她要抓紧时间。面对着电子锁，她熟练地敲出一连串密码。

密码锁不一会儿就开了，露出里面的钢锁，锁很小，但她知道开这道锁极复杂。如果没有钥匙，在十秒内又开不了就会响起警报。

她从耳上取下钩形的耳坠,手利索地一拨,耳坠变得更长更钩,对准锁孔:一、二、三……六。

"咔嚓"一声,锁开了,她顺利进入档案室。走到电脑前,她飞快地键入密码,终于看到了她想要的资料。DNA吻合,死者的确是顾玲珑!

在走进这家医院时,她在暗处发现了唐宋元,是他送顾玲珑遗体离开,直接搭了去火葬场的车。听说顾玲珑是孤儿,如此就对了。在这里,顾玲珑只有唐宋元一个朋友兼大哥,他的身后事定是唐宋元帮料理。唐宋元见到顾玲珑的遗体,那就表明顾玲珑确实死了。刚才在暗处她也看得清楚,风吹开尸体的殓布,模样是顾玲珑,只不过头部和脸部都被车撞得变形。一切处理好后,她小心地离开。

当离开医院病人休息区时,她轻声地哼起了音乐,歌曲很动听。红色的衣服飘飞在空中,她抬了抬手,泡泡大宽袖不知什么时候钩破了一个洞。

消失了的人在黄泉路上,只有死人对活人而言最安全。而最危险的地方也就是最安全的地方,所以黄泉路是追探罪恶源头的唯一安全道路。

要骗过所有的人真不容易,尤其是唐宋元。顾玲珑掉了那对碧玉球,尚未有人通知,唐宋元就已经来到医院。唐宋元,幕后的头儿果然是你!

这一招瞒天过海真够损人,假装被车撞到已然不容易,还得靠咬破舌头才吐得出血,靠服食药物心脏停止跳动时间不会太久。到了医院,应该是得到唐宋元的指示,只有一个医生来检查他是否正式死亡。

那时医生接了一个电话后离开了几分钟,幸好来得及将在昨天出车祸前从停尸间偷出来新死的尸体放在了那儿。也证实了作为老据点,医院确实是唐宋元在操控,否则那么多医院为什么非要把他送来这家。

顾玲珑也一早做好了对尸体的面部伪装,贴着的那张仿他模样的脸皮是天衣无缝。没有人可以认得出,若非在潜伏的三年里,跟一位青铜器修复专家学习修复青铜器文物，无意中那位专家把这种家传的换脸秘术也一并教会了他，今日他也不可能把一切部署得如此巧妙。但是，天下最完美的谎言也会有被识穿的一天，只看那一天到来得是快还是迟罢了！

当顾玲珑在医院假装看病时，和组织里代号为"医生"（表面身份也是医生）的成员吵架时，他就隐隐知道头儿是唐宋元，刚好又看见推出急救病房被车撞死的死者，所以将计就计，把尸体藏在了这个急救室里。这个急救室只有组织成员出事后为了不让外界发现其身份才送来此处，如果唐宋元不是头儿，那他顾玲珑只能被送去其他医院，真是那样也不会妨碍他的计划。但很明显这一次他赌赢了。

当医生回来做好了检查，证明了顾玲珑死亡，取了样本去做 DNA 身份核对时，顾玲珑利用电话也顺利地引开了医生，换了事先准备好的样本，这样医生就会认为真的是他。假尸体和顾玲珑撞车假死亡的时间相差不远，而且顾玲珑用药水进行了处理保存，尸体还很鲜活，完全可以骗过所有的人……想到自己的杰作，顾玲珑得意地一笑。

等唐宋元检查过后，认为一切没问题，他一定会第一时间以自己没有亲人为由而把自己尸体迅速火化。这样才不会泄露组织的身份。唐宋元，你还是棋差一着！

唐宋元应该知道很多事情，而现在顾玲珑已经很好地将自己隐藏，以后调查这件事就会更从容，在暗处永远比在明处要来得好！

顾玲珑在翻查唐宋元电脑时，脑子里又浮现出了那首轻柔唯美的曲子。为什么这首曲子让自己如此记忆深刻？只是偶尔听她哼起，却像在哪儿听过。若非他发现她去医院档案室翻查他的死亡记录和露出的那身技术，还真想不到她身份竟然是这样。

那是古代"海上丝绸之路"三部曲中的古典日本音乐，混入了中国唐朝曲风的日本本土音乐。很少有人知道这首失传已久的音乐，"伽罗"曲更兼有印度佛学宗教的色彩。自己好像是偶然在一次和日本的唐朝文物交流会上听过这曲子，那次的交流会也是唐宋元给机会他去的。又是该死的唐宋元！

难道她是日本人？听头说过樱花已经出动，看来她就是樱花了！

一有了这个奇怪的想法，顾玲珑加快了打开另一个密码锁的文件夹。这个密码设置得太刁钻，他费了好大劲方能开启。

文件夹打开，是一个古怪的图案。一个很像"献"的形状，但又和"献钩"的样子不同，那长如蛇蝎的尾巴所拖起的钩子整体看起来像一个符文。再点开图案，里面有许多日本古典音乐的文件。

这到底隐藏了什么？来不及多想，顾玲珑把文件都复制下来。把最后一个文件夹打开，原来隐藏的是有关宫墙之画的地点，但里面的秘密并没有提示。看来还是先要找到画的所在。

看着随处可见的古怪图案久了，眼里脑海里全是这个标志。忽然，他觉得头昏沉沉的，风吹起了对面的暗黄色落地窗纱。二十楼高的窗外闪过了一个白影。

寒风让顾玲珑打了一个寒战，难道是他眼花了？他揉了揉眼睛，并没过多注意。窗台上的风铃很别致，非常古旧，很符合唐宋元博物馆研究员的身份和他的品位风格。风铃的声音十分古怪，让他觉得寒冷，那是种感觉得到但却听不到的声音。

他没时间去理会，继续浏览文件。

这个文件夹里不仅有"宫墙之画"的所在地提示，还有子家的一些生意来往记录，这份资料完全可以作为证据指证子剔透，但奇怪的是唐宋元只是保持沉默，他到底想怎样？

忽然，房里起火了，顾玲珑大惊。火，到处都是火，满屋子满屋子的火，他还看见了小时候吊死在家里的妈妈，那时就像现在这样满屋子大火，一片的火海。

火烧红了顾玲珑的眼睛,他失去了理智,失心疯一样奔出窗台,窗台上临空的是睁着血红眼睛被吊着的妈妈。他正要不顾一切地往下跳……

"儿啊,你要坚强地活下去。即使没了妈妈,你也要活下去!盘古族的人只有犯了错才会吊死,那是不洁的!你一辈子也不要走那样的路,来,好孩子,妈妈再抱抱你,你快睡吧!赶早儿妈妈就该上路了,不然不能给你买最好的棺材。"

脑里思维一滞,顾玲珑已半个身子跌出了二十楼的高空。猛一抓裂脖子中的铁链,月牙弯刀型的挂坠一扣,绊住了房子窗台上的铁栏杆。他用力踩向房子突起的墙面,借力翻上了窗台。只要慢了一步,这条命就搭上了!

那些微妙的声音震动又开始作祟,眼前又出现奇怪的一幕景象:幼时的他被关在棺材里迟迟出不来。他在里面拼命地挣扎,仍是没有人理会他。

窒息的感觉涌上心头、喉头、脑门,顾玲珑猛地关上了窗,声音轻了、消失了,终于不再震动。而刚才的那一幕幕情景历历在目,真的好像重新再经历了一次。盘古族?棺材?吊死的妈妈?这些童年的记忆慢慢地涌来又慢慢地模糊。

这是我的身世?顾玲珑努力回想,自己童年的记忆竟然是一片空白。

来不及深想,顾玲珑已经明白风铃的秘密。其实很简单,那只是密宗的一种保护圣神的神器,遇风就会产生古怪的声音,使人去想自己最害怕的事情。自己也曾跟随老教授在考古时见到过这种法器,其实就是为了保护墓主人而设置的机关。老教授见多识广,在一看见这法器时,就让大家戴上了特制的隔音(隔低音律震频)头盔,以防自身受了蛊惑而出事(某些低音频或高音频不是人耳声音接受范围的声波是会对人脑共振产生精神错落效果的)。

原来，我最害怕的是自己的过去。若非这次的机遇，我完全忘记了这段童年记忆！他这样想着，渐渐回忆起何惧怕火的缘由。

顾玲珑重新走回电脑前，把这份资料与叶蝶记在电脑硬盘里的一一对应，是这么多年来每次交易的情况。但交易的接货人是谁始终没有提及。

2000年2月16日：合适骨髓已找到，请接收！——骨髓对应古董也就是古董文物的黑市称谓，应该是有一批古董流了出去。

2000年10月15日：天狗食月，天象异变，无法出海，疑有风浪！——那段时间警方在全力搜查文物，所以货物应该是无法出手，任务取消了。

2000年12月28日：将近年关，计划太赶，取消！——也是无法出货。

2001年6月30日：天气晴朗，计划旅游，带上婴儿，让她见见灿烂阳光的日不落美景！——"日不落"是指英国，那次的货物应是流到了这个地方了。"婴儿"应该是古物的代号。记得那年博物馆被盗了一对红山玉猪龙文化的古玉，象征祭天时的人口昌盛繁衍。对得上婴儿的代号。

……

2004年8月19日：玫瑰园大丰收，惜花人莫错过了这一盛会！晚上8时，恭候嘉宾前来观赏。——轰动一时的大规模瑰宝流失海外。

2005年12月30日：野猫太灵敏，老鼠都不敢出洞。花不多，不过贵精，花王大家都说好，价钱自然也高。好，成交！——珍稀文物的出手。

……

2007年12月1日：找到了海外奇葩，种植出来，果然不错，抵得上2004年的玫瑰园大丰收。再次成交！——那年有人暗中得到了流失海外的圆明园珍品。那时还大肆相传瑰宝将能重回祖国，但看来已经被高价卖出去了。

看着这些记录，顾玲珑才发现这一条线是多么的庞大和复杂。子家出卖文物的对象是谁根本无法考证,所以尽管掌握了这些资料,但至今无人采取行动,目的还是想一网打尽好知道收货的人。

翡翠的出走,没必要带走这些好不容易从各处找来的线索。她无非是想包庇子剔透,原来她比谁都想得通透明白。她选择了保护子剔透,所以她只有出走逃避。该知道的都已经知道,顾玲珑迅速关上电脑,把窗户重新打开,然后离开了唐宋元家。

顾玲珑坐在叶蝶小说提及的叶公好龙茶寮里静静地喝着茶,他已换了一个面孔示人。如今已没有人会认得出他。叶蝶小说里提到的这个日式茶寮充满了日本传统味道,放的是《樱花》这首歌曲。叶蝶一定是有所指,只可惜下半部日记在翡翠手上。日式?这是那个男人带叶蝶去的地方。而子剔透的情人是李深雪,这之间又是怎样的联系?

这件事实在是太复杂,当顾玲珑品着茶想事情时,接到了一个短信息。是谁给他发的信息?明明是他新换的号码,还没有人知道,除了……顾玲珑疑惑地打开了信息。血液瞬间凝结:保护李深雪。一切好,勿担心!

真的是翡翠!这个号码是他以另一个无人知道的身份开的。而且他暗中把手机号用金文铭在了送给翡翠的佛珠菩提盖顶的内圆里,看来翡翠是领悟了自己送她手链的真正含义。有缘人的信物不会随手转赠,哪怕是最亲的人。除非是觉得自己会有什么不测,以事托付才会转赠法器。

李深雪会有杀身之祸?难道翡翠一直都还留在城内,只是像他一样隐藏了起来?顾玲珑的心里打翻了五味瓶。

第十三章
祭祀的机关
GUI ZHUO

李深雪身穿裁减合身的黑色连衣裙,落落大方地坐于沙发上,独自喝着红酒。宽阔的房间使她显得别致小巧,酒红的鬈发变为了干爽利落的齐耳短发。

大大的耳环将她偏尖的鹅蛋脸衬托得更为完美,白色雪仿披纱被撩拨开来,隐约地现出她曼妙的玲珑曲线。

酒杯晃了晃,红如血液般的酒映着她会说话的眼睛,也映入了另一个人的身影。子剔透刚想走进去,就看见靠在沙发上的李深雪。他靠在门边上,微怒的语气仍是让李深雪无动于衷。

"请你出去!"子剔透提高了音量。

见李深雪没有行动,他火了,转头就走。

"何必那么动怒!"李深雪妩媚的声音响起,人不知何时无声地到了他身后。看着走廊无尽的黑暗,子剔透心里竟然有了恐惧。这就是他总不愿意回家的原因,偏偏他母亲喜欢住这里。这里总是有一股腐味,一股阴森森的气息。

回过头,李深雪诡异的笑容让他心慌。她水蛇柔软的身体缠上来却异常冰冷。

"走开!"子玥透用力一推,李深雪放开了抱着他身体的手。

"怎么?又想念你的翡翠了?你就死了这心吧,她已经失踪了!"李深雪嗤笑起来。

"若非你百般阻挠,她又怎会知道我们的关系!"子玥透再也忍不住吼叫起来。若非偶然发现了她故意留在衬衣上的极淡却很难抹去的淡蓝彩口红,他到现在还不知道为何翡翠看着他时的样子那样痛苦和欲言又止。

"哟,你还认真了?这样不挺好吗?何必吊死在一棵树上,你说是不是?"李深雪的唇贴上子玥透。

子玥透厌恶地推开她:"我和你早完了,请你不要再干扰我!"

"我这个义女也不好当啊!最近子妈妈好像业务上遇到些问题,所以我过来看看。难道你就真这么绝情?"

子玥透心头被狠狠捶了一拳般泄了气,最近老见妈妈心事重重。工作上的事都不要他插手,而李深雪一直以来都是妈妈的合作伙伴。如果得罪了李深雪,就怕影响了妈妈。

看见子玥透心软了,李深雪调笑着缠上了子玥透。

子辟月太狡猾了,把有关祭祀的最后一幅图藏得这样好。那老女人怕翡翠在这里住会知道自己就是祭品"玉人"的秘密,让李深雪装鬼假扮死去的叶蝶好吓走翡翠。这里秘道很多,处处相连,所以李深雪才能在翡翠反锁了门的房间里出现。门外的无人敲门声也不过是秘道开在了房子的门顶处,探出手就能敲门。

而李深雪的任务则是引导翡翠去发现子辟月的密室,一步步地引导她去发现自己是"玉人"的秘密。因为只有翡翠的反调查相配合才能引出藏宝图,不过不知道是翡翠不中计还是怎么回事,她拥有的另一只唐镯可以开启那个机关,但她竟然放弃了。

子辟月这么多年来都在寻找"玉人"祭天好找到和氏璧,老东西一定是走火入魔了，真有什么祭祀就能通灵的话，和氏璧早就找到了！相信找和氏璧的地图一定是藏在某些古籍里，主人的意思是通过翡翠的渠道去发现一些不在组织所掌握的秘密。只有通过人的努力才能有所斩获。通灵？！可笑！

　　李深雪和子剔透周旋是想得到钥匙，这是得到最后一幅图的途径。主人手里已经有一幅"宫墙之画"，连着子辟月手上的还差一幅至今尚未找到。目前先要得到这一幅，而钥匙却系在了子剔透脖子上。

　　李深雪原想借翡翠的手去寻找，特意把那段诡异的影像（当翡翠在子夫人房间照镜子时，空着的屋子在镜子里多出了子夫人的身影）放映到镜子里，引起她的注意。但是子辟月竟藏得那样深，连日的监视李深雪好不容易看到了埋藏的地点，却苦于无法开启。

　　李深雪看出子剔透已经极端厌烦和她缠绵，她水蛇一般的手游走在他脖子周围，她要快！但绳子的系法太古怪了，定是子辟月那老东西作怪！

　　终于，绳子解开了。她把钥匙悄悄放进衣袋里，潇洒地转身放开子剔透："既然我这么不受欢迎，还是去看看干妈好了！"

　　李深雪说完一笑，离开了子剔透的房间。

　　子剔透顿时松了一口气。翡翠失踪已有些日子了，任凭自己怎么找也找不到。她真的因为李深雪的事永远也不理自己了吗？妈妈一定也给了她很大的压力，那次太危险了，翡翠和妈妈都梦游。而且妈妈还拿刀子差点就伤到翡翠了，医生说是精神方面压力太大所以才会这样。翡翠也表示了谅解，但对她的心灵肯定是有影响的。

　　妈妈说过一段时间会有个买卖，这单生意做成了就可解了燃眉之急。最近的生意周转都成了问题，生意上的事妈妈也不给自己过问。子剔透想着心事躺在床上叹起气来，他真想可以帮妈妈分担些重任。

　　另一头，李深雪要尽快拿到最后一幅画。拿到画交给恩人领导的组织，那她的任务就完成了，可以为她的恩人服务是她的荣幸。她很聪明，她懂得什么时候该进，什么时候该退。不会像严明那样，做了主人的替死鬼也不知道。主人已经一步步地把严明往死亡线上推，那也就证明了主人已不再需要他，而且主人也已经知道了开启和氏璧的藏宝大门的方法。所以，以前所有的交易罪证主人需要一个人去替他承担。

主人让她去夺得最后一幅画，那就是说有了这幅画，找和氏璧的方法也就可以得解。所以拿到了这幅画，她就可以全身而退，把画交给恩人，组织里会派人跟进的。到时通过她表面上的主人去寻找到那笔宝藏。

她暗暗一笑，主人怎么也想不到她的真实目的。那男人以为她是为了钱而帮他做事，这世上钱不是万能的，我的主人！

她也有她的过去，那段在日本见不得光的过去。在黑市上当拳手，赚钱养活生病的妈妈和幼小的弟妹。若非恩人，她早在黑市里，在拳手毫无人道的对打生涯中死去。恩人解救了她一家人的危机，教给她最先进的技术，把她培养成最顶尖的间谍和杀手。这次的任务她也快完成了。

想着，李深雪已来到了子辟月的房间，果然不出她所料，子辟月服过了药早已睡稳了。但是她明白危险无处不在这个道理。用唐镯里的秘珠开启了暗门，她小心地走下去。密室一片黑暗，她打亮了手电，在这个不大的暗室里一切和原来一样。翡翠曾光顾过这里，在她的监视下，在她的引导下一点一点地去开启了一道道的秘密。

如果没有翡翠的开启，主人的一切活动不可能那样顺利。她知道主人太多的事，那个男人为了利益可以利用和毁灭任何人，所以她懂得适时抽身这个道理。只要拿到了这幅画，她马上离开。

第一幅画在主人那里，还有一幅画是主人在庄家的鉴赏会上调换得来。这幅画一直隐藏极深，庄叶希到底是怎样得到这幅画的？还让大家出来帮忙鉴定。不过这幅画在那些腐朽老东西手里鉴定出的只是学术上的承传和历史资料,而画的秘密只有当年制造它的工匠知道。那就是宫廷玉匠大师子家、陵园建筑工匠庄家和机关设置简家,他们三家把和氏璧的秘密隐藏在了图里,也曾刻在楚王墓中宫墙之上。他们的后代并不知道这些秘密,一代代的承传也只记得画中有开启秘密的启示,主人一定很想知道是什么秘密。

李深雪得意地笑了,如果她能及时掌握这些秘密,那主人就应该换作是她当了。和氏璧消失了那么多年,她是不会相信什么"得和氏璧者得天下"的无稽之谈。而且像主人这么理智的人,他那么想得到这个秘密。看来这个秘密隐藏的可能是一个巨大的财富宝藏,这点更为可信。

两面镜子的寒光一照,使李深雪看清了黑暗的屋子。走近,镜中的自己显得那样可怖。变形的五官,眼里流淌出鲜艳的血。

"啊!"李深雪再也忍不住,惊叫出声。身后的黑影一闪而过,她自嘲地笑自己敏感,居然让这些怪力乱神的事吓到。

但为何镜中的自己会出现血泪?李深雪走近镜子,极努力地想看清自己的容貌。忽然一个念头闪过,恢复了清醒。顾玲珑和翡翠都是通过镜子而被催眠,再在严明的心理暗示下,想象出各种恐怖的画面。她自己千万不能重蹈覆辙。

李深雪想移开那面镜子,不小心被铜镜的双耳虎头上的铜丝刮破了手。她暗骂了句晦气,习惯性地把手指头含到嘴里吮吸。

稍一拨开铜镜就露出了逆转荷生天锁,这是翡翠曾开启过的机关锁。按着那日看到的翡翠的开法李深雪顺利地开启了机关。这个翡翠为何懂得如此之多?还有那个神秘的顾玲珑,不止文物古董,对于风水五行机关破启统统熟悉?一个大大的问号出现在她脑海里,她越来越觉得这件事不简单。幸好她亲眼看到了死去的顾玲珑,所以总算消除了一大心头之患,尽管她觉得顾玲珑身上隐藏了许多秘密。但现在一切都无从考证了。

依然是那露出古怪笑容的子氏人皮，她伸手拨开，人皮斜躺在地上。人皮看似血管的线组成的却是隐约的一幅草图。如何的开膛剖肚，极其残忍之事。这些都和祭祀有关，翡翠那天竟然没有发现这个秘密。

这张人皮引起了李深雪的兴趣，她翻过背面，就是那日通过监视器看见使翡翠崩溃的祭祀仪式。但与前面的人皮草图所表现的内容对比真是差远了。

那奇怪的人皮为何在她手中就起了变化？她细细地看着人皮的正面，感叹古人的智慧高超但又感慨他们的邪恶，把人弄得求死不能的可怕！她没时间细看，只匆匆浏览。

两千多年过去了，人皮依旧鲜活。或许正是楚巫文化的神秘和当时科技的高超使这子辟月老女人对她祖先留下的秘密深信不疑。

祭祀分为两种，圣洁的"玉人"只需要安静地献出自己的灵魂；而罪者则要被做成"肴蒸"：按自身的罪恶分为不同的惩罚平息天怒，以达圣通。可分为全蒸（用全人）、房蒸（用半人）、体解（人体一部分）三种。只有万恶之人方用体解，只祭祀身体的一部分，但那部分是什么，那一部分的图模糊得无法看清。

浑身一个冷战，直觉告诉她，身后有一双眼在盯着她。

这只是一个连翡翠都可以全身而退的密室，是一个在自己掌控监视之下的密室，但为何现在连李深雪自己也觉得诡异和害怕？！

管不了这许多，她也完全慌了神。她着急地用钥匙开了最后一个机关，这个连翡翠也没发现的机关。子辟月那个老狐狸，若非自己严密监视根本不可能发现还有一道暗门。

里面不知何时起多了一张榻，床榻很矮，摆在里室正中。她急忙走上前去，这个不大的暗室再没有任何东西，只有一张床榻。那幅画呢？她明明在监视器里见过子辟月这老狐狸进来过，那时她就躺在榻上欣赏这画。

这张古怪的床一定藏了什么秘密！

她对那对立于镜子两旁的铜钩产生了极浓的兴趣，昏黄的镜子诉说着它悠久的岁月。镜里忽地一黑，自己那对眼出现在镜子里。那对让李深雪如鲠在喉的眼，她猛地回头，手里握着一把防身的利刃。

身后没有人？

四周忽然全安静起来！她用手电照着，极力镇定屏住呼吸。确实有异样，安静得带了戾气。

"咚咚……咚咚……"

她回过了头，是身侧的黑暗尽头处发出的声音。她定住，那是庄叶蝶！她对庄叶蝶的眼太熟悉了，那晚，就是她把庄叶蝶从楼上推下的。

那个已经完成疯癫的叶蝶，被实施了催眠的庄叶蝶！笑着看她把自己推下楼去的恐怖怪异眼神，她忘不了！本来她可以不出手，只等着看庄叶蝶自己跳下去，却被一个脚步声打乱了她的计划，所以迫不得已，把已失去理智的庄叶蝶推下了楼。

到如今，李深雪仍不知道那脚步声到底是谁。当庄叶蝶掉到地上再无声息，那脚步声也没了踪影。如今，看见一步步走近的庄叶蝶她怎能不慌。这不是人！一定是她受了长久以来怪力乱神的影响，她用力一刺，刀子划破了手臂。疼痛是真实的，让她十分清醒——对面的东西也是真实的！

"嘻！"是庄叶蝶的笑声？不可能！她已经死了！李深雪极力镇静，去思考。庄叶蝶白着脸，已经开始腐烂的身体一步步地向她走近。走得极慢，极慢……

"啊！"一条绳子套住了李深雪的脖子。绳子越勒越紧，而庄叶蝶仍在慢慢地走向她。她用尽全力借用腿力踩着榻顶往上一撑，用刀子割断绳子，从半空中掉下。只要迟了一秒，这样的凌空吊必死无疑！

这边尚未缓过来，那边的庄叶蝶忽然发了疯一样猛冲过来，发出强烈的身体碰撞声音。

李深雪右手抽出一把刀，刺向庄叶蝶。尸体的动作虽然僵硬，但却丝毫不感到疲惫。究竟是谁躲在暗处操控尸身？她不懂破解的方法，这样打斗不能持久。

正想着，庄叶蝶的一只手被她砍下，但手"噌"一下腾起，直抓她脸面。这真的只是被人操控的尸体？寒意遍布全身，难道是他？不会的！她尚未取到最后一幅画，他不会在这个时候要她性命，毕竟她还有价值。

思想稍一放松，一个趔趄脚就被绊住，低头一看，一个断手，半截人身正在地上冷眼看着她。而那半截人是庄叶云！

脚上绳子力道大得出乎想象，她被绊倒在榻上。她想挣扎，手中刀尽数被庄叶蝶的尸身打掉，手抽出献钩以当武器。钩才离开床榻，"轰隆"一声响，床摇动起来，而两具尸体像受了惊吓一样动也不动。四肢不能动了。这一秒，她才觉得可怕，用尽了所有的力都没用，她的四肢已经被铁锁锁起。

究竟是谁？

"是谁？你给我出来！"到了这一刻，李深雪已经绝望。

"你给我出来！你想怎样？我可以和你做交易！出来！"李深雪再坚强，到了这刻也控制不住内心的恐慌，那是一种临死的恐怖体验。

"你认为还有这种必要吗？"一个男人从密室的一头走来。

是主人，而这一刻，李深雪才知道，她陷入了一个主人早已布好的局。看着他扔掉手上连着尸体的绳子，她明白了一切。是主人在操控尸体。她真愚蠢，怎么没想到是他呢。对他来说找人盗出叶蝶尸体是何其简单的事。

"放了我吧，我可以为你做任何事！"李深雪苦苦哀求。

"你如果总是这样乖巧，那该多好！"男人笑了起来，他脸上的阴晴不定让李深雪看了觉得无比恐怖，因为她太清楚站在她面前的是什么人！

"我以后一定会听话的！你放了我吧！一日夫妻百日恩，只求你看在我为你做了许多事的分上放了我吧！"

"哦？"男人俯低身子，以手挑起李深雪那小巧美丽的脸，"我怎么觉得你是在威胁我？哈哈哈！"他大笑起来。

"你真的愿意乖乖听话，为我做事？"他用力地抬起她的下巴。

李深雪一口气涌不上来，发不出声唯有点头。眼角泪花溢出，那对会说话的眼此刻越发楚楚可怜。

"真是梨花带雨，我见犹怜啊，难怪使庄叶希那样着迷！"他看着李深雪狡黠地笑。

原来他知道了自己暗地里和庄叶希来往的事。这个人太可怕，他知道她背叛了他怎能轻易饶过她，一阵刺骨的寒意从李深雪脚底爬上脊骨。

"怎么不说话了？嗯？"他仍是什么都不在意的样子。

"看在你过往的好处，我又怎舍得下手！"他的唇息迎面，带着坏坏的笑意看着眼前这个娇滴滴的女子。

李深雪一喜："只要你放了我，我以后再也不敢使坏！"声音酥软得让人难以把持，男人一笑，让她别急，他讲完一个故事再放她不迟。

说着，他点燃了一支烟，当他要决断一件事之前，他尤其喜欢吸烟，看烟气的缭绕。

"那幅画你看不清的地方，让我告诉你吧。那是眼睛。眼睛是一个人的灵魂所在，把眼睛祭祀，天才会更喜欢……和氏璧是通灵宝玉，它在查视着世间的人，若然犯了错，那有罪的人就必须得到惩罚！视乎罪过的轻重而给予不同的惩罚，坏的祭品必须要得到惩罚；而好的'玉人'只需献出她贞节的灵魂……眼睛，失去了它，也就失去了灵魂，失去了投胎转世的机会，永远在地狱里看不见光明。在黑暗中比恶鬼更低下，连眼睛都没有，这就是最高的惩罚！而今天，如想得到这幅画就需要你——那让我着迷的眼睛！"

他仍在笑，肆无忌惮地狂笑。那张扭曲的脸呈现在她眼前，她知道她再没有生的机会。

"那幅画和我有什么关系？"李深雪放弃了求饶，换回了冰冷的语气，其实她知道会是这样的结果。

"那幅画藏在榻上的机关里，只有机关开动方能打开暗格。而这个老狐狸设置了一个唯有人体血液的循环流通方能打开机关，转动的方法。怎样，该死得清楚明白了吧？！"

"原来你一直都在利用我！"李深雪狠狠啐他一口。

"你真是跟了庄叶希后越来越天真。我不是说过了吗，找出画，这是交给你的最后一件任务。你不是总以为很了解我？那你也应该清楚，我对没利用价值的人是怎样处理，对吗？宝贝！"他在她唇上迅速地亲了亲，依然和她保持着距离。

他是一个十分谨慎的人。

"你无非是在为别人办事，第一次接触你我就知道！我只不过是聪明地加以利用罢了！如果你不是那样坏，想背叛我的话，你是不会去偷这幅画。因为你要把画交给你那边的人，所以才会积极地为我做事，我说得对不对？"

"仪式要开始了！"他邪笑。

"慢着，我还想知道为什么翡翠看不见的草图我却可以看见！"

"你还真懂垂死挣扎！你还希望有人能来救你？那是不可能的！告诉你也无妨，我在你身上留有药粉，这种药粉对铜的聚光有燃烧作用，这就是为什么你会觉得室内有光亮的原因。因为我在暗室里的天顶开了一个口，用了强光照射。这种药粉的燃烧温度很低不会伤人，所以你不会感觉得到身体在燃烧。其实连我也没想到经过铜镜照射是这样的效果！还有这些药粉和铜锈加空气燃烧生成的另一种混合物才是我要达到的目的，那就是生成有显现效果的药物成分！所以你能看见图里隐藏的内容！只可惜里面的内容好像对我没什么用途，更适合那些自命不凡的考古学者去研究。难道我还真的进不了这里？需要你和老狐狸的熟悉关系，样样事都靠着你？可笑！只不过是这幅画更适合一个死人帮我取罢了。哈哈！"

李深雪了然："所以，你装出一副你没有办法进这里的样子，总是让我进来搜索。让我监视老狐狸的一举一动，你才是真正的老狐狸！"

"你终于明白我为什么总让你进子家，却不让你靠近庄家的原因了。那只不过是为了麻痹你，以为我真的不能找到子家的秘密，需要你来找到，这样你才会没有提防地进出子家。当我让你最后一次进来时，你也没有什么疑问。"

"老狐狸！你那恶毒的药粉又怎单单只是使草图显示的药物！让我无法动弹，现在才会任你宰割！"

"有时知道太多，并非是好事！"

榻上的李深雪咬牙切齿："你怕我将你勾引庄氏姐妹的事说出来，哼！你利用和庄氏两姐妹的关系暗中自由进出庄家，目的就是那里埋藏了庄家和子家族谱，里面有线索。但你还没有足够的时间进去，唯有希望吓退翡翠，从而抓紧时间找出密室里的秘密。顾玲珑不傻，你一再利用庄氏姐妹暗中秘密进出庄家，杀了那老头将人皮贴在墙上，还故意找来组织里的人扮成白头巾老太太的鬼魂装神弄鬼，无非就是想以怪力乱神吓退翡翠。还派人假扮庄叶希的曾爷爷告诉翡翠小心怀璧，其实你一早就知道怀璧是谁。你只是想让翡翠朝着你布置好的陷阱之路走下去！若非我知道翡翠要去庄家，告知了庄叶希，而庄叶希将密室改了地方，你的秘密早就被人识破了。翡翠懂得很多，要找出庄家秘密也不会是太难的事，更兼有顾玲珑帮忙。而你却去恐吓她！我为你做的这一切你应该感谢我！如今你有庄家的秘密在手,只不过是先顾玲珑一步,将有价值的东西拿走罢了!告诉你,顾玲珑一定还活着!"李深雪希望骗他顾玲珑还活着而使他放了自己,但这一步却走错了!

"好了,说够了。仪式启动的时间该到了。你好好上路吧!就算你大叫,那老狐狸也不会听见。你就慢慢享受吧!而我,只要等着拿画就是了!哦,应该说是观赏上古才有得上演的仪式才对!"

李深雪歇斯底里了:"翡翠已经失踪,失去了她,你的计划就不能实施。你永远都是失败者!"

男人轻轻取出另一只献钩,榻壁开了一个格,里面是两只和献钩极像但钩柄处又带着刨碗一样的东西,他捡起李深雪弄掉的献钩。面前的镜子缓缓升起,铁轴转动,镜子位于李深雪头部上方,让她清楚地看着自己怎么死去。应了人皮上的提示,在惊恐的情况下死去,人的精神气才会更强大,也锁住了怨者的鬼魂让她无法报复。

一直不相信这种荒蛮邪恶的祭祀,没想到却是自己亲身去体验。也终于明白庄叶蝶和叶云的尸体所暗示的:一个是全蒸(用全人)庄叶蝶,一个是房蒸(用半人)叶云,而自己则是体解(人体一部分)。只是判定别人罪过深重的裁判却是眼前这个最十恶不赦的人!

"总有一天,你这个万恶的魔鬼也会受到这种惩罚!"李深雪狠狠地诅咒。

看到这样的刑具,知道将会被怎样用刑挖掉眼睛放干身体的血,那种恐惧怨恨带着诅咒使她的意志力得到无限的集中。她双拳一握,用尽全力"咔嚓"一下咬断了舌头。但力度始终不够,鲜血喷了一床,床榻板上的四周凹槽开始吸血(把血过滤到榻下层机关),把血抽进管道推动机关。但血不够,机关,只动了下就停了。

尽管没立即毙命,但需要的时间也不会太多。可以免去那挖心一样的苦楚。她笑了，此时的心里带了酸楚，但还是释然。自己的手上也沾了不少鲜血，或许这就是和氏璧的提示，恶人所要受到的惩罚吧。其实自己也是幸运的，得到了恩人的照顾，而庄叶希，这个唯一真爱自己的人，到了这一刻，才知道珍惜他。别了，叶希！带着满足，她终于能闭上了眼睛。

"哼，真是便宜你了！"

当顾玲珑来到，已然太迟。躺在榻上的只是一具放干了血的尸体，四肢都被献钩锥开了洞，血流满了榻身内的凹槽。

看见凹槽的流向，聪明如顾玲珑又怎会不知这个机关的用途。

看来有价值的东西都被拿走了，但可恨的是一个鲜活的生命就这样毁掉。看着李深雪空洞的眼窝，他说不出的心寒。

凭李深雪敏捷的好身手怎可能甘于被缚，莫非？顾玲珑下意识地戴上了头具，他可不能栽在这里。为什么尸气如此重？他把手电再打亮点，看见了庄叶蝶坐在墙边。灯影的闪烁使得她脸上的笑容更加怪诞诡异，左手依旧是密密的尸针缝线，右手断了，躺在一边。真是惨不忍睹。紫色僵硬的皮肤，已开始了小范围的腐烂。

但一个死了这么久的人仍保存得这么好，那人的别有用心已经很明显。刚想上前查看清楚，腿被什么抱住，灯一打，正迎上庄叶云抬起的头，死白的眼睛瞪着他看。

顾玲珑一急往后缩回脚，用力大了竟带起了只有半截身的庄叶云。顿时好奇心大增，他蹲下身仔细观察。在这阴森的环境下，地下的密室犹如墓穴一样将人吞噬。手上的皮手套粘上了从尸身上掉下的白色细末，这人真够狡猾，还放上蛊来害人。这种少数民族投放的细菌体往往是会致命的。没想到面对的对手不仅仅是有良好身份的心理医生，还有如此阴险的人。

看着三具尸体，一具完整，一具只有半截，一具少了一样器官。像是一种仪式里的祭品,但为什么会沿用如此怪异的祭品形式?这里面有没有什么暗示?

正在此时,手机响了。顾玲珑纳闷这里也能收到信息,一接听,却是一个熟悉但又陌生的声音:"马上离开这里!"

他只出神了一秒,马上醒悟过来。翡翠让他去保护李深雪,她肯定是掌握了某些关键线索。只见李深雪的嘴微微张开,他小心地用手去掰开,舌筋已经断了。她肯定是忍受不住那种剜眼之苦事先咬断舌根。

好像没有什么发现,但顾玲珑不愿放弃,耳边已经隐隐约约传来人声和脚步声。他冷静地搬动李深雪的下颚,那里隐约有一个棍子一样的东西,小心地取出一个油纸包着的极细的字条卷纸。

顾玲珑迅速退出密室,从三楼过道出来,只见外面的子家院子亮光闪闪。竟然连警察都出动了,那人肯定是以为他会大意得如李深雪一样无法动弹,只等着被抓,就把所有的罪名都推给他。

顾玲珑正想从窗台下爬出,只见前方白衣隐现,他急急追去,却不见了人影。

一阵如梦似幻的歌声响起,空灵的清音振动。他随着歌声转过去,身不由己地跟随着白衣人影,走上了四楼。

白衣人影在前面走得极快,像幽灵一般。白色的大衣十分飘逸,头发随意扎起了一个马尾,干净利索。她头微微地转过来,那双眼很陌生。

原以为是翡翠,但翡翠的眼神不是这样的。尽管身形很像,但为什么她的眼神那样冷漠陌生。连身手也敏捷,不像那弱不禁风的翡翠。

走到四楼已然是绝路,转眼之间那神秘女子不见了。顾玲珑走得也极快,竟然跟不上她。看着黑漆漆的四周,楼下的骚动更大了。

看来要尽快离开,难道她是想困死我?不会的!他仔细地看了看,天盖处已经打开,虽然没有梯子,但要上去也不难。

他用力跃起，借力踩着墙上落下的斑驳突起，提一口气，手够到了掀开盖子的铁环。身子一提也就上去了，上到天顶，连忙放下盖子。这样真有人要查到上面来，一时三刻也不会被发现。

那女子果然在天台上，这样利索的身手，若非经过超人的锻炼是不可能有的。她究竟是谁？

看着下面，已经被层层包围，根本很难有路出去。若然能听从那女子的话及时离开不至于现在这样陷入困境，打电话给自己的就是眼前这个人？那翡翠呢，翡翠在哪儿？眼前的她又怎会知道自己的号码？

一连串的问题等着顾玲珑去解决，但目前最重要的是如何脱身。那女子却十分从容，忽然身子一晃就不见了。

他大骇，走近靠后山的楼边，一条铁索在晃动。她竟然如此大胆！这里黑得看不见任何东西，从这里登后山离开。范围大了确是好逃离。他伸手接过铁索，敏锐的目光看见对面树丛中闪亮的眼，是她在等着自己。她真的是带自己离开这里的？

顾玲珑猛地跑起来，用力飞跃，铁索真是柔韧有余，带着他越过低处的树丛，他灵敏地抓到树干。稳好了力，一挥铁索伸弹回来非常好使。那女子"嗖"的一声，再次挥出铁索，扣住墙砖，如此来回，飞快地跃到了离子宅有二十多米的地方。

人声渐渐听不见了，这里是子家后山外围的仆人住的地方。

女子借着力硬是从树上跳到了民房上，抱着水管迅速地爬上只有二楼的民房楼顶。顾玲珑也跟着这样做，因为他没得选择。很明显，此女子对逃亡的路线非常熟悉，而他却是人生地不熟。跟着她爬到楼顶，就再也见不到她人影。对面就是后山了，那里的树很茂密。从这里跳过去比起刚才容易多了，过了这里他就安全了。对面的黑影卧着，体型不小。估计是看门的狗被迷昏。

顾玲珑借着铁索一跃，终于来到了后山上。他终于安全了，那她呢？究竟是谁？！她和翡翠究竟是什么关系？她如此了得，像是特警一样的身手，怎可能是翡翠？

顾玲珑再看手中铁索，不禁发笑。这真是一件好工具，弹簧状的十米长的铁索绳，轻重就手，利于各类行动。弹簧伸缩长度还有张力，受力大。非常牢固利索，确是一件难得的好工具。

李深雪一死，很多的罪证也就一起中断。从某种程度来说，确实是使某个人安全了。庄氏姐妹、文颜、李深雪都死了，而她们都和子剔透有关系。

那个庄叶蝶的硬盘里是她们和子剔透的合影照片，按顺序出现的话也是她们死的时间前后。但他察觉出哪里不对，事情远没有那么简单！

第十四章
水路迷雾
GUI ZHUO

  顾玲珑需要引蛇出洞，严明是第一个要除去的人。子剔透会不会巫术？李深雪究竟是谁杀死的？太多问题需要去解决。

  但是有一个人，尽管他在尽力地隐藏，但还是露了一点蛛丝马迹，就是对翡翠过往的梦境催眠。这来自一个人，只有他知道翡翠小时候做过的梦并加以利用。导致了这个噩梦越演越烈，越演越真。

  只有两种可能，第一种，是严明用心地挖到翡翠过往所做过的噩梦，加以润色，编得有板有眼，使她以为小时候真的梦见过一个古代的人。其实梦见古代的人和事是很普通的梦境，但经过多次催眠这个梦境在受催眠者脑中就变为了现实。第二种，就是熟知翡翠过去的人，那个人从一开始就对小时候的翡翠经过了噩梦的催眠，然后离开她。再定时地催眠，到了最近就完全交给严明来实施最高难度的深度催眠。

  但到了目前为止，那个熟知翡翠过去的简影依然和严明没有交集，倒是唐宋元和严明有交集，这两个人都不能排除可能性。毕竟如果是唐宋元的话，尽管他不知道翡翠的过去，但人的一生做过那么多次噩梦。后期经过培养时的渐进催眠，那以前做过的噩梦就会被无限地扩大，受催眠者在不知和被动的情况下就真的以为自己从小时候开始就一直在重复做这个梦,而变为了有神论者,认同有"转世轮回"一说了。

思考完毕,一封信也打印好。顾玲珑把信折好连同相关内容的光盘一起放进信封,贴好邮票,投进了邮箱。这样就无法查到他的身份和地址。

"是谁寄来的信?"古月铁青的脸色非常不好看。也难怪,转眼之间,顾玲珑和李深雪死了,翡翠失踪了。他们的这个节目简直就是瘫痪了,而节目组早乱作了一团。

"没有地址,不知道是谁。导演,不是出了什么问题吧?"

"无妨!我们下一期的节目不用愁了,可以解了燃眉之急!"古月阴晴不定的脸越来越难看,并没有半分的喜悦。

这期节目的播放,会带来高收视率,一定会的!这个内容实在是太好了。作为特辑,他打算只要翡翠的声音贯穿这个节目。这点通过声音处理特技就可以解决了,请唐宋元等专家来助阵,他负责做访问,就可以把《古董迷情》特辑做得很好了。开场可以利用剪接技术,把翡翠过往的身影拼上。打定主意古月就开始行动,他永远是个说一不二、高效率的人!而翡翠失踪的事幸好还没有太多的人知道,起码观众不知。

熟悉的音乐响起,是翡翠唱的节目小调,并无太多的歌词,只是吟唱,更显得这个节目的缥缈神秘。篆体的"古董"二字用一个近似八卦的扁圆图案圈着,像水一样的游弋变幻着这两字,最后幻作一潭水铺写开来。铜镜、古玉等古物有规律地一一呈现。节目定格在了"古董迷情"这个符号上,再开始故事的讲述……

唐宋元和古月的一问一答极其精彩,唐宋元被咄咄的词锋所压倒。他讲起了一些有关楚巫文化的风俗故事。

楚人的祭祀仪式中,巫女总是美丽年轻的女子。她们都带有神秘迷离的色彩，仪式很隆重，会用大批的牲口祭天。关于牲口的用法也颇有讲究，被传得最离奇的莫过于"肴蒸"——全蒸（用全牲）、房蒸（用半牲）、体解（牲体一部分），其中体解里所指的牲体也可以指代人牲的。

而到了和氏璧出世的那段楚风历史，宫廷里的祭祀就变得更加神奇。凤凰不落无宝地，经过世人的传说，和氏璧里隐藏了藏宝图这一消息就在楚国宫廷里秘密流传开来。真真假假，假假真真。一切的真相都隐藏在了历史里。

在火车电视节目里再次见到唐宋元的音容，顾玲珑感到无限唏嘘。如今，世上已没有了顾玲珑这个人。顾玲珑已经死了，活着的是没有脸面没社会地位的人。社会上没有的黑户，那和死人是一样的。

"有消息称和氏璧的线索来自几个家族，而它的边角料也制成了一对价值连城的国宝级卞和镯。正如唐先生在大学授课时有说过关于卞和镯的索命诅咒，但听说这对卞和镯已经面世了。我们先假设寻找和氏璧的'地图'会不会在里面呢？"古月从容地微笑，从容地问话。

顾玲珑心里的神思开始遨游，他往他的目的地出发了。唐宋元一定不会知道他有此一招。重赏之下，必有勇夫。他一次性把所知道的大量秘密通过《古董迷情》这个节目来向全国展示，不只是唐宋元他一人，相信有心的人一定会想尽办法赶到他要去的目的地。他只要守株待兔就可以了。

毕竟，幕后的人看到这个节目会加快行动的，谁不想得到这件瑰宝呢。引蛇出洞冒的风险太大，但也是没有办法的办法。因为幕后的人一定是掌握了基本的线索，如果他不这样出击，就会让对方太过有把握，如今搞乱了那人的步伐，才能趁乱起事。

"这些都是传言罢了！我就从未见过所谓的卞和镯，那种荒诞的杀人诅咒也不过是当时为了满足统治者的需要，而利用它的存在制造出怪诞之说来掩饰统治者为巩固地位而进行的杀伐行动。"唐宋元有些激动，但还是忍住了。

很好，古月的提问会让你唐宋元一步步陷进去，让大家对这和氏璧更感兴趣。无论是黑白两道对它的贪婪或是保护，都将阻碍那人的行动。

"传说有一定的可塑性，但听闻在京城三个掌控亚太地区金融的三大家族就是相传楚国的宫廷巨匠后代。最近一连串的凶杀事件都与这对卞和镯的面世有相关联系，更有甚者，连带庄家的一对唐代文物古镯——唐代镶金虎头白玉镯里也隐藏了许多的秘密。还有最近神秘出现的'宫墙之画'，这画不仅仅是上述唐先生所说的楚巫风尚，也是揭开和氏璧之谜的钥匙。对此，唐先生有什么看法？"

这一连串的发问使得火车上的观众一片哗然，有个别年轻的看得津津有味也幻想着过一把探险盗宝的瘾。而有些不安分的人开始跃跃欲试，利益面前谁不心动呢！

古月的言辞已经把子家、庄家和简家都曝光，让观众都明白了这三个家族掌握的宝藏，而国家方面也不会让属于大家的文物白白失窃。

尽管唐宋元一再地对这个问题避而不答，但他顾玲珑的目的达到了。报纸出来时，轰动全城的头条莫过于三尸命案，再加上节目的推出，子家肯定会很麻烦，而且还引起警方和国家安全局的高度重视。那样他们家的资金来源就要接受检查，子氏犯下的商业罪和盗卖国宝罪就算翡翠有心包庇，也应该得到应有的惩罚！

到了如今这一步，只剩简影一人置身事外。他越是干净越让顾玲珑怀疑，他真的是无辜还是隐藏得更深？那唐宋元呢？要一一击破他们，也只有逼得他们狗急跳墙，急了才会乱，才会露出马脚！

几经周折，才来到这个江南城市。航空处那顾玲珑一早已经落实过，确实有个叫冷翡翠的女性买了飞往广东的机票。但却是帮别人而买，真正的翡翠究竟去了哪里？

那个帮助自己的女子太古怪，透着一股不可捉摸的味道。顾玲珑坐飞机来到Ａ市，这个江南沿海城市非常繁华富庶。但转乘小火车进入茂林，风景就变了样。坐了两天两夜的火车，再无法行驶，已经是个荒无人烟的地方。

下了火车后，无车愿搭顾玲珑去Ｍ地。司机纷纷要赶他走，甚至大有绑他起来再强行送他走的架势。这一切无不引起他的注意。兜转间，却有一部白布幔的破旧车开了出来。所有司机路人看见都远远地躲开，不敢再管此事。车上的司机脸上透着白，死人一样僵硬："上车，我送你去！"

车开了一天一夜，在山里兜转，破旧的车身一路晃荡一路响。夜里起了雾气，露水很浓。一阵淡淡的油香使顾玲珑睡了过去，再醒来，已经一个人躺在了山林里，不由得怀疑自己是不是遇到了鬼魅。

身上的东西没少，但自己却躺在了这荒无人烟的地方。他急忙翻开里衣内袋，泛黄的草纸还在，透着一股油。这就是从李深雪那儿得到的用油纸包起的字条纸卷，而里面刚好有来这里的路。

千算万算，再聪明的人也会有出差错的一步。子夫人聪明地把秘密分成了两个地方隐藏。相信这幅地图应该是李深雪没遇害之前在献钩里中空的铜管处抽出的。而杀害她的人一心只想得到暗格机关里的"宫墙之画"，以为那是最后的线索，但还是棋差了一着。

子氏的这些行动，子剔透究竟知不知道？还是幕后的策划根本就是他？否则，为何死去的女人一个个都与他有关系？

一直以来，顾玲珑都排除掉子剔透，但到了现在他却有了疑虑，子剔透是一个钻石王老五，年轻英俊多金，怎会如此迷恋翡翠？莫非他爱上翡翠根本就是另有所图？

想着，顾玲珑已经翻越了一个山坡，不远的地方有几间民房。走近了，却是个空村。屋子的门也不锁,尽是灰尘。这里为何处处都透着古怪?风一吹,他的脑子被吹了个清醒。这村子透着一股油香味。到了如今他才知道,从一开始由京城出发就已经被这种油香味缠上了。

不!确切地说,从李深雪那儿得到这卷油纸就已经沾上了这种特殊的油味。当时上了破旧车,这种透着特殊味道的油香更浓,然后他昏睡过去了。而如今,站在这空村里,这种油味更浓更醇也更怪了。看来他已经嗅到了线索的味道!

山风吹来,他一个激灵,在文氏"鬼楼"里也曾闻过这种气味。他要把这个谜题解开,想着便往前走去。

顾玲珑又走了一天,跋山涉水才来到一个相对开阔平坦的山头。

山中有个小镇,也还算热闹。见了有人来,镇上一望可见的人脸上都带着怪异的神情。

这时顾玲珑才注意到,每个人的头上都围着一层层自己蜡染的蓝土布,额头上有一个像盘蛇一样的玉形符号。

"请问去 W 村怎么走?"顾玲珑走上前,问一个中年男人。

男人一听,本就怪异的表情上带了深深的恐惧,但马上面无表情如没听到一般径直走开,街上的人清楚了他的意图之后全都下意识地避开。

原本就小的一个镇,顷刻间人就消失得无影无踪。偌大的一个地方,只站着顾玲珑一个人。太阳偏斜,花白的光点打在他身上,尽管没有北方的寒气,但一样冷。

千年古树将这个镇围了起来,更加与世隔绝。顾玲珑环视四周,关起的店铺都挂着白色的东西,白风灯、白影、白幡、白灯笼,连风车也是白的。

这风车很特别,微微转动的风车,系在每家的栅栏前,高高地迎着风。他刚想碰一碰,却被喝住。

"那是神的意旨,我们的命轮!"一个老人颤巍巍地走了出来,样貌周正，但眼睛却是瞎的。

顾玲珑上前想搀扶，但却被老人拒绝。

"你叫我'盘棺'就可以了，棺材的'棺'。这里是棺材村。如果还不能解释你想要问的问题，那你往东走，那里有去那个地方的路。那个地方可不好走！"

"盘先生，那个地方是个怎样的地方？"顾玲珑见他要走连忙上前。

盘棺抬头用看不见的眼看他，神情古怪。而后，盘棺推开门跨进高起的门槛。如不是发白的眼睛，顾玲珑真的不知道他是瞎子。

盘棺忽然又不进去了，从里屋拿出烟袋坐在门槛上抽着水烟。这里全是村人自己搭的黄水屋。墙砖脱落，灰灰白白的一壁。

"我就是从那个村出来的，那个鬼村！"

盘棺像陷入了回忆一般，说着泛白荒芜的故事。

顾玲珑从老人那儿了解到那里原叫盘古村，后改名古骨村，一步步演变为今天的鬼村。里面的人无一例外都是盘姓，那里至这一带的丛林多出千年古木，葬人不腐，多做棺材，所以这里又叫棺材村。那里村上的木材更是上上等，只是……

"你称之为 W 村的地方就是鬼村，奉劝你不要去！"

顾玲珑得到了他想要了解的，欣喜万分，辞别了老人就走。

盘棺看着他离去，取下白眼珠隐形眼镜，露出了无人知的古怪笑意。身后的一口巨大棺材像一个大口，要将人吞噬。

"少了人气，又怎能有这么漂亮的推光棺啊！"盘棺诡异一笑，拿起放在桌面上的油，一遍遍地用手沾上油去推那口黑沉的棺材……

那里还有一个名，一个不为人知的名称，能吸引到更多人气的好名称——古董村。盘棺以手沾油推着他的棺材，一边露出阴森森的笑。

"古董村——尸香村！这里的村名好玩着呢！嘻嘻……"

从这里往东走只有一条水路,这里是江流汇海的必经之路。山川夹道最后归海,正是通海的地支山脉走向,水路特别发达。潮湿多瘴气,顾玲珑怎会看不出方才风车的风轮动向的作用。这里的人病怏怏的,多与瘴气有关。

风轮上沾了白霜,可能是要起瘴气的原因。这里的人观察到天象的变化就会待在家中不出门。再观一路来时,沿途山头也有置空的村落。瘴气浓重时,他们应该是会搬离。自来到这儿就处处透着诡异,但他顾玲珑是不会就此罢手的!

那个盘棺不是那么简单的老人,他家传出的怪异味道和笼罩着人的压抑并不是因为那硕大的巨棺,而是那股油香。不知道为什么,这种香并不臭,有股甜香,像兰花的味儿,但却压抑。有股闷腥的味!

竹筏越往里水道就越深,拐了好几个水湾,依然不见有路。水位很明显地越来越高,两岸的山石层层叠叠,怪异奇特,让人望而生畏。更奇怪的是,高山怪石都漆着红红黑黑的颜色,整幅整幅红黑,颜色带有十米高,百米连绵。虽时而中断,但却如红黑的墙连绵千里。这千里长廊让人心寒,只是看见就已经压迫感十足。山石层层叠叠的纹石层是由于这里的山壁随着水位的涨降的冲击而淹没或露出水面造成的。现在是枯水期所以山壁都显露出来。

顾玲珑觉得事情没有那么简单,尽管石山上有着开膛剖肚的鬼怪图案。虽能镇住普通人,但颜色的用意绝非如此。

再往前划筏子,看见山石上骨架嶙峋,有些是整具人骸的斑斑白骨。到了此刻,他感到的不是寒心,而是一股难以压抑的潮湿闷热。他警觉地发现了些什么,自从过了棺材村气候就越来越热,竟然不像寒冬的天气!

忽然,前面不真切地出现了一群人影,顾玲珑疑惑地皱起了眉,仔细地看着。他努力地想看真切。

那是一群欢快的人,他们漂在水上而来,服饰怪异,那种"欢快"笑容里夹杂的是诡异,是属于他们的古怪快乐。

顾玲珑大惊,但心头的恐慌并不来于此。忽然一声雷响,天色顿时暗下去,黑透了两边连绵的血红死黑的山壁,刚才那群人不见了!

"咚!"

身后有水声!顾玲珑感觉到了一股窒息的压抑,随着水湾的深拐浅出。他已经拐过了十八个水湾,水面也越来越宽。但隐隐地,他觉得平静里隐藏的杀机越来越重。

闪电像一道锋利的蛇芯子,带着血气划破黑暗。竹筏强烈地摇晃起来,这只是小小的一个竹筏,这么单薄很容易被冲散的。顾玲珑用竹篙稳住竹筏,拿出照明灯往水中照去。亮光强度太强,映亮了两边的山壁。

"嗷——"一阵不大的叫声一隐而没,激起了涟漪,滑向远处。但那涟漪般的旋涡动向,分开的水影,前方的线状黑影,使顾玲珑背后出了冷汗。不知这是何生物,如今唯有赶快离开这儿。

惊魂未定,忽然又传来了一阵无比痛苦的叫声。那种声音撕心裂肺,冥冥中他想到了那被剜人眼的祭品的无边苦楚。心一寒,他打了个趔趄,竹筏更加不稳定。随着雷声而过,刚才那声惨叫像咽了气般再无声息。

雨还是下不来,风更大了,天黑出墨来,天边的血空暗红得要滴血。这里的地形太危险,如今进退不得如何是好?如果一下雨,水势肯定会失去控制。那时刚才的水怪再出现,可就危险了!

竹筏拐了一个弯,水面上流淌着红色的水。顾玲珑紧张起来,双手握紧了竹篙,沿着红水看过去。一个女人躺在不远处浅水边的怪石上,水浸泡着她的下身,她身上的血一直流下河里,腥气冲天。

顾玲珑救人心切,大叫:"你没事吧?"把竹筏向岸边靠近。一个闪电伴着巨雷在他头顶开了花,闪电照亮了那女人。空洞的眼窝流着血,眼睛没有了,和他刚才的想象一模一样。

女人嘴边挂着古怪的笑容,那两个空洞的眼注视着他,他遍体生寒。他不知道她是否活着,出于本能地想去救她。水势忽然猛涨,竹筏一个踉跄直直地撞向怪石。他暗叫一声不好,用力一撑,把竹筏撑开,但眼睁睁地看着,那个女人不见了,血水也消失得无影无踪……

顾玲珑茫然地看着怪石,手因为颤抖忘了撑篙。水一卷,竹篙就被水冲走。这一来,更是处在了绝地。雨水已经淅淅沥沥地下来,忽然水一涨。一切都是在瞬间发生,他尚未定神。水汽雾气越来越浓,已经看不清前方水路。看天上的气流,这场雨会很大,这小小的竹筏可能会有倾覆之危。

雨水雾气沾在身上觉得痒,顾玲珑低头一看,手上已经红肿了一片。他急忙打开包袱,拿出了特制的雨衣和头盔全身武装。很后悔自己的疏忽,全身尤其是脸皮痛痒难耐。

刚才出现的女人是幻觉吗?幻觉怎会听到声响,人也那样真实。顾玲珑终于不支,倒在了竹筏上,竹伐又过了一段水路。两边的山突然逼近,红红的山壁,变得模糊而清晰。前方又出现了人影,场面惨不忍睹,开膛剖肚,肢解身体,剜眼。

"救命——"一个女人想叫,另一个非常美丽的女子慢慢地向她走近,有几分子夫人的容貌。尤其是那双眼,她手一用力,女子的衣服纷纷脱落,露出曼妙的胴体。胸口间的"献钩"符号鲜艳万分。

那女子忽然间不动了,像入定了一样。然后一群人抬着她走向山里。身后如子夫人面容的女子开心地笑了起来,她慢慢地转过了脸,瞪着躺着的顾玲珑,像发现了窥视她的顾玲珑,笑里带了阴毒。她看上去只有十七八岁的年纪,非常年轻。

顾玲珑头一沉,昏了过去。

迷糊中，他看见一个熟悉的身影踏水而来。仿如传说中的凌波仙子，她把叶子里的清水洒在他身上，凉凉的，极舒服，然后把他抱起，那种拥抱就像母亲的怀抱一样。他被缓缓地放到床上，床里黑黑的，但很舒服，有檀木的芳香。

"这是妈妈给你准备的最好的棺材。妈妈回来了，带来了你的棺材！"

"棺材？！"

顾玲珑头很痛，但身上的痛痒已经好了。这里是什么地方？前面无比的黑，只有一点亮点射进，微微地看见发光的线柱。

顾玲珑手一伸，自己被困住了。这里不是棺材是什么？！

寒意从脚底冒起，他用力地去推棺盖，"轰"一声棺盖掉到了地上。生机终于降临到他头上，他究竟在哪里？

月光淡淡地照进来。他认真地看，这里是一个洞穴。像有一股什么声音，他倾耳细听，似是潮水拍打岸边，怪石怒吼之声。

他沿着光亮慢慢地向前走，走了许久，终于来到了石崖边上。他终于看见了月光，下面的河水肆虐，这里竟有百米之高。山石在水的撞击下不断地吼叫，回声震荡，十分惊险。

站在高山上，一览无遗。对面的高山上放着一具具的棺材，极素极白的月光打着，更添几分冷。

和氏璧怎会在这种地方？会不会只是一个骗局？毫无疑问的是，这里的棺材如此之多，棺材群范围如此大，应该是藏有许多陪葬宝物。但是如果说和氏璧藏在这里，那就未免难找了。

顾玲珑现在所处的位置在山中间，不知道究竟是何人带他到此。而且还把他置于棺材里，如果说对方是有心害自己，将他杀了易如反掌，却将他放进棺材里，又不将棺材封死。对方究竟想怎样做？而且对方是怎样把他弄上来的？看来这山里一定有秘道是通山下的。

许多的疑点尚未解开，如今又冒出了新的疑点。顾玲珑觉得这件事太复杂，简直没有一点头绪。

这里应该也是一个棺材群。他慢慢踱步进洞内深处，把军用手电筒打亮，一个不大的山洞里，密密麻麻地布满了棺材，让人望而生畏。顾玲珑却是一笑，他从事考古研究也有三年了，跟随过许多有名的考古专家见过不少的古墓，又怎会害怕面前这堆棺材。有时候，人比鬼更可怕！更何况这世界上没有鬼！

他退了一步，磕到了什么东西。好像是花，他蹲下身细看。那灰黑的带着白色斑点的硬质枯花是千年难求的珍稀药材。尸灰灵芝！尽管名字不好听，但它的功用却是一绝，常出现在坟头之上。很多胆大的穷人或盗墓贼都会爬上别人坟头去寻找这种植物。尸灰灵芝能解百毒，无病吃了能强身健体，多福高寿。

这种灵芝多少带了些灵异的恐怖色彩。许多是长在坟头，扎根极深，若然强行拔出，等于破坏了坟地的风水，山根不稳，坏土死泥，死气笼罩，生气不存，定然是成了绝户坟。考古也有考古的种种规矩，多少会流传些玄幻故事成为津津乐道的谈资。

思及此，顾玲珑放下了抚摸灵芝的手。

那个神秘人竟然是救了自己一命。这副棺材从未葬过人，没有尸臭。棺木是万年古木，看它的痕迹像是曾在海底浸泡了千年。无比温润滑腻，冰冷的木头竟然能触手生温。包浆完美，曾有人长年地抚摸。

看棺身，曾漆过数十道，所以才会如此光滑。看它的工艺应是推光漆，而且最难得的是女子的手来推的。男人的手粗，但有力度，不怕磨损。几乎不会有女性愿意去推，而且想要好的工艺，是要推上千上万次的。这木的工艺属明清时代的做工，但这推光漆技艺却是近二十年的（这种推广漆技艺竟然还存在，太不可思议了。这门技法早就失传了），万年古木，真是一副有来头的棺材。

棺材木种奇特，温润本性对人体极好，能充分地吸收木里对人体有好处的微量元素。再加上这尸灰灵芝，根系极发达，扎根之处百毒尽除。神秘人把顾玲珑放在这棺材里，靠着泥土能黏附吸走有毒物质的属性，再加上这棺材的加倍吸收和灵芝的药力，他身上的瘴气之毒就除去了。今日真险，那瘴气毒素如影随形，何时渗透，顾玲珑全然没有感觉，当感觉到时却是迟了。

随着脑子的清醒，顾玲珑已经明白了见到的一切。那些惨死的人都应着山壁上刷的红黑墙面而出现，如果估计不错，那肯定是在很久以前，在人刷这些山壁之时，或者刚刷好不久就碰上了雷雨天气，打雷时导的电，释放出的导电体正负离子，把这里曾经发生过的事记录了下来。这两边的山壁就成了天然的录影机，把这里的一切记录下来。再碰上雷雨天，或特殊的天气环境，就把那一幕幕放映。

所以，他看见的都是真实存在的过去！

想到残忍的一幕，顾玲珑更加想把这一切搞清楚，他不愿悲剧再发生。翡翠，你究竟在哪儿？

第十五章
棺材村藏阴魂
GUI ZHUO

顾玲珑俯身搜索这棺材，看看有什么线索留下。

棺材深陷泥里，只留出小半截和盖顶。棺身很难查看了，因为旁边的尸灰灵芝极其脆弱，稍稍地搬动棺材泥土，它就会伤根枯毁。所以盗墓贼总是想尽办法地破坏棺材，保住尸灰灵芝根系的生命。

如果破坏了这株灵芝会发生什么事，谁也无法预料。但本着考古的精神，无论传说是真是假，他顾玲珑也不会去破坏墓地。

他在周围棺材群里走一圈，有二十八口棺材，分布极为考究。这二十八口棺材都是露出泥面，按着四方二十八宿分布。是独特的墓葬方式，看木料材质与四神（朱雀、青龙、白虎、玄武）四方方位，这些只是陪葬。再看泥土成分和干湿程度，尸灰灵芝极难生长，但这里的气候既然能孕育出灵芝，如没有估计错误，这些尸体应该是保存完整的。这里有极完美的风水格局，四神护主，永葆极乐长生。春秋战国时期比较流行的一种墓葬形式，到了南北朝以后这种四神天象和龙虎相守的墓葬形式被双龙墓制和外来狮子所取代。

如真按风水五行来推算，应该是他刚才躺的棺材为主棺所在地方。但这里并没有墓主，疑窦丛生，顾玲珑感到难以窥晓真相。

五方天地人，阴与阳的合一，虎为阳，龙为阴。阴阳结合，万物生生不息。中天是四方四神拱攒的星象，帝星极星为北斗，刚好在中天。按星相对应地脉山川，这具空棺材难道还有什么秘密？

　　顾玲珑正感好奇，一声声凄厉的喊声引起了他的注意。原以为这只是如海市蜃楼，但声音比起刚才更为真切。于是，他打着了头灯，急忙跑出崖边。

　　恐怖的一幕出现了，迷蒙的空气中，简直就像一个地狱修罗场，剖心开肚，开头取髓，恐怖的画面一幕连一幕。每一场都有同一个人出现，那就是像子夫人的年轻少女。红黑连天的山墙此时正在放映着不知是哪个年代的影像，里面的人装束像这一带的少数民族。这里是海滨城市过去的山与海的夹道，这里的民族信仰山河流水，一路沿途的痕迹已经看出这是个逐水而生的民族。

　　无怪乎，他们的头部上绣有水蛇一样的标志。看着山崖下，远处的河面，那一群人极眼熟。顾玲珑拿出望远镜查看，正是火车上和他一节车厢的人。在车上时就觉得这四个人贼眉鼠眼不似好人，原来他们观看完《古董迷情》特辑以后，就打起了坏主意，见顾玲珑孤身一人来这么偏远的地方，所以认定了他也是来找宝藏。

　　由于被这些幻象吓着，四个人有跌落水中的，有被吓得无法动弹的。顾玲珑也苦于无法救他们，他在这山洞中同样是要找到出路，否则也会饿死渴死。他们肯定也是沾染上了瘴气。

　　顾玲珑正惋惜间，水中荡开一圈一圈的波纹，慢慢地，水势变得汹涌起来。汩汩地冒起水泡，水也渐渐分开。掉进河里的人更恐惧了，拼命地挣扎。突然，水铺天盖地地翻涌，水中出现了一个巨大的怪物，三个头，四只脚，体型庞大。两只巨大的眼睛如两盏血点的灯笼，血红血红。长长的舌头一卷，四个人尽数进它口中。一沉，除了稍稍的河水动荡外，再也不见它的踪影了。

河面上只剩一只单薄的竹筏。

又是竹筏！这里的竹筏好像事先准备好的一样，把人往河里引，这到底是谁在搞鬼？还有载他来的破旧车，别人一听来这里就拒绝和害怕，但那古怪的破旧车载着他来却又半途没了人，看来这里有一个组织。

不知过了多久，正当顾玲珑想往洞里走时，一声口哨声再次引起他的注意。他熄掉头灯，借着月光躲在暗处朝外张望。一个穿灰袍的人走动非常快，神出鬼没，一下就来到了河边。再吹起口哨，河里"噗噗"地飞出四个人来，正是方才被怪物吞掉的四个人！

岩石后面又走出了两个人，连灰袍人在内的三个人麻利地把四个已经死去的人背走。这也不过几分钟光景，人就无影无踪。惨淡的月光下，真让人怀疑是不是碰到了鬼魅。把人吞了又吐出来的怪物究竟是什么？三个头，如此吓人。看模样倒像是蛙一样的生物，这里气候怪异，更兼瘴气弥漫，也许是水质环境污染导致生物变异，使生物多出了两个头。这些都不足为怪。怪的是它为何会听这灰袍人的指令？！

所有的线索都已经慢慢地掌握在子家手里，无论是祭祀的内容条件，还是"宫墙之画"的面世，这些都已经被子、庄、简三大家族所控制。还有难以捉摸的唐宋元和身份未明的严明，他们都和这W村有着千丝万缕的关系。

他们也应该快到这里了，或者说已经到了。子家和简家每人手上都有一幅"宫墙之画"，但李深雪被杀，子家的那幅不知所终。究竟是简影得到了还是子夫人设的一个局，只有等人都到齐了才能知道答案了。

还有两次救他的女子，到底是谁？尽管中了毒一直处于模糊状态，但顾玲珑还是肯定救自己的就是上次那个女子。

顾玲珑再次转回洞内，洞里极度深寒阴暗，不见五指。打开头灯，也只是勉强能看见路。来到群棺中，看棺材的纹饰初步判定这是春秋战国的棺材群，但还不能肯定，因为里面尚未打开，不知陪葬的器皿是否是春秋战国时期的。

走到中间的棺木，他再次蹲下查看，伸手去摸索，在棺盖处好像有纸张，他小心地取下，上面画着一张地图，看地图的走向从高到低，盘旋曲折一路向下，应该是从这里离开的路线。还有一句提示，若想行走自如，必须服食尸灰灵芝，否则十步必亡。

看来服食了灵芝就不怕这瘴气，果然是有毒蛇出没的地方必有解药，这瘴气之毒同样如此。但看来这女子极熟悉这里的地形，竟然还能找到尸灰灵芝。可能在这一带也只有这一株了。顾玲珑小心地用刀割下小指头大小的一丁点灵芝片含于嘴中细嚼，吃过灵芝倍感身体轻盈，头脑清醒。

地图上的线路应是从这儿走，但这里只有棺材。顾玲珑心思一转，不妨再进去躺着，看看是否有所发现。于是，他麻利地躲进棺里，顺带关好棺盖。

棺椁刚合上，一种由生至死的感觉非常强烈。

黑暗里，顾玲珑的手指摸索到了头顶棺壁的一个突起，果然在这里。轻轻一摁，棺板翻转，他直直地掉到了土坑里。

土坑很小很窄，他只能躬身爬行。腿脚无法伸直，在这种狭小墓穴里行走，危险度很大。

自进了这里，外界的一切声响都销声匿迹。这里是冥府，是死人的世界，还是不要打扰了地下的人。有良好素质的顾玲珑当然不惧怕这种过度的安静。有幽闭恐惧症的人是不能从事考古工作的，因为考古前进入墓室都是与黑暗和黄泉之路为伴的。

土坑极为弯曲，岔洞很多。他刚拐过一个弯，向下倾斜的感觉更明显。

风口的风忽然大盛起来，幽怨得如女鬼在哭。风里还夹着咸湿的海水的味道，这里竟通向海？

忽然，顾玲珑一个激灵，撞到了石头隐隐作痛。

海？对了，这里毕竟是通向汇海口的一个地方。这个地方极其隐蔽，山峦层层叠叠，名字也一换再换，在地图和市志上根本没有这个地方，只是一个极小的点代表了这个汇海口。

这个海滨城市，以前曾把麻风病人或得了不治之症的传染源赶来这个绝地，让他们自生自灭，这个地方一年到头瘴气围绕，只进不出。难怪叫死村，而严明送来的仿和氏璧还有沉香盒子的刺绣扉页就是被誉为三山之一的有海市蜃楼的海上仙山。难道所谓的蓬莱、方丈、瀛洲这样的仙山就是这个原样？

由这里出了海，到了海中心同样会有那瑰丽的蜃景。想起一切都和严明寄来的盒子地图一一吻合，心里有种说不出的迫不及待，想快点破解这纷繁的疑点。

转过了土坑，一切豁然开朗。这里很空旷，但能听见暗流的涌动。前面的风忽然大起来，凛冽地灌进脖子里。那种带着野兽气息的狂野的风低低喘息着涌进门面，顾玲珑有了一种不祥的预感。出于对危险的感知，他调亮了头灯。面前竟有三道岔口，举起地图，没有明确标出三道岔口，但画的路线是一个极向下的线条，应该是往右下道岔口走。

顾玲珑想了想，时间无多，他要快一步找到汇海口。因为一切的谜底都在那儿，没工夫在这里耽搁。而且这里有大量的古墓群，相比之下这个墓葬群也不见得有多神奇，这些工作还是以后留给考古学者处理吧，他的任务是要破解这次的邪祭活动。

他总觉得，这次由和氏璧牵连出来的麻烦没有这么简单。已经死了很多人了，他不能再让无辜的人死去。

这个地域很古怪，那香油的味道、水怪、盘棺简直就是一个又一个的谜，错综复杂，但又都有意无意地和和氏璧牵扯上了关系。

顾玲珑身体已经比思想更本能地转进了右边的通道，关掉头灯，要节约用电。他摸索着慢慢前进，风小了许多，海腥味也减少了。

为什么不从那边直接出去到海边呢？难道那女子有所企图？想让他走远路？如果那样还不如不救他更来得彻底。对于那神秘女子，顾玲珑感到了一阵抗拒，尽管她总在救他，但自己有一种被她玩弄于股掌之间的感觉。

思想稍一开小差，身体就直直地撞到了东西。顾玲珑打开头灯，吓了一大跳。一个巨大的棺材横在风化的钟乳石上，钟乳石柱子十分巨大，不知经过几百亿万年方能形成，平常只是一个手臂长短的就已经可遇不可求，价值连城。如今这般巨大再压一个棺材上去也不碍事。

这里感觉十分冰冷，连带棺材上也带了不少的冰晶，反射着灯光发出寒冷的蓝光。这里怎会有棺材？就算按分布，这里也只是接近耳室。方才路过的三岔口中间的路更像通去主墓室的甬道（墓道）。

这里的墓葬太奇怪了，武夷山相连龙虎山区确实有悬棺，悬棺是距今两千六百多年的春秋战国时期的。所以这里都是春秋墓群并不稀奇，也没有什么可怀疑。在春秋时期江南地区就是楚国的疆界，也符合和氏璧的出世之说。

但春秋战国由于连年征战，国力虚耗严重，根本没能力以山为陵，开山作棺。只有到了唐朝才有这强盛的国力资本开山为陵。

悬棺、洞棺也只是群体式的葬陵，春秋江南区还流行土墩墓，但这个棺材葬式也实在太古怪了！抵受不了这些考古信息的诱惑，顾玲珑静下心来查看。

这根要五个人以上才能合抱的石柱上都结着冰，而这里的环境干燥寒冷，石柱上的棺木应该保存得很好。棺材悬空一米，用铁索捆绑在石柱上。

上面漆着龙虎斗题材的纹样，应是取其龙虎相携，保护和引导死者灵魂升天之意。如此的考古信息、历史价值，让真正的学者看到了一定很激动。

棺椁巨大的棺盖上用蚌壳绘成带有双翼的龙虎，身姿游弋有神，神态恣肆，龙虎翩跹戏璧，仿佛进入了仙家世界，有一种不真实感，却又觉得理所当然。龙虎的身上都闪烁着晶亮的星光，二十八宿围绕着它们，十分浪漫瑰丽，让人着了迷。

"咚"的一声闷响撞击在心口，顾玲珑被声音所摄回过了神。捆着的铁索微微地颤抖，发出铁索特有的震动声音"嗡"。

顾玲珑站起了身子打亮了头灯细看。蚌壳围成的龙虎星相所追逐的玉璧形状和和氏璧极似，竟然到了难辨真假的地步。闭上眼睛细想翡翠双手上所戴玉镯，确实是相像的材质。

顾玲珑想把它取下，放在这难保不会让有心人盗去。子家处心积虑无非就是要得到和氏璧，如果能以此示人他们一定会有所顾忌。而且第六感告诉他，这块玉璧不寻常。尽管他知道这不是真正的和氏璧，这口棺木有两千六百多年的历史。这个就是主墓，上面的是压棺的陪棺。所以陪棺是空的，它与这里的主棺是平行交错的一个点，用一个四神拱照式葬穴，这里的墓主人大有来头！

和氏璧是由从明朝以后才彻底地和中国的历史脱离（明太祖遣徐达入漠北，追击遁逃的蒙古朝廷，以期得到传国玺和氏璧，最后还是空手而回，这是历史上最后的有关传国玺的记载），而这个墓穴是春秋时期，所以这不可能是真的和氏璧。和氏璧到底去了哪儿无人知晓，而子家仍坚信会知道和氏璧的消息，简直就是过度崇拜。

拿了这块玉璧就会破坏棺椁的完整性，对考古来说会是一种不完整的遗憾。但如果仍留在这儿，万一被人夺去，那损失就更大。顾玲珑左右为难之际，放在棺椁上的手突然一痛，白色的手套渗出血来。

顾玲珑脸色剧变，这些墓中的东西带了大量的细菌病毒，有伤口流血不是小事。他马上检查伤口，所幸的是伤口流出的血鲜红，没有中毒迹象。但他为小心起见，把方才留下的一点灵芝放在嘴中咀嚼，再敷于伤口处。这带的灵芝是专门针对这里的病毒瘴气的，所以不会有太大的问题。

"叮——"奇怪的事出现了，玉璧不经外力自行脱落。

这让两难的顾玲珑有了明确的选择方向。为什么它会自己脱落？

顾玲珑小心地捡起玉璧，这玉璧真的很美，天然生就的美。一块完美的璞玉，几乎没有雕工，只应着墓室内暗淡的光折射出五颜六色。但那白却是实实在在的凝结。他完全被吸引住，这真的是和氏璧吗？

他的手触碰到了一个尖钩，这是……刹那，玉璧内游弋着游丝般的红线，像血管的脉动，有一股力量在他手中的玉璧里膨胀。受了血的玉璧像不受控制一般，他感到眼前有无数的红线流动，心跳的频率也变得越来越快，心脏鼓动的声音随着玉璧的红线流动而跳，快得要跳出胸腔。

顾玲珑用力一咬，舌尖的一点血喷出，缓和了心跳的极速压力。突然头灯一黑，什么都看不见了。他想去打开手电筒，但血液在一瞬间凝结。他把玉璧死死地攥在手上，缠在他手上的还有一双血红的眼睛。

"咝——咝——"这种声音让他不敢轻举妄动，他离开棺材有一定距离才检查这玉璧，但这双眼睛？

看着这双血红血红的眼睛，顾玲珑觉得头昏目眩，墓室内原本冰冷干燥的空气不知何时起了雾，湿腻腻地缠着人。

顾玲珑觉得身体麻木，再也不能动，但他看见了刚才划破他手的是玉璧低端的一个尖钩，这个钩和献钩极像。

那对眼似乎像有进一步行动，慢慢地凑近他的脸，终于看清了，那是一张很小但却丑陋的脸，像幽魂一样的脸。只看得见一对眼，没有鼻子嘴巴。顾玲珑周身也有被人监视的感觉，一对对血眼闪着血红的光，纷至沓来。

顾玲珑心乱如麻,有痒痒的感觉缠着了他的脖子。这种感觉如他第一次被催眠时一样,被自己想象的鬼化了的叶蝶纠缠。但现在,他多希望这也只是幻觉。

他无奈地闭上眼睛,一阵铃声飘来。贴在他脸上的眼"呜"的一声低吼退了下去。周身的数十双眼也消失得无影无踪。头灯自己亮起,灯光比起刚才还要亮一倍。顾玲珑依然拿着玉璧,拿得那样紧,都捏出了汗。

顾玲珑心一定,隐约知道刚才遇到了什么。这可以说是一种菌体,也可以说是一种巫蛊,许多少数民族都懂此道。古人说楚地多巫风,江南多淫祀。这句话真的没错!玉本来就有保存不腐的特殊作用,这里冰冷干燥,更使这些病毒细菌有了良好的保育温床。而这里恰好就像一个机关,保护棺木不受盗墓者侵扰。如贪婪的人看见外在的珍贵宝物一定会抚摸,那就必然会刺破手而出血。估计不错的话,被刺破的人定会中毒,只因他有灵芝解毒,所以免去了这一劫。

但是这里还有第二重隐藏的机关,受了血的玉璧自然脱落。人自然会捡起,拿在手上,玉璧所渗出的有毒物质就会让人不断地产生幻觉,他刚才见到的血眼是像无脸的人蛇。玉璧里的有毒物质不断地召唤这里的蛇。而他拿在手中的玉璧随着红线的游动震荡,有意识地影响心跳频率,加重心脏负荷使人猝死。

正是因为这里的气候环境,使得这一机关能保存下来。不知这棺椁还有多少的机关,现在要做的是不能再耽搁时间。他回首再看了一眼巨大的棺椁,脱落的玉璧上还镶嵌了一面镜子,贴着棺椁而照。他把玉璧放进怀里继续出发。

顾玲珑寻着刚才听见的铃铛声音走,拐过弯弯曲曲的小道。

这座山实在是藏了太多的秘密,如果能活着走出这死村,他一定会再回来对这里进行考察。

图上的路线是整座山最近的路线。不一会儿，他已经看见洞外渗进来的点点阳光，金灿灿得刺眼，但现在能看见太阳，他只觉得幸福，因为他又一次从鬼门关回来。

迎着扑面的海风，有点咸湿。环绕四周都是群山，附近的山上极多悬棺，加上湿气重，雾气缭绕，显得更加扑朔迷离。顾玲珑沿着小路走向冒着烟的村寨，那里应该就是盘棺所说的死村。

顾玲珑走在山间崎岖的泥路上，这里山壁极高，遮天蔽日。生长的树木多是参天古树，极上等的木材，果然是做棺材的好料子。突然一个刮痕使顾玲珑疑窦顿生，在一棵阴沉树上有猫爪的抓痕。走近才发现一串铃铛挂在了树枝上，这是那救他的女子留下的？

顾玲珑摸着抓痕，树根处一颗珠子使他惊喜。那是他送翡翠的佛珠，但为何在这里遗留了一颗？到底想告诉他什么？

顾玲珑从树枝上取下铃铛，轻轻地摇晃。声音清脆，但带着一种秘宗音色。仔细看，确是一件法器。铃铛链子系处的大铃铛不响，认真一看，铃心处是空心的，小心取出，里面藏有字条：古董村小心出没！

看来，真相已经不远了！你到底是翡翠还是……

这个镇上处处透着古怪，看来这里一定隐藏了什么。字条上还有一条去古董村的线路，看来走什么路都在她的计划之内。

沿着小路走，不一会儿见到了一座古时遗留下来的庙堂，岁月的风化使庙堂已经只剩一个模糊的骨架。凭着他的经验方看得出是座庙堂，有庙堂的地方必定有相连的建筑，看来她安排自己走这条路是别有用心。

走近庙堂，这是春秋时期用于祭祀的建筑。果然是"楚地多巫风，江南多淫祀"，楚地风俗中，对巫的要求极具浪漫主义色彩，都是美貌的少女。顾玲珑在庙堂中翻找，石碑上刻有一女子。女子容貌和江河上看见的海市蜃楼之景很像，只见她头微仰，注视着北方。

顾玲珑沿着北方一路寻找，在断墙矮几上发现了历朝历代的庙宇痕迹。或明显或模糊，最后定格在了晚清时的一个破庙堂里。从这里已经可以看见古董村的袅袅炊烟。堂里的碑文上记载了一些关于古董村由来的铭文。

大致是说这里是一个楚国贵族皇陵区，楚先民为了守护先主，世世代代在这里居住，以安定皇陵。而后岁月变迁，这里成了麻风病人的避难所。极少有生人出入，受歧视的麻风病人只有在这里自生自灭，再加上陵区遗民构建了一个古怪的新村。为了谋生，而这里又有着极丰富的木材资源，所以从唐开始就做起了棺材生意，尽管到了现代实行火葬，但还有很广泛的地区是土葬。所以村里的经济来源就是棺材生意，推光漆的棺材尤为闻名。这里由于是陵区，所以随葬了大量国宝级的文物古董，因此得名古董村。

在顾玲珑调查到的极秘地志里，这个地方确实是有个别名为麻风村，生人不近，多少带了些恐怖色彩。经过岁月的变迁，这个古老的地方几乎被人遗忘，成了现在的 W 村。

村人祭祀的庙堂就在此处，由族人最高神巫负责宗教祭祀，祈求年年人丁旺盛，人民安居乐业。神巫为圣洁的女性，族人赖以生存的命脉由她掌握。

到了此处，就没有线索了。顾玲珑基本了解了这里的风俗，他继续往北走，在树木掩映中，看见了一个洞口。他走近去看，却是一个尘封多年的洞居。里面有床有桌，简单的家私都有。一种熟悉感油然而生，他抚过石桌面，一些很模糊的片断在脑里重现。忽然，堂碑文上"盘女"的名字跃入眼帘，盘女，巫女的名字？

自己怎会知道这些？顾玲珑慢慢地靠近石床，那是一张汉白玉砌成的石床，石床床头还有一对石雕的龙虎，模样古怪，带着献钩一样的角，角尖处还渗着铁锈般的红。石兽的两眼如两只带钩的剜碗，显得很大。带着楚巫特有的味道，玉石能通灵，加上神兽护体，看来这里是巫女冥想的地方。

这些都不足以引起顾玲珑的注意，真正使他沉溺的是安放在石枕上的一个小拨浪鼓。顾玲珑拿起它，轻轻地摇，一阵熟悉的感觉再次袭来。

一个小男孩盯着妈妈看，妈妈唱起了他听不懂的歌谣，手里拿着小鼓不停地摇。忽然，木屋子起了火，什么都烧了起来，变成了一片火海，小男孩半夜醒来，急急从石室跑出，只见不远处对着的木屋大开着门，盘女吊在了屋子里。火熊熊燃烧，把一切都烧成灰烬。

"不！"顾玲珑痛苦地捂着头，一段段支离破碎的记忆在脑海里纠结。他跌撞着冲出石屋，"这都是幻觉，是别人给我的记忆！不是真的！"他不能接受这一切事实，"一定是有人对我进行了催眠！"

顾玲珑跌坐在一片草地上，和石屋遥遥相对，脑里闪出的断层记忆使他绕过了草坪上的一棵参天古木，这里以前是后院？他"嗖"地蹲下，不顾一切地拿起德国军用铲疯狂地挖。

铁铲证实了他的想法，模糊的记忆，是他母亲一手埋下的棺材。这里的民俗，每个人一出世都会有一口上好的棺材。一出生，就拥有了他的身份，那就是棺材。罪人是要被吊死的，无棺殓葬，暴尸荒野！

妈妈？一切模糊的记忆都记起了，他是这里的土著。

"孩子，妈妈要上路了！为你准备最好的棺材，没有棺材，就成了无主的孤魂，到处游荡没有归途。不要学妈妈啊！"

"孩子，走远一点，永远离开这个鬼地方！"

荒山中，迷路的小男孩已经奄奄一息，一个十多岁的男孩向他伸出了手："跟着我，我带你离开这里过新的生活。"

那个昏死的小男孩就是顾玲珑，原来他的原名是盘长生。

棺材已经完全露出，精品阴沉木完美地展现出它的柔和却暗淡的木光。漆得完美绝伦，并无任何的纹饰，只是一口漆黑的棺材，但看起来越简单其实越不简单，这口成段的木料就是可遇不可求的完木。就如精致的璞玉，已经达到了完美不需雕琢的境界。

那刻着"盘长生"三字的棺头，使他热泪盈眶。这些全是他丢失的记忆。打开棺木，凭着记忆，用手托起棺头处的暗格。一份珍贵的资料落在他手中，这块地没有被翻动的痕迹，所以这里的一切都没有变动。

顾玲珑可以肯定，这些尘封的秘密只有他开启过。把棺材重新掩埋好，他离开了这里，找到一个隐秘的地方，细看起这本小本子。

从母亲的记述中，顾玲珑了解到了古董村更多不为人知的故事。这里的棺材用的是一种传统的工艺技术制造，所以棺面特别乌黑亮泽，滑得如一面镜，能照出景物。这种不外传的技术只掌握在巫女手中，是这个村的重要经济来源。

巫女更不能与男子私通有染，要保持精神的纯净。但盘女被一位外来的男子所吸引，男子的才华使她折服，更创造出了一种尤为独特的漆法，使棺材更加完美。外界对棺材的需求更是大大地增长，曾经沉寂的古董村慢慢地有了人气，村民的生活也越来越好。

这个外族男子受到了族人的器重，但这种表面的繁华持续没多久，村里就发生了许多离奇的怪案。新葬的尸体慢慢不见，无法追究原因。更有人看见死去的人从棺材里爬出来，消失在了村子里。

慢慢地，还出现了瘟疫。盘女作为巫女祭祀天地也无效，人大批大批地死亡，但棺材却越来越多，也越来越上乘。外界的订单越来越多，负责外界联系的盘棺更是积极地寻找客源。村子本就人丁单薄，如此一来，迷信的村民更认为是鬼怪作祟。

趁着这个时机，外来的男子用神奇的手法治好了村民，并在此定居下来。村子慢慢又恢复了安宁，还时不时地会有旅游的年轻人前来探险，但奇怪的是他们从来没有离开过村子，却无故地失踪了。

原本善良老实又胆小的村民也越来越古怪，身上经常会出现游人的衣服。游人到底去了哪儿？这里的村民变得邪恶孤僻，而这里每到晚上就再无人敢逗留，成了名副其实的死村。

而外族男子就在这个时候走近了盘女，盘女有了孩子，受到村民的讨伐。圣女一旦失去圣洁的身体，就再不能祝祷，失去上达天神的力量，村子也会遭到报应，所以失贞的圣巫女一定要被吊死。为了保护她心爱的男人，她没有说出男人是谁。

而男人也暗中把她救出，让她在村外躲藏起来生活。他们还互交了定情之物，盘女把一幅据说藏有藏宝图的帛画给了他。那是一幅楚国宫廷的帛画，由她的祖先代代承传。

要凑够五幅才能找出宝藏，由楚国当年负责和氏璧一事的人所秘密继承。经由楚、赵、秦、汉、唐几个朝代，都由他们的后人掌握传代的路线。直到唐，一度失传。后由李世民所得，得它后终得天下。其实李世民是从和氏璧里知道了宝藏埋藏的地点，寻到了宝藏，得到了资金充当军饷，打了胜仗建立唐朝。

关于这段历史，在野史上有所记载，但可信度只有当事人知道了。随后的记述是说，李世民得到宝藏，控制了经济命脉，建立国都后又把积累下的财富宝藏重新安放在了一个无人知晓的地方。然后这些秘密存放于一对唐镯中，由公主佩戴。原意是为大唐日后的经济所需作准备，当时的先祖们都是暗伏在帝王身边，留意和氏璧的动向。一路追随，就是为保传国玉玺。

太宗李世民为保财富为子孙所用，把新的国库藏宝图藏在了和氏璧里使它成为开启衣冠冢里宝藏的钥匙。但他又放出烟幕弹，说只有五图集合，里面的路线才完整。其实真正的路线图已经在其中一只唐镯里了，但路线图只有一半。正是因为五幅画的齐集使李世民找到了三星堆里的和氏璧，这五幅图的任务已经完成。李世民另设的迷局是为了让迷信和氏璧的人找不到宝藏的方向。但五幅画中确实还有一幅是补全唐镯里的寻找路线，而唐镯里只有其中一半的路线要和五幅画里其中一幅图配全才可找出宝藏的完整路线，而另一只唐镯却是找出这另一幅画的关键。

环环相扣，才不会被人轻易地取得宝藏。而其他的四幅画都是无用之物，是蒙骗人的烟幕弹。四幅画中，关于这些祖上流传下来的秘密就藏在了盘女手上的那幅画里，外人是很难窥见其奥妙所在的。所以，盘女出于深爱把祖传的宝物赠予这男人，因为她知道这个秘密如此隐晦不会流出去。而男人也以宝物相赠，互相定情。

母亲的记述到这里就结束了，但这一切信息太宝贵让人哭笑不得的是，作为启动开关的和氏璧早在明早期就已失传。就算得到藏宝的地图又该如何打开宝藏呢？或许那些人只要能凑齐了宝藏的地图，没有作为钥匙的和氏璧，就算是破坏那个藏地，他们也会不惜一切代价吧。和氏璧反而倒成了可有可无的东西。

而顾玲珑和翡翠却一直被欺骗，以为对手最终的目的要得到和氏璧。

第十六章
巫风诡影
GUI ZHUO

疑问那样多,解决了旧的新的问题又出来了。始作俑者是谁?自己的父亲?因为是他带着目的来到了这个荒蛮的临海之滨。

他究竟是怎样的人?父亲还活着吗?这个村子的变化很明显是从父亲出现以后,才有所改变。母亲在日记里有提到,这里是个与世隔绝的荒村,起了变化也不会引起外界的注意。

对了,父亲交给母亲的定情之物到底是什么?顾玲珑忽然有了种想法,会不会是父亲一早就知道这些秘密,想得到这笔财富,所以寻找到了此处,希望可以凑齐藏宝图的路线,所以引诱了盘女。但得到的图却并非是他想要的图?唐镯世代由庄家传承,难道会是他?

太阳已经下去了,天也渐渐地黑透。在这里乱猜也于事无补,还不如进村可能会有意外的收获。

顾玲珑从小路上转出,慢慢地看见了入村的路。路依然是崎岖难走,越走越偏僻。之前还能看见的炊烟,如今要走进去,却是久久地走不到。

脚被石头一绊,顾玲珑半跪在地,一点蓝火唰地亮了起来,四周幽幽地只有这些鬼火。

他摔下去时,为了保持平衡,手抓着草丛。指尖一用力,手触到了硬物,挖开表面的泥土,一截骨头出现在视线里。

四处都有鬼火，证明这里埋了许多尸骨，所以才会有磷火。看来，是因为昨日的大雨把泥土都冲开了。

正思量间，前方的一块破布引起了顾玲珑的注意。他爬起来急急赶到树前，高大的古树上一根树枝刚好缠着昨日遇害的外来人的衣服，那蓝灰的布如今正在死气沉沉的夜风中飘扬。

那四个人的遇害和这个古怪的村脱不了干系。那个灰袍人又是谁？顾玲珑正想走，肩膀被重重一击。回头看，一双脚挂在他脑后，干瘪瘪了无生趣。高耸的树丛挡着天，一棵树上挂着一具干尸。尸体的手被绳子缚着，在空中悬吊。他用力一扯，尸体掉落在地，轻如纸片。

竟是和他同来棺材村的四个遇害人之一。皮肤皱巴巴的，干瘪的尸身令人觉得奇怪。新尸何以干成这副模样？他再拨开衣服细细检查，只见肚脐处有一蜡痕，还有一个凝结的黑痂。这是死后才戳出的一个洞。

这种天葬的仪式太古怪！风迎着顾玲珑吹过，尸体上发出了一阵怪味。更奇怪的是，这种味道有点熟悉而且并不算臭。

难道真的是这样？！顾玲珑放下了尸体继续往前走。

终于，盘古村就在眼前。一个黑色的巨大牌坊耸立，两边挂着白幡以示这里是陵园地区。这个村守着这里的帝王君侯和那一堆先祖的宝物两千多年了，是否这里的人也变得和死人一般麻木？

牌坊有些历史，巨大的牌坊顶上盘着一条大蛇。吐着火红的芯子，蛇身下压着几颗骷髅头。这黑压压的牌坊压着人，使得整个人笼罩在一种恐怖的气氛里。

黑暗的四周忽然亮了起来，一群黑衣人拥上来。他们手中都拿着火把，脸上表情就如死尸一般，白白的脸没有一点血色。

"这是被诅咒的人！"一个老年人拿出了绳子要来捆顾玲珑。

"抓住他！抓住他！"身后的村民都激动起来。

究竟发生了什么事？为什么都要对付他？尽管顾玲珑的身手了得，但这里的人力气非常大，一起压上来，让他脱不了身。他用力一甩，一个中年男村民飞出老远。

那老年人手一挥，尚未看清是何物，顾玲珑已经软倒在地。那老人看着他得意地笑，露出白森森要吃人一样的牙齿。

顾玲珑被绑在一间破庙里，头晕目眩，只见身旁一人对着他呆呆地笑。他用力眨眼睛，那人的头贴在了自己脸面上。

顾玲珑大惊，这是一具蜡人。造得很逼真，若非眼尖还真以为是死人。常人见了定吓得不轻。只见蜡人干涩的笑容使得嘴大开，里面幽幽地飘出一股气，甜甜的一阵香。

顾玲珑屏住呼吸，只觉得五官开始麻木，尽管他闭气仍是无济于事。那具蜡人嘴里，发出"咕嘟咕嘟"的笑声。

顾玲珑闭气的时间过长使他的脸开始变紫。蜡人的喉头在动，那种非声带的震动使得蜡人的头也跟着动起来。他深感怪异，苦于身体不能动弹。蜡人下颚啪地脱臼，忽地口中飞出一条血红的蛇。

说时迟，那时快，一个少数民族打扮的女孩手一抓，把蛇头卡住。白银的冠帽黑布头巾连着白色的面纱，银铃不停地响动。铃音清脆悦耳，使顾玲珑模糊的意识也清楚了几分。尽管看不清那张脸，但那双眼睛让他留恋，有几分翡翠的温柔却是救他好几次性命的女子。这次她又是来救他吗？

女孩手一伸，扣进他脸面，"嘶"一声假脸皮脱落。再一手提起新带进来的死人，把假脸皮往死人脸上贴，再把抓到的蛇塞进死人口中。她迅速地脱掉顾玲珑外衣裤换到死人身上，再绑好。这一切让顾玲珑看着心惊胆战。

"怎会这么大意？！"听女孩的声音证实了就是多次救他的人，他放下心头大石，头一栽昏死过去。

醒来时，女孩正在他手上和耳后放血，吓了他一跳。

"在放出你体内毒血，别动！"女孩麻利地扎下银针，血流出盛在碗里。黑色的毒血竟然有股香气，随着毒血流出体内，顾玲珑的手脚似乎开始有知觉。

等血不再流出，银针扎在他百汇穴上，全身遍感通泰。

"谢谢！翡翠怎样了？"顾玲珑一恢复力气突然就去掀她面纱。

女孩并不去挡，面纱顺着顾玲珑的手而离。那是张让顾玲珑魂牵梦萦的脸，他双手抚上，如捧住珍宝："翡翠！"

"你就那么爱翡翠？"女孩的眼睛没有一丝热切，连作为朋友的热切都没有，完完全全是陌生人的姿态。

顾玲珑愣住，她真的不是翡翠？那为何如此相像？

"翡翠死了，只是她千叮万嘱让我帮你。"

"什么？"顾玲珑几乎不敢相信自己的耳朵，无力地瘫倒在地上。

女孩把那串佛珠放在他手上，漠然转身离开。

鸡啼声起，天还没亮。顾玲珑就这样呆呆地躺到天明，女孩捧来一碗粥让他喝。见他这般光景，她也只是淡淡地说："翡翠所希望的是事情有一天能水落石出，与其伤心难过还不如去做些有意义的事。中午我在村后头的老槐树后等你，来不来就看你自己！"

太阳高挂在空中，只可惜被森林里的古树遮住，冷冷地透着灰白的阴森。老槐特别茂盛，黑压压地笼了半个村。白幡斜搭在树枝上如幽灵飘忽。

女孩坐在树上，悠闲地甩着两只穿着黑布鞋的小脚，神态稚嫩中带了份高深莫测。见到顾玲珑来，她轻轻一跃，头上和手脚上的铃铛响了响已然着地。

她脸上仍蒙着面纱，不说话向前走去，顾玲珑唯有快步跟上。转过村后,在当初来时挂了死人的树林里斜岔而上还有条小路。

走了不知多久,一个只剩一丁点框架痕迹的庙宇出现在眼前。看庙宇的构建,像他母亲盘女用的祭祀台。

"如果你愿意就仍叫我翡翠吧!"女孩说着头也不回地在地板上有规律地轻敲,一块地砖打开,只见她顺时针扭了三下,却没有任何动静。她也不急,在石碑后残存的廊柱底部莲花座上按逆时针转动看似固定的花瓣。

石碑缓缓移动,露出一道地逢。女孩一跃就进了地逢里,顾玲珑一个大男人岂能落后,也跟着跳了进去。

黑暗中,带着调侃的清脆声音响起:"想都不想就往下跳,不怕我害你吗?"

"你真有心害我,也不必等现在。"

"算你有自知之明!"

感觉眼前的少女确实要比翡翠显得稚嫩可爱,没有翡翠那样成熟。她到底是什么人?

"你一定在猜测我是谁了?"她手一牵,就把顾玲珑往前摔去。

顾玲珑大叫倒霉,前面是片绝地,密密插着地针。若非他身手灵敏,不死才怪。这个女孩古灵精怪得很,亦正亦邪。

顾玲珑从内袖里取出手电筒,打开,只见前面五米内的地方全是钢针,四处也无其他地方可攀爬。

"你该不会不知怎样过去所以才现身找上我吧?"顾玲珑也学着她调侃。女孩"扑哧"一笑,那笑声使他又想起了翡翠!

女孩举高手有力地摇动起手上的铃铛,过了不知多久,一股腥臭味扑鼻而来。慢慢地,这股腥臭味越来越浓。黑暗里,有绿光闪烁。一股凛冽的劲风扫过,"哐当"一声巨响,钢针噼里啪啦地摔倒一片。

那生物硬生生地开辟出一条路来。

"乖啦！哈，快吃！"一条巨蟒缠上女孩身体，女孩把一条断臂向空中一抛，蟒蛇蛇芯子一吐，"哗"的一声，手臂已经吞进了蛇腹里。女孩随后还抛了一颗药丸大小的东西给它吃。

看见这等情景，女孩只跳着拍手觉得好玩，巨蟒接到她手势命令也就慢慢打着S形游走了。

"你哪儿来的手臂？"

"地上不是躺着很多尸体吗？"女孩不屑地说道。如此把人命当儿戏，顾玲珑顿时觉得头皮发麻，不知这古怪女孩带他来这里目的为何。

"怎么不说话了？我不如你的翡翠好吗？"她噘着嘴有点不高兴，拉起他的手就往里走。这一拉他就提防，但女孩倒也没再让他碰钉子。软软的手握着，他手心腻腻的全是汗。

"长得像翡翠就能让你如丢了魂一样吗？"女孩嗤笑他，拉着他走了许久也没找到路。原来女孩要他来的目的是为她开路，她找不到机关所在。

他想到了蟒蛇能自由来去肯定有出口，把话说了，女孩却不依："哪有这大一个人钻蛇洞走的。"说着用手指了指蛇来去的方向，"这里的出路和我救你的棺材山那里连通。"

她的意思是蛇来去的方向并不是他们要找的地方，顾玲珑仔细检查地窖，这里摆放着许多的木柜子。把灯打更亮些，柜子上放着一缸缸的酒坛。举起一坛酒，瓶子是空的，这让他倍感奇怪。

女孩适时地摇晃他，指着木柜后的一个大酒缸，然后自个儿走过去，对着酒缸左敲敲，右敲敲。

不知为什么，顾玲珑看见这个酒缸的摆位时就觉得不自在。

"丫头，你觉得这酒缸放在这个位置像什么？"他远远地站着并不走近，思考着问题而眼睛始终盯着不放。

女孩围着酒缸转，认真地去思考，但最后还是摇头。

"这是五行里的陀地位，绝路了。三煞之星守卫，往往设有陷阱毒气机关等等。我们要另找出路还得小心！"顾玲珑说出了一些少数民族的古怪葬式，如岩葬、风葬和水葬等等。因这些奇怪的少数民族布置通常设有陷阱，所以他也就随着一些老人了解过防身的民俗。

女孩倒不以为意，偏自作主张地打开缸盖。顾玲珑大惊，想阻止已来不及。里面只放了一个小型的木箱子，却看不到开启的边缝。

看见顾玲珑脸色大变，她更得意："这都害怕吗？胆小！"

"这是尸葬盒，四尸混元，纯阴克生。必定有机关，快快退下！"顾玲珑没想到地窖内会葬有墓主，这个节气里天气潮湿，阳光不到，阴雨天气使得瘴气毒气往往不易挥发。趁着还未触碰到机关走回头才是最正确的选择。

不对，这女孩既然进过这里又怎会不知这里设有机关阵，这葬人她怎会不知？顾玲珑不说话，暗地里掏出一瓶特制的小瓶子。

尸葬盒的殡葬形式是古时的一种陪葬墓，应该还有三个棺在此合成四棺护主（主墓）葬制。但丫头刚才说过，地上有很多死尸，这不符合三棺的护数。九九之数变幻无穷，按着九九之数，他迅速地在几排木柜架子上走动，与陀地位构成等边三角形的三尖尖角对位处取来三个酒坛子。随手一甩，蓝火涌动，掉出三具骷骨。

手中小瓶子抛洒，里面的气体遇空气而燃，把三具骷髅尽数烧毁，空气中还有些余臭。骸骨里的毒气燃烧尽了，顾玲珑方才安心。

"嘻——哥哥好狠心！"一个小男孩从暗处匍匐而出，大眼闪着不易发觉的诡笑，突出的脸皮慢慢地掉落。

顾玲珑一怔，见到了恐怖的景象。

不是真的，不是真的！月夜下，六岁的小孩拿着刀拼命地防护着。

"好了，长生，没有人会再伤害到我们了。他受人指使对我们下毒更想夺走玉璧,他被玉璧上的毒杀死了!别怕,孩子。恶人会遭到报应的!"盘女把被玉璧毒死的孩子吊在崖边的大树上,只有罪人才会被吊死。尸体身上掉下了一条红色的斑斓小蛇,瞪着油绿的眼看着他,又迅速地消失在山林里。是玉璧里引来的毒蛇咬死了他。

这个没有法律的荒蛮村子,巫风就是法律。

"孩儿,不要对敌人宽容。那样死的会是我们!"

尸孩手中的玉璧被盘女取回,重新放回到棺材山里的悬棺之中。那沉睡了两千六百多年的祖先,那是他的陪葬之物。是他最高统治的象征!

"孩儿,你要保护好这块玉璧,这曾经在古老的朝代丢失的宝物又重新找回来了。可能是上苍有灵!你要保护好!这是你的任务,要保护好沉睡在这里的先祖!"

都想起来了吗?女孩冷冷地看着顾玲珑。原来刚才三具骷髅和尸葬盒里的尸体被他破了一个口:只毁掉三具骨骸不碰主棺使机关一时无法启动,不会喷出毒气。燃烧骷髅时本是为了防止毒气的泄漏,但遇明火所衍生出的另一种毒害神经元的气体使他的脑混乱,产生了幻觉。只是没想到布置这个机关的人那么狡猾,在这基础上再设了一道机关。

是骷髅燃烧产生的气体,激起了他过往的记忆。那段不堪回首的记忆,他曾经做过的丑恶之事。那孩童虽不是他所杀,却因他而死。原来每个人的背后都会有面镜子,无情地暴露出他丑恶的一面,让装扮得最善良的人都无处遁形,显出心底的丑恶。

"这就是当年的小孩,你还记不记得?"女孩指着主棺冷冷地说。棺上还有孩子原本的照片,她冰冷的语气让人心寒。

"你究竟是谁?"她怎会知道他背后的往事?顾玲珑反手一扣,掐住她细长的脖子。她的脖子那样细,让人担心会碎。

"我是翡翠!"她甜甜一笑,这句话比说千万句话都要有力量。顾玲

珑手不自觉地松开。

"她是你的软肋？这游戏真好玩！"女孩高兴地拍起手来，银铃声时有时无的脆响，缥缈得或许从未听见。

"我的目的达到了，我要出去。你自个儿爱待多久随你，但好运不常有，并非时时都有人救你！"女孩说完就要走。

"你的目的？你的目的是什么？我尚未进村你就让我小心村民，但是一进村尚未现身，就无故被人抓住。这一切都是在你计划之中吧，抓我的人也不过是受你的教唆。无论走怎样的路都是你在安排！装作救我，却一步步地让我陷入你早已铺好的路！"

"无知！"女孩说完头也不回地离开。

静下心来，顾玲珑却不想离开。坐在地上对着面前的墓主思考，她究竟是什么人？她的目的是什么？一路所见古怪之事和遇到的危险确实是她一步步地让他身陷险境，但又一次次地为他化解。

让他看到了棺材村的冰山一角，让他不断地去发掘盘古村里隐藏的秘密。那么多离奇的人在村里失踪死去。这究竟是什么原因？难道……

原来这才是她想要他发现的真相！隐隐地，顾玲珑觉得翡翠就在他身边，她一定还活着。为了她，他一定要破解三大家族和这里的秘密。等水落石出的那一天，等真相开启的那一天，翡翠一定会回来！

顾玲珑仔细地在四周敲打，原来放着骷髅酒坛的地方各有三个射口。如果触动了机关不知会有什么喷射而出。

这尸葬盒其实就是一个棺椁，棺材里的应该是墓主身体的一部分，符合楚巫民族独特的葬法，只要不触动棺材里的主人，里面的机关自然失效。

"得罪了！"顾玲珑恭敬地鞠躬，然后抱起巨大的酒缸将它移开。被压着的地板上果然有暗门。

由这里下去，所看到的倒像一个作坊。里面放置着各种仪器和工具，年代久远的石头并不是现代的痕迹。这个地方是有几百年历史的遗迹。

看着钩钩铁铁的工具感觉更像刑具，石榻上放有灯盏，蜡烛早已点尽，但为何还能闻到飘忽的一阵香。从踏上棺材村就一直如影随形的香。顾玲珑脑海里不知为何想起了一具具的干尸。这个村里的尸体出奇多，而且都是干瘪瘪的。回忆纷至沓来，忽然他想起很重要的一点线索！棺材村里的棺材他并不是在这里第一次见到。早在刚认识翡翠的时候，在陪她去文氏"鬼楼"的那天，在简影的顶楼办公室里那些黑色的棺木就是出自这里，连棺木油漆的味道都是一样！

顾玲珑激动地寻找，他觉得离真相不远了！那丫头曾撕掉了他的假脸皮贴在别人脸上，还换了他的衣裤在死人身上。她在村民那里掩饰他没死的真相？看她衣着配饰应是一个在村中地位极高的人物。

在这里转了几圈，没有任何发现，但这些工具的真正用途很值得怀疑，顾玲珑处理好来过的痕迹匆匆离去。

至于机关处的三个破了的酒瓶，他相信在村中颇有地位的神秘女孩会帮他掩饰处理。尽管被她牵着鼻子走，不知道她的目的，但很显然她不会害他，而且她还需利用他！

顾玲珑沿途返回，天又黑了。

他正苦恼无处落脚，又听见了那若有似无的铃声。那如催命符一样的铃声驱使他跟着走，如被勾了魂一样不由自主。

顾玲珑在漆黑的山路中翻越跋涉，铃声忽然断了。他沿着铃声飘来的方向而走，终于在一片坟墓中停下。耸立的一座座墓碑在夜里让人胆寒，无数的寿衣碎片在头上撒落，透出一股死亡的寒意。

棺材盖开着，昭示着死亡。但尸体已经失踪，看来他来迟了一步。这些尸体是谁拿走了？蹲下身来，触摸棺旁的泥土。显然这是新坟。再看看旁边一连串的坟头，凡是越新的就越有更多被挖过的痕迹，而旧的坟，年代久远反而没有变动。

这不像是盗墓贼的所为。盗墓贼只会去找年代久远的古墓大墓，这里真是事有蹊跷！远处亮起了火光，顾玲珑疲于奔命地来回走动，简直就是大汗淋漓。

火光的方向正是村中，顾玲珑小心地避开人群，爬到村中的大树上观看。祭坛上一女子在对天朝拜。她身边黑压压一群人在跳舞，唱念着一些像咒语一样听不懂的歌词。

坛上还躺着一个人，脸色苍白，看来应是垂死的病人或是死人。在作法的女子就是那个女孩，能主持这种仪式难道她就是新一任的圣巫女？也只有如此特殊身份的人才能轻松地救他吧。

"亡灵上路，开道，起！"她身边的侍者大喝一声，古怪的声调，但还是听明白了。四个男人抬着祭坛上的担架走开了，他们是要去停灵吗？

尸体葬在小山坳里，棺材乌黑呈金亮色。死者看来也是有身份地位的人，顾玲珑躲在阴暗中窥视着这里的一静一动。几道不怀好意的目光在黑暗中暴露，就是在河里通过怪物袭击使四个陌生游人遇溺身亡再背走尸体的灰袍人和他的两个帮凶。这一切越来越有趣了，顾玲珑内心的激动被引发，对这场游戏有了周旋到底的冲劲。

等了一天一夜，那些人还是没有动手。他们在迟疑什么？

在树上待了许久，顾玲珑觉得饿了。苦于树上不结果，两手无奈地在衣服上拍拍，找到了两块压缩饼干。看来，那丫头事先就准备好了。

良好的野外生存挑战考验使他仍可以游刃有余地坚守在自己的岗位上，但敌方的行动太过古怪，不按常理出牌。谨慎若此，自己要更谨慎才能找出潜藏的答案。

头顶被什么碰到了？顾玲珑伸手去摸，黏糊的液体顺着头顶往下流，一看全是血。这棵高耸入云的树木怎会有血？他疑惑地抬起头，只怕自己的行踪已经暴露。原来还不间断有些鸟鸣虫声的树丛变得安谧起来，那种静让人心悸，头顶上没有任何东西。

这里地处巫族之势，还是小心为妙。顾玲珑记起曾在书籍上看到过的有关记载，在古树上可以下血蛊。因为古树的阴生性很适合作为介质传播。

这份宁静使他有了不好的预兆，摸了摸身上从棺材山里取得的玉璧。他的家族世代守护着这个春秋时期的庞大陵园，成为陵区的居民。母亲和他为了保护玉璧，无意中杀害了那个小孩。想起这一切，他的良心实难安宁。那时的自己太愚昧，这个村太愚昧落后。

看着四周无人，想必是灰袍人在内的那三个人还在等候最佳时机，于是他继续往树冠茂盛之处爬去。树杈的分布形式让顾玲珑注意到，一级一级总是很明显地呈斧钺之形的粗壮树干向天际延伸。

这倒是棵很好的树，和村中那棵相互辉映。如古时皇帝的车盖华丽的冠撑，世代保护着盘古村。盘古村临海而居，后有连绵不断的崇山峻岭，村子当口如在连绵如龙脊之山上，临海而腾空。更有村中如二虎之势的撑天古树当道扶持依托，背山负水，负阴抱阳，如此环境得天独厚的宝地必有墓葬！

难道这大树之上有墓主？这参天古木如此巨大，确能葬人，也符合少数民族的习俗。一截壮大的枝干猛地一坠，连带着的树枝往他头上打来。夹杂着腥风血雨，条条树枝如有生命般纠缠。

顶上的枝叶呼应，一阵阵的血水猛然下来。上面到底发生了什么事？顾玲珑取出铁鞭不断地挥舞，打下树枝。树枝渗出一道道乳白的痕迹，腥臭之味更浓。那是唾沫？！忽然，脑后劲风刮过，他刚要挥鞭，忽地脚被强大的力道猛地一扯，眼看就要撞上黑黑的树干。树猛地张大口，他被不知是什么的东西扯进树腹。

一瞬间的突变，使他无法适应。一阵阵的窸窣之声穿破耳膜而来，这里真的是树里面吗？他伸手去摸，一只冰冷的手抓住了他的手腕，让他大吃一惊："谁？"

顾玲珑想去挣脱，另一只手突然被卡住，冰冷的硬器就像刑具一般。挣扎中，怀里的手电筒掉地，"啪"的一下，一道光打来，他被光刺着的眼回头一看，迎上了一张惨白的脸。头发上的盘巾缠绕着蛛网，上了蜡的头，眼珠动也不动，鼻孔中微微地有什么在动。

不好！双手被人头下的白骨所卡，不得抽身。那骨架应该是被人用了什么方法固定了，脚竟然踢不断。

蜡人头鼻子"砰"一声响，爆出浓黄的带有血腥和臭味的液体，喷了他一脸。他闭着的眼无碍，但慢慢地，他皮肤开始发痒。如他所料，这些液体应该有毒。

或许自己就这样被困在这里死去吧！顾玲珑心灰意冷起来，但在绝望之际，那骨头断裂开来。求生的意识强烈疯长，他挣扎着抽出了一只手，抹去了脸上毒液，正想抽出另一只手，人头的皮肤开始挪动，没有比这更可怕的了。他用力地扯出手，但蜡人头脸皮爆了开来。在看到无数蚯蚓一般的红黑线条游弋出来那瞬间，手电筒灭了。

已经感觉得到虫子爬到手上和脸上了。顾玲珑疯狂地用手抓脸，不让虫子从鼻子和耳朵进去。背后一寒，"窸窣"两声，如女鬼在笑。他停下了手，觉得自己必死无疑。脚底开始有钻心之痛，看来那些虫要咬破皮肉钻进人体。

"嘻嘻！"那种笑声令顾玲珑从脚底寒进心里，比那些虫更让人绝望。闭上眼睛的他等待着死亡，但奇迹出现了。脚底不再觉得痛，那些虫子忽地就跑没了。

只看见红影一过,背后的寒冷就退下去了,那诡笑声也随之消失。脸尽管痒,但也没因此而毙命。虽然一大串的怪事让他心悸,但既然还活着就应该想办法出去。这里就算真的是棵妖树成精,他也要出去,就当是斩妖除魔。

他拾起手电筒,幸好只是一时的接触不良,没有坏。他把手电筒打开,爆开的蜡人头里掉出了一样东西。他捡起来看,却是一柄代表政权的玉钺。玉器在古时就是祭祀的神器,如今又多了柄玉钺,这个人真是神权政权的统一了。看这玉钺也是春秋时代的器物,所以绝对不属于面前这堆尸骨。

尸骨看起来年纪不大,顾玲珑蹲着检查手中的骨头,把它们堆成一堆拜了拜,以示对先人的尊重。而后把玉钺放进怀里,观看这四周,准备爬出去。就在这时,树腔里开始剧烈地抖动、收缩,还流出浓白的汁液。

糟糕,这是怪物的胃开始搅动溶化生命物体了。顾玲珑看准胃液流出最多的地方,在头顶东面两米处。按刚才掉下来的落势,就是这个方位是出口。他抽出铁鞭和短军刀,把刀插进树体。树抖动得更加剧烈,发出咆哮的声音。顾玲珑攀上树身,踩着刀,用力地挥打出口处,那里韧性很强,流出的汁液及时地补了打出的伤口。他想到了火,连忙把打火机打着扔进出口处,火燃烧起来,浓白的液体拼命涌出。被火烧出的缺口渐大,能隐约看见外面横着的一段黑干的树枝。

顾玲珑再顾不了那么多,对准枝干挥去,用力一拉,身子从火海中出来。火势猛一扑,树嗖嗖作响,一个巨大的黑色椭圆体连着长长的粗壮的寄生藤一起燃烧而尽,但主树却丝毫无损。

这是被称作食人花的一种植物,在原始森林里多见。奇怪的是,这种寄生花竟然没有抢走主树的养分,这是不能理解的。它更像是这棵树的守卫。一阵风过,顾玲珑回头,尖细的新月下如乱草蓬松的头发里藏着一双眼睛,虫在眼里爬……

第十七章
行尸走肉
GUI ZHUO

对方手一伸，顾玲珑轻易地被推下十米高的大树。看不清对方的样貌，但那没有呼吸的寒冷，证明了不是人。"嗖"一下人影跳起来，古怪的姿势在漆黑的月夜里更显古怪。他跳着消失在树丛之中，仿佛没有出现过。

他离开的地方，原来再往上几米处有根巨大无比的树干横向地延伸出去。在天幕下，这个位置正指中天帝星，那具微微下坠的树干躯体正是埋葬真正墓主的所在。这个人地位非常显赫，棺材不大，看来也是用了藏尸盒的树葬形式。葬的也是身体的一部分。

如非机缘巧合看见这个隐藏的点，很难发现这棵大树的秘密。顾玲珑铁索一挥，打到地上，缓冲了下坠的冲力，往下一跳，顺势安全着地。

死人会动？顾玲珑自来到这儿就被太多的疑团困扰，找不到方向。他迅速地上了树，沿着刚才尸人离去的方向追赶。突然，他想起了重要的物件，往怀里摸去。果然玉璧和玉钺都不见了，尸人竟然神不知鬼不觉地偷了去？

顾玲珑利用铁索，在树丛中攀越。新月虽然尖细如钩，却异常明亮。看着月钩，他又想起了关于"献"的邪恶祭祀仪式，心头无比烦躁。几条银光刺进眼里，他如发现了新大陆一样欢喜，放慢脚步，爬到树上细看发光源,是长长的丝线。这种丝韧劲十足,不易断。想起典籍记载,古时有一种天蚕丝,柔韧万分刀割不断;看来,今天用来操控尸体的线即使不是什么天蚕丝也是经过特殊化学处理得来的弦索。干尸本来就不重,用这么坚韧的化学用绳是足够了。

在树上攀越了许久,终于看不到丝绳了。看来,该到了。这种技法有点像湘西赶尸的法门,他在子夫人的密室里也曾遭到过这种方式的暗算。难道是那人来了?

淡淡的月光下,远处有一片冷光。极淡,但是能看出范围很大。顾玲珑迅速地下了树,飞快地跑向光源。

月夜下,对面是一望无际黑色的大海。大海前的出海口夹杂了连绵的高山,高山仰止,一排苍龙点水入海,气势磅礴。也像一个个巨大的将领撑着巨斧守护着海中巨龙,风水俱佳。故而在山与海之间还有墓地,山上的悬棺更是多。在茫茫的海上空,出现了一张巨大的地图。地图像拼凑而成,交合点却缺了一段路线。眼前是那个女孩,在月下高举着玉璧和玉钺,头上插着一把泛黄的古铜镜。通过月亮所造成光和影的折射,这对玉器的秘密终于清楚地显现出来。难怪玉璧上会有线条,那些阴刻线、镂雕、透雕、浮雕,所交叉得来的是月光下显示的地图。

顾玲珑走前一步:"原来你一直引导和跟踪我,让我去找出这些你不知道的神器。你到底是为谁服务?"

女孩也不急,缓缓取下头上的古镜,地图没了反射源马上就消失了。而那古镜正是顾玲珑曾修补过的那一面。而那一趟旅行是自己被唐宋元叫去游长城从而看似无意地从一个摆地摊的老人手中得的镜子。又是唐宋元看似无意的巧妙安排。发生了许多类似的事,他心一下就凉了:"你是唐宋元派来的?"

"我真的就叫翡翠!唐哥是握着和氏璧秘密的楚国工匠的其中一个后

人，我们只是为了一个任务！"

女孩身后的红影一闪而过："不必担心，那就是刚才在树腹里救你的蛇。来到这里，你几次中毒，我都为你一一解了，但你没有蛇毒的抗体，在这个满是瘴气毒蛇的地方是不行的，所以你刚进村我就让族长放蛇咬你，你服食过尸灰灵芝被咬到就不会死亡，用这条灵蛇的血液提取出血清混清水就能救你，更能使你对这里的一切毒虫毒蛇免疫。以毒攻毒，这就是之后你多次中了毒都没事的原因。蜡像人头里的血液是剧毒，而你也仅仅是脸痒，用清水洗了就好，并不毙命。"

"人头是新死的，骨架却是有来头的，这样的搭配是为了什么？那人头又是谁的？那棵寄生食人花也是活了百年以上的植物。"

"那人头才是这里真正的巫女，我是假扮的。但人不是我杀的，我想救她时已经来不及了，但她曾说她是罪有应得。这里的棺材传来的怪味相信你也闻到了，你之前的疑惑也是对的，这种香气和你在北京文氏'鬼楼'里闻到的怪香味都是同一出处。这些漆在棺材上的油漆是混了尸油制作而成。当有人来和我（扮作女巫之时）商量要加大尸油的质量和数量，我才明白女巫是受人控制也参加这项害人的计划。如我估计不错，应该是唐哥把她除掉好让我从中取代，将幕后的人找出。每次和幕后人见面，他们都是戴了面具的，所以有哪些人我也是不知道的，我需要你帮忙！你也不会容忍这群害人的魔鬼继续做这些伤天害理、草菅人命的事的，对不对？！"

看着那双清澈透明的眸，顾玲珑感到心痛。难道欺骗自己的一直都是这个自己深爱的女孩？！

而自己却被视如兄弟的唐宋元摆了一道，派这个丫头来迷惑自己。通过自己和翡翠接触子家、庄家、简家，从而一步步地揭开一些三个家族都掌握着但又不够完整的上古祖先留下来的秘密。

顾玲珑看着翡翠的眼神感到陌生，这种神色不是翡翠的。这个翡翠一定有古怪！突然，她一把拉过了顾玲珑，伏在了一旁的草丛中。这样警惕的反应不亚于他，诡异的天幕下，墓地里的棺材板一个接一个地爆开。

面色蜡黄的人坐了起来，肢体扭动的声音让人起了一身鸡皮疙瘩。那种被盯视的感觉又来了，黑暗中，那尸体扭转了头，盯着草丛方向的顾玲珑他们。"呼——"若有似无的呼吸贴面而来。棺材里缭绕着雾气，一切都看不真切，但有五六具尸体就这样起来，排着队向村中后山方向走去。

远处有闪烁的红灯笼，难道是接头的人到了？顾玲珑抖擞精神正想看清楚，灯笼一下掉到了地上，那人哭喊着跑了。看来是吓到了村里的人。记得母亲盘女的遗书里写着，村中的人经常见到死去的村人在山道中行走，纷纷躲进家里不敢出门。村子慢慢开始安静起来，村民都不敢随意走动，一入夜就躲进家里。而后，村子也开始衰败、人口凋零，但生意倒是越做越广，财源滚进足够支撑这个小村。

看来大量金钱的收入和这些尸体失踪有关。

随着尸体行走，他们已经跟到了当初进入神庙祭祀的地方。庙里挂着破旧的红灯笼，飘忽地在风中闪烁。

"轰！"一个巨雷打在头顶，冷电紫光将残存的庙堂照亮，一个人头骨碌碌地掉落滚向了草丛，无头的身体一步步地走来。其余的五具尸体走进庙堂在地上跳动，雨一下来，尸体都不见了。

唯有脚边的那颗人头咧着嘴朝他笑。

"不好！"女孩暗骂一声，在高高的草丛中打了一个滚，消失不见。

顾玲珑定格在那里，从人头嘴里吐出的气使他动弹不得。一向精明能干、身手麻利敏捷的他到了这危机重重的鬼蜮总是那样被动。无头尸身提起无力的顾玲珑，另一只手抱着头颅向庙里走去。

闪电映花了顾玲珑的眼，尸身皮肤充满了弹性。那无头的脖子在空洞地朝着天，流出的血在雨里更加张狂肆虐地斑驳。眼皮一重，陷入了昏迷。

"吱呀!"是谁推门走了?自己是死了还是活着?顾玲珑微微睁开了眼睛,发现自己躺在一个诡异的世界里。红红的灯笼映出血一般的惨淡光景,身下火烧一样的炽热。皮肤有了被灼伤的疼痛,原来自己没死!

头脑还是浑浑噩噩,脚踩到了柔软的物什,顾玲珑低头一看吓出一身冷汗。一个七八岁的男孩仰着脸对他笑,那笑干瘪得如同枯灯。两只空洞枯竭的眼流露出对生的渴望,看衣服是这里的村民。

一溜检查过去,全是脱了水分的干尸,有的则是外来人口,穿着名牌衣服。这里是个害人的魔窟!

他们需要大量的活性尸体(新死的尸体)来做什么?如果是用来做试验,那又明显不对,因为做试验更需要的是活体!

干尸身上还有淡淡的臭和香,两种对立的味道混在一起令人有说不出的窒息。石室灯盏上的油有一股独特的味道,跳跃的晃动火芯映出了死亡味道。灯笼上的皮渗出了厚厚的一层油迹,腻腻的。顾玲珑仔细地瞧这灯笼,是人皮灯笼!

他一路跟踪的那些尸体不像是用牵线的方法使他们走动,而且还察觉到了有人跟踪。这一切究竟隐藏了什么?他绝不信这世上有鬼,尽管他迷惘过。但目前所面对的绝不是鬼魂的挑战,而是比鬼更强大更可怕的人,人心难测,最恐怖的往往是人!

顾玲珑蹲下再仔细地检查一具具的尸体,戴着手套小心地按动尸体干瘪的肉身。尸体都是新死的死者,但无一例外地都大量脱水而成干尸。为什么要在短时间内使尸体干化?不可能是这里的风俗,尸体的器官确实是有遗失。不排除盗贼趁着人新死,把心、肝、肾这些器官摘除拿去买卖换钱。但如果是这样的话,为什么在黑市里十分值钱的眼角膜却不摘取?而且这里有个别的尸体,眼睛干化得尤其古怪,眼球已然没有,只剩部分残余,但这绝不是人摘取的,这样摘取肯定不能移植,不能换得钱,究竟是什么使他们的眼睛变成这样？

顾玲珑自从遇到了这个翡翠，就一直被引导着从一件事掉进了另一件事里，从一个泥潭陷入一个更深的泥潭。原来只是翡翠牵连出的一系列凶杀案件，那个虚幻的和氏璧牵出的一条无形线又拉着他来到了这里。但这一个个迷局的源头究竟是什么？

一切看似毫无关联，但又相互之间有着紧密的联系。背后的人实在是太强大了！顾玲珑晃了晃头又回到了现实。石室里非常闷热，第一次来时，这里并不热的。这里又藏了什么玄机？他想起假翡翠提到的尸油，到底是怎样从尸体上提取的？这就是尸体如此集中的原因吗？

他研究着石壁上古朴的青羊方盏灯座，无意发现灯座可以转动。试一下运气，他向左转动，一道暗门开了。

洞里很黑，而且空气要好些，没有那股子闷热。顾玲珑回到原室，从另一个普通的灯座里取下了一支长长的红蜡烛，举着它，小心地走进了黑暗的石室。石室很空旷，越往里走越宽广，仿佛没有尽头。

前面有一个小小的石碑，他连忙走上前去，举着蜡烛察看，石碑上的字很奇怪。与其说是字，不如说是有规律的符号更贴切些。他猛地想起，在母亲的遗书里也有一大段这种无法辨识的字符。

母亲的遗书？他大急，连忙往身上摸，身上藏着的物件早已空空如也。假的身份证、手机，一切东西都已不见。

如今急也是没有办法，被假翡翠拿到母亲的遗书不至于有害，只怕遗书已经落到了坏人之手。面对同母亲留下的古怪文字一样的石碑文字。他猜测这个石碑可能会有一定的线索，如果是敌方也发现了这个秘密，一定会回来找，或者已经在他昏迷时找过了。无论怎样，只要还有一次机会，他都不能浪费。这个石碑周围的土地完好，还没有被发掘过的痕迹，所以机会还是很大的。

他用手挖起石碑下的泥土，挖了半天依然一无所获。难道是自己理解错了符号的意思？他抚摸着碑身，一个古怪符号上有尖尖的钩状物。他把身一横，用力一带，手掌的皮肤被尖钩刮破，渗出了血珠。奇迹出现了，碑上巴掌大的一方显出了字迹，是母亲的字迹：神庙肚堂，忠义两全。

字迹在十数秒后就消失了，这是母亲留给他最后的提示。把石碑扶正，审视四周，这里会不会就是通向棺材山的路？如果是这样，棺材山那样大，没有线路图很难在最快的时间出去。

站在石碑中心，顾玲珑能很明显地感觉到两种温度。一面是凉快中带了咸湿，一面是闷热干燥，他往干燥闷热的地方走去，是条绝地。

石壁上的石块呈微黑烟熏之色，看来这里是和其他石室相连的地方。另一条路有可能通大海，也有可能盘旋而上棺材山，但此时先搞清楚石室的用途是最重要的。

顾玲珑沿着石壁攀爬，石壁上的石块还有余温，他果然没猜错。爬到三米高的平台上，墙上有道暗门。他用力去推，门旋转，他还没来得及反应就掉到了地上。腰椎生痛，掉下的地方很深，这个室内灯火通明，热得人难受。

他站起来，静谧的石室里有种莫名的诡异。暗黄的灯影闪烁，他的倒影映在石壁上显得那样不真切。

墙上何时多了一个影？顾玲珑装作不知道，却不动地盯着墙看，一阵呼吸断断续续。是不是太热了，他产生了幻觉？站在屋中，人被蒸得发慌。

墙上刚才还有的影消失了，顾玲珑在不大的石室内走动，石室很空，但为什么他觉得很满，有满满的一屋子人。

抹去头上的汗，长时间没喝水让他有点虚脱。他一定是产生了幻觉，他坐在就近的石榻上。坚如磐石的床榻也是虚虚的浮，并不踏实。

蜡烛一晃，全灭了。室内一片黑，顾玲珑条件反射马上站了起来。此时,他更真切地感觉到满石室的人。

在这种绝望的气氛下,人越来越脆弱。凉凉的呼吸喷在脸上,是什么在向他的脖子吹气?回头什么也看不见,只有黑乎乎的石室和变幻莫测的黑影。

忽然,亮起了一支蜡烛,模糊地映照着石壁。他的脚下软软地踩着一只鞋子,缎面的红丝鸾凤鞋子,十分精致。拿在手上,还有缕缕幽香。不对!刚才看过,地上根本没有鞋子,没有一样物件,除了石榻和不多的灯盏蜡烛!

想起刚进来时的阵阵呼吸,头皮更加发麻。顾玲珑手里捏着鞋子不知如何是好,蜡烛又亮了一支,渐亮的石室墙上又看见了刚才消失的影。他的心志已经全模糊了,他猛地回头,伴着一声厉喝:"谁?"

身后一个美丽的女子朝他微笑,嘴角含香,但脸却惨白惨白的,穿着民国时的臻秀小旗服,典雅忧郁,让人心神荡漾。

女子暖暖地向他吐着气,兰馥之香使人迷醉。

顾玲珑忍不住向她走近,握着她的手,软软的腻腻的。满堂张灯结彩,红灯笼纷纷亮起,高挂帐前。母亲盘女笑着看向他,他和新娘转入了芙蓉帐。

"喵——"

一个激灵,顾玲珑猛睁开眼,他正睡在石榻上。

他极力压制心头恐慌,用力扭转了头,那一秒一个世纪那么长。

他和一个女尸睡在了上面。她惨白的脸似在对他不住地笑,他箭一样跳起。冷汗湿了后背,眼前的景象让人窒息,十几具尸体各放在每张榻上。榻下堆了柴火在慢慢烘烤,尸体肚脐上点着蜡烛。

脚下是那只猫,黑色皮毛绿眼睛的猫。他做了什么?

他看向榻上惨白的尸体,方才竟然还做了成亲的梦!

那只猫轻轻跃到榻上,用爪子对准女尸喉头一拍,女尸嘴张开,吐出里面的气体。顾玲珑醒悟过来,原来这里机关重重,不能轻视。

看着眼前的这一幕,他终于明白了为什么会有如此之多的尸体。用蜡烛点燃,慢慢燃烧,流出的灯盏的蜡油不断地炙出人体的油,榻下面熏着炉,加热室内和人体的温度,使人体内的油分加速流出。而且灯盏上的蜡烛和灯油好像都是经过特殊化学处理,燃烧后会挥发出一股特殊的香味。和着人油,更达到了一种难得的油香味。但还不是他在棺材村见到盘棺时闻到的那种,也许后来那种独特的甜香味是加入了其他的配方。

看着眼前的尸油让人觉得恶心,但尸油确是一种很好的防腐剂。在古籍里有记载,棺材如能抹上尸油,能使棺材里的尸身千年不腐,且棺木遇水不化不烂,远芳溢香。被镀上的尸油,就如一个个的卫士守护着棺木里的主人,在古时帝王中确有用此法入殓。尸油来自人身,也符合了殉葬的陪葬人制度。记得在前年考古时,确实出土了一具战国完尸。棺材以及墓室都没有惊世的文物宝藏,但那具棺却价值连城堪称国宝。完美的漆纹和装饰纹,难得的一棵树的木料,特有的清香和棺主的鲜活如生,这一切的工艺和现在见到的如此之像。那种和了泥土的味道,棺木更鲜亮更清新,不因长埋泥土而脱落斑驳,那种味道更胜这里。

但现在知道这些的人不多,他们这样做棺材的目的,应该是使用了尸油的棺木特别油亮生辉,光滑得能照出人来。而且不易腐烂,带有香气,满足了一些人追求土葬羽化为仙的自私之心。

终于弄明白了这里隐藏的黑暗,顾玲珑有了一丝的轻松。

父亲来到后就创造了新的棺材制作工艺,他果然是罪魁祸首。因为他的自私,这里死了多少人。他用这种所谓的技艺和金钱去诱惑这里老实的村民,使他们成为杀人的机器,麻痹荼毒他们的精神,按他的意愿去构建了一个新的杀人的古董村。

可以说,父亲很有头脑,也拥有丰富的知识,对古代的民俗学尤有研究,但他却是个魔鬼,害了母亲盘女,控制了村民的头脑从而控制了整个村,也用金钱毁灭了这个村。

看着其中一两具尸体合着的眼上放置燃烧蜡灯熏热做法,顾玲珑认为是那人在寻找更好的尸油方式而做的试验,难道他在寻找远古的香味?那种尸油的成分虽然现在学术界仍有争论不应该是墓主千年不腐的根本原因,但也找不到其他更有力的原因。

翻看那些床榻,让他感到浮的原因是石榻很薄,到了一定时间会翻动,让尸体直接受热,也就形成了他刚进来时石室空空如也的景象。随后的迷香和古怪的尸体突现都会使意外或有心进入的人吓破胆而猝死。

不能想太多,他已经有些虚脱了,看来要先离开这儿。看着静立一旁的黑猫,他想到了曾替翡翠养过的那只黑猫。难道真的是它?

"玲珑?"他试探着按翡翠起的名字唤它。小猫"喵"地叫了声,亲热地在他脚边徘徊。那种感觉使他确认它就是自己养过的小猫,但此时的小猫玲珑俨然是被训练过的猫了。

突然,小猫警惕地躬身竖耳,尾毛直立。这使顾玲珑集中起精神来,屏气凝息隐约听到有人声。他更努力地四处寻找声源,是在头顶上部传来。他踩上石榻,刚好那个方位挂有一幅画,这更引起他注意。他把画移过一点,有个洞眼,真是天助他也。

石室另一边,就是刚才抓他来此的无头尸身,仔细看那是镀了蜡吓人的假尸体,全是蜡所造。假尸体站立一旁,像在和什么人说话,那声音很熟悉。突然假尸身强力摇晃,"噗"一声,一个人头长出。那是蜡人身体里藏着的真人,因他脸上全是血,映着惨淡的蜡光更显恐怖。

蜡人机械地走到一旁,由于洞眼太小看不清他站的方向。但顾玲珑清楚地看见了原本蜡人挡着的地方,一个皮肤浮肿得变样的人身上被另一个站立的假尸体在其肚脐处开了一个小口。再把蜡盏点好固定在肚脐上,不一会儿灯油蜡油都溢了出来。

看尸体的模样显然是溺水而亡，难道就是在进入水湾迷道时遇害的那四个人？看来古董村里新下葬的尸体是远不够他们用来制尸油的。这群丧心病狂的人一定要受到应有的惩罚！

那个熟悉的声音又响起："什么？要我们停止行动？不行，那不是断了我们的财路！如今才说不干，我们合作了那么多年说不过去吧。"

"哼，别想得了便宜就想收手！你干过的事我可是有数的！"

接着就是长时间的沉默，看来是人都走了。

顾玲珑从洞里张望，这个洞眼是故意凿出来的，主要用途是监管每道工序，而不被其他的人看见。猜得不错的话，帮他们工作的应该都是些普通村民，而今天由主脑他们亲自动手一定是因为遇到了什么棘手的事或者是要在这里会见重要的人，为了不让村民知道，所以亲自动手。

到底是谁来了？又是谁在对话？看得出他们之间起了内讧，说话的人他已经知道是谁了。那批会行走的尸体全是人扮的，目的是为了吓住他，使他大意中了蜡人头里喷出的气而失去知觉。他们把尸体的手脚都砍下来装在蜡做的身体上，这样人就能装死尸走动。而先前的眼睛里有虫冒出来那个尸人是靠了挂在树枝上的丝绳的拉动而能行走。这样的目的是为了吓跑一些多事的村民和外人，显出这个村的神秘。他们已经见过自己的容貌，看来他没死的消失很快就会传开，他要加紧行动。其实，这也不见得是坏事，适当的情况下暴露身份，更能有效地打草惊蛇。

由小猫带路，他终于走出了这个密室。

看来是翡翠让它来带他出去的。离开石室，天地豁然开朗，又是一个晴朗蓝天，翡翠站在青草丛中，那明媚的眼带着淡淡的忧郁笑看着他。站在那里，世界清亮，芳草萋萋而哀伤。

第十八章
归途
GUI ZHUO

翡翠递上了水和干粮，在安全的地方，他终于能好好地休息。他太累了，睡了不知多久，等他醒来，翡翠依然坐在他身旁，手里把玩着一件东西，在阳光下泛着七色的光，很柔和很舒服。

"那是归途！"翡翠举起玉环，阳光透过它打在她晶莹的脸上。

"归途？"

"'归途'又名'水月洞天'，洞晓世事。人生在世短短几十年，何必执着金钱名利。那不过是水中花镜中月，金钱名利如浮云，遇水而化遇风而散。但明白这道理的却没几人，所以芸芸众生都不知何处是归途！"

"世人大多愚昧，不过如此。有崇尚名利，有贪慕金钱，不过尔尔！"顾玲珑接过了那比巴掌大些的玉环，像一个轮回的磨盘，一面玉环上镶有铜镜，那种古旧的黄光带着陈旧的意味审视着镜中的世界。

"这是我从神庙肚堂取出的东西！"翡翠说着把一封信一并交给了顾玲珑。原来他在石室内看到的字迹她早猜到了，并取了出来。他叫过了小猫，小猫的铃铛处果然有个监视器，他苦笑起来，这个翡翠让人捉摸不透，果然是个训练有素的人。这件物件和信都藏在了进村时那座铭有古董村地志的石碑里，"神庙肚堂，忠义两全"看来是针对这个村的古怪事情。

放下信，他不急着看，说了一件无关紧要的事情："玲珑离开我这么久，都不爱跟我玩了。"

翡翠回过头，奇怪地打量着他："这只猫叫得怎么这么古怪？我见它黑不溜秋，一直都叫它大黑的。"

这是翡翠亲自取的名字，她竟然不记得！

"玲珑一直跟着你吗？"

她看着顾玲珑的眼睛，对他的发问感到奇怪。

"是一直跟着我，我醒来时就它在我身旁。"

"你醒来？"顾玲珑进一步发问。翡翠迷惘地摇了摇头，迷蒙的眼有了焦虑不安，渐渐地抱起了头，头一阵阵地痛。

"我的头好痛！"翡翠迷惘的眼神告诉他，有一段记忆她丢失了，所以她认不出他。但真的是如此吗？他是经过特殊训练的，身手了得，这些根本瞒不了人。所以，翡翠曾怀疑过他的身份，当时从翡翠的眼里就读出了这种疑惑。而当时的翡翠是丝毫没有露出一点功底，如果她是假装的他一定会发现。面前的翡翠真的是原来那个吗？是的话以前为何他没察觉翡翠有这般身手。他始终深信她没有假装，但这种身手也不可能短时间练成，在子家庄园救他出来的初次相遇到现在，她也没有认出他，只提到是唐宋元让她多次救他，俨然是这里的神使巫女，翡翠的身份成了一个谜。

经过了调节，她才恢复。第一句话就是"我知道怀璧是谁"。

翡翠在庄家见到的犹如鬼魅的老人提到的"怀璧"，让翡翠小心怀璧。而后，唐宋元答应帮她查出谁是怀璧，过往的一切尚历历在目，却早已物是人非！

"我在广州的拍卖会场有位忘年之交，我从小当她是老师，学习古玩的知识。这次去碰巧遇见她，她还聊起古玩界的一些事，说到了现在播出的《古董迷情》，和京城接二连三发生的凶杀事件。

"她还很好奇说我怎么去当主持了,我自己也吓了一跳。说我没有,才知道我和翡翠长得很像,连名字都是一样。"

"你不记得以前发生的事?你从哪儿去的广州?你在哪儿读的大学?"顾玲珑打断了她的话。

"我一直就住在梧城啊,在广州上的大学。有问题吗?"翡翠见他用惊讶的眼神看着自己,也很纳闷,"我长得真的那么像那个主持吗?"

顾玲珑对她感到不可思议:"那你怎么认识唐宋元?"

"这些是私事,我不能回答你。我的身份你也不用乱猜了,绝对不是你认识的翡翠。我根本不认识你,但我却有一件很重要的任务没有完成!唐哥专程让我先来到这里站稳了脚,摸清了他给我的盘古村(古董村)的行走线路图,然后再去京城救你,再随你来这里帮助你。再告诉你一点信息无妨,那就是还有个任务是搞掉这里的杀人魔窟,这里另一个别名叫尸香村就是因为这些尸油。看着和你很投缘很有亲切感,告诉你这些,还有一个重要任务也是在这里完成,但恕我不能告诉你具体是什么。"

回到了正题,翡翠说起是她的那位老师知道怀璧就是子辟月。

"这个村就是她当年出生的地方,她还有位堂妹比她长得更花容月貌。但具体的也就不知道了,因为这个村子十分荒芜偏远,进来过的人总是离奇失踪。加上瘴气缭绕,也有大量的文物,所以不让外人进出。陵区总是容易让人遗忘和恐惧。其实子家的秘密太多,如能把这个贼窝弄掉,其他的事也就迎刃而解了。"翡翠淡淡地说着。

"你认不认识子剔透?"顾玲珑开始诱导性地发问,因为他知道现在也无法确定她是否是翡翠。

"听说很帅很有品位的一个男人,只可惜没见过,但我的任务也确实和他家有关。"翡翠的眼里没有多余的情感,对子剔透也是。这真让顾玲珑困惑,说起前事,她也头头是道,除了上了大学从来没离开过家乡,为了救他才专程去了次京城也是头次去。她和做过主持人的翡翠究竟谁才是真正的翡翠呢？

"你怎懂驱蛇之术？"

翡翠想了想，说起她以前从小就经受过特训，学到很多知识。空手道跆拳道黑带九段，好像也确实没什么事难倒过她。而刚好又身在历史上的南蛮之地，接触过有名的蛊术大师，所以她会一点驱虫蛇之法也不奇怪。说起虫巫蛊毒，她的对手就是一个能手，是个很厉害不容忽视的人物。

"是简影？！"

翡翠杀意顿起，冷冷看了他一眼，娇媚一笑："偏不告诉你！"

看来她和自己认识的翡翠很不同，难道是唐宋元刻意找出的两个翡翠作为烟幕弹迷惑大家的视线？两个人的思维方式根本就是不一样的，从医学角度来说，失忆的人对事物的喜好看法是不会变的，就是说忘记的可能是曾做过的事，但对于处理问题的看法方式是不会变的，喜好和逻辑思维不受这个的限制和影响。但世界上真有这么相像的两个人？

这个翡翠知道怀璧就是子夫人那肯定是唐宋元透露给她的，但她又不是原来的翡翠，为何拐了一个弯让他知道？顾玲珑问出了自己的疑问。

"唐哥说你想知道，所以我就告诉你啦。"她吐吐舌头。

唐宋元根本就看出了他是假死的，甚至还帮他搞了死亡证明书。唐宋元为什么要帮自己？经过诱导性发问，这个翡翠从小就是经受过训练的，她所谓的任务也透露得差不多了，不知道是她有意透露还是真没注意他的套话。顾玲珑疑窦满腹。

翡翠悠闲地消磨着时光，她很乐观，没有另一个翡翠的那种忧郁。忽然，她警惕地坐直了身子，很专心地去听。

"我有任务，先走一步！"说完摇动着两只手，铃铛的声音非常悦耳，不一会儿她就消失在草丛中。

糟糕，刚才太累，她给他看的信和玉环都一并放在她那儿，他还不知道信的内容。想着，顾玲珑站起跟着跑了出去。

村中不知在举行什么仪式，顾玲珑悄悄地走近，村里一个人也没有。这让人更为担心，绿紫的光打在人身上也觉得寒冷。这里的人很怪异，风俗也是古怪至极。

正想着，路边刮起了阴风，顾玲珑不知不觉间走到了一条街巷里。街道很宽阔，一些蛇虫鼠蚁开始逃窜。

"恶人要受到应有的惩罚，今天就让我们惩戒恶鬼，祈求上天降福给我们村！"地上跪着两个纸扎的大型人偶。

难道村人是在斩杀恶鬼以祈来年的风调雨顺？顾玲珑低头一想，今天是除夕了，2009年新年的前一天，这个村子还沿用了这么古老的杀鬼仪式。

刽子手穿着敞胸粗布大衣，满脸的大胡子，样子狰狞，举着刀等待。一旁排着许多道家天神，全是狰狞之相，暗灯一打，让人看着心寒。

"驱魔除秽，岁请迎神。祭刀！"身段曼妙的女子蒙着脸，把水喷向大刀，激起一片火焰。顾玲珑冷笑，翡翠做得模有样！

突然一阵雷鸣，紫光一闪，打倒了一棵树。这是不祥的兆头，树燃起了火，围观的村民开始慌张。

"天火极阳，是上天的好兆头，让我们杀鬼有丰年！"翡翠大声说道，村民安静不少。一声令喝，刽子手手起刀落。两颗鬼头滚落，除去恶鬼，大家大声呼唤。翡翠看见鬼头落地，眼神却极为慌张，难道出了什么意外？

又起雾了，干涩得眼睛难受。顾玲珑揉了揉眼睛，却发现刚才围着观看的人全不见了，安静得仿佛根本就没有人出现过。

顾玲珑不信，再一看真的是一个人也没有。不可能，他闭眼只是几秒的时间。看着两旁排山倒海压来的面目狰狞满嘴獠牙的天神，他感到恐惧，那是发自内心的恐惧。太安静了！他的面前只有一口井，他往井下看，暗红紫绿的鬼神倒影像在笑。

"把我的头还给我！"

顾玲珑回头一看，是搭自己来这里的司机。他的脖子不断地溢出血，没有呼吸，抽风的说话声，他的手缓缓地举向头边，用力一拧，头下来了！

"啊——"远处一个小孩吓倒在地。人头拿在手上，司机步步逼近："为什么要斩我的头？"。

顾玲珑步步往井边上退。突然起了浓雾，看不清走过来的尸身。他大惊抓起袖子里翡翠给他的匕首向尸体扔去，刺破肉体的声音传来，但尸身无动于衷，更愤怒地把人头扔向他。

他手扶上井边，井里映出了一张头发遮盖住的脸，水中"哗"地伸出一只惨白的手抓住他的手腕，手浮肿得像死猪肉却力大无穷，他整个人被拉进井里。

井平静了，地上的尸体也立即消失无踪，仿佛从没有任何人，连鬼影都没出现过，只剩下脸色惨白的小孩被吓昏躺在地上。

井很深，连着河道。暗水道里，顾玲珑拼命挣扎，一具死尸才离开了他的身体。这死人怎会动？一个亮点射向他，他迅速地游过去。水越来越浅，原来岸在这里，上去一看，是翡翠。

只见她脸色惨白，眉头深锁，正迅速地脱去防水的连身潜水衣，原来是她用死人作掩饰救了他。难道她为了不暴露身份要赶紧回去？

见他上了岸，她一句话不说，迅速地消失在黑暗处。她遇到了什么事？

"你为什么暗中掉包？不知会我？你什么意思，盘棺？"翡翠愤怒地责问眼前的老头。

盘棺上下打量着翡翠，翡翠目光镇定，咄咄回视他。

"我做事不用你过问，丫头。你做好你本分就是了！"

"这样我们很难合作！"翡翠重重拍打木桌。

"当了神使就威风起来了不是？告诉你，你的神圣地位也不过是我捧出来的！"

"你……"翡翠气结，不说话，脸色铁青。

盘棺来回踱着步："你刚才举行完杀鬼仪式后去了哪儿？"

"一直在这儿！"翡翠没好气地回答。

盘棺在屋内认真地察看，确实没有可疑之处，哼了一声就走了。

夜渐深，累了一天也该休息了。看来他们已经有了进一步的行动。翡翠躺在石榻上凝神冥想，只怕自己的身份不能维持太久。但今天看来他们的行动不是针对她，奇怪的是以前的行动都会知会她。为了把这个团伙一并除掉对于害人的事唯有不管不问，他们的事真正的巫女是知道的，所以她不能有同情之心。首领教过的，做大事就要有极硬的心肠。这次的行动是把接无知的游人来这儿的司机当恶鬼杀掉，为什么不通知她而掉了包？

看来首脑人物来过，不然盘棺不会有这种决定。而且关于这里的事可能被外界强大的力量所干扰，需要停止目前的制尸油的活动。

灯火狂烈地跳动，她眼一睁警觉地看向窗外。原来是窗没关好，松了一口气，觉得有点困了，闭着眼打起盹来。

点的灯烛为何味道那样特别，是自己多心了？翡翠转过了身，继续睡。屋内很静，屋外也是。连虫子的声音都没有，太静了！

但为何觉得有什么在动，眼皮直跳，她微微睁开了眼，对着的内墙是巨大的八爪蜘蛛一样的黑影在摇动，手脚都那样清晰。

她大惊，跳了起来直奔门口，门口外只有黑黑的天。她正想回里屋，就看到了一个两三岁大的娃娃。

娃娃穿着团红锦缎大襟，还有盘扣，宽宽的唐装裤非常可爱。伸手搂起，娃娃脸上的皮肤很好，很光滑柔软一点也不像其他玩具那样枯燥。脸色白白的还像涂了淡红的胭脂，可爱极了。眼睛的睫毛长长的，眼珠还会随着人的摆动而一眨一眨。

这是个女娃娃，头发也很柔软，扎了一个冲天羊角辫，实在是太可爱了，翡翠的母性被激起。抱起的娃娃有半个她那么大，她哼着小曲进了房子，全然忘记了刚才看见的古怪情况，把娃娃放在榻上，看着娃娃的眼睛，怎么像会说话一样。

翡翠忍不住往娃娃脸上亲了一口，娃娃的脸真柔软，像真的皮一样。

那一晚，翡翠做了一个奇怪的梦。梦里看见一个女孩的背影，那个女孩始终背对着她。她在祭台上做什么？翡翠忽然有了一种害怕，那个女孩怎么这样面熟，好像在哪儿见过。

盘棺带来了一对两三岁的小孩，样子很可爱，天真极了。

"你从哪儿弄来的小孩，倒挺可爱的！"和翡翠年纪一样大小的女孩穿着和翡翠一样的少数民族服饰，语吐恶气。

"刚好有支考古队经过这里，而我看见这对小孩可爱就给你带过来了。还没进这个古董村，那群灰包就被棺材村的怪诞光景吓破了胆，跑得老远了！"

"还不是你人为地添油加醋让那群定力不够的老学究害怕，不过为何你不把他们都制了油，哈哈！"女孩恶毒地笑着，超越了她那个如花年龄的恶毒。

"他们都是大有来头的，其中还有一个是国家级的人员，动了他们对我们可没有好处。而且只有他一人力说要进村里来考古，让他进来了这里就不得安生了。"

"不像你天不怕地不怕的作风，原来你还会妥协！"女孩仍是肆无忌惮地嘲笑。盘棺生气了,扬言这对小孩就是那考古人员的孩子,现在还不是一样被他抓来。

女孩侧着头看那对小孩,露出了邪恶的笑容。

风撞击门的声音,翡翠一个激灵,醒了过来。她怎么做了这么奇怪的梦?她感觉身体软软的,"砰"的一声,一个雷震翻了半边天,紫电打在了一个人身上。是的,一个人身上。门口站了一个人!

"盘棺,是不是你?"翡翠挣扎着坐起,那人仍站在门边上不说话。闪电使得他的脸更加阴晴不定,看不出是死是活。

在这里,已经很难分辨谁是人谁是鬼了!这个死村,这个被金钱腐蚀的鬼村,入了夜,撕破虚伪的脸皮,人也就变成了鬼。

有危险!翡翠把后脑上插着的发髻刺进大腿,痛一丝丝地蔓延,人也清醒了几分。

那人低着头,在黑夜里看不真切,闪电把他的脸撕得支离破碎。长长的头发像杂乱的枯草一样堆在脸边,盘扎头发的蓝布掉了,头发上还沾有泥土。黄黄的泥水随着头往下流,脸上脚上也沾着泥,犹如从地里钻出来一样。

翡翠怒喝:"你到底是谁?私闯神使府邸是死罪!"

那人仍是站在那儿,长时间死一般寂静地对峙。翡翠感到自己的身体越来越软,再一次用力刺向大腿,精神了几分。他不靠近难道是在拖延时间,让她倒下再取她性命?来者不善,善者不来。不能再等了。

翡翠袖里轻轻滑落一把飞梭,出其不意地用力摔出。那人一跳,竟然是身手了得的。翡翠大叹:我命休矣!

那人不单避开飞梭,还把它接住,有武器对准翡翠而来。翡翠把头布一挥,"叮"一声清音,长长的盘头布扎着一个流星锤,用力甩出正中那人胸口。那人头发被锤子震得飞起,鲜血和着泥样子更加狰狞。

那是身为司机和做尸油榨取工作的盘天荫，今晚的三个司机死了两个，因为他们知道得太多，显然被灭口了。但他们自己却不知道厄运的到来，但为何武功最好的盘天荫被留下性命？看来留他性命应该是派给了他任务。完成了这个任务，他也会被灭口，只是他还不知道。

盘天荫再次袭击，翡翠无力挥动铅球，布条被扯住，往她身上欺来，她举手为拳，左腿用力临空而劈，力道带了劲风。

盘天荫灵活地转身，一张木桌被翡翠踢成两半，只恨自己着了道，那灯把尸油味降到最低，她已经闻不到那味道而少了警惕，所以已经浑身乏力了。盘天荫反手抓她，她极力挣扎，头被盘天荫重重地向屋内石墙壁撞击。"咚咚咚——"头越来越重，血从脑后越流越多，她感到自己就要死了。

千钧一发间，门后闪出了全身是水的顾玲珑，他奋力一刀，杀了盘天荫。而翡翠终于松了口气，软倒在地。

翡翠茫然地在黑暗里走动着，看不清路。前面好像有一个人，翡翠赶忙跑上前去："请问这里是哪里？我想回家，过年了，好多年我都没陪着父母过。这种游离浪荡的生活我不想过了！"

那个人不说话，伸出了一双手，手上缠满了缝线，一针针，一圈圈，突然手断了，"叮当"一声掉地上。

翡翠低头一看，断手上多出了一只闪着红光的手镯。

"咯咯咯，不认识我了吗？我是叶蝶啊，因为你贪慕虚荣，因为你爱上子剔透，而使我从高空'咚'一声就掉下来了！就是现在这个样子哩，咯咯咯！"。

"不！谁是子剔透？我不认识，不认识！

"剔透！"

顾玲珑摁住了她挥动的双手，双手这么有力看来是无碍了。

"你醒了？"

"你救了我？"翡翠一醒，咧着嘴去抱头，"头好痛！"她痛得无法忍受叫了起来，头上的汗不断渗出。顾玲珑马上把湿毛巾敷她头上，幸得她屋子里的鸡下了蛋，他用土方把蛋包在毛巾里帮她揉。

尽管她慢慢安静下来，但看她情况并不乐观。看她样子这么痛苦，真担心她会不会脑震荡。她的衣袖里竟然还藏着消炎药和针筒，样样俱全，看来她这一行是有备而来。她的头很痛，发烧了。顾玲珑帮她打了针，继续揉鸡蛋，她也安静睡了。

她刚才喊子剔透？！

当翡翠再次醒来时，足足睡了两天两夜，但她的意志十分坚强，体魄也非一般的好，除了脸色苍白些基本没什么问题。

"看来你要尽快离开这里去医院检查，我怕你脑部受重创后会有后遗症。"顾玲珑不无担心地看着她。

"不！不完成这个任务我绝不走！我只是不明白我的身份为什么暴露了。"翡翠很努力地去想还是一无所获。

"目前我们是要躲起来了！你巫女的假身份已经被识破，若盘棺发现你没死一定会追杀你。"顾玲珑见她气色尚算好，带着她离开了这个山洞。

刚走出不远，顾玲珑蹲下，耳贴着地面："他们追上来了！"

来不及逃走了，幸亏这里的树木都是苍天古树，要藏两个人是最容易不过的事。两人纷纷往树上爬去。翡翠抽出她的铁索一挥，卷着枝干用力一荡，已经跃上高树，不一会儿就无影无踪。

不多会儿树下就围满了人，有许多的村民，还有三个穿灰袍的人，三个灰袍人都戴着面具，其中一个听声音就知道是盘棺。

"我们的巫女被劫持了，大家都知道，巫女失贞我们村会遭报应的！难道大家忘记了二十多年前发生的事了吗？"

"不，我们不会忘记！"村民受到煽动都失去了理智要找出顾玲珑他们。村民们在附近搜索许久也不见人，就往村子外更远的地方搜去。

等人都走光了，四处安静了他俩才敢交流。

"看来村民是要到镇上去找，如果我们现在出村无异于自寻死路。这个荒蛮的村是不讲法律的。最危险的地方最安全，我们要留在这儿！"翡翠坚毅地看向顾玲珑，一番攀爬奔波，她的脸色更加苍白。

"你在梦中提到子剐透？"要问出想要的答案就要在一个人最疏忽精神不集中时，突然问起。

"谁？我不认识他！"翡翠仔细地查看这附近还有没有可疑的人。

看来，她真的对子剐透没有认识的那种感觉。顾玲珑留意着她脸上的表情变化，连一个眼神也没有错过，但他想要的答案究竟在哪里？

当他们来到棺材山中，已经是半夜。两人早已疲乏得无以复加，翡翠开始大口大口地喘气，顾玲珑拿出水壶喂她喝水。

"二十年前，究竟发生了什么事？"顾玲珑对今日盘棺提到的事感到蹊跷。

翡翠恢复体力后，往山腹里走去。顾玲珑不多问，也只是跟上。这是另一条道，当初翡翠给他的地图上是没有的，她要去哪里？

石道越来越窄，人要爬着才能过去。在这个地方一旦遭到攻击，是很危险的。"沙沙沙……"顾玲珑真是有种拿石头砸脚的感觉，哪壶不开提哪壶！

但翡翠却好像没听见一般继续慢慢向前爬，"沙沙"那种声音更近了。顾玲珑多次回头，但后面黝黑的石道看不清任何的东西只有萦绕在耳边的响声。除了那种响声，四周无比地静，所以"沙沙"的声音开始无限地在他耳膜大脑间放大。

顾玲珑回头，一个白影在不远的前方飘过。

翡翠去哪儿了？

想往回走已是不可能，前方石道开始越来越宽，人已经可以站起来走。从石道下来，这个石室不算太大。对了，刚才在石道见到白影，这边如此黑，石道也那么黑。什么都看不见才对，怎么会看见白影？！

目前最重要的是找出翡翠，这里的地形他不熟，如果到处乱走只怕会耽搁更多的时间。于是，他打算往回走做好标记，等翡翠发现。他拿小刀在石室边上刻了一个圈，如果翡翠经过这里也就知道他的所在了。刚才一直是翡翠带路，一时大意忘记了作记号，他正要回头往石道走，那种"沙沙"的声音又响起了。

人的好奇心大抵是不受控制的，那种声音让人心里发毛，但顾玲珑却很想看看到底是什么，还有那在黑暗里不应该看见的白影又是什么。

如果往石道走，有很长一段路是连转身的空间都没有的。万一真的遇到那种"沙沙"的声音袭击，后果不堪设想，还不如在这里以静制动。

顾玲珑走到石室中央，站稳，闭眼凝神，"沙沙"的声音由十一点钟方向来，越来越近。三点方向也有，六点、九点方向也有！

顾玲珑睁开眼，手中长索伸出。十一点方向首先光亮起来，但那光亮不是来自人，而是一条头顶有大红鸡冠的蛇。

"咕咕……"它发出怪异的声音。这种蛇很奇特，连生物学家也不知其名，很少有人碰见，人碰见必亡。

民间有这种传说，在荒山野岭行走时，看见头顶鸡冠的蛇就要弄死它，否则就算能逃离蛇口，回到家中也会离奇死亡。有说这种蛇是荒山古宅里的野鬼冤魂所化，出来找替死鬼的，所以遇见它的人必亡。

但还有更玄乎的说法，说它头长火红鸡冠，体色各异，异常迅猛，奇毒无比，可直立上身，发出怪声，还可腾空飞行。传说中，它是有灵性的蛇王，甚至可以得道成龙。

此时显然不是追究有没有野鬼冤魂的时机，蛇虽多，但铁索鞭在手要打死它们也并非难事。但蛇的报复心理很强，惹火它们只怕整座山的蛇会一起来攻击。如此踌躇间，蛇已经先行发动攻击。

　　蛇身忽然直立，直扑上来。他不了解它的属性，绝不能有差错。于是铁鞭一挥，只是轻轻地把蛇拨落一边，并不伤性命。这样一来，奇迹出现了，十来条蛇都直立上身而走，红红的鸡冠刺眼。围着他游走，但也不发动进攻。那条被拨开的蛇，更是好奇地注视着他。

　　顾玲珑看出蛇并非进攻状态，因它们并无口中红舌闪动昂首作声之态。忽然它们纷纷退下，"嗖"一声响，一段红练闪过。一条通体泛着红磷光泽头顶红亮大鸡冠的蛇凌空而飞，状似红龙，威武不凡。

　　就在顾玲珑准备用铁鞭挥打时，更惊险的一幕出现了。一条巨蟒，血盆大口一开，飞起的鸡冠蛇被卷进蛇口，其余小蛇纷纷"咕咕"地逃走，声音凄切。而坐在巨蟒头上的竟然是翡翠。

　　"把刚才那条蛇放了吧！我看出你的蛇没吞它！"

　　顾玲珑知道没有翡翠命令，巨蟒是不会伤害人或动物的。而且看得出这些蛇也是有人养的，他也好卖个人情。

　　翡翠"扑哧"一笑，拍了拍手，巨蟒张开嘴，那条毒蛇迅速地飞到石拱上，头顶鸡冠颜色都暗淡下来，看得出是很慌张了。它就要走，但竟然懂回头，看了眼顾玲珑当是道谢，"咕咕"两声就走了。

　　"这是守护陵园的蛇，这里同样有守灵人的！"翡翠笑着说。

　　其实顾玲珑也猜到了八九分，估计没错的话，白影就是守灵人。

　　翡翠领着顾玲珑从这个石室直走，原来这里还有个很小的只容一个人过的耳室："你刚才走岔了，石道有三条岔路，跟着我走的话就能更快地走到这个耳室不用浪费这么多时间。"

　　这个石室是有人住的，还能听见水流的声音。看来这里有暗河，有了水源，住在这儿也就没问题了。石室干净空无，只有一张石榻和一张石头桌子，极其简陋。

"二十年前发生了什么事，这里的主人会告诉你。"

翡翠说完，闪进了另一边山洞。这个翡翠给人的感觉太不同了，不喜欢安静，而他认识的翡翠很安静。翡翠，究竟哪个才是真正的你？

"刚才就是你伤害我的徒子徒孙？"一阵如在泥里爬出的苍老声音让人听了心里发麻。顾玲珑回头没看见人，但声音确实是在脑后响起。

当顾玲珑回头，一个老人坐在榻上，干瘦得就如古董村里见到的干尸。他的手干干巴巴，一道一道的皱纹深如沟壑，脸干小得只看得见一双眼睛。那眼睛十分有神，顾玲珑从未见过如此有神的眼睛。

老人眼里透出的是坚忍的意志和超越时空的智慧，坐着连动都没动，入定了一样。

"老伯，你误会了！我没有伤到它们。"

"处变不惊，果然不错！"老伯皮笑肉不笑地说着，"有仁爱之心的人，自然能得到万物的敬仰。好，很好！"

顾玲珑不明白他的意思，但也不深究。想起翡翠的提醒，也就问起了有关二十年前发生的事。

老伯叫盘洞，祖上世世代代都是住在此，而且是世代相传的守灵人。这里的墓葬群极多，宝物自然也多，每个山头都会有守灵人。在这里出了海还有一座小岛，那里是他哥哥在守。这里主要是春秋战国墓群，最为著名的是一个楚国王后的墓，传说陪葬品很丰厚。

村上女性的地位尤为尊贵，因为巫女都是女性担任，一定时候甚至还超越了族长的地位，而这里姓盘的人很多，也多是少数民族聚居，所以又叫盘古村。二十年前，一位巫女失贞，导致村里发生瘟疫，人大量地死去。一位外乡人却用神奇的符水把人救活，在大家以为惩罚过去的时候，村口外起了一场大火，大火把许多珍稀的木材烧掉，一度断了大家的经济来源。这里与世隔绝，长的都是些千年万年的古木，但再多的好木料都会有用尽的一天，所以这里伐木也是受限制的。

这场火是上天的惩罚，古董村又沉寂了起来。棺材的买卖转入了地下操作，只有巫女才掌有村子的经济命脉和代表地位世代相传的权力之符。没人能破解权力之符的秘密，结果巫女出现意外，村子本应跟着衰落，但反而由那外来人挑起了所有的担子，他给村子带来了巨大的财富。

"你知不知道那外来人叫什么？"顾玲珑听完这段历史后觉得和母亲盘女的遗言记述一致，兴许那外来人就是他的父亲。顾玲珑满怀期待地看着盘洞，但盘洞没说话，只拿出了一把玉钺，昏暗的光线下，顾玲珑看出了是他捡到的那把。

"这就是盘女的权力之符，但翡翠这么聪明一定解开了其中的秘密。"说完，盘洞再拿出顾玲珑曾经在棺材山里取出来的玉璧。盘洞果然是洞察世事的人，看出了这两块代表神权和政权的玉的秘密。

盘洞把一幅图交给了顾玲珑，让顾玲珑惊讶的是，盘洞总能源源不断地抽出物件给他。顾玲珑接过，打开一看，是一个穿着少数民族服饰的美丽少女，样貌清秀而多情，那双比春花还要绚烂的眼带着蓝色的忧伤。能把灿烂与忧伤相反的情感结合得如此完美，顾玲珑还没有见过比这更美的眼睛。

"她的心愿，就是希望有些秘密可以长埋黄泉，不让世人惊动了它。让它和泥土一起腐烂。财富往往是罪恶的根源。"

原来她就是自己的母亲，顾玲珑捧着画卷如遭雷击，百般感慨滋味都在心头。

"孩子，去吧，神巫的孩子都是勇士，这个陵园就靠你保卫了，把万恶的人赶出盘古村，还这里一片净土！"

第十九章
日月交辉·宝藏再现
GUI ZHUO

顾玲珑再想询问，刚才低头那瞬间，盘洞已经离开。矮矮的石榻上只有一个包袱，打开包袱他看见了玉璧和母亲的遗书，他随身带的唐镯这些重要物件也都在里面了。

顾玲珑感到很疑惑，这些是他在神庙昏倒时被搜去的东西，到底是翡翠一早取走了还是盘洞为他从敌方手里抢回的。玉璧和玉钺被翡翠抢去找出了里面的秘密，是张藏宝图，但是是什么藏宝图？如今又都回到他的手里，翡翠是不是都知道？

包袱里还有翡翠当时离开时带走的一些证据，顾玲珑急急翻找，找到了庄家的族谱，他迅速地浏览，族谱竟然缺了一页，这缺掉的一页顾玲珑觉得连庄家的人也不一定知道族谱缺了一页。缺的那一页究竟说的是什么？而撕了那一页的人又是谁？

突然，一个名字跃进脑海，这个不就是翡翠说的她在广州遇见的拍卖行的老师兼朋友吗？她的祖上和庄家的渊源极深，但到了今天这份亲情血缘也已淡漠，算不上很亲的亲戚。这些其实都是唐宋元通过翡翠来告诉他的吧，唐宋元为什么要这样做？

再看一本名为《庄子》的手册。翻看几页，也确实是《庄子》，但顾玲珑知道，这应该是暗藏了庄家和子家的交易记录。只要解开了就能将他们一网打尽。

他认真地看，《庄子》是手抄本，是庄家的人对着《庄子》原书抄的，庄子喜欢逍遥自在的生活，看来庄家可能有收手不再做坏事的念头。

但奇怪的是，本子的第一页还另外手抄有李商隐的诗《锦瑟》：

锦瑟无端五十弦，一弦一柱思华年。

庄生晓梦迷蝴蝶，望帝春心托杜鹃。

沧海月明珠有泪，蓝田日暖玉生烟。

此情可待成追忆，只是当时已惘然。

本子里还夹了一朵杜鹃花。奇怪，他记得第一次拿到这个本子时，里面是没有这朵花的。

顾玲珑察觉到了些什么，他小心地挤出花汁涂抹在第一页上。慢慢地，整页里那首诗的部分起了相应的变化。是一个线路指向，让他看向这个小抄本的第几页第几行第几个字，有好几页的图。按着这个指示，他翻到了相应的页数，但这些字看起来毫无关联啊。

不对！肯定有其他的方法。顾玲珑忽然想起了国际惯用的摩斯密码，它可以是一种手势，一种声音长短来表示要说的暗号。这点启发了他，他再仔细看，原来这些中文字是可以换成英文字母或者阿拉伯数字的。

一阵狂喜之后，他又冷静下来，继续解码。原来是一个网站的地址，并且附带了进去的密码。

现在没有电脑，但顾玲珑已经看见成功的方向了。他暗舒了一口气，但为什么唐宋元明知道答案这样解开，还要提醒自己破解？

顾玲珑又陷入了沉思，他总觉得哪里不对，但哪里不对又说不上来。

还有一页纸几行字没拼凑起来，但答案不是出来了吗？顾玲珑仍旧把他拼出来，他看到谜底的时候倒吸了一口气。这次的字不需要转换成英文了，选出的字拼凑出一句话："简影你想玩花招的话，这本子里同样包含了你的犯罪记录。"

这真是爆炸性的消息，顾玲珑终于找到了指证简影的证据。他把网址和密码一起发给了一个人，这个他作为警方卧底的直属上司，不再是那个不能见光的组织的头儿：那个头儿就是唐宋元。

是唐宋元带着几岁大的顾玲珑离开了古董村，从此他就进入了组织。他的任务是学打架和认识各种历史文物知识，渐渐地，他觉察出了组织的异样，没见过面的头儿总是给他各式的指令，这些指令看似不违法但总是不见天日偷偷摸摸。随着年龄的增长，他懂得了人情世故，懂得了许多道德准则和范畴。在他想脱离却又苦于无法摆脱组织的时候，一个人出现了。那人是一个警察，需要他的帮忙。

一旁的唐镯闪着寒光，顾玲珑的思绪回转过来。唐镯里面的秘表层他早已取出放在胸前的链坠挂饰里，没有被搜去，这只镯子只不过是拿来迷惑对方的。

顾玲珑取出了那颗秘珠，是时候打开它了。他离开石室转过暗河洞内，把秘珠放在手中浸入水里，手中有温温凉凉的两种感觉，转眼间白玉珠变成一颗小一号的泛着羊脂白的白玉珠。之前包着白玉珠的表层已经在清水里溶化掉了，这是打开秘珠的第一步。

从翡翠对月而照，他就明白了这些秘密显影的方式。这里的村民崇拜的是蛇和月光，女娲补天造人，女娲是人脸蛇身的，所以蛇是他们的图腾，月光精华促使女娲孕育，所以也是他们的图腾。这些村民都是聚居在一起的楚国陵区的遗民，所以这一件件的古器也遵循了同样的道理，月光能使它显影。只是不知道掌握了另一只唐镯的敌方是否已经知道其中秘密并开始了行动。

顾玲珑往棺材山的出口走去，那里有月光辉照。

月练如洗,翡翠站立在山冈之上。一群人已经秘密进古董村了,他们能抵受瘴气和水怪穿行如梭证明他们是有备而来。好,很好!这样她就可以将他们一网打尽!今晚这寂静的山岭迎接了三队人,还有一队唐哥一早就安排进村里了。这四队人不知会造成怎样的局面,翡翠看着月亮,她从不会去关心别人的死伤,但为何碰到了顾玲珑后就感到自己在变?

看着人群融入夜色,消失在转向村里的小道上。翡翠觉得头好痛好痛,突然视线开始模糊,她好像遗忘了些很重要的记忆。她纵身一跳,直直跌落水湾中。

清冽的水让她清醒许多,她好像答应了某些人,某些事。初五是个重要的日子,为什么重要?她怎么想不起来了!刚缓下的头痛又肆无忌惮地痛起来,像在和她宣战。简影?他为什么说在这个月的第一天等着我的答复,否则,否则他要干什么?

……

头无声地痛,不要再想了,今天已经是2009年1月29号凌晨了。明天就是初五,到底会发生什么事?自己又遗忘了什么?翡翠缓缓地除去衣服,一道红色的如钩一样的胎记显现出来。

这道胎记使她告别了普通人应有的童年。翡翠浸泡在寒冷的水中,回忆回到了十年前。

"姐姐,翡翠好冷!"

"再冷也要坚持住!不然无法完成任务!"

"我要完成什么任务?"

"翡翠乖,你再大些就知道了!以后的路会很辛苦,但你一定要坚持,为了正义铲奸除恶,知道吗?

"翡翠,我找合适的人选找了许久。这个计划绝不能有半步的差错,单是选人就花了两年的时间。碰巧在医院遇到七八岁时来看病的你,你胸口的那道胎记实在太难得。我也没想到会那么巧,早已选好的人选通过医学手段已经弄好假的钩状胎记,但我一看到你就觉得你最合适。

"翡翠,你是卧底的身份一定不能泄露,连父母都不可以。我表面上是你的中学老师,你要警醒。现在你开始执行任务,我也要开始隐藏得更深。如果有一天,在固定的时间我没和你联系,那就是我已经出事了。你就要隐藏起来,我们的事是单线联系,还有一条交叉的线,但是他不会接受这个任务,除非我不在了。如果你的任务中止或再开始,他就会联系你。"

我不能再犯同样的错误了。简影,这个魔头!差一步我就拿到他交易的单据了,我怎么会爱上他?!真是鬼迷心窍!我的任务是要接近他,取得他的信任,把他幕后的团伙一网打尽。而父亲也在姐姐暗中操控下和简家成为生意合作上的长期伙伴,一切看起来天衣无缝。但最后为什么都失败了?姐姐为了掩饰我的卧底身份连性命也搭上了。姐姐,我对不起你,这次我一定要为你报仇!

"我睡了多久啊?我怎么在这儿呢?"面前是一个不认识的陌生人,但翡翠却觉得很面熟。

"你还认识姐姐吗?"男人微笑着看她。

男人很年轻,三十五六岁的样子。他的神情好像认识自己。看看四周,自己在家里。

"认识,姐姐呢?"

男人把一个玉佛挂件递给翡翠。

翡翠接过,这个男人就是她新一任的上头。因为姐姐说过,如果她死了,就会有个拿玉佛的男人来找她。那么就证明她翡翠的任务要重新开始,她要服从于他。

"你知道姐姐叫什么名字吗?"男人吸了一口烟,问她。

看见翡翠皱起了眉，男人就把烟灭了。

"她从不肯和我说真名。"翡翠沮丧地摇摇头。

"她真名叫唐明清，是我的亲姐姐！我们在调查同一个案件，但是任务又有细微的不同。到了如今，所有的疑团都开始浮出水面，其实这些案中案根本就是互相牵连的。"男人默默看着窗外，"你真的不认识我了？翡翠？"

翡翠疑惑地看着他，觉得他很面熟，但真的想不起来。

"那顾玲珑呢？"

"顾玲珑？"翡翠睁大了眼，努力地想，还是一无所获。

"你好好休息吧，你将来会有很繁重的任务！幸好，你终于记起了你丧失的记忆，也会使用姐姐教你的打斗方式。你以后叫我唐哥吧！"

唐哥转过了身，离开。翡翠只隐隐听见他的自言自语："真是会选择性失忆，记起了这段忘了那段。也好，无情的人做事也会干净利索许多！"

翡翠从河水中探出头，起雾了。不多会儿，江两岸上又出现了一道道光怪陆离的景观，其中有一段是极其残忍的祭祀仪式。古时的人真是想和神仙沟通想疯了，做出这么惨无人道的坏事，还自以为是万能的神巫！

幻景中，一个巫女慢慢转过了头，对着翡翠笑。那笑恶毒、阴森地刺穿她心脏。她泡在水中的身体起了一身的鸡皮疙瘩，水好冷！为何那巫女的影像那么熟悉，好像在哪儿见过？

头又痛了，为什么总是这样，为什么当她要记起某些事情时头就会痛？翡翠懊恼地骂着自己，一阵淡淡的月光覆盖着她的眼睛。她抬头，顾玲珑手举着什么，对着月亮折射出光芒。

她迅速上岸，整理好衣服，急忙向山头跑去。顾玲珑，你掌握了什么秘密？

"翡翠,听好,你最重要的任务是保护一个叫顾玲珑的人,好好地保护他,发掘他童年时的记忆,我会暗中帮助你的。你帮他想起小时候的事,带上这只黑猫,顾玲珑会相信你的,保护到他看着简影在他手中倒下!顾玲珑他也是警方的卧底,所以我希望由他来破这件案子!"

"为什么唐哥把功劳让给别人呢?"翡翠不解地问。

"我一个幕后之人,不贪什么功,我要的不是这些。"

翡翠又想起了唐哥说这句话时的古怪笑意。唐哥隐瞒了什么?但是姐姐说过,他也是一个好警察,让她信任他,帮他完成任务,扫清犯罪团伙,这也是姐姐的遗愿。所以,她一定会为姐姐完成这个心愿。

月光下,顾玲珑终于看到了白玉珠里刻着的字。在月光的作用下,字投影出来:玲珑宝藏,日月相合;乾坤永固,宫墙所在。

尽管很隐晦,但他终于明白了意思。"日月相合"指的就是玉璧和玉钺,因为玉璧和玉钺的形状刚好是一个像太阳,一个像月亮。乾为阳,坤为阴,阴阳交合,万物永固也指代了太阳月亮的阴阳相调。"宫墙所在",也就是说玉璧和玉钺相交得到的路线图也就是"宫墙之画"的所在。

而那幅"宫墙之画"里藏的路线就是找到当年唐太宗以借和氏璧为幌子而为子孙留下的巨大财富。

"宫墙之画"就算找到,也是只得一半的线路图,另一半的线路图在另一只唐镯里。两幅图凑起来才是真正的寻宝路线。而顾玲珑所掌握的唐镯秘密,也就是手上的这颗玉珠则只是告诉他找出"宫墙之画"的路线途径。

这样复杂,难怪代代相传的三大家族到了今天依然无所获。他把玉珠放回了挂饰的内盒装置中,他叹了一口气,又转身往山洞棺材群中走去。

一旁的翡翠走了出来,她终于知道了唐镯里的秘密。原来自己从他手上抢来的玉璧和玉钺里的线路是去寻找最后一幅"宫墙之画"的。而玉璧和玉钺合起来在月光下照只有通过唐哥给的这把镜子才能反光折射出路线，这些都是唐哥教她的。唐哥也不知道那到底是什么线路，也只说是十多年前来这里时，盘洞教他掌握玉璧和玉钺功能的方法却没说真正的用途。他和盘洞也算有些交情，但盘洞就是不把玉器线路的真正用途告诉他，而这次唐哥就是让翡翠来弄明白。但为何知道了真相的她，到了这刻却不愿把真相告诉唐哥？翡翠第一次感到了矛盾，她觉得唐哥和姐姐很不同，只有姐姐值得她信任！

回到盘洞住的阴暗小室里，她并没有说出她看到的那几批人，而顾玲珑也隐藏了他知道的秘密，各怀心事的两人坐到了一起。

"我知道我的身份为何会暴露了。"翡翠淡淡地说。

顾玲珑侧头看她，为何忽然觉得她的神态语气和另一个翡翠那么像？

"那个娃娃！"她顿了顿，"我出事之前那个娃娃莫名其妙地出现，我捧起它玩然后就遭到袭击。嗯，对了！在井边想杀死你的无头人是和盘棺一伙的，这个村的人都很神秘，都掌握着某些特殊的技艺。那天的人只不过当是表演特技一样装鬼吓你，而村民也确实是在你低头的那瞬间奔走不见的。弄清楚这些扰人的迷雾，这里也不见得可怕，可怕的始终是人！"

"我知道！"顾玲珑低着头像在沉思。

这个村的风俗，除夕杀鬼仪式一举行大家就要纷纷躲起来，不让鬼体找到避难的身体。所以那两个人才会被杀了也无人过问，盘棺似乎要杀人灭口，把知情的人除掉。还有那个怪异的娃娃，我怎么……怎么好像在哪儿见过？在哪儿？翡翠抱着头，汗珠密密铺了一层，每当她要想起某些事时那种痛就折磨侵蚀她的大脑。

正当此时，地面有微微的震动。

顾玲珑皱了皱眉头，而翡翠却若有所思地站起，复又坐下，在等着些什么到来。

红色的物件在洞中一闪，顾玲珑连忙接住。那条蟒蛇迅速退下，他看到手上抱着的是一个半人大的娃娃。手触摸到娃娃的皮肤特别的细腻光滑，让人惊奇。他举起一看，一双眼幽怨无比地注视着他，那种怨气让人心头沮丧难过。

"这是人皮做成的娃娃！"顾玲珑话一出口，自己也觉得冷。

翡翠接过娃娃，放在地上，就那样和它对视着，暗暗的煤油灯光打在娃娃身上，感觉到它的眼珠子会随着人而动，总是在阴暗处幽怨恶毒地盯着你看。

翡翠累了，躺下身子来。睡在榻上，转身背对着顾玲珑。

她竟然这么放心信任一个外人，顾玲珑哭笑不得，哎，现在他只有在一旁站岗的份了。

坐在门槛上，他想了很多，拿出那块玉环归途，对镜子照着自己的脸。什么时候开始，他的脸也变形了，不成人样了？他干笑，想起了母亲的书信，他连忙打开来看。被袭击之后一直没看过母亲所留下的线索。

信并不长，原来这真的是父亲和母亲的定情之物，本是一对，另一只他的父亲依然留着。有了这枚玉环，顾玲珑就能找出自己的亲生父亲。欣喜总是不会长久，后面的记述让他犹如受到当头一击。

他的父亲是个杀人不眨眼的人，他在村里所犯下的滔天大罪永远无法弥补。由于没有揭发他的罪行，母亲一直处在良心的严酷责备中，饱受了良心上的折磨，最后含恨而终，用烈火燃烧自己丑陋的灵魂。

她把所有关于父亲的犯罪证据都放在了……

放在哪儿了？顾玲珑急得疯狂，那页信究竟是没写完还是被人为地处理掉后面的部分了？为什么到了这里就什么也没有了？！

顾玲珑平生第一次对叫翡翠的女孩发了很大的脾气："你给我起来！"

"干吗啊？"翡翠似醒非醒，极不愿去答理他。

"信后面的内容是不是你藏起来了？快说！"顾玲珑一把扯过她手。

翡翠生气地甩开："你发什么神经！我根本就没动过里面的东西，我一取到就连那玉环一起让你先看了！"说完，再不理狂怒中的顾玲珑转过身去继续睡她的。

幽蓝的灯下，唯有那个娃娃在看着他。那个娃娃是人皮而做，但为何翡翠听了毫不惊讶也不关心？

幽暗中，石室忽然一下子安静起来。很安静很安静，后面连着的耳室就能直通主墓室，这里到底埋葬了谁？这里成了名副其实的幽冥地下世界。为什么总觉得那双眼在盯着自己？顾玲珑抬头，还是那个半低着头的人皮娃娃。它的经历一定是很惨痛的，这个娃娃俨然是个有两三岁年龄的小孩了。莫名地，对它产生了一种怜悯疼惜。

顾玲珑做了一个梦，他梦见娃娃抬起了头，眼睛看着他。

顾玲珑猛地惊醒，是幻觉吗？揉了揉自己的眼睛，娃娃仍是对着翡翠半低着头而坐，而翡翠动也不动地面朝着墙壁，睡得很安静。

顾玲珑察觉到了不对劲，连忙扳过翡翠的身子。身子滑腻无比，一张娃娃的脸转了过来对着他笑。

他吓得连忙缩手，地上的娃娃呢？榻上只有娃娃，没有翡翠，娃娃开始在哭，哭得那么凄惨。娃娃的皮开始掉落。

一个女人笑着把这些皮捡起，安放在一个假的塑料娃娃身上。娃娃旁边还有一个大点的娃娃，是个男娃娃，也是皮肤滑腻却眼神幽怨地看着他。

诡异的女人指着一对娃娃说着什么。在说什么？顾玲珑用力地想听清。

"你们两个小畜生，也只不过是我的猎物罢了，哈哈！让你们的爸爸唐宋元尝尝我的厉害。和我作对的人，绝对不会有好下场！你俩就在宗庙里看着吧，看着我的好戏！"

唐宋元？唐宋元？

"呀！"顾玲珑挣扎着起来，自己什么时候躺在榻上了？地上仍旧坐着那个娃娃，只是不知什么时候娃娃的头仰起来了，那双眼，冷冷地注视着他。他头上一脸的水，那条他放过的会飞的鸡冠蛇直立着身子看着他，石榻旁的一杯清水打翻了。

"你是报恩来的吗？"

蛇自然不懂回答，转过身游走开了。

"动物犹懂感恩，真是人情何以堪！"

"翡翠哪儿去了？"顾玲珑看向四周。

"翡翠去找寻属于她自己的记忆。"盘洞转了出来，身后仍旧跟着那条会飞的蛇。

"想听听关于这个娃娃的故事吗？"盘洞指着孤单单坐在地上的娃娃。

"女娃娃本来有一个美好的家庭，有父母有哥哥。一家人和一队考古学家无意中来到了这个村，迷了路。她父亲是个考古工作者，见了大量的古墓群就一心只想研究它们的历史，却与村里有地位的族人发生了争吵。这里是个土村，山高皇帝远。有太多的不为人知，也不愿人知的秘密。所以村里的人想尽一切办法去隐瞒。那时，男人年轻气盛，也不太了解这里的风土人情，所以他的妻子在路上感染了瘴气病毒不治而亡。

"而他在其他的考古工作者要离开的时候，他坚决不走。正在此时他的一对儿女双双失踪，就如你梦中所见的一样，这双儿女是被村中的巫女剥了人皮贴在模具娃娃身上从而制成了真人大小的人皮娃娃。"

"其实男人并非迷了路，他是怕说出真相，其他的工作者就不愿前来，所以他再次来时是一家四口以轻松考察为名领着队来了这里。早在十多年前他就来过这儿了，还带走了只有几岁的你。

"他第三次来是去年的事了，他把害死他儿女的巫女杀了，也在无意间救了我。他其实内心也很矛盾，活在了痛苦之中。他会向我忏悔，因为

他知道我不会出卖他。为了报复,他利用了身边一个又一个的人。

"他调查出日本的一个盗卖中国国宝的组织,此事牵连极广。他一点点地追查,发现了一个名叫李深雪的女人十分可疑。她在文氏大厦内装鬼,吓倒了当时的你和翡翠,也一次次地扮鬼去恐吓翡翠让你们相信有鬼神。而李深雪把叶蝶那女孩推向高楼时,为了计划不暴露,他也没有去救叶蝶,只是静静地看着李深雪做完这一切,也拍了下来。他要等,等一个好时机,等李深雪和她背后的组织浮出水面。而且,只有这样,翡翠才会相信他,为他所用。

"那只黑猫,也不过是它在晶片被取出以后及时地被他抢救过来,放回到翡翠身边,让你们去继续为他把这件事查下去。那个拷贝的副本他还是差了一步,被别人抢走。

"而他也利用了你和翡翠去实现他的复仇大计,翡翠就是当年他的姐姐在执行任务时用生命救下的女孩,所以当他再次找到这个女孩时,他就使她在惊恐绝望中一步步地找出他想知道的真相。

"他完全忽略了翡翠的死活,他很痛苦矛盾。但被仇恨折磨,扭曲了他的灵魂,所以他一面复仇一面向我倾诉他的罪恶。

"他在几经周折下偷出了他儿子的人皮娃娃,留着这个女娃娃在村里。他一手安排翡翠潜伏在村里成为巫女,又利用了自己的女儿的人皮娃娃使翡翠受到盘棺的猜疑,达到加速盘棺和内部人的分裂,好一击即中。他就是唐宋元,现在他应该到了!"

"那为何我会梦见娃娃的梦境?"顾玲珑百思不得其解。

"那只不过是他的催眠罢了!"盘洞说完把娃娃的足部硬塑料外壳打开,里面有一个小型的录音机。

"摁动它的脚部就会先从娃娃眼睛处放出无色无味的迷魂药气体,让人进入模糊的昏睡状态,然后就会按着他的提示一步步地去做梦罢了,根本没有什么灵魂。

"那个巫女也是在做了这个噩梦后,死在了恐怖的睡梦中,也算罪有应得了!"

"你为什么要告诉我这些?"顾玲珑隐隐感到了不对劲。

"因为想你拉一把接近疯狂状态的他。他已经在这个村里了,他在等着结局。翡翠也只不过是在他的利用范围之内行事而已。"

"翡翠!她真的是翡翠!"顾玲珑大急。

"沿着这个秘道直走出去吧。该来的始终还是要来的。翡翠也是刚走,你还来得及,这些都是你们的命罢了!"

谜底慢慢地揭开,尽管十多年前不知道唐宋元为何要来这里,但今天看来是要了结了。

初五,会是一个怎样的日子?

第二十章
最后的死神游戏
GUI ZHUO

走到尽头,是茫茫的大海。海水那样深那样漆黑,让人觉得无助。顾玲珑身上所有的东西都被翡翠偷偷取走,除了他手中父亲遗留下来的玉环,看来翡翠始终不知道自己被唐宋元利用。

看着茫茫大海不远处的一叶小舟,孤孤单单,脆弱得风一刮就倒。顾玲珑心里起了一阵阵怜惜,他摘下海边浅水区的芦管,轻轻一跃跳入水中。迅速游近小舟,两手紧紧抓着小舟底部,靠着芦管呼吸。

小舟在茫茫的大海上摇曳,越来越快。经过几个小时的跋涉,看来目的地快到了。

站在高处张望,这只是一个小小的岛屿,离村子也不算太远。翡翠上了岸以后就迅速地消失在森林中。而自己呢?又该往哪儿走?

忽然,林间传来一阵枪响,翡翠?!

顾玲珑大急,忙向枪声处跑去。这里竟然发生了一场恶战,没有看见翡翠。只看见几个外国人和盘棺发生了枪战,究竟是怎么回事?翡翠在哪里?

盘棺被枪弹打中,几个外国人纷纷逃离。

顾玲珑连忙走近，俯身去摇盘棺："快说，发生了什么事？快说！"

"严明要……要杀人灭口！他和庄家……庄家要毁灭文物……文物交易……"一口血吐出，盘棺倒在了那里。

顾玲珑拿过盘棺握在手里的枪。

文物交易？难道那些子家的交易和与庄家接头的外国人就是来这儿交易？他在千计万算中，有了一个模糊的影子。翡翠手中关于叶蝶的日记，那个人指的不是子剔透，而是简影！子剔透是不爱喝茶的。

那些照片，子剔透和叶蝶、叶云、文颜、李深雪的合照根本不算什么，因为子家本来就和庄家有联系，所以他曾经接触庄家姐妹不算什么。而文颜和李深雪都是简影有意安排接近子剔透，以此来迷惑大家视线的，简影精明地让大家去找到这些线索；让翡翠爱上子剔透，然后他就以有子剔透的犯罪证据逼翡翠就范，翡翠唯有带着这些线索出逃。只是翡翠出逃途中又遇到了唐宋元，失去了一段记忆。而她却误认为子剔透有可能是杀人凶手，简影今天把所有的人引到这里来，顾玲珑的上头也被骗来这里交易文物，就是为了让他们自相残杀，简影却能置身事外。

终于拨开了这些迷雾，到了此刻顾玲珑觉得人是那样自私，各怀鬼胎。他飞快地朝密林跑去，他要将这群坏人绳之于法，以一个真正警察的身份。

唐宋元也不知道的，他的另一个卧底身份。

他迅速地发了一条短信："我已查明真相，一定将犯人绳之以法！"

网络有点堵，但是否能送出已无关紧要了。

又是一声枪响，顾玲珑提气直追，翡翠你一定不能有事。高山之上，有一个人遗世而独立，是翡翠，她没事！

翡翠用枪指着严明："你不是很想得到这些宝藏吗？"她手上举着那对日月玉璧和玉钺，"你在古董村杀人取尸油，现在更杀人灭口把古董村里盘棺的手下一一杀死，你以为这样就可以避过法律的制裁？

"你不是很想知道藏宝图的路线吗？藏宝图就在我手上！"

忽然另一处传出了枪声，是庄叶希和子剔透从丛林中蹿了出来。子剔透极其狼狈，庄叶希举起枪把严明射杀。尽管他们躲在丛林中开枪，但还是被远远跑来的顾玲珑看见。翡翠寻着响声张望并不见人，而一旁的子剔透显然是一脸惊恐不知道发生了什么事，只是被庄叶希扯着跑。

枪又举起了，对准了翡翠。

庄叶希想在这个无人知道的岛上杀人灭口吗？顾玲珑及时地举起枪，开火，打向庄叶希的心脏。而这时，顾玲珑收到了一条短信，却没有发现。

庄叶希倒下了，翡翠惊恐不定地站着。子剔透被这一连串的事吓得失了神，疯疯癫癫地向翡翠靠近。

"妈妈为什么骗我？你们为什么骗我？妈妈不是来做生意的吗？为什么是贩卖国宝？为什么？"

翡翠看见疯疯癫癫的子剔透出了神，一动不动，眼神里流露出了说不清道不明的情感。

难道翡翠都记起来了吗？简影呢？简影躲在了哪里？

顾玲珑急忙走过去，庄叶希竟然没死。他不断地吐出鲜血，嘴里在诅咒："简影，你也逃不掉的，我已经把你所有的犯罪记录交给了子剔透！"

对了，简影！光线的反射，顾玲珑和翡翠同时看到了隐在密林里的枪，来不及了。顾玲珑一把扔出了手中的玉环，"嘭"的一声，玉环挡了子弹碎成两半，滚出老远。

翡翠，她竟然傻到以自己的身体去为子剔透挡枪！庄叶希为什么要这样说？顾玲珑迅速地跑过去，扶起倒在地上不省人事的翡翠。她没事，再看一边的子剔透，显然他受了伤。原来玉环虽然挡住了子弹，但飞起的碎片击中了他。没时间了，看见草丛里的耸动，他急忙追上去。

顾玲珑和简影始终要有一个了结，现在的情况很不利。上头始终没有说那个网站里关于简影的犯罪记录是否是真的。严明死了，古董村一切的线索也断了，简影要逃过法律制裁也是极容易的。

"妈妈，你要做什么？为什么绑着我？"顾玲珑忽然在途中听见了子剔透的妹妹子灵透的叫声。

"翡翠不见了，你就是代替的'玉人'供品！不痛的；真的！妈妈已经牺牲了剔透了！不倒卖国宝，妈妈怎么有钱去支持摇摇欲坠的子氏家族呢？妈妈也是很辛苦的，啊！乖孩子，不痛的！我收养你，你就当报答我吧。有了钱，我才能保护祖先的瑰宝和氏璧，只要把你献出了，仪式举行了我就能和和氏璧通灵了。啊，剔透他被我逼着和庄氏姐妹恋爱，怎么就不能把她们戴着的唐镯要过来呢？算了，和氏璧的秘密始终是要靠祭天的仪式来达到通灵的！哈哈哈……"

顾玲珑终于看清了子夫人的真面目，她已经完全的人格扭曲了。

子夫人穿着古怪的衣服站在一张祭台上，手中拿着一把锋利的刀。她已经接近疯狂边缘了，她骗子剔透来这里是做生意，让子剔透去承受她倒卖国宝的罪名。

看着她就要手起刀落，顾玲珑正想打掉她手上的刀，忽然一枪正中她脑门。

顾玲珑马上躲了起来。是唐宋元带着几个人走了出来。

"这个魔鬼竟然疯到了这个程度！我们一定要抓到简影。我已有了抓他的证据。他就是庄家和子家贩卖国宝的接手人。他暗中让外国古董商接收两家出手的国宝，外国人成了接头人，从而隐藏了自己，现在我已经从外国人那儿得到了简影就是他们的接头人的消息了，不要让他跑了！"

"是！"几个人分头去找。

糟了，刚才一定是简影故意引开了自己。翡翠有危险！顾玲珑连忙赶回原地。

翡翠终于醒了过来，头无比痛。她终于想起来了，想起来了一切，她是警方的卧底，接近简影，和简影相恋，在他的办公室里窃取了他的犯罪记录，但不知为何姐姐先一步到了，把她推向墙壁，说快假装昏倒。她不明就里，照做了，她假装昏倒在地，看着姐姐取下她的手套戴上，抢过她手里的磁盘要走。就在这个时候，她看见简影进来了，手里拿着一支消声枪。姐姐倒在了她脚下，而她自己也在惊吓中真的昏了过去。重度惊吓使她失去了她不想记起的回忆。她仍旧和简影在一起，忘了他所做过的事。

但她开始做噩梦，梦见一个宫装女人。不多久，简影骗完了她父亲所有的钱也消失了。然后，她来了北京，认识了子剔透和顾玲珑随即陷入了女鬼的恐慌之中。当她再次出逃，她在途中遇到袭击，是唐宋元救了她。而她在遇袭时撞到脑部也就随即忘记了在北京的事而记起了姐姐交给她的任务。到了这一刻，她已经完完全全地都记起来了。

"终于都记起了吗？冷翡翠！"站在她面前的是简影，"知道我秘密的人全死了，只剩你了。我一直给你机会，但你总是不肯回头。我制造机会让你爱上子剔透，那样我的目的就可以实现，你果然帮我引出了庄叶希和子辟月收着披着的'宫墙之画'。但我让你离开子剔透，为什么你不离开？如果那天，你能答应我的婚事，就不会有今天这一刻！"简影把枪举了起来，对准翡翠，"你的顾玲珑再也来不及救你了，哈哈！"

"砰"的一声，枪声响起，却是简影倒在了地上，他的右肩中了枪，手枪掉了下来。他猛地回头，顾玲珑站在那儿。

"怎么会是你？！"简影无比惊讶，自己明明已经调开了他。

"很惊奇吧，简影！"唐宋元也走了出来，"我知道，庄叶希根本就没有你的犯罪记录，你藏得太好了！犯罪的手法太完美了！只有我逼你去杀翡翠，顾玲珑才会不顾一切地杀了你！"说完，忽然转头对着顾玲珑就是一枪，子弹打在了顾玲珑的肩头。

唐宋元疯了吗？他为什么要这样折磨顾玲珑？

"不！"翡翠失声痛哭，她心里全乱了。

顾玲珑倒在了地上，忍住痛问他："为什么？唐宋元？！"

"简影的犯罪证据是我故意夹在那本册子里的，让你相信他真的犯了法。再暗中找庄叶希谈好，让庄叶希说出子剔透知道简影的秘密，如果庄叶希那样说了将来法庭上我就会帮他向法官求情减他的刑。其实庄叶希和子剔透跟外国人交易时就被我的人当场抓获，而我故意放了庄叶希和子剔透。庄叶希这样说，简影才会将子剔透杀人灭口，翡翠就会为了保护子剔透以身去挡，而你就会狠下心来杀了简影。一切都在我掌握之中！"唐宋元的脸笑得变了形，无比狰狞。

唐宋元顿了顿继续说道："你问我为什么？因为我的妻子和姐姐、儿女全被这个魔鬼杀了！我本是警察里的卧底，深入简影的组织里，但我潜藏了多年依旧无法找到他的犯罪记录，这个组织总是严明暗中操控，每一次的交易我都无法捕捉，眼看着时间一分分地流逝。而另一方面，我查到了蛛丝马迹，来到了这个杀人魔坑，这里是简影每次秘密交易的场所。"

他深吸口气，对着简影说："这也是你大量制造棺材的地点，你这个人真的是贪得无厌了。我的妻子儿女都被你的手下盘棺害死，今天是我讨回这笔账的时候了！顾玲珑是你的弟弟，能让你俩自相残杀真是无比痛快！"他指着简影大笑。

"唐宋元，现在回头还来得及！你还是一个好警察，不要一错再错！"顾玲珑大声呼叫。

"回头？我已经没有归途了！我的姐姐、妻子、儿女难道就该死吗？难道他们就不无辜吗？怪就怪你是他的弟弟！你母亲那封信的最后一页是我藏起来的，她的相好就是简影的父亲！只可惜他死得早，留下了他所有的罪恶给了简影，简影仍做着尸油的生意。你的父亲果真是十恶不赦，知道你母亲有'宫墙之画'就百般引诱，但似乎他得到的只是无用的图还得了怪病反而一命呜呼。不过他的祖业倒是由他这个更恶毒的儿子一手继承了。我的父亲那个时候和他的父亲进来古董村就再也没出来过！你们兄弟俩欠我唐家的，我要你们十倍偿还！"说完，他用力一扯，简影脖子上的另一只"归途"玉环应声落地。

就在他得意万分之时，简影左手从袖子里取出了一把枪射击。

"小心！"顾玲珑大叫。

唐宋元倒下了。

"哈哈……想不到最后的赢家始终是我！"简影挣扎着起来，血从他的右手一直不停地流出，他仍坚持去捡那对日月玉器，"最后一幅图的线路终于齐了，哈哈……宝藏将会是我的！再告诉你一个秘密吧，严明才是我的兄弟。他是我的哥哥，我的父亲在和我母亲一起之前就有一个发妻，严明从小寄养在父亲好友那儿，而且父亲还曾救过严明的命，所以他才会甘心为我卖命！我把所有的罪都推给了他，而他仍不知做了我的替死鬼！如今他死无对证了，看你们奈我何！唐宋元，再告诉你一个秘密吧！顾玲珑才是你的亲弟弟，哈哈！"

血不停地流，简影抱着沉重的玉器站在山顶疯狂地大笑，终于眼前一黑，倒了下去，朝着大海掉落下去……

翡翠迷惘地看着眼前这一切，手里举着枪，仍对着简影刚才站着的地方。她默默捡起地上的"归途"玉环，碎开的玉环掉出了一枚小巧的戒指和一封信。

信里的内容大致是，简影的父亲和唐宋元的父亲一起来到古董村，原为考古。唐宋元的父亲真名胡易，那时他的妻子已身亡多年只留一对儿女即后来隐姓埋名的唐宋元和唐明清。他们胡家的祖传有关和氏璧的资料和简家如出一辙，经不起简父的劝诱一起来这里寻宝和考古。但简父却是另有目的，他由子夫人那儿得知子夫人的妹妹盘女有"宫墙之画"。于是，简父一心要得到图找出宝藏。奈何盘女和胡易慢慢相爱，他苦追不得又不知画卷藏在哪儿，暗中制造尸油和制造瘟疫又以救世主的身份拯救村民以得到村民拥戴的事被胡易窥见。

胡易带着盘女想逃走，出逃太急，也为了以妨万一半途被劫，只有把搜集到的关于简父制造尸油的证据藏在了盘女神洞中的床榻底部。简父当晚抓了盘女引诱胡易出去将其杀害，为了得到那幅图，他不惜迷奸盘女，使盘女失身于他对他有所依托。其实，这一切都让盘女暗中窥见，奈何盘女有了胡易骨肉，所以只得从了他以保腹中胎儿，更暗中在那幅图里下了慢性毒药再赠给他，这就是简父为什么会回到家中几年后离奇死亡的原因。而那时的顾玲珑也即七岁左右的盘长生，也被十七八岁的唐宋元带了出去。

当初简父把玉环给了顾玲珑是因为以为顾玲珑是他的孩子，但他临终前终于察觉到不妥，命令严明去把盘女和顾玲珑杀死，制成自杀的假象，更让严明把藏宝线索图"宫墙之画"传给长大后的简影。

讽刺的是，简影果然和他邪恶的父亲如出一辙，都是害人的魔鬼。

唐宋元带出顾玲珑免去了一劫，却始终以为顾玲珑和简影是兄弟。

盘女和胡易是相爱的，这枚戒指就是他们的定情之物。

唐宋元知道了真相，自己机关算尽，最终害的还是自己的弟弟。

"对不起！"唐宋元凄惨地说着，他已经奄奄一息。

"哥，我从来就没有怪过你！"

两兄弟的手终于握在了一起！

"归途？我的归途又在哪儿？"唐宋元伤得太重说起了胡话。

翡翠挣扎着爬过来，她也受了重伤。

"翡翠，对不起！为了复仇，我……"

"别说了，唐哥，我不怪你！我的命是姐姐救的，本该还你！"

"一切的事都在命运的控制之下，你相信'先知'吗？其实它真的能给人不同的启示。但人的心难测，你觉得呢？人为或者命运？！和氏璧带给世人的警示究竟是什么？一念天堂抑或一步地狱？或许，退一步的善念正是海阔天空。人性的贪婪善臻都通过和氏璧来得到显现。它果然是通灵宝玉，把邪恶的人一步步带向毁灭！咳……咳……"

"唐哥，别说了，你的身体受不了！"翡翠想按住唐宋元流血的伤口，看着开始说胡话的唐宋元，她感到痛苦无助。

"翡翠，你别恨我！"

"我从没有恨过你，唐哥！真的！"

唐宋元给她的镜子"先知"，它照出的不过是人内心的恐惧和心魔。世上本无鬼，人的心才是真正的心怀鬼胎。镜子照出的都是内心隐藏的东西，把一切邪恶毫无保留地照出来。它确实是"先知"，但绝不会是制造恐怖的鬼具。人心难测，比鬼更可怕。

唐宋元忽然推开了翡翠，举枪自杀。

大队的人马赶了过来，但一切都已太迟。

原来，大家都没有归途，都不知何处是归途……

尾声
不知何处是归途
GUI ZHUO

翡翠抱着子剔透看着鸳鸯江边落下的太阳,能回到故乡真好!

"剔透,你看看落日多美啊,剔透你快醒醒!"看着怀里的剔透,翡翠想抓紧却无从抓紧,"你忘记回家的路了吗?"子剔透中了子弹碎片,成了植物人,不知何时才能醒来。

一个清瘦的男人在远处看着她,翡翠,如果我没有认识你多好!

顾玲珑离开了江边,他想起翡翠和他说的话:

"顾玲珑,对不起。从我恢复了所有的记忆起,我就知道了自己的一生所爱。他始终是剔透,他是那样无辜。你的心意,我无从回应,真对不起!我们是错过了归途了!"

一语成谶,果然他们没有了归途。

古董村终于恢复了宁静,而那个日本的组织也由唐宋元把之前顾玲珑在其电脑上看到过的日本音轨里的密码解密了,国家已和日本当地的国际刑警一起破获了那个组织团伙。庄叶希也得到了应有的惩罚,一切都水落石出。而盘棺训练的水怪其实是因当地的环境恶劣,水质受了污染而导致陆地大龟的变异,生成了三个头躯体又庞大的怪胎,所以看起来像"四不像"。当地的盘洞和科学家对其圈养起来进行研究,其实水怪并不邪恶也不吃人,而简影尽管无法定罪,但还是自取灭亡得到了应有的报应。唐宋元恢复了警衔，成为烈士，顾玲珑他们并没有说出唐宋元所做过的错事，毕竟唐宋元做的也只不过是将坏人绳之以法，他的目的本是好的，一些做错的事情也是发生在一个卧底无法控制的局面情况下。

顾玲珑和翡翠也都恢复了警察身份，但他们都推辞了。

顾玲珑没想到，原来唐宋元和他一样都是双面卧底，他以为唐宋元是一个盗宝组织的，但唐宋元只是在调查简影。真的是有太多的想不到了！

下着雨的石板巷子里，翡翠叫喊着小猫："玲珑，别顽皮了！快出来！"脚一滑，身子微侧就要摔倒。

突然，她被轻柔地扶住。睁开眼，原来是顾玲珑，没想到会在此碰见他。但顾玲珑的心意她只能辜负，只得叹一句无缘罢了。

念及此，翡翠还是温柔一笑："谢谢！"

小猫从她头上跳过，她仍旧滑倒在他怀中，抱住她时，她一回头却碰到了他带着茶香的唇，那是六堡茶的味道。他是江南人，一向爱喝龙井清茶，如今却爱上了黑茶。

翡翠和他脸上都是一红。

"我不忍心见你摔倒还是出来了！"

翡翠仍旧低着头，任凭雨打湿了她的头发。小巷子里是特有的南方建筑，小巧的骑楼古城蜿蜒千里，美丽的城墙曾经见证了它的辉煌。这里的雨巷很清新很安静，他决定留在这儿吧，这里很安静，真的很安静，可以让人忘记过去的腥风血雨。

"你不回北京了？听说有人聘你做文物鉴定员。"翡翠终于抬起了头，看着他。

"你不是也不回节目组了吗？"他问。

翡翠没有说出,她是为了沉睡的子剔透留在了安静的梧城。她知道顾玲珑明白她的心意。

两人相视一笑,走进了安静的雨巷……

【官方QQ群:555047509】
每周丰富多彩的群活动,好礼不停送!
作者编辑齐驾到,访谈八卦聊不停!

扫一扫看更多图书番外,作者专访